SUPERCHICK GEZOCHT

D1103458

Deze vertaling kwam mede tot stand
met de steun van Ireland Literature Exchange

Copyright © Mercier Press, 2005
© Nederlandse vertaling Robbert-Jan Henkes/Houtekiet 2006
Oorspronkelijke titel Superchick
Oorspronkelijke uitgever Mercier Press, Ierland
Uitgeverij Houtekiet, Vrijheidstraat 33, B-2000 Antwerpen
www.houtekiet.com
info@houtekiet.com

Omslag Herman Houbrechts
Zetwerk Intertext, Antwerpen

ISBN 978 90 5240 930 6
D 2007 4765 4
NUR 302

STEPHEN J. MARTIN

Superchick gezocht

Vertaald uit het Engels
door Robbert-Jan Henkes

Houtekiet
Antwerpen / Amsterdam

Voor Ruth

Danser of drinker of stoeier, ik twijfel, ik weifel en ik wik,
Maar ik vond er één met alles, en ik noemde haar Superchick
JIMMY COLLINS

I

Vier zakjes pinda's, drie pinten Guinness, twee Hamlet-sigaren en een tamelijk wankel glas rood. Alles in één keer. En dat zonder dienblad. Niet slecht voor een Siciliaan, dacht Marco toen hij de glazen zwierig op tafel neerzette en de jongens met een zure glimlach aankeek. Ze zagen hem niet eens staan. Nog geen twee weken geleden, in deze zelfde pub, had hij voor precies hetzelfde zowat een staande ovatie gekregen. En vanavond? Noppes. Niks nada niets. Ze hadden niet eens het behendige voetenwerk gezien en de speelse pirouette om de ouwe knar te ontwijken die vlak voor z'n neus uit de wc kwam gestruikeld en de hele boel bijna had omgekieperd. Met een zucht ging hij zitten, haalde de pinda's uit zijn borstzak en deelde ze uit.

– Proost Marco, zei Jimmy.

– Goeie gabber Marco, zei Norman.

– *Arrivederci mon Frauline*, zei Esopus.

Jimmy, Norman en Esopus dronken alle drie de bovenste vijf centimeter van hun bier en zetten hun glazen weer op tafel. Marco nam het kleinst mogelijke sipje van zijn glas rood maar wist er daarbij altijd weer uit te zien als John Wayne. Dat was de enige reden dat de jongens hem sowieso niet in de zeik namen omdat hij wijn dronk – de klootzak was cool. Niet dat hij een hekel had aan Guinness; wat hem bezwaarde was de hoeveelheid van het vocht die je geacht werd te consumeren, per sessie. Eén keer had hij geprobeerd zich grondig in de materie onder te dompelen – de volle twaalf pinten van het spul – op een avond kort nadat hij in Dublin was aangekomen, achttien maanden eerder, maar dat was niet goed uitgepakt. De volgende ochtend werd hij wakker voor zijn gebruikelijke ochtendplas maar al snel bleek zijn aandrang aanmerkelijk groter. Het daaropvolgende half uur kon Marco over veel aspecten van zijn leven tot bezinning komen. Zo lang duurde het namelijk voordat hij lijkbleek en trillend uit de wc tevoorschijn kwam om naar bed terug te strompelen. Hij rolde zich op met zijn vuisten in zijn buik en wachtte tot de Dood hem kwam halen, en op dat moment besloot hij dat wat er die nacht met zijn ingewanden was gebeurd een te hoge prijs was om geaccepteerd te worden door je vrienden. Als dat zijn mannelijkheid in een dubieus daglicht stelde, dan moest dat maar. Hij ging nog eerder in een jurk naar de kroeg voor hij zich een tweede keer aan zoiets blootstelde.

Jimmy had hem gevraagd naar z'n John Wayne-houding. Hoe kreeg hij het voor elkaar om er zo cool uit te zien, wijn slurpend uit zo'n stom klein glaasje? Marco had op mediterrane wijze zijn schouders opgehaald en zijn lippen getuit.

– Ik ben een Italiaan. Ik drink wijn.

Dat hielp Jimmy niet echt verder, maar hij moest toegeven dat Marco er helemaal pico bello uitzag – pink in de lucht en alles – en daarom probeerde hij het op een avond zelf ook. Zijn kleine experiment in zuidelijk raffinement kwam tot een voortijdig eind toen Esopus hem zei dat hij met dat eikelige gesodemieter moest ophouden en zichzelf een pint moest halen en het niet moest wagen om er hier een vuile fucking flikkertent van te maken.

Vanavond waren ze hier voor Jimmy. Niet dat ze er anders

niet zouden zijn. Het was zondag en ze gingen wel vaker op zondagavond naar de kroeg. Maar dit keer was het anders. Jimmy had een probleempje met Sandra en ze waren hier om zich solidair te tonen. In feite kwam het erop neer dat ze hem had gedumpt.

– Vier jaar, zei Jimmy, toen iedereen gezellig nootjes zat te knabbelen, en hij schudde zijn hoofd. Vier fucking jaar en dan gaat ze ervandoor om met die lul van een Beano te neuken. De klootzak! En een kutbassist is het ook. Altijd al geweest. Zei ik het niet meteen al? Ja toch, Esopus?

Esopus knikte. Jimmy had het allemaal nog niet verwerkt. Hij moest eerst maar eens kalmeren, dan viel er weer met hem te praten.

– Ja Jimmy. We zeiden het allemaal.

– Maar ik het eerst, ja toch? Bassisten... je zou zweren dat het 't moeilijkste ter wereld was. Die porum van hem, alsof hij uit z'n hoofd aan het staartdelen is in plaats van de hele avond steeds dezelfde vier fucking noten te spelen. En zelfs die speelde hij kut, ja toch, Esopus?

– Hij was bar, Jimmy.

– Ik bedoel Esopus, probeer maar eens met die eikel in de maat te blijven. Hij was een ongeleid projectiel. Dan stond ik daar, moeite te doen om de tekst van een nieuw liedje te ont-houden en te zorgen dat m'n zonnebril niet van m'n hoofd viel door het zweet en mezelf voor te bereiden op een solo en gewoon me op alles proberen te concentreren, ja toch, en er ook nog cool uit te zien, en dan spookt het in m'n achterhoofd maar rond: 'Direct gaat Beano van toonsoort veranderen of hij laat z'n plectrum vallen of hij gaat als een kip zonder kop over het toneel rennen of zo.' Het was heel slecht voor de concen-tratie, heel slecht.

– Ik weet het Jimmy, zei Esopus met zijn meest sussende

stem. Marco en Norman staarden in hun glazen. Dit moest Esopus maar oplossen.

– En hij kon ook voor geen meter zingen of wel? zei Jimmy om zich heen kijkend terwijl hij een mondvol bier doorslikte. Zegt die kutlul: 'Dat kunnen we best meerstemmig proberen', alsof hij plotseling Simon en Garfunkel was. 'Dat zou moordend zijn.' Meerstemmig?! Hij kon nog geen *Happy Birthday* zingen zonder de tekst te vergeten. 'Waarom doen we geen *Bohemian Rhapsody*?' zegt hij op een gegeven moment tegen me, de fucker. 'Ik kan de operastukken met jou doen.' Opera! Tzjiezus, ik kan hem al horen. En Jimmy begon te zingen: 'Mama, just killed a song...'

Hij stopte even om een teug van zijn bier te nemen. Norman en Marco keken vlug naar Esopus in de hoop dat die iets zou zeggen om de zaak wat op te vrolijken maar het was te laat. Jimmy was niet te stuiten.

– En die tuthola van een Sandra. Die trut gaat helemaal over de rooie in McGuigan telkens als een meisje naar me glimlacht of zo op het toneel, alsof het mijn schuld is dat ik er zo geil uitzie in m'n leren broek. Dan loop ik de hele zondag op m'n teentjes om haar heen te zeggen dat het niets te betekenen had terwijl zij ondertussen de hele tijd met Beano lag te vozen, die vuile kleine... Weet je wat ze gisteravond tegen me zei? Moet je horen. 'Ik heb gewoon het gevoel dat we elkaar niet meer begrijpen,' zegt ze. 'Wat wil dat nou weer zeggen!?' vraag ik. 'Daar ga je weer,' zegt zij. 'Zie je wel? Je begrijpt me nu alweer niet.' En ik kijk haar aan. 'Waar heb je het in fucksnaam over? Hoe moet ik jou kunnen begrijpen als je niet zegt wat er loos is?' 'Dat zou je moeten weten, Jimmy. Je zou het gewoon moeten weten,' zegt zij. Nou, daar sta je dan. Ik zou het moeten weten. Vrouwenlogica, jongens, in optima forma. 'O, oké,' zeg ik, 'nou, sorry dat ik geen fucking Uri Geller ben, Sandra, weet je.' Het is... Geloof me, jongens, het is godskelere...

Jimmy zweeg en keek ze aan, buiten adem. Niet wetend wat ze moesten zeggen, keken ze allemaal weer in hun glas. Jimmy schudde zijn hoofd en nam er nog een. Toen kon Norman er niet meer tegen. Hij kon het niet hebben als zijn vrienden overstuur waren en hij keek de hele week vooruit naar zijn zondagse pint met de jongens. Vrouwen. Niks dan ellende. Hij keek om zich heen. In een straal van drie meter rond de tafel was geen vrouw te bekennen en nog wisten ze zijn avond te versjteren.

– Ach, fuck... fucking... fuck Sandra, Jimmy. De koe, zei hij hardop en meteen kreeg hij een kleur.

Ze keken hem allemaal met grote ogen aan en toen barstte Jimmy in lachen uit.

– Precies! Bedankt, Norman. Fuck haar, zo is het. Fuck ze allemaal. Alle vrouwen zijn klootzakken.

De anderen begonnen nu ook te lachen, meer omdat ze blij waren dat Jimmy eindelijk afgeleid was dan om iets anders.

– Je verdient die ellende niet, Jimmy, zei Marco. Je kunt een betere vinden dan Sandra.

– Klopt, zei Esopus. Zo'n knappe verschijning als jij. Goeie baan. Speelt gitaar. Iemand als jij kan waarschijnlijk, weet ik veel, een heel speciale krijgen. Een lekkere stripper of zo. Grote opstaande tieten en benen tot aan haar oksels. Een meisje dat een artiest zoals jij begrijpt, aanvoelt. Misschien kunnen we haar zelfs aan het einde van onze tweede set op de bühne krijgen voor een sexy act. Dat zou wat stof doen opwaaien in McGuigan! Dan stonden ze niet allemaal te dringen bij de deur om de laatste bus te halen, als we jouw mokkel inschreven voor een gastoptreden met tepelkwastjes, hè? Als ze in haar slipje de Mashed Potatoe staat te doen... Esopus stond op en wreef zich heupwiegend over zijn borstkas.

– Ja, zei Jimmy lachend. We zouden geen gebrek aan optredens hebben.

Norman keek naar zijn lachende vrienden.

– Is er iets? vroeg Esopus, toen hij zag dat hij niet meedeed.

– Wat? Nee, niets hoor, zei Norman, die snel zijn bier pakte.

– Toch wel. Wat is er mis?

De anderen hadden hun aandacht nu ook op hem gericht. Hij keek ze ongemakkelijk aan en schraapte zijn keel.

– Nou, het is... het is gewoon dat... weet je, om je eigen vriendin op het toneel te hebben, en dat ze dan haar kleren uitdoet. Dat is, zeg maar, niet goed toch, of wel? Iedereen die dan naar haar kijkt en haar kan zien.

– Daar zijn strippers voor, Norman, weet je? zei Esopus, en hij knipoogde snel naar Marco en Jimmy. Je kijkt naar ze. En dan nog, wat is er mis met een mooie vriendin hebben en met haar willen pronken?

– Maar, goeie help, je kan toch ook met haar pronken met kleren aan, zei Norman. Dat kan toch ook? Iedereen die zomaar naar haar kijkt, naakt. Dat kan toch niet. Het kan niet.

Maar Norman praatte tegen de rug van Esopus, die in de richting van de wc verdween. Hij was nu rood en gaar, met het glas aan zijn lippen. Zo ging het altijd met Norman. Je kon hem zo makkelijk in de maling nemen dat de jongens het soms te moeilijk vonden om het niet te doen. Zelfs Marco kon hem op de kast krijgen, en hij was nog maar onlangs ingewijd in de praktijk van het 'afmaken'. Hij zag er eerst de lol niet van in maar nu was hij helemaal om. Er lag iets merkwaardig bevredigends in het uitkiezen van een van je vrienden voor een heel avondje verbaal geweld, om hem zo door de mangel te halen dat hij er uiteindelijk bijna een hartstilstand van kreeg. Hoe meer mensen je kon laten meedoen, hoe meer plezier iedereen had. Marco kon niet uitleggen waar het wrede plezier precies in gelegen was, en hij wist zeker dat hij een mes tussen z'n ribben zou krijgen als hij het in Palermo uitprobeerde, maar het uitdagen en opnaaien maakte allemaal deel uit van de lol, de 'craic' hier. Het was kennelijk iets typisch Iers.

In Esopus' afwezigheid nam hij het over.

– Mijn ex-vriendin thuis was een model, zei hij tegen Norman. Ze poseerde voor kunstenaars. Is dat ook slecht?

– Nee, Marco. Dat is anders. Dat is kunst, snap je? zei Norman.

– Hè? Maar dansen is toch ook kunst? zei Marco, die deed alsof hij het niet begreep.

– Eh... dat hangt van het dansen af, toch? Gewoon maar in je blootje, nergens om...

– Maar iet liechaam ieze toch schoonheid, ja? zei Marco, die zijn accent nu extra vet aanzette, inclusief de handgebaren en alles. Ja? En kunst ieze een viering van schoonheid. Is mijn vriendin een slet alleen omdat ze naakt poseert?

– Dat zei ik ook niet, Marco. Ik zei alleen...

– Wel, zei Marco. Je noemde mijn vriendin een slet.

– Niet! Ik zei alleen dat...

– Wij zijn vrienden, Norman, denk ik. Maar jij zegt dingen en ik ben gekwetst. Jij kent Lucia niet en jij zegt toch van die dingen. Ze was een heel mooi meisje. Tenminste, voor het ongeluk. En jij zegt die verschrikkelijke woorden tegen haar. Jij denkt nu dat ik pervers of zo ben, ja? En Jennifer? Is die nu ook een slet volgens jou? Omdat ze mijn vriendin nu is? Hé, Esopus, zei hij, zich omdraaiend toen Esopus weer terugkwam, Norman zegt dat Jennifer een slet is.

– Wat zei je over mijn zus? vroeg Esopus, gebogen over Norman.

– Ik zei helemaal niets over haar! zei Norman. Goeie help, zoiets zou ik nooit over Jennifer zeggen. We waren over kunst aan het praten en Marco snapte het niet helemaal, dat is alles.

– O, dus nu ben ik een domkop, zei Marco. Ik ben een domkop en mijn vriendin is een hoerige slet. Dankjewel, Norman. Iek schijt op jouw land en iek schijt op deze smerige schijtwijn. En hij zette zijn glas neer, stond op en greep zijn jas. Krijg de klere, Norman, zei hij en hij beende weg, terwijl hij iets in het Italiaans mompelde.

– Nu ben je echt te ver gegaan, zei Jimmy hoofdschuddend tegen Norman.

– Maar ik zei helemaal niks! Hij is gek geworden. Jimmy, jij hebt gehoord wat ik zei. Jezus, ga jij met hem praten. Ren hem achterna.

Norman was nu zo rood als een biet en zweette peentjes. Hij stond al half op van zijn stoel toen Esopus een hand op zijn arm legde.

– Dus jij vindt Jennifer een hoer, hè? zei hij, terwijl hij zich op z'n kin krabde. Daar zou je best wel eens gelijk in kunnen hebben.

– Ik heb nooit gezegd... Wat?!... Maar dat kun je toch niet zeggen over je eigen zus! zei Norman, die zich geschokt omdraaide.

– Had jij soms geen oogje op haar? Iedereen had een oogje op haar. Ze zei altijd dat ze heel graag met jou zou willen neuken.

– Wat... dat is... Jennifer is geen... Esopus, we waren gewoon over poseren en modellen aan het praten en opeens begint Marco over Jennifer en... en... o God, arme Jennifer... ik zou nooit, nooit zou ik... het is verschrikkelijk, Esopus, wat jij over je zus zegt. Je moest je schamen. O God, en jullie arme moeder...

Hij stopte en keek om zich heen. Tegenover hem zat Jimmy te lachen. Hij draaide zich om op zijn stoel. Marco was teruggekomen en stond achter hem, met een hand op zijn heup en met z'n andere boven Normans hoofd een opgeheven vingertje zwaaiend naar Esopus. Ze waren hem nu allemaal aan het uitlachen.

– Ik neem aan dat jullie dit allemaal hilarisch vinden, zei Norman, die zich weer omdraaide en zijn armen over elkaar legde.

Ze probeerden te stoppen met grinniken.

– Komop Norman, zei Esopus. We proberen Jimmy op te vrolijken. Dat over Jennifer was maar flauwekul.

– Nou ja, dat is in elk geval wat, zei Norman, die zijn hemd nog een knoopje verder opendeed om frisse lucht binnen te laten.

– Tuurlijk, zei Esopus met een grijns. Ze heeft nooit gezegd dat ze met jou wilde neuken.

Daarvan begonnen ze allemaal opnieuw te lachen.

– Je reinste grapjurken zijn jullie, echte fucking lolbroeken. Ik heb hier drie fucking cabaretiers bij me aan tafel zitten, zei Norman en hij stond op om te gaan pissen.

– Goeie, zei Jimmy tegen Marco en hij gaf hem de high five.

– Ah, Jimmy. Fucking fataal, no? zei Marco stralend. Ja, Marco was een echte.

Marco Fellini was tweeëndertig jaar oud. Toen hij van huis vertrok om te kijken of de Keltische Tijger, voor hij definitief de laatste adem zou uitblazen, nog iets te bieden had voor die bewuste ingezetene van de Europese Unie, was zijn moeder alleen ingenomen met het feit dat als hij een meisje zou ontmoeten, het waarschijnlijk goed katholiek zou zijn. Dat was weliswaar niet slecht, oké, maar ook niet super. Super was het geweest als Marco zich subito presto had laten wijden tot priester, maar ze had zich erbij neergelegd dat dat wel nooit zou gebeuren. Het een-na-beste was geweest als haar zoon trouwde en naast haar ging wonen, een half dozijn nakomelingen zou verwekken en op zondagochtend met haar naar de mis zou gaan. Dat had ze eigenlijk nog wel zien gebeuren, maar zoonlief had andere plannen. Zo kwam het dat ze haar bezakdoekte handen weggetrokken voelde worden van de rugzak van haar zoon zodat hij kon ontsnappen via de veiligheidscontrole naar zijn vlucht naar Rome. Ze mocht hem dan niet thuis hebben kunnen houden, ze zou er donders goed voor zorgen dat het laatste wat hij door de matglazen afscheiding van haar hoorde het luidruchtige breken van haar moederhart zou zijn, terwijl Marco's pa haar jammerend wegsleepte naar het luchthavencafé.

Toen hij eindelijk in het vliegtuig zat, depte hij eerst met een servet de betraande plek op zijn hemd. Hij bedacht wat hij eigenlijk ging doen. Hij kende niemand in Ierland. Het weer was er gruwelijk, toch? En zijn Engels was niet zo goed als hij anderen wilde wijsmaken. Hij dwong zichzelf te focussen op zijn sterke punten. Hij was afgestudeerd en hij had goede werkervaring bij Olivetti. Iedereen wist dat business in Dublin booming was, ondanks de recente malaise. Misschien kon hij naar Engeland om een paar voetbalwedstrijden uit de Premier League te zien. Misschien zelfs naar Glasgow. Celtic en de Rangers. De derby's daar waren legendarisch. En als het niet goed afliep, kon hij altijd nog terug naar huis, toch? En wat kon er nou helemaal gebeuren? In het ergste geval zou hij dag in dag uit aardappels moeten eten. Marco had zo'n idee dat hij daarvan niet zou doodgaan.

De eerste tijd zat hij in een jeugdherberg. Hij voelde zich een avonturier, die zich van dag tot dag in leven hield, zijn eigen ondergoed waste, maar als je vrienden wilde maken was het totaal zinloos. Ten eerste ontmoette hij er bijna geen Ieren en als hij in Ierland wilde blijven moest hij toch die mensen leren kennen. Ten tweede bleef niemand plakken. Duitsers, Hollanders, Britten, Australiërs... ze waren allemaal op doorreis, wachtend op een weersverbetering zodat ze naar Donegal konden fietsen of een andere idioot verafgelegen uithoek van het land, en als het maar bleef zeiken toch maar gaan en de hele weg in de regen afleggen. Marco ging ook maar. Hij kocht een regenjas en nam de DART naar Howth en Bray aan weerszijden van de baai van Dublin. Hij liep tien keer de stad rond om een gevoel voor de plaats te krijgen. Een paar weken later vond hij een eenkamerappartement in het noorden van de stad, dichtbij de nieuwe universiteit, en begon headhunters te spreken. De dinsdag daarop wandelde hij naar zijn nieuwe bureau in het Eirotech Solutions hoofdkwartier. De Tijger leek nog een leventje of twee over te hebben.

Hij keek of iedereen hetzelfde had gedaan en deed vervolgens zijn jasje uit, hing het over de rugleuning van zijn stoel en ging zitten.

– Hoe istie? vroeg een stem achter zijn rug. Hij keek om en stond op. De stem ging verder: Hallo, ik ben Jimmy Collins. En dat is mijn bureau waar je nu aan zit.

Marco kreeg een kleur.

– O, excuses, het spijt me. Het meisje, zij zei me dat dit mijn plaats was, zei hij, en hij wees naar de grote tafel in de hoek waar de secretaresse zat.

– Eileen? Jezus, let maar niet op haar. Als die hersens had zou ze gevaarlijk zijn. We zijn het weekend intern verhuisd en nu zit ik hier. Jij bent Marco, hè? Kom, dan laat ik zien waar je moet zijn.

Jimmy Collins liep weg en Marco pakte snel zijn jasje en draafde achter hem aan.

– Pardon, mister Collins? zei hij.

– Ja?

– Heb ik u van de week aan de telefoon gehad?

– Mij? Nah. Je bedoelt zeker Jim Carson. Let ook maar niet op hem. Een eikel.

Marco wist niet veel over Ierland en nauwelijks iets over Eirotech Solutions maar één ding wist hij zeker. De laatste in dit land of in dit bedrijf met wie hij ook maar iets te maken wilde hebben was Jimmy Collins.

– Tussen haakjes, zei Jimmy over zijn schouder. Ik ben je nieuwe baas. Ik wil dat je me 'Sir' noemt.

– Eh, ja... Sir..., zei Marco, slikkend. O mijn God, wat deed hij hier op deze vreselijke plek?

– Grapje. Relax, in fucksnaam! zei Jimmy hoofdschuddend en met zijn ogen naar het plafond gericht.

– Je bent niet mijn baas? vroeg Marco hoopvol.

– Nee, ik ben wel je baas. Maar je hoeft me geen 'Sir' te noemen. In elk geval niet waar iemand bij is. Hier is je bureau. Luister, ik heb nog wat dingen te doen, dus ik praat straks wel met je. Plant je spullen hier neer en loop terug naar Eileen. Zij geeft je pennen en blocnotes en zo. Als ze nog weet waar ze die fucking heeft gelegd tenminste, voegde hij er over zijn schouder in haar richting kijkend aan toe. Toen wendde hij zijn hoofd naar Marco en vroeg:

– Zeg. Luister. Hou je van jazz?

– Jazz? vroeg Marco. Eh... muziek?

Jimmy knikte.

– Eh, het is niet mijn lievelings... eh...

– Goed zo, zei Jimmy. Hij draaide zich om en zonder verder een woord te zeggen vertrok hij. Marco stond op het punt hetzelfde te doen. In plaats daarvan keek hij naar Jimmy die door het gangpad wegliep en draaide zich vervolgens om naar zijn bureau. Uiteindelijk ging hij zitten en trok zijn glimmende nieuwe hemd los van zijn doorweekte rug.

– *Bastardo*..., mompelde hij.

– En, Norman, wat zou jouw ideale mokkel zijn? vroeg Jimmy. Norman was weer terug van de plee en zat rustig aan tafel. De jongens wisten wanneer ze moesten ophouden. Je kon per avond maar een zeker rendement uit Norman halen. Daarna vroeg je om een onverwachte knal voor je harses. Hij deed of het bij de gein hoorde, maar het was geen pretje om een ram om je oren te krijgen van Norman Kelly. Hij was tien jaar in het leger geweest en had handen als kolenschoppen.

– Hoe bedoel je? vroeg hij met een zijdelingse blik naar Jimmy.

– Niks, zei Jimmy, gewoon, weet je, wat voor meisje jij leuk vindt. Als je het voor het kiezen had, bedoel ik.

De anderen vielen stil. Vrouwen en Norman. Dat beloofde wat.

Norman schraapte zijn keel.

– Nou... ze moet een aardig gezichtje hebben natuurlijk. En een beetje een *craic* zijn. En stil. Niet zo'n kletstante, weet je? Niet van die vrouwen die de hele tijd lopen te tateren, je geen moment rust geven. Eh, als ze van het platteland houdt, is het oké. Weet je, dan konden we terug naar huis gaan en dan zou ze zich niet vervelen of zo.

Norman kwam oorspronkelijk uit Cork. Je kon een man uit het veen halen maar je kon het veen met geen mogelijkheid uit Norman halen. Esopus en Jimmy hadden dat een volle twintig vruchteloze jaren geprobeerd. Als Norman het over thuis had, dan had hij nog steeds over een boerderij halverwege een met geiteschijt bedekte heuvel aan het andere eind van het land.

– Nog iets anders? vroeg Jimmy.

– Nou, ze moet ook wel, zeg maar...

– Grote tieten hebben? zei Esopus, die een bierviltje aan het verscheuren was en de stukken in een bierglas mikte.

– Ah, hou op, wil je? Ik wou zeggen dat ze ook mij wel aardig moet vinden. Het heeft geen zin om met iemand te zijn die niet met jou wil zijn, toch?

Jimmy knikte.

– Oké. Esopus.

– Grote tieten. Absoluut.

– En daarnaast?

– Eh, ze moet wel een echt beest in bed zijn, natuurlijk. En zwemmen in het geld. Ze moet houden van Black Sabbath of anders hoeft het niet. Dat is alles. O, en ze moet haar rijbewijs hebben. En een auto. Zodat ik kan zuipen als we uitgaan. Ja. Dat is alles. Nee, wacht, ze moet ook van Deep Purple houden. En Zeppelin.

– Oké. Marco?

– Nou Jimmy, ik wil veel kinderen hebben. Mijn ideale vrouw moet van kinderen houden, ja? Ze moet al het goede eten kunnen klaarmaken. Niet alleen aardappelen en vlees. En natuurlijk moet ze mooi zijn. Ja. Dat is het.

Jimmy knikte opnieuw.

– Goed. Dus Esopus wil een rijke slet zonder enig muzikaal gehoor of verkeersovertredingen. Marco wil trouwen met zijn mammie en Norman maakt het niet uit zolang haar naam maar Biddy is en er een mestgeur om haar heen hangt. Stelletje watjes. Het was een serieuze vraag hoor. Konden jullie nou echt niks beters verzinnen? Eén meisje. De vrouw van je dromen en dat is alles waarmee je voor de dag komt?

– Nou, en jij dan? vroeg Esopus. Wie is de droeve koe die de rest van de eeuwigheid tegen jouw wiebelneus moet aankijken?

Jimmy zei niks, maar begon met twee vingers de condens van zijn glas te wissen. Hij dacht weer aan Sandra. Hij had echt gedacht dat zij tweeën de eindstreep zouden halen. Vier jaar. In maart zou hij eenendertig worden. Zijn ma had op die leeftijd al twee kinderen. Dat was voor hem ook de bedoeling geweest. Maar moest je hem nu zien. En zelfs als hij en Sandra bij elkaar waren gebleven – even afgezien van het gezeik met Beano – zouden ze dan gewoon met elkaar genoegen hebben genomen, of hielden ze echt van elkaar? Hoe kwam je daar eigenlijk achter? Hij wilde niet met iemand alleen maar genoegen nemen. Voor altijd? Nah. Vergeet het maar.

– Ik weet het niet, zei hij tenslotte. Dat is het probleem.

Esopus snoof.

– Wat is het probleem? vroeg hij. Jij bent nooit een spat veranderd. Tsjiezus, Jimmy, komop, gaat heen en duik de koffer in. Je bent er zo weer bovenop. Een paar sessies met het karreke van help-uzelf en je weet niet eens meer hoe Sandra eruit zag, ik zweer het je. Zo ging het ook met mij en Loretta. Jongen, ik zweefde gewoon toen ik weer van de krik ging.

– Je was vijftien toen je met Loretta uitging, Esopus. En het duurde zes weken. Dat is niet hetzelfde, oké? Jij hebt de laatste vijftien jaar geen vaste vriendin gehad en je hebt sindsdien elke trut van Troje beklommen die je pad kruiste. Dus maak mij niet wijs dat ik er zo weer bovenop ben. Wat ik met Sandra had was een echte relatie. Volwassen mensen hebben die, Esopus, dus ik verwacht niet dat jij er enig benul van hebt.

Esopus keek naar Norman en Marco en priemde een duim terug in Jimmy's richting.

– Moet je die homo horen, zeg. En zich weer naar Jimmy wendend zei hij: Relatie!? Heb je soms weer in de Cosmo zitten lezen?

– Ach, krijg de klere, Esopus, zuchtte Jimmy. We waren een hele tijd samen, oké? Volgens mij heb ik wel een beetje recht om me kut te voelen.

– Oei oei, op z'n pikkie getrapt.

Norman zag dit allemaal aan. Hij had Jimmy honderd keer

op het podium gezien. Cool. Getalenteerd. Het publiek at uit z'n hand. Zong als hij dat wilde. Klapte als hij het zei. Meisjes kwamen na afloop naar hem toe, die met hem wilden praten. Zo zelfverzekerd. Norman had zoiets nooit gekund. Hij zou het in z'n broek doen. Maar nu keek hij naar Jimmy. Hem zo horen praten gaf Norman moed. Als Jimmy Collins onzeker over zichzelf kon zijn, dan was het van hem zeker geen schande. Hij zette zijn glas neer.

– Serieus, Jimmy, zei hij. Luister niet naar die eikel. Wie zou jij kiezen?

– Laat me er even over denken, wil je? zei Jimmy.

Esopus stond geïrriteerd op.

– In fucksnaam zeg, ik ga naar de bar. Help je me, Marco? Of hoor jij ook bij deze kolere Tupperwareparty?

– Ik kom. Bovendien heb ik Jennifer al.

– Dat is zo. Arme kelerelijer.

Ze lieten Norman en Jimmy alleen, Jimmy met zijn ogen dicht in overpeinzing en Norman met zijn ogen op Jimmy gericht.

– Ze moet er goed uitzien, denk ik, zei Jimmy ten slotte. Ik bedoel, ik wist dat Sandra er goed uitzag, maar na een tijdje zie je dat niet meer, toch? Dus misschien is het niet zo belangrijk. Op de lange duur, bedoel ik.

Hij deed zijn ogen open en glimlachte naar Norman.

– Het is niet eenvoudig hoor, één meisje kiezen dat alles heeft.

– Niemand heeft alles, Jimmy, zei Norman. Jouw ideale meisje zou niet dat van mij zijn. En dat van mij zou niet dat van Marco zijn. En iedereen zou met een godvergeten grote boog om het ideaal van Esopus heenlopen.

– Ja, daar heb je gelijk in. Maar toch...

Jimmy dacht weer na toen er een kreet van de bar weerklonk.

– Jimmy! Hé, Jimmy! Telefoon!

Hij keek: Esopus wees naar achter de toog: Telefoon voor jou.

– Wie is het? riep Jimmy.

– Het meisje met de eierstokjes! riep Esopus terug. Ze wil weten hoe laat ze morgen kan langskomen.

Jimmy kreeg een kleur. De halve bar had hem nu in de smiezen en zat te lachen. Hij stak zijn middelvinger op naar Esopus en greep naar zijn glas.

– Klootzak.

De jongens kwamen terug met de drank en gingen zitten. Esopus lachte nog steeds.

– Ik zei dat elf uur oké was.

– Bedankt.

– Graag gedaan.

Jimmy fronste. Er spookte iets anders door zijn hoofd.

– Wat is er, Jimmy? zei Norman.

– Hmm? Oh. Eh, ik ben ergens over aan het denken. Een liedje.

Hij keek opzij. Niet naar iets in het bijzonder, zo hield hij zijn hoofd als hij een idee bij de lurven wilde grijpen voordat het hem ontsnapte.

– Welk liedje? vroeg Norman.

– Een nieuw liedje. Iets wat ik misschien kan schrijven.

– Waar gaat het over? vroeg Esopus. Hij was opeens een en al oor. Muziek behoorde tot de weinige dingen die Esopus serieus nam. Hij en Jimmy speelden samen sinds hun kindertijd. Voornamelijk was het maar wat aanklooien, maar de laatste incarnatie van de band, genaamd The Grove, begon het echt goed te doen. Tot Beano Sandra begon te neuken, dus. Ze hadden nog geen gelegenheid gehad om te bedenken hoe ze dat gingen oplossen.

– Het gaat over een vrouw, zei Jimmy. De ideale vrouw, zei hij met een glimlach. De meest ideale griet die je ooit bent tegengekomen.

Esopus knikte ten teken dat hij niet moest ophouden. De anderen keken toe. Ze hadden nog nooit het scheppingsproces *live* mogen meemaken – niet dat ze zich er bewust van waren althans – en ze wisten niet precies wat ze ervan moesten denken.

– Ze is perfect, zei Jimmy, ideaal. Ze is mooi. Iedereen wil haar hebben.

Hij begon warm te lopen, hij neuriede en tikte al pratend twee viltjes van tafel.

– Ze is... ze is Vriendin Lite – een chick zonder alle shit waar je van baalt. Ja, dat is het. Ze is... ze is...

– Ze is wat? vroeg Esopus.

– Superchick! zei Jimmy.

– Superchick? vroeg Esopus. Hij wreef zich over de kin en keek Jimmy aan.

– Superchick, zei Jimmy weer en hij knikte.

– Jimmy, zei Esopus. Is dat niet een beetje, zeg maar, puberaal?

– O, puberaal, vind je? Esopus, hoe was de titel ook weer van het laatste liedje waar je me de tekst voor leverde? De jongens willen het ook graag weten...

– Wat? Ah nee...

– Komkom, zeg het maar. Zal ik het dan doen? Jongens, Esopus McShakespeare hier kwam naar me toe met de tekst voor een nieuw liedje voor de band. Weet je hoe het heet? Het heet *Meatloaf's Underpants*. Hij wendde zich weer to Esopus en zei: Dus sodemieter op, Esopus. Het liedje heet *Superchick*, oké?

– Voor mijn part, te gek,... zei Esopus, die zijn glas oppakte en wegkeek.

– Ik heb het woensdag af voor de drumpartij, zei Jimmy, opnieuw knikkend tegen het glas in zijn hand. Zeker weten.

Ze pakten allemaal hun verse pinten.

– Marco, wat is er met haar gebeurd? vroeg Norman.

– Met wie? vroeg Marco.

– Met Lucia.

– Lucia?

– Jouw vriendin in Italië. Het model? Die dat ongeluk had? Wat is er met...

Hij zweeg en sloot zijn ogen. Zijn oren waren al tintelend rood voordat de anderen de kans kregen om in lachen uit te barsten. Hij wist er een klein glimlachje uit te persen.

– Ik haal m'n jas...

2

De volgende avond zat Jimmy in zijn slaapkamer. Z'n akoestische gitaar lag naast hem op bed, naast een blocnote. Hier hield hij van. Het begin van een nieuw liedje. Staren naar een wit vel papier en je afvragen hoe het er zou uitzien als het af was. Nou ja, hij wist hoe het er zou uitzien als het af was. Het zou er als een klerebende uitzien, zoals altijd, maar wat erop stond zou een klein wondertje zijn. Iets nieuws. Iets dat nog niemand ooit eerder had gezien of gehoord. Iets dat, nu nog, helemaal van hem alleen was. Dit keer had hij zelfs een titel. Er stond *Superchick*, twee keer onderstreept, bovenaan het eerste velletje geschreven. Tot zover geen vuiltje aan de lucht.

Jimmy had natuurkunde gestudeerd en hij had nu een fantastische baan bij Eirotech Solutions, maar zijn hart lag hier. Nu hij aan de vest-en-sloffenkant van de dertig zat, en omdat de werkelijkheid nu eenmaal een moeilijk af te schudden klootzak was, wist hij dat hij wel nooit een rockster zou worden, maar hij wist ook dat hij altijd een artiest kon zijn en dat was oké. Hij maakte muziek en dat maakte hem anders. Jimmy wist ook dat het geen slechte muziek was. Het was jammer dat de grote wereld er waarschijnlijk nooit achter zou komen hoe goed precies, maar daar kon hij mee leven. In de zes jaar dat hij bij Eirotech Solutions had gewerkt – en het waren zes behoorlijk succesvolle jaren geweest, hoe je het ook wendde of keerde – had hij niets gedaan dat hem in de verste verte hetzelfde gevoel van voldoening had gegeven dat hij kreeg van het schrijven van een liedje, het uit te voeren voor een publiek en te zien hoe mensen zich erop bewogen op de dansvloer. De eerste keer dat Jimmy vanaf het podium zag hoe drie meisjes die hij niet kende met hem meezongen bij het refrein van een van zijn eigen liedjes, was hij zo verguld met zichzelf dat zijn kaken aan het eind van de avond pijn deden van het urenlang non-stop grijnzen. Dat was waarschijnlijk het hoogtepunt van zijn leven geweest.

Hij nam de pen uit zijn mond en pakte de blocnote. Soms kwam de tekst het eerst, soms de muziek. Ditmaal moest het de tekst zijn. Hij wist al waarover het liedje ging. Met de pen tussen zijn vingers en zijn onderlip tussen zijn tanden begon hij een rijkversierd uitroepteken te droedelen naast de titel terwijl hij de gedachten die langs hem flitsten genoeg probeerde af te stoppen om er een soort orde in aan te brengen. Hij glimlachte toen hij dacht aan het eerste liedje dat hij ooit had geschreven, *The Plague of the Exploding Haemorrhoids*. Een luchtige kleine blues boogie over ontploffende aambeien met een op Paganini geënte gitaarsolo. Prachtig, gewaagd, brutaal. Hij was zestien en had het idee dat popmuziek slappe hap was geworden. Dat Kylie Minogue op 1 stond zei genoeg. Hij zat te luisteren naar haar voorgekookte gekweel op *Top of the Pops* en dacht bij zichzelf dat als er één iemand op de aardbol was die geen enkele reden had om te zingen dat ze zo *lucky lucky lucky* was, het deze kleine gillende poplellebel was. Wat de wereld nodig had was emotie, energie, leven. Met andere woorden: Jimmy Collins.

The Plague had niet eens zo'n slechte melodie. Zelfs Jimmy moest toegeven dat de tekst enigszins mallotig was, maar mallotig was oké. Waar stond geschreven dat je met kunst niet kon lachen? Later vergaf hij zelfs Kylie en haarsgelijken dat ze een generatie tieners hadden vergiftigd, hoewel Paul Weller nog een paar jaar langer in zijn zwartboek zou blijven staan – in elk geval tot Jimmy een redelijke verklaring kon verzinnen voor de Style Council. Hij kwam uiteindelijk tot de conclusie dat Paul daar tijdelijk ontoerekeningsvatbaar moet zijn geweest en zich later had herpakt. Maar in het algemeen was Jimmy's houding tegenover muziek er een van leven en laten leven. Misschien hield hij zelf niet van bepaalde genres, maar het was allemaal entertainment en het had allemaal zijn plek onder de zon. Daarin verschilde hij van Esopus, die de meeste popmuziek opvatte als een persoonlijke belediging. De enige uitzondering die Jimmy maakte in zijn nieuwe ruimdenkendheid was voor jazz, dat hij nog steeds als complete shit beschouwde, hoe vaak hij het ook probeerde.

Optreden. Ook dat was een kunst en Jimmy was een gretige leerling. Mick Jagger, Freddie Mercury, Phil Lynott. Zelfs Frank Sinatra. Jimmy had niet veel op met dat soort muziek, maar hij had Sinatra het publiek in trance zien brengen en hij wilde weten hoe hij dat voor elkaar kreeg. Bij de anderen was het duidelijk. Bij Jagger was het de manier waarop hij zijn armen en zijn kont bewoog. Bij Freddie was het de manier waarop hij zijn rug kromde en zijn haar schudde in de begintijd.

Phillo had de leren broek en de scheve grimas. Maar bij Frank zat het allemaal in de wenkbrauwen. Jimmy keek gebiologeerd toe hoe de oude lul-de-behanger zijn geheim eindelijk prijsgaf. *Frank's Birthday Special* of zoiets was op teevee, en Jimmy zat er met zijn ouders naar te kijken. Sinatra's wenkbrauwen. Ze veranderden van liedje op liedje, zelfs van couplet op refrein. De minste beweging veranderde zijn hele manier van doen, waarna het liedje vanzelf volgde en het publiek meeging naar waar hij het wilde hebben. Het was verbijsterend.

Hij probeerde al die performers te zijn, maar dat werd natuurlijk een ramp. Toen hij het niet langer probeerde, viel alles op zijn plaats. Plotseling was hij Jimmy Collins zonder er zelfs maar over te hoeven denken. De eerste keer dat hij zichzelf op video zag – zijn ma had de nieuwe videocamera mee naar de bruiloft van zijn neef en Jimmy, met de teller op acht glazen bier, was opgetreden met de band – stond hij perplex. Wat had dat gezwaai met de rechterhand in de lucht te betekenen? Waarom stond hij de hele tijd kniebuigingen te maken? En wat deed die tong die tijdens de solo's over zijn tanden heen en weer schoot? Hij had er geen idee van dat hij al die dingen deed, maar het bewijs was onweerlegbaar. Was hij dat eigenlijk echt wel op het podium? Ja, concludeerde hij, het moest wel. Jimmy Collins. Rockster. Het was alleen maar een kwestie van tijd. Jimmy glimlachte opnieuw, in zijn slaapkamer met de blocnote op schoot. Een kwestie van tijd. De bruiloft van zijn neef was twaalf jaar geleden.

Hij sloeg zichzelf mentaal wakker. Hij dwaalde af. Bij de les blijven, Jimmy. Superchick. Hij moest de toon van het liedje bepalen. Het is de ideale griet... wat dat ook mocht betekenen. Heeft hij haar al, of is hij naar haar op zoek? Waarschijnlijk het laatste. Of misschien had hij haar en is hij haar nu kwijt. Waarom is ze weg? Omdat hij met anderen heeft zitten rotzooien? Nah. Zo was Jimmy niet. Aha. Dus we hebben het nu ineens over Jimmy's Superchick? Eh... ja. Oké dan, bestaat ze echt? Heeft hij haar ontmoet? Ja. En nee. Ze bestaat echt, maar Jimmy weet niet wie het is. Ja. Daar draait het om. Waar is ze? Kweenie. Waar zoek je haar? Eh... overal. Zou het kunnen dat hij haar al ontmoet heeft, maar haar niet heeft herkend als Superchick? Zou kunnen. Wacht effe, dat zou betekenen...

Het werd ingewikkeld. Jimmy gooide de pen neer en stond op. Dit was een taaie. Tekst was meestal niet zo moeilijk. Nu kon hij niet eens een begin maken. Normaal begon hij wat in het wilde weg te schrijven en dan schreef het liedje zich min of meer vanzelf, maar dat werkte hier niet. Hij wist wat het probleem was. Het was niet zomaar een liedje. Hij wilde echt geloven dat ze bestond en ergens op hem wachtte. Sandra die hem dat flikte en hem in de steek liet voor Beano had hem een knauw gegeven. Anderen gingen uit elkaar. Niet Sandra en Jimmy. Tering! Hoe moest hij zich concentreren op het liedje met al die shit in zijn kop? Hij liep terug naar het bed en probeerde het nog een keer. En nog een keer.

Een uur later had hij pas vier regels, waar hij naar zat te staren terwijl hij met het afgeknauwde uiteinde van de pen over zijn kin schraapte:

Ik heb op deze aarde veel vrouwen liefgehad
Leuk en slim en sexy – ze hadden allemaal wat
Danser of drinker of stoeier, ik twijfel, ik weifel en ik wik,
Maar ik vond er één met alles, en ik noemde haar Superchick

Hij zuchtte. De bladzijde was al bedekt met doorgestreepte regels en inktvlekken. En de toon? Hij wist het nog niet. Dit zou de ladies niet massaal naar hun zakdoekjes doen grijpen, of wel? De titel wist hij zo zeker, maar... misschien had Esopus gelijk over dat puberale. Zoals het nu ging zag het ernaar uit dat het uiteindelijk een van die pop-punkliedjes zou gaan worden die tegenwoordig van 's ochtends vroeg tot 's avonds laat op de radio te horen zijn en hij wist niet of dat nou wel zijn bedoeling was. Daar had hij er al een paar van geschreven. Wegwerpmelodietjes met een aanstekelijke riff. Deze moest anders zijn, maar Jimmy wist dat Esopus er stante pede een Ramones-liedje van zou maken zo gauw hij hem deze tekst voorlegde. Maar ja, zo was Esopus. Geef hem een Whitney Houston-liedje en als je hem niet scherp in de gaten hield was hij tien minuten later de Stiff Little Fingers-versie eruit aan het rammen.

Jimmy boog zich weer over zijn blocnote toen hij een sleutel beneden in het voordeurslot hoorde glijden. Hij vloekte in zichzelf en stond met een ruk op. Hij zou hier vanavond helemaal niet zijn. Sandra zou langskomen om haar spullen op te halen. Als hij eenmaal aan het schrijven was verloor hij ieder besef van tijd. Het gebeurde wel vaker dat hij 's ochtends met bloeddoorlopen ogen en stijf als een plank het kantoor binnenstrompelde omdat hij maar twee uur had geslapen, als hij met iets nieuws bezig was geweest. Concentratie kon echt strontvervelend zijn.

Hij hoorde haar stem en... wat... was dat Beano? Beneden in zijn huis? O kut, dacht hij. Dit kon hij missen als kiespijn.

Esopus zat ook thuis, in zijn slaapkamer, zich te concentreren. Maar in Esopus' geval was de concentratie gericht op het gloeiende uiteinde van de enorme joint die kringelende rookslierten naar zijn neus zond. Alle deuren en ramen zaten potdicht. Niet omdat hij bang was dat iemand de wiet zou ruiken, maar omdat hij er geen partikeltje van verloren wilde laten gaan. Als de reefer te klein was geworden om vast te houden in zijn vergulde pincet, legde hij hem met tegenzin op een schoteltje, ging op het bed staan met zijn neus in de lucht en zoog snuivend de kostbare dampen boven zijn hoofd naar binnen.

Esopus woonde thuis maar hij maakte zich geen onnodige zorgen dat zijn vader plotseling zou binnenkomen en hem de stuff zag roken. Zijn vader had sinds 1987 geen voet in de kamer gezet; het jaar dat Esopus eindelijk genoeg geld had gespaard om zijn eigen stereo-installatie te kopen. Het was ook het jaar dat Murray senior de moed opgaf en aanvaardde dat zijn zoon voorbestemd was het smerigste en lawaaierigste kleine jeweetwelletje in Dublin te worden. Hij beschouwde het drumstel dat hij Esopus voor zijn twaalfde verjaardag had gegeven nog steeds als de grootste vergissing van zijn leven.

Esopus besloot dat de laatste restjes van de joint die nog in zijn kamer rondzweefden dan maar door zijn huid naar binnen moesten trekken, en hij kleedde zich uit en lag op zijn bed in zijn blauwe onderbroek om het te proberen. Zo nu en dan zwaaide hij zijn blote armen langzaam boven zijn borstkas om de luchtstroom op gang te houden. Esopus had geen baan en hij wilde er ook geen, maar hij was bijzonder nauwgezet in het najagen van zijn geneugten, die slechts vier in getal waren: muziek, vrouwen, bier en een fijne dikke damper na de thee. Hij stond op het punt om een kronkelige gedachtegang met onbekende bestemming te volgen, zoals zijn gewoonte was tijdens de de inwerking van de wiet, toen de deur openvloog en Jennifer binnenkwam.

– Paul, ik heb het van Marco gehoord over Jimmy en Sandra... Ze zweeg even. God, wat stinkt het hier.

– Doe de deur dicht, snel, zei Esopus, nog steeds met ogen dicht.

Jennifer sloot de deur.

– Pa zit beneden, hoor.

– Op de bank? Naar het nieuws te kijken? Jezus, die verzint ook telkens wat nieuws. Vind je dat blauw me staat?

Jennifer gooide hem zijn spijkerbroek toe, die ze op de grond had gevonden.

– Doe je broek aan, alsjeblieft. Ik wil met je praten en dat kan niet als je hier in dat gruwelijks ligt. God, wat een zooi is het hier...

Ze begon de bergjes vieze kleren die over de vloer verspreid lagen met haar voet bij elkaar te vegen tot een grote berg, terwijl Esopus op bed een gevecht met zijn spijkerbroek voerde. Hij leek wel meer handen en benen te hebben dan normaal.

– Ach, laat het raam dicht, wil je, Jennifer? zei hij. Jennifer had het al open en ging ervoor zitten op zijn drumkruk.

– Ik ga straks met de auto naar Marco, Paul, en dat ga ik niet doen met m'n hoofd vol troep.

– Jennifer, je verspilt m'n fucking rook. Wat wil je?

– Jimmy en Sandra. Ik wil weten wat er gebeurd is.

– Ze heeft hem gedumpt.

– Dat weet ik, Paul. Waarom?

– Door Beano. Ze wipt nu met Beano.

– Hoe lang is dat al aan de gang?

– Eh, sinds zaterdag geloof ik.

– Paul, Marco vertelde me dat Sandra en Beano gaan samenwonen. Het is nu maandagavond. Ik denk dat het langer aan de gang is dan twee dagen.

– Ah Jennifer, je bent bij mij aan het verkeerde adres. Ik weet alleen dat Sandra Jimmy heeft laten stikken en dat ze nu bij Beano intrekt. Jimmy hoorde het zaterdagavond. Hij vertelde het mij gisteren. Wil je nu het raam dichtdoen? Ik krijg het koud.

– Nee. Ze raapte een T-shirt van de grond en gooide het hem toe. Denk na, Paul.

– Nadenken? zei Esopus, terwijl hij zijn hoofd optilde en op haar probeerde te focussen. Nadenken? Misschien heb je het niet door, Jennifer, maar ik heb al moeite met hier te blijven liggen zonder uit elkaar te vallen. Jij zal voor ons allebei moeten nadenken.

– Stom stuk nutteloos onbenul. Je trekt al twintig jaar met Jimmy op en je hebt geen idee wat er aan de hand is? Gaat het een beetje met Jimmy?

– Geweldig, het gaat geweldig. Gisteren wel tenminste. Zatlazerus waren we.

– Paul, dronken zijn betekent niet noodzakelijkerwijs dat het geweldig gaat.

– Jennifer, wil je me wat patat bakken?

– Wat? Je hebt net je thee gehad.

– Ja, maar weet je... na het roken...

– Rot op, Paul. Is Jimmy in orde? Weet je het zeker?

– Hij is in orde, Jennifer. Het is Jimmy hoor. Hij zal zich heus niet van kant maken om een of andere stomme griet.

– Paul.

– Wat?

– Kijk me aan.

Esopus tilde zijn hoofd weer op en tuurde haar aan.

– Je bent met z'n tweeën.

– Luister dan naar ons allebei. Je bent een grote oetlul.

Jennifer liet Esopus in zichzelf giechelend op bed achter en liep de kamer uit. Ze maakte zich zorgen om Jimmy. Ze was in het geheim vanaf dat ze heel klein was stapel op hem, en zelfs al ging het fantastisch nu tussen haar en Marco, toch deed het haar pijn om te bedenken dat Jimmy verdriet had. Ze zou alles voor hem hebben gedaan, maar hij was altijd allereerst het maatje van haar broer. Hij leek haar nooit anders te zien als een klein zusje van hem. Toen ze jonger was zette ze vaak een van die kleffe George Michael-nummers op en ging dan op bed liggen met ogen dicht en stelde zich voor hoe Jimmy haar eindelijk zag staan. Maar dat gebeurde nooit. Ze verzon en speelde hele uitgewerkte drama's in haar hoofd. Soms huilde ze. Maar dat was verleden tijd. Jimmy was te gek en zij hield van hem, maar ze wist dat hij nooit de hare zou worden. Tot die conclusie was ze gekomen toen ze zestien was.

Jimmy zat in de leunstoel en keek naar de televisie waarvan het geluid was afgezet. Beano zat op de bank en keek naar Jimmy. Sandra was boven in de slaapkamer bezig haar spullen in een enorme koffer te stoppen.

– Jimmy, zei Beano, die snel naar de grond keek toen Jimmy opkeek. Het spijt me, man, ik bedoel... van alles. Soms gebeuren die dingen gewoon. Ik was ook niet meegekomen als Sandra niet gezegd had dat je vanavond weg zou zijn. Bedankt dat je me hebt binnengelaten. Respect, weet je. Ik hoop dat we alle rotzooi achter ons kunnen laten en... eh... weer... maten zeg maar kunnen zijn of zo en eh... de strijdbijl, zeg maar begraven, snap je?

– Jezus Christus, heb je dat soms ingestudeerd, Beano? Wil je asjeblieft heel snel je kop houden, fucking watje, voor ik moet janken? vroeg Jimmy hoofdschuddend.

– Oké, oké. En eh... Jimmy... ik stap uit de band.

– O nee hè! Asjeblieft! Wat moeten we zonder jou? Zonder jou zijn we volkomen kut. Je bent een eikel, Beano. Je kan niet uit de band stappen want ik gooi je uit de band. Ik ga niet eens op zoek naar een vervanger. Ik ga een van die basapparaten kopen. Die kan geen goeie bassist vervangen, maar jou wel. Blijft in de maat, houdt de toonsoort en draagt geen fucking bruine vestjes op toneel. We zullen onszelf niet meer terugkennen.

– Dat is niet aardig, Jimmy.

– Krijg de klere, Beano, zei Jimmy, de krant oppakkend.

Beano wilde wat zeggen maar Sandra kwam net naar beneden, dus hij leunde terug en richtte zijn blik weer op de televisie.

– Oké, zei ze, toen ze de zitkamer in kwam. Ik heb alles. Behalve de cd's. Zal ik die later komen halen?

– Nee, zei Jimmy. Kun je ze nu niet meenemen?

– Dat duurt wel even.

– Nee hoor. Neem alles maar met een zangeres. Dat is allemaal van jou. Behalve Blondie. Al de andere troep... Texas, Sheryl Crow, Natalie of hoe heet ze, die trut met dat haar, 10.000 Maniacs, Indigo Girls, The Corrs, de hele kutzooi. Neem allemaal maar mee en vertrek, oké?

– Jimmy, ik had zo gehoopt dat we vrienden konden blijven, zei Sandra.

– Pech gehad.

– Jimmy...

– Sandra, pak de cd's en sodemieter op, oké? Jimmy begon zijn zelfbeheersing te verliezen. Hij stond op en wilde naar de keuken maar draaide zich weer om.

– Ik was niet van plan om hier vanavond te zijn, oké? Ik ben niet in de stemming voor groepstherapie, en ik ga niet met jou in gesprek met die fucking autistische kutlul erbij. Sorry dat ik de hele klerebende niet filosofischer kan beschouwen, maar ik ben nou eenmaal een onredelijke klootzak, oké?

– Oké, Jimmy. Oké, zei Sandra, die op haar knieën voor de kist met cd's zat.

– Rustig aan, maat, zei Beano.

– Bek dicht, Beano. Dit is mijn huis, dus hou je d'r buiten. En ik ben jouw maat niet.

Jimmy ging in de keuken aan tafel zitten om de achterkant

van een pak Weetabix te bestuderen. Hoe was het allemaal zo gekomen? De bende in zijn hoofd te verwerken was tot daaraan toe, maar hij was er nog niet klaar voor om ze met z'n tweeën op de fucking thee te krijgen en met de fucking koektrommel rond te gaan. Hij gaf ze tien minuten en ging toen in de deuropening staan, kijkend hoe zij op hun knieën temidden van stapels cd's zaten.

– Beano, Aretha Franklin is van mij. En Bjork ook.

– Je zei alle zangeressen...

– Ik bedoelde alle kutzangeressen.

– Nou, wat is kut?

– Ja, dat zal jij weten. Mary Black is kut. Waarom gaat die terug op de plank?

– Die heb ik jou met Kerstmis gegeven, Jimmy, zei Sandra.

– Heb je hem mij ooit horen spelen?

Sandra pakte zonder een woord de cd en legde hem op een van haar stapels. Ze had ook de Tori Amos-collectie voor hem gekocht, die nam ze ook mee, zonder naar hem te kijken.

– Volgens mij is dat het.

– Alanis, zei Jimmy.

– Jimmy, die vind je goed! zei Sandra.

– Ja, nou, ik denk dat ik de komende tijd naar andere muziek ga luisteren. Ik zal haar weer opzetten als ze een fucking vrolijk liedje schrijft. Goed zo? Heb je alles?

Sandra stond op met haar tassen.

– Ja, dat is het. Jimmy...

– De mazzel, Sandra. Jimmy liep door de gang naar de voordeur en deed hem open.

– Het spijt me, Jimmy, zei Sandra en legde haar hand op zijn arm. Eerlijk waar.

Jimmy keek langs haar heen naar de tuin. Ze liep naar buiten.

– Eh, de mazzel, Jimmy, zei Beano, die haar achternaliep met de koffer.

– Lazer op, Beano, zei Jimmy zonder hem aan te kijken.

Hij sloot de deur achter ze en liep terug naar de zitkamer. De cd's lagen kriskras door elkaar, dus hij begon om zichzelf iets te doen te geven ze op te ruimen. De deurbel ging.

Het was Sandra. Beano was de koffer in de auto aan het zetten.

– Ik was vergeten je deze nog te geven. Ze gaf hem de sleutels en keek hem aan. Hou je goed, Jimmy. Alsjeblieft.

Hij beantwoordde haar blik en voor het eerst voelde hij helemaal geen woede. Hij voelde zich alleen triest. Triester dan hij zich ooit had gevoeld.

Hij vertrouwde zijn stem niet en daarom knikte hij maar terug. Ze draaide zich om en liep naar de auto. Snel sloot hij de deur.

– Jij ook, zei hij, terwijl haar voetstappen wegstierven op de oprit.

Hij liep terug naar de rotzooi op de grond en begon de cd's te ordenen. God, hij voelde zich klote. Normaal zou hij Esopus hebben gebeld voor een pint maar hij had er vanavond geen zin in. Bovendien had je niks aan Esopus voor dit soort situaties. Hij zou daar maar zitten en niks te zeggen hebben. Hij had altijd een of ander meisje om zich heen hangen, maar verwikkelingen hield hij op een afstand: dat zou te gecompliceerd worden. Zo gauw een meisje bij Esopus thuis op bezoek wilde komen of na een optreden op hem afkwam in de veronderstelling dat ze een stelletje waren, dan waren haar dagen geteld. Dan speldde hij haar een ongelofelijk lulverhaal op de mouw over hoe het beter was dat ze elkaar niet meer zouden zien, meestal een uit de lucht gegrepen verzinsel over een ongeneeslijke ziekte of angst voor pijn of verlies. Niemand kon zulke flauwekul verkopen als Esopus. Hij deed het al jaren. Zelfs zijn pa noemde hem Esopus.

Jimmy liet de cd's voor wat ze waren en ging naar boven. Misschien zou het helpen als hij verderwerkte aan het liedje. Hij pakte zijn blocnote weer op. Sandra had een boodschap voor hem achtergelaten.

Typisch. Een kattebelletje was precies haar stijl. Mooi melodramatisch. Hij wierp er een blik op. Een heleboel keer 'het spijt me' en 'verder moeten' en 'altijd speciale vrienden zijn'. Het volgende velletje van het blok was ook gevuld. Hij lachte. Sodemieter op! Dit was belachelijk. Zonder ze goed te hebben gelezen verfrommelde hij beide velletjes tot een prop, die hij in de prullenbak naast het bed mikte. Ze wilde dat hij zich erin wentelde en erover zou piekeren. Ze zei wel van niet, maar dat was precies wat ze dus fucking wel wilde. Het zou een opsteker zijn voor haar gevoel voor hysterie dat hij maar al te goed kende.

Mooi niet, Sandra, dacht hij. Het is voorbij tussen ons. Ik hoef die shit niet langer te slikken.

Hij pakte zijn blocnote weer op en sloeg een blanco pagina op.

– Oké, die is verdwenen, zei hij hardop, nadat hij opnieuw *Superchick* had opgeschreven. Maar waar hang jij uit?

3

Jimmy's pa liet zijn krant zakken en keek naar Jimmy, keek nog eens, en nog eens, en sputterde uiteindelijk iets dat heel moeilijk in letters te spellen was. Jimmy gaf hem een grijns terug.

– Dus je vindt het mooi, pa? vroeg hij.

– Of ik het *mooi* vind, Jimmy? zei Seán. Is het je nou helemaal in je laatste restjes groene hersens geslagen? Je ziet eruit als een... een... een of andere fucking oetlul. Jij... jij... kelere... de ggh... fgh...

De Engelse taal en lettertekens waren vaak niet toereikend voor Seán Collins als hij geschokt of in verwarring was. Er was een groot gebrek aan medeklinkers. Jimmy was blij. Zo'n reactie had hij niet meer gekregen sinds hij op z'n zeventiende binnenkwam in een nauwsluitende rooie jeans. Seán nam een slok water uit het glas dat voor hem op tafel stond en deed een nieuwe poging.

– En je werk, Jimmy? Je kan die fucking meisjesoorbel afdoen naar je werk, maar hoe ga je verbergen dat je kop er als een godvergeten reuzesneeuwbal uitziet? In jezusnaam, wat heeft je bezield? Ik hoop dat je een bonnetje hebt. Je hebt mazzel dat je dat niet hebt geflikt toen je nog thuis woonde, dat geef ik je op een fucking briefje. Ik had je hoofd eigenhandig geschoren... stuk... ngh.

– Ach laat hem met rust, zei Peggy vanaf het aanrecht. Hij is oud genoeg om te weten wat hij wil.

Bij ieder ander op deze aardbol had Jimmy's moeder zo'n haardos verfoeid, maar als haar Jimmy op het puntje van zijn neus een penis had laten tatoeëren, had ze nog gezegd dat het hem goed stond. Marco mocht volhouden dat Italiaanse moeders hun zonen zo koesterden, Jimmy wist dat Marco's moeder geen partij was voor zijn eigen ma.

– O, van mij hoor je niks, zei Seán. Het kan me geen zak schelen wat hij uitvreet. Maar hij vroeg me wat ik ervan dacht en gaf antwoord. Volgens mij ziet hij eruit als een driedubbelovergehaalde eikel met wit haar. Verder zeg ik er niks meer over. Succes ermee. Idioot.

– Bedankt, zei Jimmy. Ik had me zorgen moeten maken als

je het wel mooi vond. Kijk... ik ben een kunstenaar, pa. Dat moet je inzien.

Hij wist dat zijn vader een bloedhekel aan dat soort praatjes had. Hij was een loodgieter.

– Kunstenaar me reet. Ik weet precies wat voor kunstenaar je bent, zei Seán, wijzend naar Jimmy. Hij richtte zich tot zijn vrouw: Het komt allemaal van jou, Peggy, met je welbespraaktheid en je Ierse dansen en die kutkat die je altijd in huis had. Hij kan nog geen voetbal schoppen al kreeg hij er een miljoen voor.

Peggy Collins had dit allemaal al eerder gehoord.

– Ach hou toch op en ga je krant lezen. Deed het pijn, Jimmy?

– Een beetje wel, ma. Maar niet zo erg als toen ik m'n tepels liet piercen.

Ze keken allebei naar Seáns hoofd dat als een duiveltje uit een doosje achter zijn krant vandaan kwam, met de bril die van zijn neus dreigde te vallen.

– Ngh...

– Relax, pa. Het was maar een geintje... Het was alleen de linker.

Jimmy en zijn ma lachten. Zijn pa mompelde 'oetlul', verdween weer en hield zijn mond tot zijn thee werd gebracht.

Zijn haar laten bleken had een helse pijn gedaan en Jimmy had bijna in zijn broek gescheten toen de kapper zijn stoel terugdraaide naar de spiegel om het resultaat te laten zien, maar hij begon er inmiddels al gewend aan te raken. Meestal ging hij 's woensdags voor de repetities bij zijn ma langs om te eten. Hij zat zich te verkneukelen bij het idee hoe Esopus straks zou schikken als hij zijn nieuwe kapsel zag. Hij wist zelf niet goed waarom hij het had gedaan. Het kostte bijna honderd euro en het had zijn hoofdhuid zowat weggeschroeid maar Jimmy geloofde heilig in het principe van een nieuw begin en hij wist zeker dat Sandra hem hierom zou hebben vervloekt. Dat was voorlopig genoeg.

– Hoe gaat het nu, Jimmy? vroeg zijn moeder later, toen hij eindelijk zijn mes en vork neerlegde en een grote slok melk nam om de kleine berg piepers weg te spoelen die zij maar op zijn bord bleef stapelen. In het begin had ze wantrouwig tegenover Sandra gestaan, geheel in de traditie van Ierse moeders, maar na een paar jaar was ze bijgedraaid en nu hield ze van haar als een dochter. Peggy was nu waarschijnlijk degene die het meest overstuur was van de gebeurtenissen. Ze had er heel wat tijd en moeite inzitten om Sandra te leren goed voor haar zoon te zorgen. En nu dit.

– Ik ben oké, ma. Geen enkel probleem. Echt, zei Jimmy.

– Weet je het zeker? Jullie zijn zo lang samen geweest. Ik dacht dat de volgende bruiloft die van jullie zou zijn. Wil je erover praten?

Jimmy glimlachte. Zijn ma was geweldig. Waarschijnlijk zat ze vol inzicht en begrip en was ze een grote hulp op momenten als dit, maar Jimmy wilde er niks van weten. Als hij ergens geen zin in had, dan was het een gesprek, als volwassenen, met zijn moeder, over relaties. Dat is niet waar een ma voor is. Hij zou nog eerder proberen om zijn pa *Pretty Vacant* te leren spelen op gitaar.

– Nee, ma. Er valt niks te praten. Echt. Het is niet gelopen zoals het moest. Dat is alles.

– Zeker weten?

– Zekerste weten. Heb je nog broodjes met jam?

– Tuurlijk, schat. Aardbeien, bramen of rabarber?

– Eh, mag ik er eentje met rabarber?

Peggy plaatste een bergje voor hem op tafel en begon een papieren zak te vullen met warme broodjes uit de oven.

– Neem ze maar mee naar huis. En hier zijn er nog een paar voor arme Esopus.

Hij was 'arme' Esopus sinds zijn moeder vijfentwintig jaar geleden was doodgegaan. Inmiddels was hij er een van haar geworden.

– Bedankt, ma. Ik denk dat ik nu naar hem toe ga. Ik ben al te laat.

Zijn moeder keek hem aan en meteen pakte hij een broodje van het bord en stak het in zijn mond. In het huis van Peggy at je je broodjes als ze voor je werden gezet.

– Goed, schat. Bel je als je iets nodig hebt?

– Ja hoor. Mazzel, ma. Hij gaf haar een zoen op haar wang en draaide zich om naar zijn pa. Succes, pa.

– Tot kijk, stom stuk fucking sneeuwpop, zei Seán, zonder van zijn krant op te kijken.

– Hé, zei Jimmy. Wil je het nummer van mijn hairstylist? Hij is te gek. Hij zou waarschijnlijk zelfs iets met jouw hoofd kunnen. Als je vroeg genoeg komt tenminste, zodat hij echt z'n tanden erin kan zetten...

– Ik zou hem m'n fucking tramkaartje nog niet laten knippen, zei Seán, opkijkend van zijn krant, laat staan m'n haar. Moet je zien hoe je d'r uitziet. En hé, die kapper van jou, is die verzekerd? Want ik zal je eens iets vertellen, gratis en voor niks: als hij dat met het hoofd van zijn klanten uithaalt, kan hij maar beter een goeie verzekering hebben afgesloten.

Jimmy schudde zijn hoofd en wuifde ten afscheid.

– Laat maar zitten, pa, zei hij, terwijl hij de gang in liep. Ik denk niet dat jij en Trent erg goed met elkaar zouden kunnen opschieten.

– Trent?! Wat voor fucking naam is Trent... de g... ngh.

– Godskelere! zei Esopus toen hij eindelijk besefte dat het Jimmy was die de weg kwam aflopen. Hij stond voor het gemeenschapshuis een sigaret te roken.

– Ik zag de gitaar en ik dacht dat de ruimte dubbelgeboekt was of zo. Hoe je eruitziet! Te gek!

Ze gingen de oefenruimte in die ze jaren lang bijna elke woensdag hadden geboekt. De inventaris bestond uit een paar mottige versterkers, een gesloopt drumstel, een hoop kapotte snoeren, micofoons en microfoonstandaards. Ze zetten hun apparatuur op en Jimmy begon zijn gitaar te stemmen en de levels van zijn microfoon af te stellen, terwijl Esopus zijn drumstokjes in de lucht gooide en weer opving en onderwijl ingewikkelde roffels trommelde waarmee hij de spieren een beetje losmaakte. Hij had een van Peggy's broodjes in zijn mond gepropt.

Jimmy was klaar.

– Kan-ie? vroeg hij.

Esopus knikte, met uitpuilende wangen.

– Oké dan. *Teenage Kicks*...

Esopus telde kruimels spugend in en ze rausten erdoorheen. Dat nummer konden ze slapend doen. Esopus was aan het wachten tot Jimmy iets zei maar Jimmy zei niets. Aan het eind van het vierde liedje begon hij er zelf maar over.

– Eh, Jimmy... waar is Beano?

– Beano komt niet meer terug, Esopus. Jimmy maakte een pistool van zijn hand en haalde de trekker over.

Esopus werd bleek en staarde naar Jimmy, met zijn handen voor zijn mond.

– Tsjiezus, Jimmy, wat heb je gedaan? fluisterde hij.

– Ik heb hem eruit gekogeld, zei Jimmy en hij maakte nogmaals het schietgebaar. Hem op de keien gesmeten om te kreperen. Snap je? Uit de band gezet.

– O, shit. Gelukkig. Ik dacht even dat je hem had omgelegd. Je hoort de raarste dingen tegenwoordig. Fuck. Maar intussen hebben we daarmee geen bassist meer. We zijn een driemansband, Jimmy. We kunnen toch niet met z'n tweeën op het toneel gaan staan? Dat klinkt kut en we zouden eruitzien als jan lul en piet snot.

– Ik weet het, ik weet het. We vinden wel iemand. Ik heb in McGuigan met John gesproken. Zij zorgen voor een band om het dit weekend van ons over te nemen. Dat geeft ons wat tijd.

– Dat meen je niet!

Esopus was boos. Live spelen was een van zijn voornaamste bestaansredenen.

– Weet jij soms iemand? vroeg Jimmy.

– Mikey Smith misschien?

– Ik heb hem gebeld. Carpetmuncher heeft zaterdag een gig, dus hij kan niet. En Rob Wrixon is weg met z'n vriendin. Er is niemand anders die de set in een paar dagen goed genoeg kan leren. Ik dacht misschien aan zo'n apparaat dat de gitaar volgt met een baslijn. Je weet wel, die doen...

– Nee Jimmy, die elektronische shit kan me gestolen worden. Beano was kut maar hij had ritme. Min of meer.

Jimmy knikte.

– Sorry, Esopus. Wat kon ik anders doen?

– Ja, ik weet het. Maar het blijft kut. Het komt allemaal omdat hij zonodig Sandra moest naaien... Eh, sorry Jimmy, ik wilde alleen zeggen...

– We vinden wel iemand, Esopus. Alles komt goed.

Ze bleven hun reguliere set spelen. Nu ze erover gepraat hadden sprong de afwezigheid van het basgeluid er voor allebei dubbel zo hard uit. Ze waren bar. Jimmy raakte gefrustreerd en begon fouten te maken. Hij probeerde baslijnen toe te voegen aan de melodielijnen die hij al speelde, en dat lukte niet te best. Esopus zag hoe hij begon te flippen, dus na een uur of zo vroeg hij een pauze en stond op, schijnbaar om zich uit te rekken.

– En Jimmy, is *Superchick* al in aantocht? vroeg hij met een grijns. Meestal werkten ze de tweede helft van de sessie aan nieuwe dingen.

Jimmy keek beschaamd.

– Eigenlijk niet. Ik weet niet wat er aan de hand is. Ik kreeg de woorden niet op papier zoals ik wilde

– En de muziek? Daar zouden we aan kunnen werken.

– Eh, die heb ik nog niet.

– Oké dan. Esopus was enigszins verbaasd. Soms had Jimmy drie dagen nodig om een liedje af te maken, maar ermee beginnen was eigenlijk nooit het probleem geweest.

– Heb jij iets? vroeg Jimmy. Hij deed de meeste tekst, maar hij was niet flauw. Als iemand anders een goed idee had luisterde hij graag.

– Ach nee, Jimmy. Toen jij zo doorging over dat Superchickgedoe, dacht ik dat jij het helemaal zelf wilde doen.

Jimmy lachte.

– Ik bedoelde *Meatloaf's Underpants*. Heb je ideeën daarvoor?

Esopus bloosde en keek naar zijn voeten.

– Komop, slapjanus, zei Jimmy. Het is jouw song. Had je een loopje in gedachten?

– Misschien een kleintje...

Esopus stond op en pakte Jimmy's gitaar. Jimmy kroop achter de drums. Dat deden ze wel eens. Esopus speelde veel beter gitaar dan Jimmy kon drummen, maar op deze manier konden ze een liedje in de steigers zetten. Jimmy probeerde de stokjes te laten tollen terwijl hij wachtte tot Esopus voorovergebogen de effecten op het doosje op de grond had ingesteld en er een verschrikkelijk brullend gejank weerklonk dat wel iets weg had van een kapotte kettingzaag.

Ze vlogen door de ideeën die Esopus had voor *Meatloaf's Underpants*. Jimmy zat te genieten. Het was een totaal van de pot gerukt nummer maar met de stemmingswisselingen waaraan hij onderhevig was sinds zaterdag, was het Jimmy een geruststelling om Esopus in actie te zien. Hij was een van de rotsvaste waarden in het leven. Toen ze klaar waren, keek hij naar zijn gitaar, die laag over Esopus' kruis hing. Hij bleef zich erover verwonderen hoe zijn prachtige instrument, waarvoor hij meer dan duizend euro had neergeteld en waaraan hij allerhande zuivere en evocatieve klanken had ontlokt, plotseling zo verontrustend kon klinken in de handen van Esopus.

Het liedje ging over een man die voortdurend wilde dat zijn zoon de stereo-installatie zachter zette. De zoon vindt op zolder een boek met toverspreuken waarmee hij zijn vader weet te veroordelen tot een leven in de onderbroek van Meatloaf. In het laatste couplet is Meatloaf op toernee in India tijdens een extreem hete zomer en komt de vader eindelijk tot inkeer. In het laatste refrein bevrijdt zijn zoon hem en koopt pa een nieuwe gitaar voor hem en komt alles op z'n rock-'n-roll-pootjes terecht.

– Wat vind je ervan? vroeg Esopus. Hij was niet erg zeker van zichzelf als tekstschrijver en de goedkeuring van Jimmy was belangrijk voor hem.

– Nou, Esopus, het is beter dan *Swallow Every Drop of My Love* maar nog niet zo goed als *The Sausage King*.

– Oké, kan ik inkomen. Maar we beginnen pas, toch?

– Ja. Esopus... eh... waar heb je het idee hiervoor eigenlijk gekregen?

– Ah, weet je, Jimmy...

Jimmy keek hem aan.

– Nee, dat weet ik niet, Esopus.

– Nou, ik was teevee aan het kijken, een optreden van

Meatloaf. Nogal fors is hij, hè? Het zag er behoorlijk warm uit daar, en hij deed *Bat Out of Hell* in zijn smoking, dus ik vroeg me af wat het zou zijn in z'n slip.

– Oké, zei Jimmy. Toch niet iets waar de meeste mensen meteen aan zouden denken, Esopus.

– Mensen zijn verschillend, Jimmy, zei Esopus schouder-ophalend.

– Daar heb jij weer gelijk in, zei Jimmy en hij knikte lang-zaam.

Esopus ging erop door.

– Ik zou bijvoorbeeld nooit iets bedacht hebben over iemand als Superchick.

– En waarom niet?

– Omdat ik niet zo denk. Ik ben met een grietje en dan is zij Superchick. Simpel. De volgende avond ben ik een ander grietje en dan is zij Superchick. Weet je, Jimmy, ik vind vrouwen neu-ken lekker. Zo ben ik. Ieder meisje waarmee ik geweest ben is te gek zolang we liggen te neuken. Ik zweer het je. Een engel-tje, echt waar. Allemaal. Dat zijn een hele hoop Superchicks bij elkaar. Dus is het niet dezelfde Superchick waar jij aan denkt, alleen omdat je het toevallig even niet meer ziet zitten. Mijn Superchick is meer... eh... iets van vluchtige en voorbij-gaande aard, snap je?

– Jezus, Esopus, ik ben blij dat Norman dit niet hoeft aan te horen.

– Nou ja zeg. Norman weet evenveel van vrouwen als mijn kont weet van stenen gooien. Hij is een hele aardige jongen, daar niet van, maar ik wil wedden dat hij straks degene is die met een fucking stomme koe zit opgescheept omdat hij zich het hoofd op hol laat brengen door de eerste de beste boeren-trien die zich door hem laat betasten.

Jimmy deed zijn ogen stijf dicht en schudde zijn hoofd.

Soms kon Esopus heel diep van inzicht zijn, als je de hennep-stijlbloempjes die zijn uitlatingen meestal versierden eenmaal had uitgerukt. Jimmy had onlangs min of meer gelijkluidende gedachten over Norman gehad. Hij was te aardig, dat kon hem nog eens opbreken.

– Wil je mij een seintje geven als je hem dat gaat vertellen, dan kan ik me tijdig uit de voeten maken, oké? zei Jimmy. Vooral als ik m'n beige hemd draag. En wat denk je over mij dan, Confucius?

– Ach Jimmy, jij bent net aan de dijk gezet. Jouw probleem is dat je denkt dat alle vrouwen klootzakken zijn. Dat zei je zelf laatst.

– Dat was maar flauwekul, Esopus.

– Helemaal niet, Jimmy. Dat denk je maar. Jij en Sandra waren een eeuwigheid samen, zij knijpt ertussenuit met Beano en nu voel je je kut. Dat is normaal, maar je kan geen liedje schrijven over de ideale vrouw als je in die stemming bent. Wat jij nodig hebt is een sessie met een lekkere geile slet om je weer op de rails te krijgen. Dan heb je Marco. Die is er erger aan toe. Die denkt notabene dat Jennifer de ideale vrouw is, de sukkel. Ik ben opgegroeid met Jennifer, Jimmy. Als zij de ideale vrouw is, nou, dan zijn we allemaal onze fucking tijd aan het ver-knoeien. Dan kunnen we net zo goed allemaal Norman zijn, en dat is een heel eind beneden mij, Jimmy, een duizelingwek-kend eind. Je kan je nog lelijk bezeren als je zo'n eind naar beneden moet vallen...

Jimmy schudde zijn hoofd en stak zijn hand op om Esopus tot zwijgen te brengen.

– Wil je heel even je kop houden, fucking flippo? En het liedje?

– Ik kan het couplet over de curry eruithalen als je denkt dat...

– *Superchick*, Esopus. We hadden het over *Superchick*, weet je nog? In fucksnaam, hoeveel heb je vanavond gebruikt?

– O ja. Eh, kijk, het is jouw pakkie-an, maat. Als het gewoon zomaar een liedje is dan kun je schrijven wat je wil. Maar als je op een of andere missie bent dan kun je beter zorgen dat je een helder hoofd krijgt.

Esopus stopte met het opnieuw stemmen van de gitaar en keek Jimmy recht aan. Maar het gaat helemaal niet over een liedje, hè?

Jimmy stopte met zijn pogingen de stokjes te laten tollen en haalde zijn schouders op. Mijn God, voor iemand die zijn tijd hoofdzakelijk in Zorgelozië doorbracht, kon Esopus een behoorlijk scherpziende klootzak zijn.

– Nee, waarschijnlijk niet. Ik had het opbreken met Sandra in gedachten, weet je. En ik vraag me af wat ik nu aanmoet. Ik was gelukkig met haar, Esopus. Ik dacht dat we samen zouden blijven, ook voor later of zo. En ik had het mis. Ik bedoel, Jezus, ik zat er wel heel ver naast, hè? Niet alleen gaat ze niet met me trouwen, maar ze was iemand aan het neuken van wie ik dacht dat het mijn vriend was en plannen aan het maken om bij hem in te trekken. En ik merkte er niks van. Wat wil dat zeggen?

– Dat wil zeggen dat Sandra een totebel is en Beano een zakkenwasser. Dat is wat het wil zeggen.

– Nee. Om fuckswil, Esopus, zo simpel is het niet. Het wil zeggen dat ik nergens een fucking flauw benul van heb. Daarom kan ik dat liedje niet schrijven. Telkens als ik ga zitten en iets op papier probeer te krijgen, blijf ik maar denken dat ik vol shit zit en dat alles wat ik schrijf gelul is. Snap je wat ik bedoel?

– Eh, ja... ik bedoel nee.

– Oké, ik heb een paar liedjes geschreven die je 'liefdesliedjes' zou kunnen noemen, nietwaar?

– Of ik het niet weet... homo.

– Oké. Goed, toen ik die schreef, schreef ik ze uit ervaring. Tenminste gedeeltelijk. In elk geval was het persoonlijk, goed? Maar nu denk ik dat ik niks van vrouwen begrijp en niks van relaties en dat ik niet eens m'n eigen gedachten daarover begrijp. Je moet maar durven, om voor een publiek iets te staan zingen waar je geen flikker van begrijpt, weet je?

– Jimmy, ik snap de helft niet van de shit die jij schrijft en toch kom ik op en speel die troep. Wat is het probleem? Je haalt dingen door elkaar. Een liedje hoeft niks te betekenen. Als dat moest, zou Oasis in de lik zitten, de mietjes. Hun liedjes klinken stuk voor stuk als kinderversjes. Ze betekenen helemaal niks en ze zijn gruwelijk en nog zijn het fucking miljonairs.

Jimmy verhief zijn stem. Hij had er de pest aan als Esopus de zaken probeerde te versimpelen, zoals nu. Kunstenaars mochten de zaken soms ingewikkeld maken.

– Dit is niet zomaar een liedje of muziek, Esopus. Dit is het leven! Ik wil me kunnen inbeelden dat ik ooit mijn ideale meisje zal tegenkomen en dat ik haar zal herkennen als het zover is. En hoe gaat me dat lukken als ik niet eens weet wat ik fucking wil?

– Weet ik het! schreeuwde Esopus terug. Vraag het Norman of Marco of weet ik veel. Ik ben oké zonder al die shit.

– Nee, dat ben je niet, weet je.

– En begin fucking daar niet weer mee, Jimmy, zei Esopus. Alsjeblieft.

– Waarmee?

– Dat gezeik waarmee je altijd begint. Dat ik diep van binnen ongelukkig ben en dat ik me alleen maar wijsmaak dat ik het lekker vind om een heleboel vrouwen te neuken. Want dat ging je me nu toch vertellen, niet? Nou, maat, als ik in een droomwereld leef, maak me dan alsjeblieft niet wakker want ik heb het prima naar m'n zin.

– Oké, oké. Maar wat als je haar ziet? Weet je, *haar*?

– Ik zou vragen of ze het voor me wilde afscheren.

– Esopus. Als je Superchick tegenkomt, wat doe je dan?

– Ik zou zeggen dat ze een belachelijk idiote naam heeft. Tsjiezus, Jimmy, kunnen we het ergens anders over hebben?

Jimmy lachte. Dit was niet echt een onderwerp voor Esopus.

– Goed. Kom, dan doen we jouw nummer nog eens.

– Oké. Maar ik dan weer achter de drums, goed? Dat drummen van jou, daar is geen peil op te trekken. En volgens mij is deze gitaar stuk. Klinkt een beetje meisjesachtig.

Ze verwisselden weer van instrument. Jimmy kende de gitaarpartijen voor het liedje al. Esopus schreef geen bijster ingewikkelde dingen. Hoofd omlaag, geluidsknoppen omhoog en ballen in de veiligheidsgordels. Hij zou later wel een toepasselijke configuratie voor het nummer op z'n effectendoos vinden. Iets waarvan de eerste rij niet meteen met bloedende oren en losse tanden naar de eerste hulp zou moeten rennen.

– Kom je donderdagavond pokeren? Beano zal er niet zijn, maar met z'n vieren gaat het ook.

– Oké, cool, zei Esopus.

– Te gek. Goed, vanaf het begin, zei Jimmy. *Meatloaf's Underpants*. In... eh G voor de *craic*.

Esopus telde af en Jimmy glimlachte in zichzelf.

Hij had een plannetje voor donderdagavond.

4

Marco was in zijn element. Meer dan anderhalf jaar was hij op kantoor de arme onnozele buitenlander geweest, te stom om voor de duvel te dansen. Maar dat was allemaal veranderd met de laatste aanwinst op de afdeling. Eirotech Solutions probeerde banden aan te knopen met Fujitsu in Japan, dat plannen had om een nieuw type mobiele telefoon te lanceren en in Europa de concurrentie aan te gaan met Ericsson en Nokia. Fujitsu zocht een lokale partner in de regio en Eirotech Solutions op zijn beurt wilde een voet tussen de deur van de enorme Japanse softwaremarkt. Toen de eerste contacten waren gelegd en afspraken gemaakt was het tijd om enige expertise uit te wisselen. Tony Fitzgerald van Marketing had een verblijf van zes maanden in Tokio gescoord, de mazzelpik, en uit omgekeerde richting was nu Marco's nieuwe collega ingevlogen, Shigenori Tsujita.

De Japanner was in Marco's team ingedeeld. Voornamelijk om toe te kijken, maar in de eerste week dat hij er was had hij al een aantal nuttige opmerkingen gemaakt over hun marktonderzoek en planning. Marco had het zijn persoonlijke missie gemaakt om Tsujita-san voor te stellen aan iedereen die hij op kantoor kende en enthousiast hielp hij de nieuweling met de kleine dingen des levens die hem moeite leken te kosten, zoals bijvoorbeeld het eten in de kantine. Zijn Engels was niet geweldig, maar Marco had hetzelfde meegemaakt en Tsujita-san kon zich geen geduldigere gids wensen. Hij hield ook van voetbal en dat alleen was voor Marco al genoeg om zijn beste vriend te worden. Jimmy keek er wel naar maar wist er eigenlijk niet zoveel van af, Esopus leek in geen enkele sport enige interesse te hebben, uitgezonderd 'wippen' en Norman hield alleen van Gaelic football en hurling.

In Marco's optiek was hurling een spel waarbij dertig mannen elkaar met houten schoppen probeerden af te maken. Hij noemde het een vechtsport voor boeren, maar Norman hield fier vol dat het een van de veiligste sporten ter wereld was. Het was sowieso volgens Norman de veiligste, de oudste én de snelste sport aller tijden, en vanzelfsprekend veel beter dan alles wat een of andere stomme Italiaan kon bedenken. Norman had hem een keer naar Croke Park meegenomen om een wedstrijd te zien, maar voor Marco leek het eerder op een of andere idioot soort luchthockey voor mensen die heel erg om een dikke knuffel verlegen zaten. Maar hij leerde wel een massa nieuwe scheldwoorden van een berengrote ouwe vent met een kop als een biet die zijn afkeuring over iemand op het veld zozeer kenbaar maakte dat bij het rustsignaal grote kleverige lussen spuug zijn halve gezicht bedekten.

Jimmy was een jaar geleden naar een andere afdeling gegaan, waardoor Marco met Tsujita-san naar boven moest om hem voor te stellen. Jimmy keek naar een computerscherm en tikte met een pen tegen zijn neus toen hij Marco door de deur zag binnenkomen met een klein oosters mannetje.

– Hé Marco, hoe gaat ie?

– Hallo Jimmy. Wow! Wat is er met je hoofd gebeurd!

– Ach, dat vertel ik een andere keer wel.

Marco knikte met een bezorgde frons en draaide zich om.

– Tsujita-san, dit is mijn vriend Jimmy Collins. Hij werkte vroeger bij ons maar is nu Hoofd Informatiesystemen bij Eirotech Solutions. Jimmy, dit is Shigenori Tsujita. Hij komt van Fujitsu en is hier een paar maanden gestationeerd.

Jimmy stond op en stak zijn hand uit.

– Welkom, eh... Shi... Shigie... Sh...

Marco reageerde onmiddellijk. Dit had hij de hele week al lopen doen.

– Je kunt hem 'Tsujita-san' noemen, Jimmy. Dat betekent meneer Tsujita.

Ze schudden elkaar de hand en Tsujita-san maakte een lage buiging vanuit zijn middel. Jimmy maakte een buiginkje terug, keek om zich heen en voelde zich een beetje een aansteller.

– Zeel veleeld kennis maken, Jimmy-san, zei Tsujita-san.

– Eh, oké. Hoe lang gaat het verblijf duren, Toe... Soe... eh...

– Tsujita. Ik brijben in Ielrand sebben maand, Jimmy-san. Solly. Mijn Engers issa niet elg goed.

– Nee hoor, nee hoor. Heel goed, zei Jimmy met een blik naar Marco, die zeven vingers omhooghield achter de rug van Tsujita-san. Oké dan. Nou, ik hoop dat je een fijne tijd in Dublin zult hebben. Met Marco hier kom je niets tekort. Hij zal je rondleiden.

Hij nam al pratend weer plaats achter zijn bureau. Dat was een van zijn favoriete methodes om mensen weg te krijgen.

– Tsujita-san houdt van jazz, zei Marco.

– O ja? zei Jimmy, beleefd, kijkend naar Tsujita-san.

– Ah, ja, ik speer de sax.

– Fijn...

Marco ging er met een brede glimlach gretig op door.

– Jimmy *haat* jazz. Ja toch, Jimmy?

– Nou...

– Hij haat het. Hij vindt mensen die van jazz houden watjes en doetjes en mietjes. Ja toch, Jimmy? lachte Marco.

– Eh nou, ik heb nooit gezegd... weet je... eh... Iedereen heeft zo z'n eigen...

Typisch die klote-Marco. Als hij enthousiast werd, ging z'n tong te snel voor z'n hoofd. Joost mocht weten hoe hij in het Italiaans was. Hij zag dat Tsujita-san hem aankeek. Jimmy betwijfelde of hij Marco wel helemaal begrepen had, dus hij probeerde hem af te leiden voor hij het door had.

– Ik speel gitaar, zei hij, en deed met zijn handen de bewegingen na.

– Ah. Wij zammen speren?

Ja, doei.

– Tuurlijk. Ja hoor. Geweldig. Zou ik leuk vinden... eh... Jimmy keek naar het computerscherm alsof er iets heel belangrijks zijn aandacht vroeg.

– Fijn! Dank. Ah, reuk, ah... Hij wees naar Jimmy's hoofd.

– O, ja, m'n haren. Bedankt. Niet iedereen is er even enthousiast over, zei hij met een blik op de gesloten deur van het kantoor van zijn baas. Hoe dan ook, prettig met je kennis te maken, Zucheeto-san.

Tsujita-san boog opnieuw en ging achter Marco aan verder met zijn kennismakingsronde.

– Godskelere... mompelde Jimmy tegen zichzelf toen hij ze achter een afscheiding zag verdwijnen. Dit was niet een van zijn beste dagen. De eerste die hij die ochtend had gezien, was Denise. Zij zat op het netwerkteam en kwam toevallig op hetzelfde moment aan bij de poort van het gebouw als hij.

– Goeie help, Jimmy. Ben je ergens van geschrokken of zo? vroeg ze lachend.

– Vind je het mooi?

– Het is een beetje vroeg om daar antwoord op te geven. Vraag het me straks maar.

In de drie minuten dat het duurde om van de garage naar zijn bureau te komen, liet hij een spoor na van gestaakte gesprekken, vallende onderkaken en meerdere aanroepen van de Naam des Heren. Hij liep gewoon door en probeerde met een gemaakte glimlach zijn blos te verbergen. Zo erg was het toch niet, probeerde hij zichzelf wijs te maken, maar toen hij een glimp van zijn weerspiegeling opving in een glazen deur, besefte hij dat hij er inderdaad anders dan anders uitzag. Misschien was wit – of 'fonkelend askleurig' zoals ze het daar hadden genoemd – spiky haar niet geschikt voor een eerste avondje uit. Mensen raakten er schijnbaar vrij snel aan gewend, maar Jimmy kon zichzelf alleen in een spiegel of zo zien. Telkens als hij naar de wc ging moest hij even voor de wastafel halt houden om zichzelf te bekijken. Het zou cool en punky moeten wezen maar zijn hoofdhuid zag er roze en ontveld uit en zijn haren stonden recht overeind op zijn schedel, alsof ze bang van zichzelf waren. Toen hij zich liet knippen had hij aan optredens gedacht maar hij moest toegeven dat het niet erg passend was bovenop een man met een hemd en das.

Zijn telefoon ging om vijf over negen.

– Jimmy. Simon. Kun je even hierheen komen, alsjeblieft?

Simon was zijn baas. Geen kwaaie kerel. Dat nam niet weg dat Jimmy opstond en naar zijn baas toeliep met het gevoel alsof hij naar de rector was gestuurd.

Hij klopte en opende de deur.

– Jimmy, ga zitten.

Jimmy ging zitten.

Simon keek hem zonder iets te zeggen aan.

– Zo, zei Jimmy tenslotte. Je wilt waarschijnlijk weten wat er met mijn haar is gebeurd.

Simon knikte.

– Nou, blondjes hebben meer plezier en ik kon wel wat plezier gebruiken.

– Jimmy, zei Simon heel kalm, wat geen goed teken hoefde te zijn. Ik het die jou indertijd heeft voorgedragen voor vicepresident in het bedrijf. Dat heb ik gedaan omdat je hard werkt en je verantwoordelijkheden neemt, zo jong als je bent. Maar Jimmy, ik rekende er ook op dat jij in deze rol je gezond verstand zou gebruiken. En dat (en daarbij wees hij op Jimmy's haardos) lijkt niet op het gebruiken van gezond verstand.

– Simon...

– Eén moment, Jimmy, ik ben nog niet klaar. Je bent niet meer een van de groentjes. Je bekleedt hier een tamelijk verantwoordelijke functie. Je staat aan het hoofd van tientallen mensen en beheert een gigantisch budget. Je bent ook een van de gezichten van het bedrijf. Een van de mensen die ons bedrijf vertegenwoordigen bij klanten en toekomstige klanten. Ik weet dat je ook je muzikale kant hebt. Dat waardeer ik. Ik moedig het zelfs aan. Ik heb je zien spelen en je bent erg goed, als je ervan houdt. Maar je moet weten waar je prioriteiten liggen. Je bent of een zanger in een groep, of je bent een leidinggevend persoon in dit bedrijf, met aandelen, een pensioenplan en een rooskleurige toekomst. Je kan allebei zijn, Jimmy, maar je moet heel goed weten hoe je die twee mengt. Is dat duidelijk?

Jimmy was dolgraag opgesprongen om Simon te vertellen waar hij dat pensioenplan kon steken. Zijn das op de grond gooien, z'n baas de vinger geven en ontslag nemen. Het zou zo rock-'n-roll zijn om het gebouw uit te stormen, met Esopus ergens af te spreken, een plaat op te nemen en rijk en beroemd te worden. Dat zou ze leren, de hele bende, Simon, z'n pa, Sandra. Ze zouden zich de haren uit hun kop schamen dat ze ooit aan hem hadden getwijfeld.

Maar natuurlijk deed hij dat allemaal niet. Misschien had hij af en toe iets van een dromer maar hij was niet fucking compleet mesjogge.

Bovendien had Simon groot gelijk. Hij wist nog steeds niet wat hem tot zijn nieuwe kapsel had gedreven. Het was gewoon min of meer bedoeld om te lachen, maar hij had de hele ochtend geen aandrang gehad om te lachen. Hij voelde zich heel erg bewust van zichzelf en ongemakkelijk. Dus het zag ernaar uit dat z'n pa ook al gelijk had. Zoals gebruikelijk. Hoe was het mogelijk dat de meest oncoole persoon in het zonnestelsel altijd gelijk had?

– Jimmy? Wil je met vertellen wat er aan de hand is? vroeg Simon.

– Wat? Er is niks aan de hand.

– Echt? Weet je, toen ik vijfenveertig werd, kocht ik een motorfiets voor mezelf. Ik had er altijd eentje gewild, maar het was er nooit van gekomen. M'n vrouw kwaad, dat wil je niet weten. Ik was onverantwoordelijk. Gooide geld over de balk. Probeerde mijn jeugd nog eens over te doen. Bla bla bla. Zij wist er alles van. Noemde het de penopauze. Ik hield voet bij stuk maar natuurlijk had ik het ding een maand later weer verkocht. Ik bleek toch geen Easy Rider, en als zij dan ook nog eens niet te genieten was... Het punt is, Jimmy, jij bent pas dertig. Dat is een beetje jong voor een midlife-crisis, vind je niet? Dus wat is er aan de hand? Is alles oké thuis?

Goeie help, het ging steeds meer op de kamer van de rector lijken. Jimmy besloot om het spelletje mee te spelen. Simon zou blij zijn dat hij het goed geraden had en misschien zou hem dat wat chillen.

– M'n vriendin en ik zijn dit weekend uit elkaar gegaan, zei hij.

– O, ik snap het. Sarah, was het toch?

– Sandra.

– Oké. Nou Jimmy, dat geeft je waarschijnlijk een excuus om een beetje vreemd te doen. Ik wil niet gaan neuzen in je privéleven maar ik hoop dat het allemaal snel goed komt. Meestal gebeurt dat wel, weet je.

Jimmy probeerde verdrietig en ontredderd te kijken. Dat werkte bij die ouwe lullen meestal wel. Daar gingen zij zich ervaren en wereldwijs van voelen.

– Kun je het eruit wassen? vroeg Simon met een vaag gebaar in de richting van Jimmy's schandplek.

Jimmy schudde zijn hoofd.

– Oké. Moet je horen. Het groeit er op een gegeven moment wel uit, hè? Alsjeblieft, Jimmy, doe het niet nog een keer. En kam als je op kantoor komt in godsnaam die punten eruit...

– Komt voor de bakker, zei Jimmy. Eerlijk gezegd doet dat spul dat ze in je haar smeren zo godvergeten pijn dat ik sowieso niet van plan ben om het ooit nog eens over te doen. Ik moest er bijna van janken.

Simon lachte.

– Goed. Dat is dan afgesproken. En Jimmy, niet al te zeer bij de pakken neer gaan zitten door die geschiedenis met die vriendin, hè? Als je zo oud bent als ik, zul je er lachend op terugkijken. Echt.

– Oké. Bedankt, Simon.

Hij stond op. Eitje. Hij wist niet wat voor maatregelen Simon in gedachten had gehad, maar hij wilde het ook niet uitvinden door stijfkoppig te zijn en moeilijk te doen over zijn kapsel. Zoals het nu ging, zou er verder niks gebeuren. Als je met iemand als Esopus bent opgegroeid, leer je de problemen snel te omzeilen. Het belangrijkste was nu om het kantoor lachend te verlaten. Iedereen op de werkvloer zou staan wachten tot Jimmy het kamertje weer uitkwam. Een schandaaltje. Als hij dan naar buiten kwam alsof hij op z'n falie had gekregen, met gebogen hoofd, dan zou de geruchtenmachine tegen lunchtijd roodgloeiend staan. Hij kon zich het gefluister indenken dat nu al de verdieping over ging. 'Jimmy is bij Simon ontboden.' 'Zag je dat? Zijn laatste uur heeft geslagen.' 'Eigen schuld dikke bult. Dat haar van hem.'

– Ik neem aan dat je geen basgitaar speelt, Simon? vroeg Jimmy met een lach, terwijl hij de knop van de deur draaide om naar buiten te gaan.

– Ik? God nee, zei Simon. Hoezo? Zit je omhoog?

– Ja, in feite wel.

– Het spijt me, ik kan je niet helpen. Tenzij je iemand nodig hebt die *Twinkle Twinkle Little Star* op de blikken fluit speelt.

– Bedankt. Ik zal het onthouden.

Simon lachte en Jimmy viel hem bij met een luide bulderlach terwijl hij de deur naar de werkvloer openzwaaide en terugliep naar zijn bureau, met opgeheven hoofd. Niks aan de hand, luitjes. Niks aan de hand. Stelletje nieuwsgierige fucking aagjes.

Eirotech Solutions was een van de snelst groeiende Ierse softwarebedrijven. In acht jaar tijd was het aantal werknemers vervijfvoudigd en de toekomst leek louter koek en ei te zijn. In plaats van zich te richten op één bepaald aspect van de technologie probeerden de beleidsmakers bij het bedrijf schaamteloos alles aan te trekken wat op het ogenblik geld opleverde. Biotechnologie? Ja hoor, daar kunnen we systemen voor schrijven. Boekhouding? Geen probleem. Smart cards? Absoluut, hebben we die niet zowat zelf uitgevonden? Het resultaat van al deze 'specialisaties' was dat ze het altijd druk hadden. Druk met software schrijven en druk met de buitenwereld aan de neus hangen dat ze in alles even goed waren.

En het werkte. De technici van Eirotech Solutions werkten te veel en kregen te veel betaald en niemand klaagde – het was cool in Dublin geworden om altijd gestrest te lijken. Jimmy's afdeling alleen al had drie contracten lopen met grote financiële ondernemingen, twee andere met Amerikaanse telecommunicatiebedrijven en zes voorstellen voor diverse Ierse en internationale projecten. Hij had dertig technici met vijf directe rapporten, een aantal projectmanagers op verschillende opdrachten en een stuk of zes, zeven verkopers die dagelijks ver-slag bij hem uitbrachten. Zijn bureau was overwoekerd met paperassen en een aantal deadlines kwam akelig dichtbij. Hij zat daar kalm, diep in gedachten verzonken, kauwend op zijn onderlip.

Waar de fuck moest hij een bassist vandaan halen?

Hij zat daar en keek op de *Hot Press* website op zijn computer. Soms had je geluk. Iemand die je kende zocht toevallig een gig. Hij liep in rap tempo langs de lijst met advertenties maar niks sprong hem in het oog. Er zaten maar een stuk of vier bassisten in de buurt bij en Jimmy kende ze geen van allen. Ironisch genoeg waren er wel zo'n twintig keyboardspelers. Als ze naar een toetsenist op zoek waren geweest hadden ze keus te over. Helaas zou zelfs de gedachte aan een toetsinstrument in de band te veel voor Esopus' hart zijn geweest. Hij zou ter aarde zijn gestort en onmiddellijk gecrepeerd als je het voorstelde.

Marco kwam aangelopen.

– Jimmy.

– Hedaar Marco.

– Wat vond je van Tsujita-san?

– Aardig jochie, leek me, zei Jimmy.

Wat kon hem het bommen.

– Hij is geen jochie, Jimmy, hij is zevenendertig.

– Echt waar? zei Jimmy.

Dat was een verrassing. Hij zag er geen dag ouder uit dan vijfentwintig. Jimmy prentte zich in dat hij meer vis moest eten.

– Zeg, denk je dat hij morgen met ons kan meepokeren? vroeg Marco.

– Dat weet ik niet hoor, Marco. We spelen voor geld, weet je. We kennen die gozer niet eens. En zijn Engels is niet om over naar huis te schrijven. De jongens zouden hem niet kunnen verstaan. En hij zou geen fucking flauwe notie hebben waar

Norman het over heeft met zijn Corkse accent. Ik heb er af en toe zelf moeite mee.

Marco knikte een enkele keer en liet zijn hoofd hangen. Hij vond het echt een aardig iemand en hij wilde dat zijn vrienden hem ook aardig zouden vinden.

Jimmy voelde zich een beetje een zak, maar het potje pokeren met de jongens op de schaarse donderdagavond was iets speciaals. Dan nodigde je niet zomaar iedereen uit. Kende die knaap de spelregels wel? Zou hij zich goed houden als hij vijftig euro of meer aan Norman zou verliezen? Als je hem eenmaal beter leerde kennen was Norman zo vriendelijk als maar mogelijk was zonder dat je er wat van ging denken, maar zet hem aan tafel met vijf kaarten in zijn hand en hij veranderde in een genadeloze klootzak.

– Weet je wat, zei Jimmy. We gaan zaterdagavond met z'n allen naar McGuigan om Slapper te zien. Waarom vraag je hem niet of hij meekomt? Ze hebben daar een Chinese barman, daar kan hij een praatje mee maken.

– Tsujita-san is een Japanner, Jimmy. Maar bedankt, het is een goed idee. Ik zal het hem zeggen. Volgens mij is hij een beetje eenzaam.

Marco was in zijn nopjes. McGuigan was zelfs beter dan pokeren. Tsujita-san zou de hele bende ontmoeten, een paar biertjes drinken. Marco kon hem alle verschillende bieren uitleggen als een expert. Misschien nam hij er zelf ook wel weer eentje om indruk te maken.

Marco glimlachte breeduit naar Jimmy en huppelde zowat weg en de deur uit. Jimmy keek hem grijnzend na en probeerde het zich voor te stellen. Zucheeto-san in McGuigan. Dat beloofde wat.

5

Jimmy pakte zijn kaarten, bekeek ze eerst vluchtig, toen nauwkeurig en keek toen naar Esopus, in ongeloof zijn hoofd schuddend. Esopus glimlachte nonchalant terug. Jimmy keek naar links, wetend wat hij kon verwachten en hij werd niet teleurgesteld. Norman keek in afgrijzen naar wat hem was uitgedeeld. Zijn mond was opengevallen, zijn onderkaak stak naar voren. Hij was vuurrood geworden met ogen die als fakkels uit zijn ogen kwamen. Hij legde de kaarten neer en keek naar Esopus, die nog steeds breed grijnsde.

– Esopus! Het is... het is... Waar heb je in fucksnaam die kaarten vandaan?

– Leuk hè?

Norman raapte zijn kaarten weer van tafel.

– Moet je die tampeloeris zien! Nee, Esopus, dat is vreselijk. Daar kan je niet mee kaarten.

– Waarom niet? Het zijn gewoon kaarten met plaatjes.

Norman keek met toegeknepen ogen naar een andere kaart.

– Moet je zien waar die 'm stopt! Krijg nou wat. Nee, Esopus, vergeet het maar. Heb je geen normale kaarten? Hoe kan ik me met zoiets voor m'n neus concentreren op het spel?

– Sorry Norman, ik heb geen andere meegenomen. Ik vind ze te gek. Kan iemand openen? vroeg hij rondkijkend. De anderen keken allemaal weer naar hun kaarten.

Marco had een sigaar in zijn mondhoek bungelen. Hij rookte zelden, maar soms vond hij het wel lekker om tijdens het pokeren aan een stinkstok te lurken. Het was sfeerbevorderend en Jimmy vond het niet erg dat het huis ervan ging rieken, als het bij die enkele keer bleef. Marco had één wenkbrauw opgetrokken tot halverwege zijn voorhoofd en keek afwisselend van op een afstand naar zijn kaarten en van vlak voor zijn neus om het beter te kunnen volgen. Jimmy's aandacht was gericht op de golden retriever in zijn hand en de jongedame die hem... vasthield. Norma keek nog steeds verdwaasd, maar het Corkse boerenslimme boerenlulleninstinct in hem was het heft in handen aan het nemen. Hij gooide zonder een woord vijftig cent op tafel. De anderen deden hetzelfde.

– Vertel, zei Jimmy, toen ze allemaal gemakkelijk zaten en het spel begonnen was. Waar heb je die kaarten vandaan, Esopus? Ik heb ze niet bij de Spar zien liggen.

– Een vriendje van Phil was een weekendje in Amsterdam. Ik vroeg of hij ze voor me wilde meebrengen.

Phil Murray was een van Esopus' grote broers. De andere was Andy. Iedereen in de buurt kende ze. Drie knappe jongens, met telkens twee jaar verschil, zonder een ma en met een pa die zich dag in dag uit in het zweet zijns aanschijns werkte. De drie Romeo's hadden als tieners de buurt behoorlijk op stelten gezet. Ze waren dikke kameraden, wat niet gebruikelijk is voor broers, en ze hingen voortdurend gedrieën rond. Ze gaven zelfs de meisjes die ze oppikten in de plaatselijke disco aan elkaar door. Op hun zestiende vonden de meisjes dat niet zo erg – of het nou de ene of de andere broer was, maakte geen verschil. De jongens dachten er net zo over. Ze noemden deze meisjesdraaimolen de Murray-Go-Round.

Phil en Andy waren nu getrouwd en gedomesticeerd, waardoor Esopus de traditie in z'n eentje moest voortzetten; een taak die hij heel serieus nam.

Als de jongens kaartten, waren ze om de beurt gastheer. Hoewel ze bijna altijd bij Jimmy speelden, moest degene die dat keer de gastheer was zorgen voor eten, bier en de kaarten. Esopus had twee redenen om met de Hollandse kaarten op de proppen te komen en ze hadden allebei met Norman te maken. Ten eerste was Norman altijd degene die geld mee naar huis nam. Meestal van iedereen, maar Esopus was elke keer zwaar de klos. Hij wist altijd precies wat Norman dacht en wilde, behalve bij het kaarten. Als het spel eenmaal begonnen was, kon Norman uren blijven zitten zonder ook maar één keer van gezichtsuitdrukking te veranderen, zelfs als hij geld binnenhaalde. Esopus werd er stapelgek van en hij hoopte dat de plaatjes Norman zo zouden afleiden dat hij zichzelf zou blootgeven. De andere reden was dat de kaarten zeer hard-porno waren en hij hoopte dat Norman daarvan zou flippen – wat altijd om te lachen was.

Helaas voor Esopus werd twee uur later duidelijk dat zijn plannetje niet werkte. Hij was twintig euro kwijt aan Norman en twintig aan de anderen. Marco stond quitte en Jimmy stond ongeveer tien euro in het krijt bij Norman.

Norman deelde en raapte zijn eigen kaarten op. Schitterend. Opnieuw de ruitenboer. Norman dacht dat hij misschien wel verliefd op haar aan het worden was. Haar houding vond hij niet echt geweldig, omdat het naar zijn smaak iets te onthullend was in de achterwerkregionen, maar hij vond haar een heel lief gezichtje hebben, van wat hij kon zien vanachter de snikkel. En ze paste perfect bij het lieve paar nimfijnen op de klaverboer die hij ook in zijn hand had. Die zagen er ook heerlijk uit, hoewel het wel zussen leken en Norman dacht niet dat zussen zó intiem met elkaar hoefden te zijn. Hij liet zich absoluut niet afleiden. Integendeel, om de een of andere reden maakten de meisjes en hun diverse partners hem juist heel erg kalm. Bovendien had hij Esopus' vuige plannen doorzien. Ha, hij zou hem een poepje laten ruiken vanavond.

Normans ma, mevrouw Kelly, was een van die mensen die geen voornaam hebben. Zelfs de oudjes in de straat noemden haar mevrouw Kelly en er waren er bij die ouder waren dan zij. Zijn pa had bij de luchtmacht gezeten en was gestorven toen hij nog klein was. Het was tijdens een reddingsoperatie aan de kust toen de helikopter in een storm voor de kust van Clare neerstortte. Na een paar jaar te hebben geprobeerd haar verlies te boven te komen, waarbij iedereen haar onophoudelijk bijstond, verkocht Normans ma plotseling haar huis in Cork, nam een betraand afscheid van Normans oma en verhuisde naar Dublin waar ze hoopte verder te kunnen gaan met haar leven zonder de voortdurende troostende woorden om haar heen. Het was een keiharde vrouw die niet met zich liet sollen, en al helemaal niet door haar zoon. Jimmy hoefde maar naar mevrouw Kelly te kijken of hij wist hoe het kwam dat Norman zo was met vrouwen.

Jimmy en Esopus werkten zich altijd in de nesten en daardoor kwam het dat zij vrienden werden met de enorme boerenpummel die een week na de eerste middelbare schooldag bij hen in de klas kwam. Esopus begon er al heavy metal te willen uitzien en Jimmy zag zichzelf tijdelijk als een Nieuwe Romanticus, compleet met puntschoenen en een spuuglok. Ze zagen hoe de forse knaap zich bij Geschiedenis achterin de klas met rood aangelopen gezicht in een bankje wurmde, en dachten er verder niets van. Tijdens de grote pauze kwamen drie jongens uit de tweede op Jimmy en Esopus af om ze te pesten met hun haar – 'Wie van jullie is de jongen?' – en werden agressief toen Esopus antwoordde 'Jouw vette moeder'.

Even later werden ze rondgeschopt op het grind achter het schoolgebouw en weer even later lagen ze te kijken hoe de nieuwe jongen uit Cork met een verbeten grijns op de hoofden van hun belagers aan het beuken was. De drie tweedeklassers maakten zich uiteindelijk uit de voeten, twee ervan huilend, waarna Jimmy en Esopus overeind kwamen en op hun redder in nood afstapten.

– Eh, bedankt, zei Jimmy.

– Was niet eerlijk. Ze waren met z'n drieën en jullie maar met z'n tweeën.

– Hoe heet je? vroeg Esopus.

– Robert Kelly.

– Ik ben Esopus. En hij is Jimmy.

– Hai. Waarom moesten ze jullie hebben?

– Ons haar stond ze niet aan.

Hun nieuwe vriend keek naar hun hoofden en knikte.

– Mij ook niet, maar daar ga ik toch niet om vechten.

– Volgens mij heb je dat net wel gedaan, zei Jimmy.

– Ach, dat was geen vechten. Een paar stompen en ze renden huilend naar hun mammie.

Jimmy en Esopus keken elkaar aan. Vanaf de plek waar zij hadden gelegen had het toch verdacht veel op vechten geleken. Robert Kelly had in z'n eentje drie oudere leerlingen tot moes geslagen, ze doetjes genoemd en hij had erbij staan lachen.

In de paar maanden daarna leerden ze hem beter kennen toen hij op het hurlingveld uitgroeide tot een soort held voor de school, voor wie elke arme ziel die hem moest dekken het in zijn broek deed van angst. Hij had zich vaak verloren gevoeld sinds zijn verhuizing naar Dublin, maar dit was de plek waar het leven weer zin kreeg. Over het algemeen was hij verlegen en onhandig en wist hij zichzelf geen houding te geven, maar met een hurlingstick in zijn handen was hij met zijn hoofd weer terug in Cork en geen smeekbede tot het Heilig Hart kon de kleine Dublinse knaapjes nog helpen als ze zich ongelukkigerwijs tegenover hem bevonden. Hij speelde niet alleen op het middenveld, hij heerste erover.

Omdat zijn moeder een Bed & Breakfast runde en Robert een beetje een psycho was, besloten ze hem Norman te noemen, maar niet in zijn gezicht. Jaren later, toen Norman in het leger zat en de eerste Golfoorlog op de teevee was, konden ze hem Stormin' Norman noemen, wat hij geweldig vond, en daarna gewoon Norman, dus uiteindelijk viel het allemaal op z'n plek en hij had er nooit enig vermoeden van waar zijn bijnaam eigenlijk vandaan kwam, wat misschien maar goed was. Normans moeder zwartmaken was niet het beste wat je voor je gezondheid kon verzinnen.

Tegen half elf waren ze klaar. Jimmy was twintig euro kwijt aan Norman en aan Marco, Marco ongeveer tien en Norman had Esopus zowat leeggezogen. Hij had hem een tientje laten houden uit medelijden. Zijn moeder had hem altijd al gezegd dat hij een softie was.

— Wat heb jij altijd een fucking mazzel, Norman, zei Esopus.

— Hoe bedoel je?

— Die kaarten die je altijd krijgt. Zoiets heb ik nog nooit meegemaakt. Je bent echt de grootste geluksvogel die er bestaat.

— Komkom, Esopus, zei Norman met een uitgestreken gezicht. Het is geen geluk, het is een vaardigheid die jij niet hebt. Daar kun jij verder niks aan doen, jij bent gewoon een hele slechte kaarter.

— Sodemieter op. Met die kaarten van jou... begon Esopus.

— De kaarten die je dacht dat ik had, Esopus. De halve tijd wist je niet wat ik in m'n handen had.

— Ik ken je goed genoeg, Norman, en...

— Esopus, Esopus. Tuurlijk ken je me goed genoeg. Daarom heb jij tien euro in je zak en ik negentig euro in de mijne.

— O, beginnen we zo? Komop, dan zullen we wel eens uitmaken wie er hier waardeloos kaart. Komop. Eén potje. Om een tientje.

De andere twee keken naar Norman en naar Esopus, mees-
muilend. Dat werd een slachtpartij. Esopus had geen schijn
van kans.

Norman glimlachte tegen Esopus en knikte.

– Esopus, je bent een eikel.

– Ja, ja. Komop, hufter, dan zullen we het zien.

Jimmy deelde. Norman kreeg drie achten. Hij keek naar
Esopus. Die had zijn kin in zijn hand, wat betekende dat hij
blufte. Norman had dat trekje opgemerkt na twintig minuten
tijdens hun allereerste spelletje poker, een jaar of tien geleden. Nu was het na negentig seconden 'game over'. De rest
van de avond liet Norman het tientje ostentatief uit zijn borstzak steken, zodat Esopus het goed kon zien.

De jongens gingen naar de zitkamer om een plaatje te
draaien. Ze hadden nog een paar sixpacks te gaan en morgen
was het vrijdag, dus was het niet zo erg als ze zich 's ochtends
wat brak voelden. Esopus was een beetje aan het mokken maar
de afspraak was dat zo gauw ze van tafel waren opgestaan het
spel voorbij was en dat er niet meer gezeik zou worden. Die
gedragscode was een paar jaar geleden ingesteld nadat Norman Esopus de vijftig pop afhandig had gemaakt die hij had
gespaard voor een nieuw vel voor zijn snare-drum. Dat had
Esopus niet leuk gevonden die avond.

Jimmy zat in de hoek in zijn leunstoel en tokkelde op zijn
akoestische gitaar. Die lag doorgaans of in zijn kamer of naast
zijn stoel. Zo had hij hem altijd bij de hand als hij een inval
kreeg maar vaak pakte hij hem ook zomaar op, zoals nu, en
zat zachtjes te spelen terwijl hij praatte of naar de teevee keek.
Het was een goede oefening voor als hij moest spelen als zijn
aandacht werd afgeleid, door een knokpartij in het publiek of
als Beano over zijn gitaarsnoer struikelde of zoiets. Als je kon
spelen zonder na te denken terwijl er van alles om je heen ge-

beurde, werd je een betere speler. Hij richtte zijn blik met een grijns op Norman.

– Hé Norman, heb je iemand gezien die je leuk vindt in het pak?

– Ach, het was een zootje slettenbakken bij elkaar, Jimmy. Er zaten wel een paar leuke tussen. Een van de boeren was wel aardig. Voor een snolletje, zeg maar.

Jimmy knikte glimlachend.

– Ik vond de hartenaas heel getalenteerd, zei hij.

– Dat zou een goeie partytrick zijn, dat zeker, zei Esopus melancholiek.

– Ik weet niet naar wat voor party's jij gaat, Esopus, zei Norman.

– De schoppenvrouw was erg mooi, zei Marco.

– Eh, Marco, de schoppenvrouw was een kerel, zei Norman. Hij keek altijd heel goed naar zijn kaarten en met de kaarten van vanavond hoefde daar geen uitzondering op te worden gemaakt.

– Nee, nee, ik bedoel de klaverenvrouw.

Ze knikten allemaal instemmend. Het was waar. Die was sensationeel.

– En, jongens, heeft iemand de vrouw van zijn dromen ertussen zien zitten? vroeg Jimmy. Hij keek ze onderzoekend aan.

– Ah nee. Nee. Het zou toch mijn type niet zijn, zei Norman, die van binnen excuses maakte aan de ruitenboer voor zijn verraad.

– Nee, Jimmy. Ik denk het niet, zei Marco.

– Mag ik er maar één kiezen? vroeg Esopus, die de kaarten had opgepakt en ze nog eens bekeek.

Norman legde zijn armen over elkaar en keek hem aan.

– Je bent echt een vunzige klootzak, Esopus, zei hij.

– Hé, we hebben allemaal onze talenten, hè. Ik ga jou toch

ook niet uitleggen hoe je knollen moet planten? Dus je hoeft mij niet te gaan uitleggen hoe ik me moet gedragen tegenover de dames.

– O, nu zijn het dames? Esopus, jij zou een dame nog niet herkennen als ze op je schoot ging zitten en een dikke drol draaide.

– O, oké. Sorry, ik had even niet door dat het over dames uit Cork ging, Norman. Ik ga meestal voor vrouwen die Engels spreken.

– Ja, dat zou jou wat uitmaken. Je zit ze niet echt achterna omdat het zulke leuke praters zijn, of wel? Zolang ze maar een gat op de juiste plek hebben, of dicht in de buurt, dan ben jij blij.

– In elk geval weet ik wat ik met een gat moet doen als ik er eentje voor me heb. Jij kan nog geen meisje natmaken, zelfs al piste je op haar.

– O, dus dat is wat jullie Dublinse scharrelaars doen? God, dat zou in elk geval de stank verklaren die van jullie afkomt.

– Hoor je dat, Marco? Ik krijg lessen in hygiëne van een man die twee onderbroeken heeft. Norman, kom maar terug om met me te praten als je ontmaagd bent.

– Okidoki. En luister, jij kunt altijd bij me aankloppen als je geld tekort komt voor je buskaartje, zei Norman terwijl hij het tientje iets verder uit zijn borstzak trok.

Ze namen allebei een slok van hun bier.

Marco en Jimmy zaten erbij en keken ernaar. Jimmy zat te grijnzen en tokkelde verder op zijn gitaar, maar op Marco's gezicht stonden rimpels van concentratie. Hij probeerde het kaatsspel van verbaal geweld altijd wel te volgen maar naarmate het 'afmaken' vorderde, werden de accenten doorgaans zwaarder en lastiger te begrijpen. Maar het meeste hiervan had hij wel meegekregen en toen hij dacht dat het nu wel voorbij was zakte hij terug in zijn stoel en schudde zijn hoofd in verbazing.

Wat die tegen elkaar zeiden. In Palermo was het een bloedbad geworden.

Jimmy legde zijn gitaar neer, stond op en verdween in de keuken. Hij kwam terug met een fles Jameson en vier glazen. De anderen keken elkaar aan. Zo vaak kwam Jimmy's Jemmy niet uit de kast. Hij schonk voor ieder een vinger in en ging weer zitten.

Jimmy nam het pak kaarten van de salontafel voor Esopus en begon ze te bekijken.

– Goed, heren, zei hij. We hebben, denk ik, één ding bewezen.

– Hoe bedoel je? vroeg Esopus.

– Moet je deze vrouwen zien. Op de smeerlap na die jij bent, Esopus, hebben we er niet een tussen gevonden met wie we iets zouden willen hebben. Al die welvingen en rondingen, het is allemaal niks voor ons. Dat bewijst dat we meer willen dan een of andere slet die acrobatische toeren kan uithalen of zonder bezwaar haar tieten laten zien.

– Maar Jimmy, dat wist ik toch al? zei Norman.

– Dat betekent alleen maar, Norman, dat je weet wat je niet wil. Maar weet je dan ook wat je wel wil?

– O tsjiezus koeristus, kreunde Esopus. Daar gaan we fucking weer.

– Hou jij even je kop, aub. Jongens, zouden jullie me willen helpen met het schrijven van het liedje? *Superchick* bedoel ik, je weet wel. Hij keek de kring rond. Esopus zat onderuitgezakt op de bank, één hand over zijn ogen, in de ander zijn whiskyglas. Marco keek bedenkelijk naar de lege open haard en Norman keek naar Jimmy met een blik alsof hij niet wist wie het was.

– Ik heb nog nooit een liedje geschreven, Jimmy, zei hij. Ik ben niet erg muzikaal.

– Hoeft ook niet, zei Jimmy. Ik wil alleen ideeën. Toen ik het de vorige keer vroeg waren ze allemaal pet. Komop, jongens, wie is Superchick?

Esopus opende zijn mond om iets te zeggen, maar Jimmy was eerder.

– Esopus, ik wil niks over tieten horen, oké?

– Dus hoe ze eruit ziet, is totaal onbelangrijk? vroeg Esopus. Dus ze moet een verbijsterende, ideale vrouw zijn maar ze mag best een gezicht hebben als een hoed vol poepgaten?

– Je weet best wat ik bedoel. Lekkere tieten is niet genoeg. Hoewel het een goed begin kan zijn, zei hij met een glimlach. Maar serieus, als je op zoek was naar haar, waar zou je dan naar kijken?

– Oké, zei Norman. Laten we om Esopus te plezieren zeggen dat ze er leuk moet uitzien.

– Goed, dat is al wat, zei Jimmy, die vooroverboog om de pen en blocnote te pakken die naast zijn stoel lagen.

– Maak je aantekeningen? vroeg Norman met schrik toen hij zag dat Jimmy aan het schrijven was.

– Allicht, zei Jimmy. Waar is het anders goed voor? Ik wil dit onthouden. Geen paniek, Norman, ik zet je naam niet onder iets onfatsoenlijks.

– Ze moet van seks houden, zei Esopus.

Norman keek hem aan.

– Wat nou? vroeg Esopus. We wonen in Dublin, hoor. Mensen hebben seks hier, weet je? Ja, jij niet kennelijk, maar anderen wel.

– Goed, goed. Ze moet van seks houden, zei Jimmy, voordat ze opnieuw begonnen.

– Geld. Ze kan niet de hele tijd op mijn zak teren, zei Esopus.

– Jezus, dan moet ze wel erg aan de grond zitten, zei Norman.

– Ze moet slim zijn, zei Marco. Domme meisjes zijn... te... te... moeilijk.

– Eh, maar ook weer niet al te slim, zei Esopus. Dat geeft ook gelazer.

– Komop, jongens. Leuk, slim. Wereldschokkend, hoor, zei Jimmy. Hij begon het spannend te vinden. Het zou best kunnen werken. Hij vroeg verder.

– En haar houding, haar gedrag? Hoe is haar optreden?

– Ze moet zelfverzekerd zijn, zei Norman. Niet feministisch.

– Zijn dat een of twee dingen? vroeg Marco, die zich naar hem toedraaide.

– Zelfverzekerde meisjes hoeven niet feministisch te zijn, zei Norman kalm.

– Hoe bedoel je?

– Ach dat zie je toch zo. Stel dat je een meisje wil plagen en je zegt dat vrouwen niet kunnen autorijden of zo, dan kun je een heleboel aflezen aan haar reactie. Als ze zelfverzekerd is, zal ze daar alleen maar om lachen en zeggen dat je de klere kan krijgen of zo. Het zijn de anderen die je koppijn geven. Die zitten meteen op de kast en beginnen te zeggen hoe ze worden onderdrukt. Ik was een keer met een meisje aan het rotzooien en ik zei iets over vrouwen en stemrecht. Nou, ze had me bijna levend gevild. Het was een geintje, meer niet. God, ik werd door de mangel gehaald. Ik iets grappigs proberen te zeggen en zij compleet over de rooie. Bleef maar dooremmeren over dat mannen de schuld van alle oorlogen zijn en dat Thatcher zich door niemand op de kop liet zitten. Maar geen woord over de Falklandoorlog, o nee. Het is hetzelfde met die fucking nonsens met vrouwen die hun meisjesnaam niet willen opgeven. Al die arme kindjes die rondlopen met dubbelloops achternamen alleen omdat hun moeder het lef niet had om het relaxed te bekijken en mee te gaan met de stroom. 'Ik ben mezelf en ik houd mijn eigen naam,' zeggen ze. Gelul. De enigen die zo denken zijn degenen die toch al niet zeker over zichzelf zijn en op hun strepen moeten gaan staan om zichzelf een beetje te overtuigen. 'Maar Spaanse vrouwen doen zus en Spaanse vrouwen doen zo,' zeggen ze. Maar zij zijn toch niet fucking Spaans, of wel soms? Feministisch? De meesten weten niet eens wat het betekent, ze blazen meteen hoog van de toren zo gauw je je bek opentrekt. Hoeveel vrouwen die jij kent lezen Germaine Greer en zo? Gelijkheid me reet. We zijn niet gemaakt om gelijk te zijn. We zijn gemaakt om elkaar aan te vullen. Dat is toch duidelijk? Ze zullen je zeggen dat zulke speelkaarten neerkomen op exploitatie en een belediging van vrouwen, en het volgende moment zitten ze met hun neus in die fucking tijdschriften die ze vertellen dat hun kleren helemaal fout zijn en dat ze te dik zijn en dat ze dit moeten lezen en dat moeten zien en zus moeten kopen. Dat is pas fucking exploitatie als je het mij vraagt, jonge meisjes betalen om bijna anorexiepatiënt te worden zodat gewone vrouwen het idee krijgen dat er iets mis met ze is en tijdschriften blijven kopen om de laatste dieetmode te volgen die natuurlijk weer niet fucking werkt. Ze denken dat ze allemaal bevrijd zijn en ze kluisteren zichzelf voor de teevee om imbecielen als J Lo te zien en dat wijf, hoe heet ze, Jessica dinges Parker. Wat voor rolmodellen zijn dat? Een stelletje fucking tuthola's. Ik heb nog nooit zo'n... zo'n... waar kijken jullie nou naar?

Iedereen staarde hem aan.

– Eh, Norman, zei Jimmy, wijzend naar zijn blocnote. Ik heb hier 'Niet Feministisch' staan, denk je dat dat het wel zo'n beetje samenvat?

– Is best, zei Norman, die zijn whisky oppakte en er een beheerst nipje van nam.

– En Norman, zei Esopus. Als je nog eens je hart wil luchten, schroom niet, oké?

– Sodemieter op jij, zei een plotseling heel timide Norman. Hij wist niet wat er gebeurd was. Het was er allemaal in één keer uitgekomen.

Jimmy kuchte en vervolgde zijn missie.

– Nog iets anders?

Marco nam het woord. Hij had gekeken hoe Normans lippen bewogen maar hij had geen idee waar het over ging. De speech leek te zijn afgestoken in een of ander vreemd buitenaards dialect.

– Niet meer dan tien paar schoenen. Dat moet genoeg zijn voor elke vrouw.

– Mee eens, zei Jimmy. En als ze wil winkelen, moet ze het niet erg vinden als je niet met haar meegaat.

– Ja, zei Esopus. En haar familie. Dat is ook belangrijk. Je moet kunnen opschieten met haar familie. En haar vrienden. Er is niks erger dan kennismaken met de zus of de beste vriendin van een meisje en dat blijkt dan een trut te zijn. Tenzij ze lekkere tieten heeft natuurlijk, voegde hij er met een blik op Norman aan toe.

Ze zaten allemaal inmiddels aan hun tweede whisky. Norman was op weg naar de drie.

– Nou, geweldig materiaal, jongens, zei Jimmy. Wat nog meer? We hebben het meest voor de hand liggende gehad, en iets over feministen, zei hij met een zijdelingse blik naar Norman. Maar er moet ook iets ongebruikelijks zijn. Anders zouden we haar allemaal kennen.

De jongens vielen stil en dachten na. Ze begonnen het idee door te krijgen, waar Jimmy op gehoopt had.

– Ze moet jou geweldig vinden, zei Marco.

– Ja, en iedereen die haar kent moet weten hoe zij zich voelt, zei Norman.

– Jongens, voordat we die kant op gaan, mag ik even snel wat zeggen? vroeg Esopus, die zijn glas leegdronk en het naast de fles op tafel zette. Jullie zijn een stelletje fucking flikkers. Dank u. Hij vulde zijn eigen glas en daarna dat van Norman.

Ze besteedden geen aandacht aan hem.

– Norman heeft gelijk, zei Jimmy. Het gaat evengoed over wat zij van jou vindt als wat jij voor haar voelt. Cool.

Als Marco nog iets meer onderuitgezakt zou zitten, lag hij op de grond. Norman lag met zijn voeten op de salontafel, zijn ogen dicht. Ze waren allebei kachel en probeerden de woorden te vinden om het meisje van hun dromen te beschrijven. Jimmy voelde dat het tijd was. Als hij nog langer wachtte zouden ze strontlazerus zijn. Hij nipte van zijn glas en gooide zijn hoofd theatraal achterover.

– Ah, jongens, kun je het je voorstellen? De ideale griet. Weet je wat? Het is te belangrijk om gewoon maar een liedje over te schrijven. Ik geloof dat we erop uit moeten gaan om haar te zoeken. Doen jullie mee?

Norman en Marco keken naar hem. Esopus duimelde door de cd's onder de stereotoren, op zoek naar iets hards.

– Waar zoeken? vroeg Norman.

– Waar dan ook. In de kroeg. Bij optredens. Op het werk. Op straat. Het zou te gek zijn. Eén meisje voor alles en ze is gek op jou.

Norman keek hem aan.

– Ik heb al gezocht, Jimmy. Ze verbergt zich voor mij.

– Helemaal niet. Je hebt gewoon niet goed gezocht. Komop, jongens!

Hij ging rechtop zitten.

– Dit moeten we doen. Het is beter dan gewoon maar genoegen met iemand nemen, toch? Zelfs als we haar niet kunnen vinden, hebben we het in elk geval geprobeerd. Marco. Komop. Norman. Hé, Esopus, dan heb je de rest van je leven ideale seks.

Esopus keek om.

– Hoorde ik daar mijn naam?

– Doe je mee? We kunnen dit weekend beginnen.

Ze grinnikten nu allemaal, knikten naar elkaar, strontzat. Ja, dat zou cool zijn.

– Jimmy, zei Marco.

– Ja?

– Jennifer, zei hij alleen.

– Marco, je gaat al een eeuwigheid met Jennifer. Halen jullie echt het optimale uit elkaar? Doe je zelfs maar een poging? Misschien is Jennifer wel de ware, maar daar kom je niet achter als je elkaar niet echt alles geeft. We hebben maar één leven, jongens. Marco, misschien is het Jennifer en misschien is ze het niet...

– Ze is het fucking niet, geloof mij, zei Esopus.

–... maar het is jouw missie om daar achter te komen. Dat is de missie van ons allemaal. Zeg nee tegen de middelmaat, toch? Oké?

– Goed, zei Marco peinzend. Ik en Jennifer... misschien...

– Ik doe mee, Jimmy, zei Norman. Misschien heb ik meer geluk als we jagen in een groep.

– Esopus? vroeg Jimmy.

– Ja hoor. Alles best. Moet ik van jou meer meisjes ontmoeten? Ik denk dat ik dat wel kan zonder jeuk te krijgen van het harde werken.

– Cool. Dus dat is afgesproken. Zaterdagavond in McGuigan beginnen we. Dit gaat te gek worden. De jongens zijn op jacht, zei Jimmy lachend.

Ze grinnikten allemaal met hem mee, Esopus met rollende ogen.

Een uur later keek Jimmy hoe ze alle drie de oprit afwaggelden. Het was half drie 's ochtends en over vijf uur moest hij weer opstaan. Hij was in tijden niet meer zo dronken geweest en op het werk zou hij zich compleet geradbraakt voelen, maar op dit moment was hij blij. Hij leunde achterover in zijn stoel en keek naar de aantekeningen die hij had gemaakt. Ze waren niets waard, dat wist hij, maar dat was niet belangrijk. Belangrijk was dat hij er niet meer alleen voor stond. De jongens deden mee. Tien minuten later had hij nog een couplet.

Die chick was ongelofelijk, wist altijd wat ik wou
Kon m'n gedachten lezen, nooit zeiken, nooit gemauw
Haar familie hoefde ik niet te zien, nooit te shoppen, wat een bof
Maar ze zag er om te zoenen uit en mijn grappen vond ze tof

Tsjiezus, dacht hij, terwijl hij een bierglas zwartebessensap volschonk voor tegen de hoofdpijn, misschien zit er toch nog wel een Grammy Award in.

6

Jimmy was het grootste deel van de zaterdagmiddag aan het werken aan het liedje, maar hij kwam er niet echt verder mee. Hij was vrijdagavond zelfs expres thuisgebleven om zijn hoofd helder te houden. Op Sky was een zes uur durende *Simpsons*-special waar hij nonstop naar keek, pizza etend en melk drinkend. Na de whisky en het bier van donderdag had hij zich de hele dag ellendig gevoeld en het enige wat hij wilde was hangen voor de teevee en niks doen. Zes uur lang zijn favoriete serie klonk ideaal, maar tegen de tijd dat hij naar bed ging, was zijn hoofd helemaal uitgeschakeld. Zelfs Jimmy kon niet onbeperkt Homeren.

Om vier uur op zaterdagmiddag had hij het liedje voorlopig opgegeven, en ging hij in zijn klerenkast wat uitzoeken om aan te doen naar de kroeg. Misschien moest hij ergens nog een noodoperatie met het strijkijzer op uitvoeren.

Dat bleek hij overal op te moeten doen. Superchick zou ook heel goed moeten kunnen strijken, besloot hij verstrooid terwijl hij in alleen een T-shirt zijn onderbroek stond te bewerken op de strijkplank en goed oplette dat hij zijn tampeloeris niet verbrandde. Hij streek zijn onderbroeken altijd. Niet omdat hij ze kreukvrij en netjes wilde hebben maar omdat er maar weinig dingen te vergelijken waren met het gevoel van een verse, schone, gloeiend hete onderbroek aan je kruis. Het was lastig uit te leggen aan iemand die het nooit had geprobeerd. Boxershorts waren oké, slips gingen ook, maar voor het maximale effect moest je echt een katoenen wielrennersbroekje dragen, Jimmy's uitverkoren ondergoed.

Slapper speelde vanavond in McGuigan. Jimmy kende ze goed. Ze kwamen uit de omgeving en ze hadden met The Grove op dezelfde podia gestaan. Meestal waren ze op zaterdagavond niet vrij maar ze hadden die dag een vroeg optreden op een school en daarom waren ze 's avonds in staat om in te vallen voor The Grove. Jimmy was blij. Ze speelden ongeveer dezelfde muziek zodat de vaste bezoekers van de band niet al te teleurgesteld zouden zijn, en zo kon hij ook zien wat Slapper de laatste tijd aan het doen was.

Hij deed het strijkijzer uit en zijn onderbroek aan, met ogen dicht en een verzaligde glimlach. Daarna pakte hij de telefoon. De klok aan de muur gaf halfzes aan. Norman nam op.

– Hé, Norman.

– Jimmy. Hoe staat ie?

– Te gek. Ben je er klaar voor, voor vanavond?

– Min of meer, denk ik. Ik ben wel zenuwachtig hoor. Het is alsof ik weer veertien ben en naar het schoolfeest ga.

– Ach maak je niet dik. We hebben ons altijd wel vermaakt op schoolfeesten, toch?

– Jij wel, Jimmy. Ik zat daar meestal de godganse avond maar te zitten en te staren naar m'n schoenen, m'n haren plat te houden aan de zijkant en het in m'n broek te doen voor het geval iemand me ten dans kwam vragen.

– Kom nou, Norman. Je herinnert je toch nog wel hoe je Aisling hoe-heet-ze-ook weer hebt liggen aflebberen achter de garderobe?

– Maar al te goed, Jimmy. En ook dat ze me zei dat ze m'n neus zou breken als ik het aan iemand waagde te vertellen.

Ze moesten allebei lachen toen ze aan die avond terugdachten. Norman was zo opgewonden dat hij meteen terugkwam en Jimmy en Esopus vertelde wat er gebeurd was. Aisling zag hem en kwam op hem afgestormd om hem een ram te geven. Norman moest een verhaal verzinnen over een vijfje dat uit een jas was gevallen dat hij de jongens nu aan het vertellen was. Toen ze hem vroeg om het te laten zien, kon hij niet meer uit zijn zakken halen dan drie pond vijftig en een zakje tumtums.

– Norman, relax. Het enige dat we doen is een oogje open houden voor iemand die echt speciaal is. Wees gewoon jezelf. Als je met iemand moet praten en je hebt morele steun nodig, geef me dan maar een seintje, oké?

– Okidoki. Ze zal zeker voor mij vallen als jij er ook naast zit. Ga je in je leren broek?

– Eh, dat weet ik nog niet, zei Jimmy met een blik op zijn leren broek die klaar hing over de keukenstoel.

– Geweldig. Dan kan ik net zo goed m'n ribfluwelen tuinbroek van zolder halen, zoveel kans maak ik.

– Norman, het is geen wedstrijd. We gaan uit voor ons plezier en misschien een paar aardige chickies te ontmoeten. Heel gewoon. Relax!

– Ach, ik maak maar een grapje, Jimmy. Ik zal me best vermaken. Hoe laat?

– Ik ben er om een uur of acht.

– Oké dan. Ik zie je.

Het grappige was dat elk meisje in haar handen mocht knijpen als ze Norman kon krijgen. Hij was een beetje verlegen en stijf, maar hij had een gouden hart, hij ouwehoerde niet uit zijn nek en hij had de bouw van een volwassen boomstam. Als je zijn wollen eilandtrui uitdeed en hem in plaats daarvan een zwart T-shirt aantrok zag hij eruit alsof hij een voorhamer kon zwaaien op een poster op een tienermeisjeskamer. Vanaf zijn nek naar onder tenminste. Zijn neus had hij bij het boksen in het leger gebroken en zijn ogen stonden nogal dreigend, zelfs als hij glimlachte, maar sommige meisjes vielen op het donkere type, toch? Hij moest gewoon een beetje chillen. Meisjes houden van zelfvertrouwen en daar ontbrak het Norman aan. Zijn moeder had de zelfverzekerdheid er met de paplepel uitgeknuppeld.

Jimmy liep de badkamer in om zijn tanden te poetsen en keek in de spiegel. Met zijn zelfverzekerdheid was niks mis. Jimmy was wat een 'mooie jongen' heette. Al zei hij het zelf. Hij kreeg te horen dat hij natuurlijk charisma en charme had, maar hij wist dat er niks natuurlijks aan was. Hoe hij eruit zag, zijn houding en alles was bestudeerd. Het hoorde allemaal bij Het Optreden. Jaren geleden had hij tegen zichzelf gezegd dat het belangrijk was omdat hij op ieder moment een beroemde muzikant kon worden en een imago hoorde nou eenmaal bij die levensstijl. Hij wist dat hij dat excuus nu niet langer had, maar hij vond het nog steeds belangrijk de rockster uit te hangen als hij op de bühne stond, zelfs als hij er niet echt een was. Het publiek wilde een show in het weekend. Ze kwamen heus niet voor een optreden van een verantwoordelijke softwaretechnicus. Die shit zagen ze de hele week al. Maar met Jimmy was het niet alleen op het podium meer dat hij de rockster speelde. Hij kon het nu alleen nog maar afzetten op zijn werk, waar de sleur dodelijk was voor al zijn enthousiasme.

De volgende die hij belde was Esopus.

– Esopus. Hoe istie?

– Hé Jimmy? Jij bent vroeg op.

– Esopus, het is bijna zes uur. Lig je nog in je nest, lui stuk vreten?

– Niet in m'n nest. Op m'n nest. Een beetje te relaxen.

– Laat me raden. Je ligt in onderbroek rook door je kamer te waaien.

– Bijna goed. Waarvoor belde je?

– Ben je helemaal klaar voor vanavond?

– Hoezo klaar? We gaan toch alleen maar naar de kroeg?

Esopus raakte licht in paniek. Hij rookte nooit voor een optreden en hij hoopte niet dat hij vergeten was dat ze moesten optreden. Hij kon niet rechtop blijven zitten als hij stoned was, laat staan drummen.

– Vanavond gaat het gebeuren. We gaan op zoek naar de vrouw van onze dromen, weet je nog?

– O, dat! Godskelere, Jimmy, ik dacht dat het dronkemanspraat was, laatst. Wat was ook alweer precies de bedoeling?

– Oké, Esopus, ik zal het simpel houden voor jou. Je hoeft vanavond maar één ding te doen, goed?

– En dat is?

– Niet de eerste meid te neuken waar je zin in hebt. Maar

wachten tot er iemand opduikt die misschien beter is. Goed? Denk je dat je dat kunt?

– Eh, ik neem aan van wel. Maar luister. Wat als iemand anders de eerste griet krijgt die ik wil neuken terwijl ik met jou aan het lulhannesen ben om te wachten op een griet met een aureool boven haar hoofd en zonnestralen die uit haar jeans komen schijnen?

– In fucksnaam, Esopus, kun je misschien één avondje zonder? Laat het een offer zijn aan de Heilige Zielen of zo. Je gaat er niet dood aan, hoor.

– Oké, oké. En als ik haar vind, wat doe ik dan? Een vlag op haar kruin planten dat jij weet dat zij het is?

– Praat gewoon met haar, Esopus. Het is niet moeilijk. Misschien vind je haar zelfs zo aardig dat je haar niet meteen wil neuken.

– Ja, ja, zeer waarschijnlijk. Luister Jimmy, ik moet ophangen. Ik ben vergeten een handdoek op de grond te leggen en de rook ontsnapt onder de deur door.

– Is goed. Acht uur. Tot dan. Oh, en Esopus?

– Ja?

– Ga Norman niet in de zeik nemen vanavond, of niet al te veel, oké? Hij is van zichzelf al verlegen genoeg, zonder dat jij hem ook nog eens een keer de grond in gaat boren.

– Ik zal m'n best doen, Jimmy, maar het is knap lastig soms. Hij vraagt er gewoon om.

– Goed, maar doe het rustig aan, oké? Ik zie je.

– Veel succes.

Jimmy pakte het strijkijzer weer en voelde eraan. Het was nu genoeg afgekoeld om zijn beste hemd ermee te doen; een crèmekleurig grootvadershemd met koperen gespjes in plaats van knopen. Het was van Armani. Normaal ging Jimmy niet voor dure kleren maar dit hemd van honderd ballen zag er supergeil uit bij de leren broek. Hij streek het zorgvuldig en ging weer naar boven. Hij merkte nauwelijks zijn nieuwe kapsel nog op, behalve om te zien dat het er best cool uitzag in combinatie met de rest van zijn outfit. Hij nam een handvol gel en streek zijn golvende lokken zorgvuldig in de war, waarna hij de overtollige gel wegwreef met pleepapier. Hij had genoeg van de opstaande punten – zijn hoofdhuid zag er daaronder nog te gehavend uit.

Halfzeven.

– Marco?

– Hallo, Jimmy.

– Ben je klaar voor vanavond? We hebben afgesproken rond achten in McGuigan.

– Goed. Maar Jimmy, ik kom denk ik wat later. Ik haal eerst Tsujita-san van het kantoor op, om hem mee te nemen.

Jimmy kreunde. Hij was die Japanner helemaal vergeten.

– Eh, oké, Marco. Hoe laat ben je er dan?

– Om negen uur?

– Helemaal oké. We houden een paar stoelen vrij. Luister, vertel Zucheeto niks over dit Superchick-gedoe, oké? Dit is iets tussen ons vieren. Het is niet de bedoeling dat hij zich ongemakkelijk gaat voelen of zo.

– Geen probleem, Jimmy. Maar Jimmy, ik zat te denken. Ik denk dat het moeilijk wordt om Jennifer om te turnen tot Superchick. Ze is, eh, zeg maar, onafhankelijk, hè?

– Dat weet ik, Marco. Maar toch. Niet geschoten is altijd mis.

Marco was aan het terugkrabbelen. Jimmy moest ingrijpen.

– Bedenk maar, Marco, dat je niet probeert om haar te veranderen, je probeert het beste uit jullie relatie te halen. Dat zal ze waarderen. Maar je gaat haar toch niks hierover vertellen, hoop ik? voegde hij daar snel aan toe.

– Nee, nee. Ik ga haar niks zeggen. Maar, ik weet het niet...

– Het wordt leuk, Marco. We zien wel wat er gebeurt. Jij bent tenslotte degene met de vaste vriendin, jij bent de mazzelaar van ons vieren. Wij zijn de drie trieste klootzakken die geen geschikt mokkeltje kunnen vinden.

– Oké, Jimmy. Oké. Tot straks.

– Ik zie je.

Shit. Zucheeto zou ook komen. Zijn Engels leek nergens op en hij zou de hele avond bij hen, of bij Marco, blijven plakken. Misschien werd hij wel gewoon dronken en ging hij vroeg naar huis. Hij zou wel niet gewend zijn aan pinten Guinness en dat was wat Marco voor hem in petto had. Maar toch, als hij de hele avond bleef rondhangen en over jazz lullen of wat z'n stokpaardje ook was, dan zou Jimmy zich niet op zijn nobele taak kunnen concentreren. Een lekkere lul, die Marco, echt een fijne klootzak.

Hij zette het uit zijn hoofd en hij bekeek zich nog eens goed in de spiegel van zijn slaapkamer. Ja, zo zag het er goed uit.

Er was nog net tijd voor een kop thee en wat boterhammen met jam voor hij moest gaan, dus hij greep zijn Doc Martens uit de gang en poetste ze terwijl hij at. Behalve op het werk droeg hij altijd Docs, omdat hij een keer zijn enkel in de vernieling had gejaagd met een stage dive toen hij nog jong en dom was, en hij vond de steun die ze gaven prettig. Hij pakte zijn leren jasje op weg naar buiten en liep de voordeur uit. Neuriënd gooide hij de deur achter zich dicht. Wat maakte het ook uit over Zucheeto. Het kon zelfs wel goed zijn. Een nieuw gezicht in het oude groepje. Misschien trokken zij daardoor wel meer aandacht.

De zon was nog niet onder. De zomer was nog niet voorbij. Hij vond het heerlijk om naar de kroeg te lopen als het nog licht was. Het was nog beter als hij zijn gitaar bij zich had maar hij wist dat hij zelfs zonder gitaar er goed uitzag. Ze zouden een paar pinten pakken, een paar meisjes opvrijen, naar de band luisteren. Misschien nodigde Ronnie van Slapper hem wel uit om een paar nummers te doen. Het zou interessant zijn om te zien hoe Norman een meisje versierde en hoe Esopus het niet deed.

Ja. Dit zou een te gekke avond worden.

7

Hij was de eerste en pakte een van de beste tafels, links voor bij het podium. De Geluidskelder in McGuigan lag onder het grote lounge gedeelte, dat op straatniveau lag. Het was een T-vormige ruimte, vrij groot, waar ongeveer tachtig bezoekers konden zitten met nog een stuk of honderdvijftig staplaatsen. Misschien meer als je mensen vijf diep bij de bar posteerde en de kleine dansvloer volpropte, wat niet ongebruikelijk was. Toen Jimmy aankwam, zaten er her en der verspreid een stuk of twintig mensen. De meesten zouden zeker nog een uur in de lounge blijven, totdat de band zou opkomen, en die bleven dan de hele avond staan. Esopus was er waarschijnlijk nu ook, een pint aan het drinken en rondkijkend om een keuze te maken wie hij ging neuken. Het was geen eenvoudige keuze. Er zaten mooie meisjes in McGuigan op zaterdagavond, maar het probleem voor Esopus was niet om iemand te vinden voor een wip, het probleem was om zich te herinneren of hij haar al niet eerder had gehad. Hij wilde liever niet in herhaling vervallen, want dan zou het meisje misschien een verkeerd signaal krijgen over de vastigheid die zij van Esopus kon verwachten; iets waarover Jimmy zo z'n twijfels had.

Hij knikte naar een paar mensen die hij herkende. Bijna iedereen kende hem natuurlijk, van The Grove. En als ze twijfelden, was een blik op zijn leren broek voldoende. Hij gooide zijn jasje neer en liep naar de bar voor een pint. Norman kwam net binnen en wilde ook wat drinken. Jimmy bestelde nog een Guinness.

– Héhé, Norman! Je bent vandaag met groot materieel uitgerukt, zie ik? zei hij met een blik op Normans kaki broek en zijn lichte, geknoopverfde spijkerhemd.

– Hoor wie het zegt. Je hoeft niet eens te zingen vanavond en nog zie je eruit als fucking Rod Stewart, zei Norman lachend.

– Sodemieter op. Rod Stewart had een koeienreet!

Ze pakten hun glazen en Jimmy liep voorop naar de tafel, waaraan plaats was voor zo'n zes man. Op weg erheen zag hij Ronnie van Slapper uit de wc komen.

– Hé Ronnie. Alles kits?

– Ah, hoe is het, Jimmy. Tsjiezus, wat zie jij eruit. Alles oké? Ha, Norman. Zeg, ik heb het gehoord over Beano en zo. Zwaar kut is dat, zei Ronnie. Beano had een paar keer met Slapper gespeeld.

– Vertel mij wat, zei Jimmy. Luister, bedankt voor het overnemen. Als jullie niet konden wilde John Bobby Gillespie gaan bellen.

– Tsjiezus. Wie wil die eikel de hele avond Duran Duran zien doen? Maar geen probleem, maat. We stonden vanmiddag op de DCU voor de Rag Week, dus we doen gewoon dezelfde set. Wil jij nog een nummer komen doen?

– Nou en of, zei Jimmy blij. Als je het niet heel erg vindt.

– Helemaal niet. Kunnen we lachen. Komt Esopus ook?

– Ja. Hij zit waarschijnlijk boven.

– Te gek. Ik geef je wel een gil. Het wordt knokken als de

meisjes hem niet op een gegeven moment achter de drums zien zitten. Zie je straks.

Ronnie ging de voorbereidingen treffen met de andere jongens, die op het podium snoeren aan het inpluggen waren en het geluid checkten.

Esopus kwam naar beneden en liep op de tafel af. Hij gaf een schuldbewuste indruk.

– Gedraag je jezelf wel, Esopus? vroeg Jimmy.

– In fucksnaam, Jimmy, ik ben net tien minuten binnen. Je mag wel een beetje vertrouwen in me hebben, oké?

– Wat was je daar dan aan het uitspoken?

– Niks.

– Esopus...

– Tsjiezus man, ik heb een grietje gezegd dat ik haar straks hier beneden zou zien, dat is alles, oké? Mijn God, je zou gaan denken dat ik ziek in m'n hoofd was of zo. Hoe istie, Norman?

– Alles goed, Esopus? Wil je een pint?

Esopus keek omlaag naar zijn glas.

– Zeker weten. Bedankt.

Norman ging naar de bar en Esopus schoof aan bij Jimmy.

– Zie je? Ik heb geen woord tegen hem gezegd. Zelfs niet over dat hemd van hem. Wat is hij in fucksnaam van plan? Vlinders vangen?

– Laat hem met rust, Esopus. Hij heeft de zenuwen voor vanavond.

– Waarom? Jimmy, je bent gek. Vanavond is precies als elke andere avond. Hij gaat zitten met een meisje en tien minuten later is ze weg met haar vriendinnen en zit hij weer alleen, te proberen of hij z'n tong kan losschroeven van z'n verhemelte. Zo gaat het altijd. Het is gewoon zielig.

– Laat hem maar gewoon, oké? Hij heeft het al moeilijk genoeg zonder dat jij hem komt opnaaien en zeggen dat hij altijd nog z'n linkerhand kan gebruiken en zich inbeelden dat het iemand anders is of zo.

Ze zaten met z'n drieën te praten terwijl de zaal langzaam volliep. Esopus zat aan de tafel ernaast zodat ze er twee hadden, mochten ze de ruimte nodig hebben. Mensen begonnen zich eraan te ergeren toen Jennifer aankwam met Maeve en Katie. Dat was fijn. De meisjes konden de tweede tafel nemen en de mensen die erbij stonden te kijken konden oprotten en iemand anders gaan lastig vallen.

– Hai, Jimmy. Leuk haar, zei Jennifer met een brede glimlach. Ha, Norman. En hoe gaat het met mijn favoriete uitvreter van een broer?

– Ha, Jen. Hoe gaat het? zei Jimmy.

– Ach je ziet het. Ik ben uit met de meisjes. Marco zal er wel snel zijn. Hij komt met die Japanner van het werk.

De meisjes gingen erbij zitten en begonnen over meisjesaangelegenheden te praten, terwijl de jongens nog een rondje deden.

Maeve was een fijne meid. Een beetje aan de zware kant en haar gezicht leek iets te veel vormen te kunnen aannemen, maar je kon geweldig met haar lachen en goed met haar uitgaan. Katie zag er best leuk uit, maar ze trok altijd een zuur gezicht als ze met de jongens was. Jennifer wist het niet, maar het kwam omdat Katie een keer, een paar jaar geleden, de nacht met Esopus had doorgebracht. De volgende morgen had hij alleen maar gezegd 'Dat was te gek, schatje' en weg was hij, alsof hij een afspraak had voor een operatie of zo. Hij had haar nooit gebeld en had het er nooit over gehad verder. Ze dacht dat de beste manier om wraak te nemen op Esopus Jimmy versieren was, maar waarschijnlijk had dat toch niet gewerkt. Wat je voor smakeloze karaktertrekken ook wilde toeschrijven aan

Esopus, jaloezie hoorde daar niet bij. Hij was veel te overtuigd van zijn eigen mannelijkheid dat hij zich door zoiets zou laten storen. En bovendien was hij die avond dronken geweest en kon zich niet herinneren dat hij haar had geneukt.

– Jimmy? vroeg Jennifer, toen ze met z'n tweeën aan de bar stonden.

– Tisser?

– Hoe gaat het nu met je? Ik bedoel, je weet wel, na Sandra en zo.

– Het gaat te gek, Jen. Het was een beetje, zeg maar moeilijk in het begin, maar nu probeer ik er gewoon niet aan te denken. Bovendien heb ik Esopus om op me te passen, toch?

– God behoede je. Luister Jimmy, als je iemand nodig hebt om mee te praten of zo, moet je het zeggen, oké? zei ze, terwijl ze zijn arm even aanraakte.

– Eh, oké. Bedankt.

Terwijl ze allebei hun glas oppakten, keek Jimmy vanuit zijn ooghoeken naar Jennifer. Ze zag er goed uit, zonder twijfel. Hij had altijd het idee gehad dat ze een zwak voor hem had maar dat schreef hij toe aan het feit dat zij een tiener was en dat hij, nou ja, was wie hij was. Maar nu was ze al eind twintig. Hij vond haar aardig. Zij vond hem aardig. Zij was een griet die er geweldig uitzag. Grappig. Gul. Was zij misschien? Hé, effe fucking dimmen, Jimmy. Wat denk je wel? Jennifer was de zus van zijn beste vriend en de vriendin van zijn andere beste vriend. Het was nog geen week uit met Sandra of hij begon al onbehoorlijke gedachten te hebben over het enige meisje ter wereld waarover hij helemaal niks zou moeten denken! Tsjiezus, hij moest een beetje voorzichtig zijn, anders kon die speurtocht naar Superchick wel eens uit de klauw lopen. Hij liep met haar terug naar de tafeltjes, zich inprentend dat Marco een zwarte band in taekwando had en dat Sicilianen hun hand er niet voor omdraaiden om een meningsverschil te beslechten door je snikkel eraf te snijden.

Terug aan tafel zag hij dat Marco en Tsujita-san waren gearriveerd. Marco straalde, stelde Tsujita-san aan iedereen voor en vertelde wat hij over hem en over Japan in het algemeen wist, wat een hoop was. Hij was de laatste paar weken echt een autoriteit geworden.

– In Tokio is Tsujita-san anderhalf uur onderweg naar zijn werk, was hij Norman aan het vertellen. En de treinen zitten zo vol dat er iemand op het station staat om je naar binnen te duwen zodat iedereen erin past!

Norman probeerde zich voor te stellen hoe dat eruit zou zien op de DART, maar tevergeefs. Het zou een bijzonder onverschrokken type moeten zijn die het aandurfde om forenzen in Killester op maandagmorgen in de trein van 07.58 te duwen. Norman had tien jaar gevechtstraining en zelfs hij zou het niet aandurven zonder een traangasgranaatwerper en een roedel Rottweilers.

Tsujita-san zat intussen te knikken en ernstig te kijken. De huisinstallatie stond inmiddels helemaal open en het was al lastig genoeg om elkaar te verstaan zonder de bijkomende achterstand die een minder dan geweldig Engelssprekende wereldburger sowieso al had. Hij hield niet op verbluft te kijken naar de mensen die met grote glazen zwart bier van de toog kwamen. In Japan schonk je meestal bier uit een flesje op tafel, in een glas dat meer dan driekwart kleiner was dan de kleine emmer die Marco voor hem had neergezet. Hij pakte het glas op om te proeven maar Marco hield hem tegen.

– Neenee, Tsujita-san. Je moet wachten totdat het bezonken is. Zie je? Het wordt zwart, net als bij Jimmy.

Tsujita-san keek op naar Jimmy die tegenover hem zat.

– Jurrie speren vandaag, ja? zei hij, luchtgitaar spelend.

– Nee, vanavond niet. Andere band. Slapper, zei Jimmy.

– Srapp...?

– Andere band. Ik niet, zei Jimmy, die over de tafel leunde om verstaan te worden.

– Jazzsessie?

– Eh, nee. Niet echt. Rockmuziek. U2-achtig. Ken je die, U2?

– Ah, Yoe-Tzoe. Vind ik elg goed.

– Mooi zo, zei Jimmy, die terugleunde in zijn stoel en wegkeek. Hij ging niet de hele avond in die fucker z'n oren zitten toeteren.

Hij keek vluchtig de zaal rond. Alle zitplaatsen waren bezet en de mensen kwamen uit de bar binnen; ze stonden in de rij om hun vijfje entree te betalen. Normaal zou hij ze in gedachten meetellen, omdat de band twee euro de man opstreek, maar vanavond gingen alle pegels naar Ronnie en z'n maten. Niet erg. Het was alleen Esopus die het geld nodig had. Hij had geen baan en de inkomsten uit de optredens waren een welkome aanvulling op z'n bijstandsuitkering. Het was ongeveer negentig euro per optreden, en meestal deden ze minstens een optreden in de week. Esopus zou moeten bezuinigen op het rokertje na de thee, of misschien alleen de thee, tot ze een nieuwe bassist hadden.

Rond negenen kwamen Ronnie en de jongens op en zetten *Teenage Dirtbag* in. Dat was een herenloze stamper om het publiek aan het bewegen te krijgen. Bij het tweede refrein stonden er een paar dronken eikels te headbangen op de dansvloer, en halverwege het tweede nummer was het een krioelende massa. Jimmy lette goed op maar deed zijn best niet die indruk te geven. Het was vreemd om een andere band te zien spelen. Aan de ene kant vond hij het wel prettig om niet de spanning te hebben van een eigen optreden, maar aan de andere kant jeukten zijn handen om zelf het podium op te gaan. De spanning maakte hem juist tot wat hij was. Hij kromp ineen bij elke gemiste noot en glimlachte toen Ronnie een trucje uithaalde bij een heel hoge vocale lijn en in plaats daarvan een octaaf lager zong. Dat deed hij zelf ook. Vooral als ze twee optredens op een dag hadden. Hij leunde achterover en probeerde te genieten van het optreden maar het was niet eenvoudig. Hij wilde vanavond heel erg graag een rockster zijn. Met z'n nieuwe haar en alles.

Hij keek naar Zucheeto, die geconcentreerd zat te luisteren naar wat Norman hem aan het vertellen was. Het was uitgesloten dat hij Norman zou kunnen verstaan, zeker als de Guinness na een paar pinten begon te werken. Zijn Corkse accent werd zwaarder met alcohol. De arme jongen had echt moeite, zag Jimmy. Zijn gezicht was helemaal vertrokken en zijn oor stak zowat in Normans mond, maar Jimmy wist dat het waarschijnlijk toch geen reet uitmaakte. Vermoedelijk kreeg hij op dit moment de spelregels van hurling uitgelegd. Dat was Normans favoriete opening als hij met iemand sprak die niet uit Ierland kwam. Ja, daar had je het. Norman stak zijn hand uit en liet Zucheeto de gebroken knokkels zien die hij had opgelopen. Daarna zou hij Zucheeto zeggen wat een ongevaarlijke sport het was. Als het nog een uur of twee op deze voet verder ging, zou Zucheeto waarschijnlijk de kroeg verlaten en direct naar het vliegveld gaan. Was er een directe vlucht van Dublin naar Tokio? Jimmy wist het niet. Hij was nooit verder dan Torremolinos geweest. Hij wist niks over Tokio, behalve dat er een heleboel mensen woonden en dat ze er gek op vis waren. En dat Japan onlangs weer een deel van Hong Kong was geworden. Of zoiets.

Hij keek rond, op zoek naar Esopus en zag hem aan een tafel aan de andere kant van het podium praten met een tweetal meisjes die Jimmy niet kende. Ze lachten om wat hij zei, wat het ook was. Het kon alles zijn, wist Jimmy. Esopus deed niet eens een poging zijn verhalen een grond van waarheid mee te geven. Hij kon zich voor alles uitgeven, van een drummer tot een formule 1-coureur tot een rattenvanger, binnen een tijdsbestek van tien minuten. Het maakte geen enkel verschil: Esopus kon een meisje over elk gewenst onderwerp entertainen. En hij had vanmiddag liggen blowen, dus Joost mocht weten wat het dit keer was. Ze zagen er allebei niet onaardig uit. Eentje met name had moeite om haar borsten binnen haar halterlijn te houden, wat waarschijnlijk sowieso de reden was dat Esopus in hun richting was gezogen. Jimmy besloot erop af te gaan. Het was jaren geleden dat hij en Esopus dit samen hadden gedaan. Het kon net weer als vroeger zijn. De twee vrienden die een paar vriendinnen aan het bewerken zijn.

– Jimmy! zei Esopus. Dames, dit is Jimmy Collins. Hij zit in m'n band. Jimmy, dit is Rhonda en dit is Carol.

Carol was degene met het opstandige stel tieten.

– Hai, zei Jimmy met zijn coolste glimlach, en hij ging zitten.

– We hebben je zien zingen. Je was hier toch een paar weken geleden? vroeg Carol.

– Ja, klopt. Bedankt, zei Jimmy.

– Waarvoor bedank je mij? Ik zei alleen dat we je hebben gezien, niet dat we je goed vonden.

– Zie je wel, Carol, zei Rhonda. Ze zijn allemaal hetzelfde. Zijn verliefd op zichzelf als ze daar staan. En je haar zat toen ook nog normaal. Wat heb je ermee gedaan?

Jimmy werd zo rood als een pioen. Hij keek naar Esopus, die zijn neus in een glas Guinness had gestoken.

– Eh, gewoon geverfd.

– Jimmy heeft een hairstylist, zei Esopus, slikkend. Hè, Jimmy?

De meisjes gilden van het lachen.

– Een hairstylist?! zei Rhonda. En zeg eens, heeft die ook je plastic broek vanavond voor je uitgezocht?

Jimmy keek opnieuw naar Esopus, die nu ook aan het lachen was, de klootzak.

– Het is leer, zei Jimmy, die niks anders kon verzinnen.

– Nou, het ziet eruit als plastic, zei Carol. En zeg eens, hoe komt het dat Esopus alle liedjes schrijft en jij ze zingt? Ik dacht dat de zanger de liedjes altijd scheef.

– Ik schrijf ook liedjes, zei Jimmy kalm. Zijn gezicht stond inmiddels in brand.

– Ach, we namen je maar in de maling, Jimmy, zei Carol. Rhonda hier vindt je geweldig.

– Sodemieter op, helemaal niet, zei Rhonda.

– Dames, Jimmy, het spijt me, zei Esopus, ik moet even met die gozer daar gaan praten. Zie je straks.

Hij stond op en liep naar waar Marco iets aan Tsujita-san aan het uitleggen was boven een Guinness. Jimmy keek hem na, hem hartgrondig hatend, en draaide zich vervolgens weer naar de meisjes om.

– Grappige gozer, hè? Heeft hij je verteld over zijn schimmelinfectie?

Carol glimlachte naar hem, Rhonda deed niks. Ze zwaaide langzaam op de muziek mee.

– Vinden jullie Slapper goed? vroeg Jimmy. Hij was wanhopig. Hij wilde zich uit de voeten maken maar hij wilde niet bot zijn.

– Wel oké, ja, zei Carol. Zij was nu ook ritmisch aan het zwaaien, terwijl ze over Jimmy's schouder naar het toneel keek.

Jimmy draaide zich om en keek ook naar de band. Hij kon niks verzinnen – nog geen lettergreep – om tegen ze te zeggen. Hij kreeg een por tegen zijn schouder van Carol.

– Je zit ervoor. Kun je effe iets opzij?

Ach, krijg de klere! Dit leek helemaal niet op vroeger. Een paar wijven die hem in de maling zaten te nemen, Esopus die hem erin had laten stinken, en hij die niet in staat was om sowieso een woord uit te brengen – was het echt pas vier jaar geleden dat hij iemand had proberen te versieren? Het leken er wel tien.

– Hoor eens, zei Jimmy. Ik ga naar de bar. Willen jullie wat drinken?

– Wodka-tonic, zei Carol.

– Corona, zei Rhonda.

– Prima.

Jimmy stond op en liep naar de bar, waar hij alleen een Guinness voor zichzelf bestelde. Die twee kutwijven konden opsodelazeren, en naar hun drankjes konden ze fluiten. Plastic broek me reet. Hij ging terug naar zijn eigen tafel om te kijken hoe lang ze erover zouden doen voordat ze beseften dat hij niet naar ze terugkwam. Hij was net als iedereen niet vies van kijken naar een lekker stel tieten, maar een man had ook zijn trots.

– Jij bent ook een lekkere klootzak, zei hij tegen Esopus.

– Ik heb me wel geamuseerd. Hoe je daar zat! 'Het is leer.' Godskelere, ik dacht even dat je ging huilen. Maar ik zag dat ze niet het type waren waar wij naar op zoek zijn, en dat het dus geen zin had om verder om ze heen te hangen en onze tijd te verdoen. Ben ik niet goed?

– Ja, je bent geweldig, zei Jimmy. Sinds wanneer schrijf jij de liedjes eigenlijk? De enige keer dat we een van jouw nummers doen is als we in The Fiddler's Smig staan en de meeste bezoekers al compleet fucking strak staan. Dan kan je Perry Como spelen en nog stuiteren ze van de muur... Hij zweeg even. Hé, moet je die kop van Zucheeto zien. Gaat die wel lekker?

Esopus keek en vroeg:

– Hoezo?

– De kleur van zijn gezicht... Godskelere, het lijkt of zijn hoofd op ontploffen staat.

– Tsjiezus, je hebt gelijk.

– Hé, Zucheeto. Gaat alles goed?

Tsujita-san wendde zich van Katie af, die eindelijk eens plezier leek te hebben.

– *Nan da?*

– Gaat het goed met je? Je gezicht... Jimmy wees naar zijn eigen gezicht en toen op dat van Tsujita-san. Het is rood.

– Ah, ja. Japanners dlinken biel. Klijgen lood gezicht. Oké *desu.*

Tsujita-san stak zijn duimen in de lucht.

– Heb jij het begrepen, Jimmy? vroeg Esopus.

– Niet echt. Maar ik geloof dat hij het weet en hij lijkt niet al te bezorgd. Fuck hem.

– Waar is Norman?

Ze keken rond. Hij was op de dansvloer en deed een soort twist op Slappers versie van *Johnny B. Goode.* Hij was aardig fors om zo'n dansje te doen maar het meisje dat tegenover hem danste leek het oké te vinden.

– O, Jezus. Moet je hem zien. Wanneer heb je Norman voor het laatst zien dansen? vroeg Esopus.

– Goeie God. Bij het optreden van U2 in Croker? Wanneer was dat? Hij was strontlazerus.

– Toen deed hij ook de twist, toch?

– Kan goed zijn. Misschien heeft het veel furore gemaakt in Cork.

– En daarmee gaat hij het meisje veroveren waar hij zijn leven lang op heeft gewacht? Hij danst alsof er een pond boter in z'n kont zit en hij het eruit probeert te schudden.

– Esopus, denk eraan: ga hem niet afmaken, oké? Hij is waarschijnlijk met haar gaan dansen om zichzelf tijd te geven om te bedenken wat hij straks gaat zeggen.

Misschien had hij dat moeten proberen bij Carol en Rhonda, die nog steeds aan hun tafeltje zaten zonder drankjes voor hun neus. Nah. Die waren het niet waard.

– Hoe dan ook, hij doet tenminste een poging. Moet je Marco zien.

Marco praatte niet eens met Jennifer. Hij luisterde naar Tsujita-san en Katie, en bracht elke paar seconden iets in het midden.

– Wat heeft hij met die Japanse gozer? vroeg Esopus. Het lijkt of ze vergroeid zijn.

– Hij wil gewoon een beetje indruk maken. Normaal is hij degene die probeert zich aan iedereen aan te passen, en dit is zijn kans om de grote jongen uit te hangen. O, tussen haakjes, Ronnie zei dat hij ons straks voor een nummer zou uitnodigen.

– Jimmy, ik heb zitten blowen en drinken, weet je?

– Het zijn maar een of twee nummers, Esopus. Dat kun je best.

– Oké. Nou, dan zal ik deze maar wat langzamer doen, zei Esopus, die zijn glas omhooghield.

Jimmy glimlachte. Esopus had een geweldige professionele drummer kunnen zijn. Het was het enige waar hij genoeg om gaf om er zijn sociale gewoontes voor te veranderen.

– Goed, zei Esopus. Ik ben weer weg. De bar sluit over een paar uur en we zijn op een missie, nietwaar? Zie je later.

Jimmy zag hem recht op een meisje aflopen dat in haar eentje tegen een paal stond geleund. Hij was een brutale hond, dat was zeker. Oké, Jimmy, je kan hier niet de hele avond blijven zitten. Hup, in de benen. Hij voelde zich nog steeds een hopeloze eikel na Carol en Rhonda, maar hij wist zichzelf wijs te maken dat het was omdat hij de routine miste. Er zaten hier honderd andere meisjes en het was zijn gezworen plicht om er een aantal nader te leren kennen. Hij stond op, liep opnieuw cool naar de bar en struikelde bijna onmiddellijk over een handtas, waarbij hij met zijn gezicht tegen iemands kont vloog en minstens vier drankjes omverkegelde. Hij keek op van de vloer en kreunde.

Hij kende die kont.

8

– Jimmy? Gaat het? vroeg Sandra, terwijl ze haar glas aan Beano gaf en zich bukte om Jimmy overeind te helpen.

– Ja, ja, zei Jimmy. Hij veegde haar hand van zijn arm en stond op. Hij had gehoopt om een beetje de aandacht te trekken door met zijn billen vacuüm verpakt in leer naar de bar te schrijden, maar niet op zo'n manier. Als hij in iemand anders' handtas verstrikt was geraakt, had hij zich alleen maar belachelijk gemaakt, maar het feit dat het Sandra's handtas was, maakte het pas echt beschamend. En die klootzak van een Beano maar grinniken.

– Iets drinken, Jimmy? vroeg Beano.

Jimmy gaf geen antwoord. Hij wilde Beano zeggen waar hij zijn aanbod kon steken maar hij wilde dat niet in Sandra's aanwezigheid doen. Hij keek hem alleen maar woest aan en knikte toen tegen Sandra en liep verder langs haar.

Hij liep recht voorbij de bar want hij voelde hun ogen nog in zijn rug prikken en wilde niet blijven stilstaan. Op dit punt waren er nog maar twee plekken waar hij heen kon zonder dat hij zich moest omdraaien en opnieuw langs ze heen moest lopen, maar hij wist niet hoe de sigarettenautomaat werkte en hij zou helemaal voor idioot worden versleten als hij nu de dameswc inliep. Daarom maakte hij een scherpe bocht naar links en liep door, langs de uitsmijter de trap op, tot hij op de natte straat terechtkwam.

– Goeie, Jimmy, zei hij tegen zichzelf. Heel fijn opgelost.

Hij ging hier niet de hele avond staan om van de regen bezeken te worden, dus hij liep de trap weer af. Hij zou Sandra en Beano altijd wel ergens tegen het lijf blijven lopen. Daar kon hij maar beter zo snel mogelijk aan wennen.

Hij zag ze praten met een ander stelletje aan de bar en liep ze voorbij, terug naar de tafel. Jennifer keek hem aan.

– Jimmy, ik heb alles gezien. God, dat was vreselijk!

– Ach, laat maar, Jen. Het is niet belangrijk.

– Ze hadden hier niet moeten komen. Ze wisten toch dat jij er zou zijn?

– Dat moeten zij weten, neem ik aan.

– Neenee, dat telt niet. Gaat het?

Dit begon te veel van het goede te worden.

– Ik ben in orde, Jen. Heus.

Hij was niet echt in orde maar hij werd doodmoe van die vraag. Hij ging naast haar zitten en boog zich voorover naar Marco.

– Marco, je kameraad hier begint er beroerd uit te zien.

Tsujita-san lag met zijn hoofd op tafel. Jimmy kon zijn gezicht niet zien, maar zijn rechteroor en zijn voorhoofd hadden de kleur van Normans zondagse trui uit Cork.

– Volgens mij is hij een beetje dronken, Jimmy, zei Marco, die er zelf ook niet al te jofel meer uitzag.

Jimmy deed een snelle rekensom. Marco moest een stuk of vijf glazen Guinness hebben gehad. Dat was een hoop bier voor Marco.

– Hoeveel heeft hij er op?

– Drie glazen maar. Ik denk dat ze misschien minder drinken in Japan.

Jezus, en het was pas halfelf.

Jimmy zocht naar Norman en vond hem in een innige omhelzing met het meisje waarmee hij eerder had gedanst. Nou ja, dat was in elk geval een resultaat. Ze zaten met z'n tweeën aan een tafeltje, haar hand in zijn hemd en zijn arm om haar schouder, en keken naar de band. Jimmy ving zijn blik op en hij kreeg de grootste grijns die hij in maanden had gezien. Hij glimlachte terug. Nou, zelfs als al het andere vanavond mislukte, in elk geval had Norman een romantische knuffel. Hij zocht nog eens de zaal door en vond Esopus staan praten met drie meisjes naast het podium. Hoeveel zou hij er vanavond zo ver krijgen?

Slapper begon aan de tweede set. Iets snels van Blink 182. Altijd goed om de benen in beweging te krijgen. Jimmy zag hoe de dansvloer zich weer vulde. Norman bleef wijselijk zitten met zijn chickie.

Het nummer was afgelopen en Ronnie zei iets in de microfoon. Jimmy luisterde niet echt maar plotseling hoorde hij zijn eigen naam en toen die van Esopus. God, dat was hij helemaal vergeten. Hij stond op terwijl de adrenaline door hem heen schoot. Marco en Jen en de meisjes zaten te juichen. Zelfs Tsujita-san bracht er een zacht 'hoelaaa' uit, van onder zijn armen die hij om zijn hoofd had geslagen. Hij liep tussen wat tafels door en stond toen op het podium naast Ronnie, die zijn gitaar afdeed en hem aan Jimmy gaf. Ronnie ging met zijn reservegitaar bij de microfoon van de bassist staan, terwijl Esopus zich installeerde achter het drumstel. Jon, de drummer van Slapper, maakte van de gelegenheid gebruik om een praatje aan te knopen met de drie meisjes die Esopus had achtergelaten. Kennelijk hebben drummers dat, dacht Jimmy, zich omdraaiend om te kijken of iedereen klaar was.

Hij keek de zaal in. Hij herkende een paar gezichten voorin en onder de felle lampen aan de bar, maar met het toneellicht in zijn ogen was de rest van de ruimte een vage blikkering. Goed. Wat te spelen? Hij moest het zo simpel mogelijk houden. De bassist en Ronnie moesten het op gevoel kunnen meespelen, dus het had geen zin om een van zijn eigen nummers te doen of een liedje van Rush of zo. Bovendien was het niet zijn gig. Hij moest een publiekslieveling spelen. Oké. Hij wist het. Dat zou een goeie zijn. Niemand zou die zien aankomen, dacht hij. Ze zouden het er nog weken over hebben. Geruchten. Een schandaal. Jaja, rock ende roll.

Hij keek om naar Esopus.

– Oké. *Still in Love With You*, riep hij.

Opzij van het podium staakte Jon zijn gesprek met Esopus' meisjes en keek verbluft om. Esopus knipperde met zijn ogen en zei geluidloos 'Wat?' Jimmy knikte terug. Ronnie zette verbaasde ogen op maar de bassist kende Jimmy niet zo goed en haalde alleen zijn schouders op.

– De versie van *Live and Dangerous*. In A, zei Jimmy tegen iedereen, voordat hij inzette.

Still in Love With You was een ballade van Thin Lizzy en Jimmy speelde niet vaak ballades, maar het was een absoluut schitterend nummer en de meisjes in het publiek zouden hem op handen dragen als hij het deed. De jongens zouden hem de solo zien spelen en allemaal zouden zij zelf de gitaarheld willen zijn. Het was een nummer vol emotie en tranen en verdriet om teloorgegane liefde. Jimmy had zelfs een niet onverdienstelijke imitatie in huis van Phil Lynott door met zijn tong het achterste van zijn keel te blokkeren om zijn stem de nasale klank te geven die je normaal zou associëren met zwaar cocaïnegebruik. Hij deed zijn ogen dicht en zong het alsof hij iedere hartverscheurende lettergreep meende. Als hij zijn ogen af en toe opende, richtte hij ze op de plek waar hij Sandra voor het laatst had gezien. Dit zou haar avond definitief naar de klote helpen.

Hij speelde het nummer tot het eind, compleet met een klagende, schreeuwende, jankende gitaarsolo en stopte. Er was een seconde totale stilte, en daarna brak de hel los. Jimmy glimlachte en deed zijn best om de indruk te geven dat dit liedje het moeilijkste was dat hij ooit live had gedaan. Hij stond met zijn gitaar laag om zijn middel gehangen en deed alsof hij fysiek en emotioneel uitgeput was. Er waren een paar stelletjes op de dansvloer geweest, maar het was in feite een nummer dat je wilde zien en tot je laten doordringen. Nu de laatste noot had weerklonken, was de betovering verbroken, maar Jimmy had zijn taak volbracht. Alle meisjes in het publiek zouden hem willen opvreten, iedereen die wist van hem en Sandra zou zich afvragen wat er hierna ging gebeuren. Sandra zou zich ellendig voelen dat ze hem zo'n pijn had gehad, en, wat het voornaamste was, het was volkomen uitgesloten dat Beano vanavond nog seks zou hebben.

– Dank je wel, dank je wel, zei Jimmy, toen het publiek wat gekalmeerd was. Ik heb dit nummer al heel lang niet gespeeld maar er zat me iets dwars. Ik neem aan dat jullie nu allemaal willen dansen, ja?

Het publiek juichte opnieuw.

– Oké dan! Dan zullen we een snelle doen, voordat Esopus wegloopt!

Hij zette *Basket Case* in van Green Lily. Binnen tien seconden was de dansvloer een opeengepakte harington. Hij keek om naar Esopus, die in z'n element was. Hem kon het niet snel genoeg zijn. Hij rondde het nummer af en maakte een buiging. Het publiek stond te juichen als gekken toen hij Ronnie de gitaar teruggaf.

– Vuile klootzak, zei Ronnie met een glimlach. Wat moet ik hierna in fucksnaam spelen?

– Doe *Teen Spirit*, zei Jimmy, van het podium springend. Ze waren er al mee begonnen toen Jimmy bij zijn tafel terugkwam en de klappen op zijn rug van de jongens in ontvangst nam. Jennifer was stil.

– Hoe vond je het, Jen?

– Geweldig, Jimmy. God, ik moest bijna huilen bij het eerste nummer. Het was prachtig. En je meende het, hè? Je houdt nog steeds van haar.

– Ach Jen, het is maar een liedje, oké? Ik deed het alleen om haar een beetje te fokken. Heb je haar gezien?

– Ze ging weg toen jullie met Green Day begonnen. Volgens mij had ze woorden met Beano.

– Echt? O wat vreselijk, zei Jimmy met een grote glimlach.

– Jimmy Collins, foei! Wat ben jij ontzettend erg! zei Jennifer lachend.

– Nou, ontzettend, zei Jimmy en hij nam een slok van zijn verschaalde bier. Het was warm en dik maar het smaakte heerlijk.

– Hé Jimmy, wat de fuck had dat allemaal te betekenen? hoorde hij de stem van Esopus achter zich.

– Gewoon een geintje, Esopus. Sandra was in de zaal. Maak je geen zorgen. M'n hart klopt gewoon verder, hoor.

– Kelere zij dank. Je hebt mazzel dat het een Lizzy-nummer was. Ik doe geen fucking ballades, weet je nog?

– Weet ik, maat. Heb je al succes bij de dames?

– Jezus Jimmy, ik heb met een stuk of twintig chicks gepraat. Je kunt me geloven of niet, er zit vanavond niemand bij die bijzonder is. Mag ik nu gaan en me een gaatje vinden? Alsjeblieft? Hai Jen.

Jennifer keek hem aan, schudde haar hoofd en schoof op naar Marco aan het andere eind van de tafel.

– Oké, Esopus, zei Jimmy. Je hebt je best gedaan. Je krijgt een half uur om een partner voor de rest van de avond te vinden. Denk je dat je daaraan genoeg hebt?

– Jimmy, in een half uur vind ik iets voor ons allebei. Ik kan waarschijnlijk ook iemand vinden voor Norman om te wippen, als hij een ander hemd aantrekt en belooft om zijn mond niet open te doen. Waar zit hij tussen haakjes?

– Ik denk dat hij al gescoord heeft. Moet je hem zien daar.

– Jezus, ze lijkt me een beetje ongepolijst, niet?

– In fucksnaam, Esopus, jij bent ook nooit tevreden. Hij amuseert zich, kijk maar.

– Ik kijk ook, Jimmy, en het is geen prettig gezicht. Hoe dan ook, ik ben weg. Ik zie je later. Zeg, ben je zelf niet op rooftocht? Het was jouw idee, weet je nog?

– Ik weet het. Maar mag ik even op adem komen misschien?

– Oké. Maar het is wel te gek. Meestal staan we op het podium en zijn alle normale chicks al weg op het moment dat ik er klaar voor ben. Op deze manier hebben we een veel ruimere keuze.

– Jezus Christus, Esopus, heeft de hongersnood soms toegeslagen?

– Mijn God, zeg dat niet, Jimmy, zei Esopus, terwijl hij een kruisje sloeg.

Het volgende ogenblik was hij verdwenen. De Japanner lag te slapen.

– Marco? zei Jimmy, waarop Marco, die aan het praten was met Jennifer en Katie zich omdraaide.

– Wat ga je hieraan doen? vroeg Jimmy, wijzend naar Tsujita-san.

– Het zit wel goed, Jimmy. Ik zet hem wel in een taxi als we weggaan.

– Hij is toch niet dood of zo?

– Volgens mij niet. Marco stompte Tsujita-san op de schouder. Hé, Tsujita-san, riep hij. Hé, gaat het?

– *Urasai yo!* zei Tsujita-san, terwijl hij zijn hoofd optilde en de kwijl van zijn kin veegde. Hij keek de tafel rond met een bijzonder beledigde uitdrukking op zijn gelaat.

Geweldig, dacht Jimmy. Ik wil wel zorgen dat ik weg ben als die vent doordraait en Bruce Lee gaat spelen. Hij stond weer op en ging naar de bar. Hij liep nog een pint achter en bovendien had hij van daarboven een beter zicht op het talent beneden.

Hij kreeg veel blikken en glimlachen terwijl hij tussen stoelen en mensen naar de bar toe manoeuvreerde. Zo mocht hij het graag zien. John de baas zag het en zette zonder dat Jimmy erom gevraagd had een verse pint voor zijn neus en hij wuifde het vijfje weg dat Jimmy in zijn hand had.

– Sterk werk, Jimmy. Die had ik al eeuwen niet gehoord. Ik waande me weer helemaal in mijn schuifeltijd.

– Bedankt, John.

Hij pakte het glas en ging met zijn rug naar de toog staan om te kijken wat er te koop was. Sommige meisjes die hem net doordringend hadden aangekeken toen hij bier kwam halen, waren met jongens. Kelere. Een paar anderen waren in het gezelschap van vriendinnen. Jimmy voelde zich nog steeds niet genoeg op zijn gemak om er zomaar naar toe te gaan en een gesprek te beginnen. Dat vond hij vroeger geen probleem, maar dat was al een hele poos geleden. Hij was zo lang met Sandra geweest dat hij niet dacht dat hij nog wist hoe hij zich interessant kon maken tegenover iemand anders. Bovendien had hij iedereen lopen vertellen dat hij zich prima voelde, maar het was maar een week geleden en het zou echt wel langer gaan duren. Het was niet eens dat hij naar haar verlangde, en het grootste deel van de tijd dacht hij niet eens aan haar, maar soms herinnerde hij zich iets en dan voelde hij de pijn. Als een zenuwuitbarsting of zo.

Hij zag dat Tsujita-san weer wakker was, en weer met Katie praatte. Er stond een glas water voor hem en hij klampte zich eraan vast alsof het zijn laatste strohalm was. Marco en Jennifer zaten naast hem in innige omhelzing. Maeve praatte met een zwarte jongen met blinkend witte tanden en Norman zat nog steeds met hetzelfde meisje maar nu aan een andere tafel. Ze zagen er allebei behoorlijk dronken uit. Ieder op zijn manier, dacht Jimmy. Esopus stond naast het podium. Slapper speelde een nummer van AC/DC dat The Grove het eerst had bedacht om te doen en Esopus stond te kijken hoe Jon de drumpartij aanpakte. Vlak achter hem stond een magnifieke blonde stoot, die met haar hand op haar heup ongeduldig stond te wezen. Ze trappelde zowat, waarschijnlijk omdat ze niet gewend was dat ze in aandacht het moest afleggen tegen een heavy metal drummer met een ruige baard en groene tanden.

Jimmy glimlachte bij zichzelf. Hij was de enige die alleen was, en het was zijn fucking meesterplan geweest om de avond te wijden aan de speurtocht naar de ware. Hij besloot dat hij er nog niet klaar voor was. Vanavond niet. Het was een spannend idee om met z'n allen eropuit te trekken en te kijken wat er in de sterren stond, maar nu de avond zo ver was gevorderd dat er zich paartjes gingen vormen, wist hij dat zelfs als hij nog een aardig meisje ontmoette, het te laat was om er iets mee te doen. Alles wat de bezoekers wilden nu de laatste ronde had geklonken was een laatste drankje. En wellicht een wip. Jimmy ging terug naar de bar en knikte naar John. Een laatste drankje was minder ingewikkeld.

Kort daarop vertrok iedereen in een grote groep.

Jimmy ging naar bed toen hij thuiskwam. Hij was niet dronken, maar hij had zoveel gedronken dat zijn gedachten vlogen. Norman had tegen hem gefluisterd 'Jimmy, ik heb haar gevonden!' toen hij vertrok met zijn nieuwe vriendin, Marie. Jimmy hoopte dat het waar was, maar hij betwijfelde het. Het was gewoon voor het eerst in tijden dat Norman gescoord had. Marco en Jen waren vertrokken terwijl ze elkaar diep in de ogen keken en elkaar stevig omarmden. Katie had Tsujita-san zowat de deur uit gedragen en in een taxi gegooid, waar ze tot enthousiasme van iedereen vervolgens ook in gekropen was. Maeve had de zwarte vent haar telefoonnummer gegeven, terwijl ze in een andere taxi stapte. Esopus was tenslotte bij Carol en Rhonda van eerder terechtgekomen. Hij had zijn 'Ik rij twee vrouwen vanavond'-grijns, die Jimmy tot zijn verontrusting herkende.

En hij dacht aan Sandra. Ze zou nu in bed liggen met Beano. Met pyama aan waarschijnlijk, dacht Jimmy. Het was misschien niet echt netjes om zo te kutten met haar hoofd, maar het was louter bedoeld om Beano te pakken, niet haar. Dacht ze nu aan hem? Jimmy wist het niet. Hij wist niet eens of hij dat wel wilde. Hij deed zijn ogen dicht en probeerde te slapen. Wat betreft de speurtocht naar de vrouw van zijn dromen was de avond tamelijk rampzalig geweest, maar verder was het geen slechte avond. Hij had de solo in het Thin Lizzy-nummer perfect gespeeld, om te beginnen. Hij gaf zich over aan een kleine fantasiedroom, waarin Sandra langskwam en hem smeekte of ze weer bij hem terug mocht komen, maar hij viel in slaap voordat het verder ging, dus hij wist niet wat zijn antwoord op haar smeekbede was.

En de vrouw van zijn dromen was niet thuis.

9

Voordat Jimmy zijn ogen opendeed wist hij al dat het laat was. Hij kon het voelen aan de stijfheid in zijn rug. Als hij meer dan tien uur sliep begonnen de spieren vlak boven zijn billen te protesteren. Hij tilde zijn hoofd op van het kussen en wierp terwijl hij naar de telefoon greep een blik op de wekker. Het was bijna één uur 's middags. Alweer een zondag naar de klote. Hij beloofde zichzelf minstens twee keer per week dat hij de komende zondag niet zou verpesten, maar toch deed hij het keer op keer.

– Hallo? mompelde hij.

– Jimmy! Lig je nog in bed, luie lul-de-behanger?

Het was Esopus. Hij klonk alsof hij in de zevende hemel was.

– Ja.

– Herinner je je Carol nog?

– Wie?

– Carol. Dikke tieten. Ik heb haar en haar vriendin gisteren-avond gewipt.

– Jezus, Esopus, ik ben net wakker. Kun je me er later ver-slag van uitbrengen?

– Daar bel ik niet voor. Een vriend van Carols broer speelt bas. Doet wat sessiewerk als ik het goed heb begrepen. Carol zegt dat hij net gescheiden is, dus hij heeft z'n weekends terug en wil nu weer gaan optreden.

Jimmy was nu klaarwakker.

– Heb je zijn telefoonnummer?

– Carol gaat er nu achteraan. O, o, o, en de kritiek die ik van jou te verduren krijg omdat ik ladingen verschillende vrou-wen neuk. Dat heet netwerken, Jimmy.

– Jaja, net werken. Oké, bel hem als je het nummer hebt en bel mij daarna. Vraag of hij op vrijdag kan. Misschien moeten we een oefenruimte in de stad boeken? Als het een sessiemuzikant is zal hij het gemeenschapshuis wel niks vinden.

– Okidoki. Ga je straks nog naar de kroeg?

– Ik denk van wel. Wat doe jij vanmiddag?

– Ik ga naar bed, Jimmy. Ik ben kapot. Je had die Rhonda moeten meemaken, compleet geschift. Ze had een glas water met ijsblokjes, oké? En ze doopte de hele tijd Carols...

– Jaja, Esopus, grandioos, zei Jimmy snel. Dat krijg ik nog wel eens te horen, goed?

– Oké. Zeg, ik zie je later, goed?

– Is goed.

Jimmy hing op en viel terug op het kussen. Dat klonk goed, dacht hij, terwijl hij lag te woelen in bed om de stijfheid in zijn rug te verlichten. Zo iemand zou op de set in no time op stoom komen. Hij dacht erover om onder de douche te gaan toen de telefoon weer ging.

– Esopus?

– Jimmy. Met Sandra.

O kut.

– Hai.

Het was te vroeg op de dag voor waarover dit zou gaan, wat dat ook was. Toen herinnerde hij zich wat hij gisteravond had gedaan. Oeps. Hij had gehoopt dat hij tijd had om dit gesprek te repeteren voor hij haar opnieuw sprak. Het was een plotselinge ingeving geweest op het podium.

– Jimmy, ik denk dat we moeten praten.

– Waarover?

– Dat weet je heel goed. Ik hoorde je gisteren dat liedje zingen en ik... ik raakte geloof ik een beetje overstuur. Zo was je nooit toen we nog samen waren.

– Sandra...

– Jimmy, laat me even uitpraten. Dit is ook niet makkelijk voor mij geweest, snap je? Ik weet hoe het voelt.

Nu komt het, dacht Jimmy, en een gevoel van opwinding doorstroomde hem. Ze denkt nu dat ze een grote vergissing heeft begaan. O ja, dit ging leuk worden. Hij voelde zich groeien met de seconde. Yes! Ze wil me weer. Het spijt haar. Ik ben beter dan Beano. Natuurlijk ben ik dat, godverdefuck! Hij draaide zich om en ging recht overeind op bed zitten. Van de zenuwen bungelden zijn benen over de rand. Ik ben beter dan Beano!

– Ik luister, zei hij, waarbij hij zo cool mogelijk probeerde te klinken.

– Jimmy, er zijn mensen die je kunnen helpen.

– Pardon?

– Je hoeft hier niet in je eentje doorheen te gaan, weet je. Natuurlijk wil ik je ook best helpen, maar er zijn anderen. Instanties. Deskundigen. Ze geven mensen raad die moeite hebben met het accepteren van dit soort dingen.

Hij haalde de telefoon van zijn oor en fronsde naar de muur. Had hij dat goed verstaan?

– Jezus, Sandra, je meent het serieus hè? Je raadt mij aan het Bureau voor Geestelijke Bijstand te bellen.

– Niet alleen die, Jimmy. Er zijn ook zelfhulpverenigingen...

Jezus, zo'n goeie had hij zelden gehoord.

– Ben je *compleet* van lotje getikt, Sandra? Laat me raden. Dat heb je uit een boek hè? Welk boek was het? *Verbroken Relaties voor Dummies?*

– Je bent nu kwaad, Jimmy, maar je moet het tijd geven. Ik zweer dat de kwaadheid zal weggaan en dat je verder kan met je leven.

– Sandra, wil je even naar me luisteren, zei Jimmy. Hij sloot zijn ogen. Dit moest in alle kalmte worden gezegd. Sandra, ik ga niet in clichés praten, dus misschien moet je enigszins moeite doen om me te begrijpen. Ik ben al verder gegaan met mijn leven, oké? Ik ben niet kwaad, ik voel me fucking prima. En als ik therapie nodig heb, ga ik zuipen met Esopus, goed?

– Maar... Ze klonk niet overtuigd. Maar Jimmy, ik zag je op het podium. Je meende het. Waarom kun je dat niet gewoon toegeven? Als je gewoon de realiteit van je gevoelens onder ogen zag, dan kun je er veel beter mee omgaan.

– Sandra, vertel mij niks over de realiteit. Daartoe ben je niet bevoegd. Ik ben een artiest. Ik acteer. Wat ik op het podium doe is allemaal toneel. Heb je me daarna *Basket Case* zien doen? Ik sprong over het podium want zo'n soort liedje is het. Je doet getikt bij de getikte liedjes en je kijkt verdrietig bij de verdrietige liedjes. Begrijp je dat? Het is niet echt. Het is nep. Het heet doen alsof.

– Je hoeft heus niet zo neerbuigend te doen, Jimmy. Je kunt het ontkennen zo veel je wil, maar je voelt je gekwetst en ik wil alleen maar zeggen dat er mensen zijn die je kunnen helpen.

Jezus Koeristus. Jimmy kon er niet langer naar luisteren.

– Je bent eigenlijk gewoon een fucking loser, dat weet je toch, Sandra? Je bent zo druk in de weer om die losershit die je leest allemaal te geloven dat je niet verder kan kijken dan je neus lang is. Ik heb dat nummer voor de gein gezongen. Heb je ooit van ironie gehoord? Slimme mensen gebruiken het voor een komisch effect.

Het was even stil aan de andere kant van de lijn.

– Jimmy, het is vreselijk om zoiets te zeggen.

– Sandra. Ik ben blij dat het voorbij is, oké? Ik ben echt blij. De enige voor wie ik het jammer vind, ben jij, omdat ik weet dat Beano een fucking imbeciel is. Oké? Is dat duidelijk? Ik ben niet suïcidaal en ik sluit me niet dag in dag uit thuis op, om te wachten tot jij bij me terugkomt. En doe me een plezier en hou nou eens op om de Amerikaan uit te hangen. En me kutadviezen te geven. Wil je dat ik langskom voor een groepsknuffel? Snap het nou eens, wil je? Wat lees je deze week? *Fucking Kippensoep voor de Schuldige Ziel?*

– Jimmy, ik hang op. Het spijt me dat ik je gebeld heb. Maar je hebt echt hulp nodig.

– Jij hebt hulp nodig, Sandra. Jij denkt dat de hele wereld alleen maar naar jouw flauwekul hoeft te luisteren en alles komt weer goed. Daar is een naam voor, weet je. Zoek het maar op in een van je fucking *Gids voor Idioten vol Eigenwaan.* Het staat onder de L van Leven in een Fucking Fantasiewereld.

Hij was tegen zichzelf aan het praten.

Hij hing op en liep naar de badkamer. In de spiegel zag hij dat zijn gezicht rood was aangelopen en dat zijn handen trilden. God, ze had hem dit keer goed weten op te fokken. Maar toch, als hij haar in de toekomst wilde ontlopen was het waarschijnlijk *de* methode. Zelfs Sandra zou het na zoiets niet nog eens proberen. Hij spetterde een plens koud water over zijn gezicht en zette de douche aan, die eerst warm moest worden. Veel succes, Beano. Je zal het fucking nodig hebben. Hij wilde net onder de douche stappen toen de telefoon weer ging.

– Ah, godsfuckingkelere...

Hij draafde terug naar de overloop en nam op. Hij had een hekel aan telefoneren in z'n nakie, en het was ijskoud.

– Hallo?

– Jimmy, ik heb hem net gebeld maar hij is al aan het repeteren met een andere band.

– Kut. Welke band?

– Dat wil je niet geloven. Zit je?

– Esopus, ik sta hier met de douche aan en m'n pik wapperend in de wind. Welke fucking band is het?

– Tsjiezus, wat is er met jou? Heb je soms een ochtendhumeur omdat je je cornflakes nog niet gehad hebt?

– Sandra belde net.

– O. Wat moest ze? Ging het over gisterenavond? Ik wil wedden dat...

– Esopus, zeg me welke band het is, alsjeblieft, voor mijn lul van de kou helemaal verschrompelt.

– Het is Beano's band. Hij heeft al een zanger, en nu een bassist. Hij is nog op zoek naar een drummer.

– Meen je dat? En Beano gaat gitaar spelen?! Heeft die knaap hem al gehoord? Hij is kut!

– Weet ik, maar zijn oom kent een hoop mensen, dus misschien is dat de reden. Kennelijk is Beano van plan om een cd op te nemen, als je het kan geloven.

Beano's nonkel Donal was een bekende geluidstechnicus geweest in de seventies. Jimmy had gehoopt z'n voordeel te doen met die connectie maar het was er nooit van gekomen.

– Ach shit. Nou ja, het was de moeite van het proberen waard. Oké, ik spreek je later. Jezus Christus, Beano een cd opnemen...

Onder de douche schoot Jimmy in de lach. Sandra en haar eindeloze amateurvoorstellingen die ze in haar hoofd liet afspelen, en Beano met zijn grootheidswaanzin... wat een stel. Hij was dus een band bij elkaar aan het krijgen hè? Jimmy vroeg zich af wie de zanger was. Beano zelf kon het nauwelijks zijn. Goeie God, het was al erg genoeg als hij alleen gitaar speelde. Of alleen zong. Als hij die twee samen probeerde te doen, zou hij waarschijnlijk van verwarring zijn tong inslikken. Maar je wist het nooit met Beano. Misschien deed hij het toch. Sommige mensen zijn gezegend met een natuurlijk onvermogen hun veronderstelde beperkingen in acht te nemen. Dat betekent dat ze de lat voortdurend hoger leggen voor zichzelf en de hele tijd beter worden. Met Beano was het anders. Hij weigerde zijn beperkingen te erkennen, al liep hij er tegenaan, maar hij zeilde er integendeel dwars doorheen, waardoor hij zichzelf steeds meer in verlegenheid bracht, op het pijnlijke af. Daarom was de mengtafel altijd aangesloten op Jimmy's versterker. Dan kon hij zich eenvoudig omdraaien en Beano zacht zetten als die uit z'n dak dreigde te gaan en dacht dat hij James Brown was. Beano zelf merkte er niks van want hij kon zichzelf nog steeds over de monitor horen, maar het publiek werd gespaard.

Hij droogde zich af en liep naar beneden om het water op te zetten, en de televisie op MTV. Het was tegenwoordig grotendeels shit maar hij hield van wat achtergrondmuziek als hij alleen thuis was. Toen hij zijn Weetabix op had ging hij in zijn leunstoel zitten en pakte zijn gitaar. Hij had nog steeds het *Superchick*-liedje af te maken, ook al was hij geen centimeter dichterbij het vinden van Superchick zelf gekomen. De tekst die hij in zijn blocnote had, was niet het idee waarmee hij begonnen was, maar nu hij eenmaal zo ver was, kon hij net zo goed langs die lijnen proberen verder te gaan. Zelfs als hij de tekst niet zou gebruiken, kwam het misschien later nog wel eens van pas voor het een of ander.

Hij legde zijn gitaar neer en pakte zijn pen. Hij had toch nog geen geschikte melodie in zijn hoofd. Van tijd tot tijd sippend aan zijn thee, krabbelde hij neer wat er in zijn hoofd opkwam. Tegen half drie had hij een derde couplet. In dezelfde trant als de eerste twee. Jimmy was nog steeds niet overtuigd. Hij stond op en deed zijn jasje aan. Tijd voor wat eten.

Het zondagse warm eten bij Peggy Collins thuis vond van oudsher plaats stipt om half drie in de middag. Vroeger waren op het Heilige Uur van twee tot vier de pubs gesloten, en dat gaf zijn pa de tijd om de mis van half twaalf bij te wonen, met zijn kameraden naar The Fluther te gaan voor een paar pinten, en om kwart over twee weer thuis te zijn. Even snel de krant lezen, een plasje plegen, handen wassen en dan zat hij aan zijn rosbief geprikt. Op een andere tijd eten op zondag was altijd een vreemd gevoel voor Jimmy.

Hij had zijn moeder niet gezegd dat hij vandaag zou komen eten, maar dat was geen probleem. Zo gauw hij zijn sleutel in het slot stak, stond zij al aardappels van zijn vaders bord te schuiven, en het vlees dat zij opzij had gelegd voor zijn boterhammen voor bij de thee werd opgeëist en in jus gedompeld opgediend.

Jimmy deed de deur achter zich dicht en wandelde de straat uit. Hij had eigenlijk zijn leren broek weer willen aantrekken, gewoon om zijn pa te pesten, maar daarna zou hij naar de kroeg gaan en het was niet echt zondagavondkleding.

Zijn blocnote had hij open laten liggen naast zijn stoel...

Ze hield van voetbal op teevee en ze at het liefste steak
Ze legde haar benen in haar nek, ze bakte me chococake
Een avond thuis voor haar was pizza, bier en seks
Voor haar was ik fantastisch en veel groter dan haar ex.

– Ah. Daar zul je hem hebben. Peggy, zet de verwarming laag, anders smelt meneer de Sneeuwman op het tapijt.

– Ha, pa. Nee, blijf zitten.

Zijn vader had zich niet bewogen.

– Ah, Jimmy, hoe gaat het? zei Peggy die de keuken kwam uitgevlogen om hem een zoen te geven. Ze had haar zondagse schort aan en het hele huis rook naar vlees, jus en kool. Het deed hem altijd weer aan vroeger denken.

– Goed, ma. Ik heb een fles bocht meegenomen voor het eten, kijk.

– O Jimmy, dat had toch niet gehoeven. Kijk, Seán, wat Jimmy heeft meegebracht, een heerlijke fles wijn. Franse. Kijk, Seán, Shiraz, daar hou je toch van?

Jimmy's pa pakte de fles aan en las het etiket boven zijn brillenglazen. Jimmy was vergeten het prijsje eraf te halen.

– In Jezus' naam, Jimmy, waar is dat voor nodig, twintig euro voor een fles wijn?

– Ach pa, drink het nou maar gewoon, oké? Eh ma, ik hoop dat er genoeg eten is...

– Natuurlijk, schat. Veel te veel voor ons tweetjes. Ik moet het anders toch weggooien.

Zijn vader schudde zijn hoofd en pakte de krant weer op, als een man die wist dat hij een gekookt ei voor zijn thee zou krijgen.

– Ik zag Marco en Jennifer bij de mis vanmorgen, zei Peggy. Wat een lief stel samen, hè?

– Fantastisch, zei Jimmy, die het uitgaanskatern van zijn vaders krant pakte en ging zitten.

– Denk je dat ze zullen trouwen?

Peggy was het eten opnieuw aan het verdelen zodat er voor iedereen genoeg was. Intussen leek ze alleen de conversatie gaande te willen houden, maar als Jimmy's moeder dit onderwerp aansneed, kon het maar één richting opgaan. Hij mocht gebroken hebben met Sandra maar dat kon haar niet tegenhouden. Haar zoon was dertig en vrijgezel en dat moest veranderen.

– Ik weet het niet, ma. Ze zijn pas een paar maanden met elkaar.

– Nee toch, het is zeker al bijna een jaar. Marco is een lieve jongen, hè? Een echte gentleman. En God, Jennifer is zo mooi. Ik dacht altijd dat ze op jou was, Jimmy.

Ze lachte erbij maar het was geen grapje.

– Helemaal niet, ma. Ze is Esopus' zus. We zijn gewoon vrienden.

Er klonk stilte uit de keuken. Jimmy keek op van de krant. Het was nog niet voorbij. Nog lange niet.

– En, wat heb je gisteravond gedaan? Ben je uitgeweest?

– Ik ben naar McGuigan geweest met de jongens. We hebben gelachen.

– Heb je nog leuke mensen ontmoet?

Bingo.

– Niet echt. Maar volgens mij heeft Norman een vrouw gevonden.

– Echt? Dat is mooi. Arme Norman.

Jimmy glimlachte bij zichzelf. Zijn moeder was geweldig.

– Ik zie hem straks waarschijnlijk. Ik zal je alle roddels komen melden.

– God nee, ik wil me nergens mee bemoeien. Als hij maar gelukkig is, dat is het belangrijkste. En er was helemaal niemand die jij aardig vond? Het is een grote kroeg toch, McGuigan?

– Hou op, ma. Ik ging alleen maar een pint pakken met de jongens. Heb nog een liedje gezongen met Ronnie Fitzgerald. Ken je Ronnie nog? Die woonde eerst in de Gardens. Hij heeft nu een band.

– Doreens kleine manneke? Natuurlijk herinner ik me die. En hij heeft nu ook een band? Goeie God, hoor je dat, Seán?

– Ik hoor het, zei Jimmy's pa, naar onwaarheid.

– Zijn zus is toch getrouwd met die jongen uit Finglas? Volgens mij weet ik dat van Gertie. Een schitterende bruiloft. In Glendalough was het toch of daar in de buurt? Hun oom is daar kapelaan.

En zo ging het het hele avondeten door. Gebabbel over niets in het bijzonder, maar altijd uitkomend op het huwelijk en de echtelijke staat. Jimmy's zus Liz had zich in Chicago verloofd met een jongen uit Donegal. Zijn neef had een vaste verhouding met een stewardess. De kleine Eamon Thompson van verderop in de straat was op huwelijksreis in Griekenland. Jimmy was het gewend en zijn vader had al jaren geleden geleerd dat niets of niemand Peggy Collins kon stoppen als ze eenmaal aan de gang was. Dit was het zondagse maal en haar Jimmy was er. Seán kon alleen maar hopen dat er straks nog een stuk appeltaart voor hem zou overschieten als zijn vrouw was opgehouden om haar zoon ermee vol te stoppen.

Jimmy en zijn vader gingen naar de zitkamer terwijl moeder de tafel afruimde. In huize Collins deden de mannen het mannenwerk en de vrouwen het vrouwenwerk. Dat was een doorn in het oog van Liz toen ze nog thuis woonde, maar Jimmy kon altijd wijzen op de keren dat hij het gazon had gemaaid of de garage had uitgemest terwijl het enige wat zij hoefde te doen was een paar aardappelen schillen. Hoe het ook zij, Peggy genoot van het idee dat de twee mannen in haar leven konden uitzakken na hun zondagse maaltijd om een gesprek van man tot man met elkaar te kunnen hebben.

Seán zat in de leunstoel en pakte het sportkatern. Jimmy zat op de bank met het uitgaansgedeelte.

– Hoe gaat het op het werk? vroeg Seán.

– Prima, zei Jimmy.

Ze lazen hun krant.

– Dus ik zeg tegen haar, ik zeg 'Ik wil met je vrijen in je gat,' zei Esopus.

De jongens piepten van het lachen.

– Nee, echt? vroeg Norman.

– Echt, zei Esopus, die ook in de lach schoot. Ik bedoel, ik had het nog nooit zo gedaan, weet je? En je kan niet doen alsof het per ongeluk gaat, dus ik moest het wel vragen.

– Wat zei ze? vroeg Jimmy.

– Ze zegt 'Imme wat?' zei Esopus, met het accent. Hij kon nauwelijks een woord uitbrengen, zo moest hij lachen. En ik zeg 'Je weet wel, van achteren, zeg maar. Ik wil met je vrijen in je kont. Als je het niet erg vindt.' En zij kijkt me aan en vraagt 'Waarom?' En ik kan geen steekhoudende reden bedenken. Want wat moet ik daarop antwoorden? Dus ik zeg 'Waarom niet?' En zij zegt 'Het is vies.' Dus ik zeg... ik zeg 'Daarom staan we ook in bad.'

De jongens gierden nu. Bij Jimmy en Marco stroomden de tranen van hun gezicht en Norman greep zijn broek vast alsof hij naar de wc moest. Van alle hoeken van het café draaiden mensen zich om.

– En zij kijkt naar me... Esopus lachte nog steeds. Zij kijkt naar me, helemaal ongerust, nog steeds voorovergebogen en ze zegt 'Doet het pijn?' En ik zeg... ik zeg tegen haar 'Welnee, de penis is een zeer veerkrachtig orgaan.'

Ze gilden allemaal opnieuw. Bier klotste aan alle kanten over tafel en Norman zag eruit alsof hij vreselijke pijn had.

– Stop, stop, in godsnaam, zei hij terwijl hij opstond. Ik doe het in m'n broek! Hij vertrok in de richting van de wc en liet de anderen bulderend achter.

Jimmy ging naar de bar voor een doekje en nog een rondje, nog steeds gniffelend.

– Waar ging dat allemaal over, Jimmy? vroeg Dave, de barman.

– Ach, gewoon een van Esopus's verhalen. Het is een grapjurk, dat is zeker.

– Hij is oké. Ik moest straks ook al zo om hem lachen. Zeg, vanmiddag was er iemand die naar jou op zoek was. Rond vier of vijf uur. Chinees kereltje. Zoe... Toetie...

– Zucheeto? vroeg Jimmy verbaasd.

– Ja, dat is het. Ik was het glad vergeten tot ik jullie daar zo zag lachen. Hij vroeg alleen naar je, dat is alles.

– Goed. Bedankt, zei Jimmy. Hij pakte de glazen op en bracht ze naar de tafel, viste de doek uit zijn achterzak en gooide hem naar Esopus. Die troep is jouw schuld, Esopus. Aan de slag. Hé Marco, Zucheeto was hier daarstraks.

Jimmy dacht even na en riep toen naar de bar.

– Hé Dave, vroeg hij naar mij of naar Marco?

– Naar jou, Jimmy.

– Zo. Hij vroeg naar mij. Nou, waarom zou hij naar mij op zoek zijn, denk je? En hoe wist hij waar ik zou zijn?

– Weet ik niet, zei Marco, naar de grond kijkend.

– Hij had een saxofoon bij zich, riep Dave vanachter de toog.

– O, een saxofoon? Marco, wat is hier aan de hand?

– Eh, sorry Jimmy, maar ik heb hem verteld dat hij soms misschien op zondag kon langskomen en dat er 's avonds een sessie was. Ik zei dat hij misschien met jou kon meespelen...

– Ah Marco, in fucksnaam. Dat zijn volksmuzieksessies. Ik heb daar al jaren niet meer aan meegedaan. Heb je me ooit dat soort muziek horen spelen? Waarom heb je hem dat gezegd?

– Ik wilde alleen dat hij het gevoel had dat hij welkom was, Jimmy. Het maakt niet uit. Bovendien is hij alweer weg, toch?

Marco keek bedrukt. Jimmy zuchtte.

– Ach, het is niet belangrijk. Hoe dan ook, hij is toch een jazzmuzikant? De jongens spelen dat ook niet. Hij keek om naar het kleine podium. Er stonden een stuk of vier, vijf mensen hun violen en gitaren en fluitjes in gereedheid te brengen. Het was geen echte band, maar eerder mensen die voor de lol speelden. Dave stuurde meestal een paar gratis biertjes hun kant op en iedereen had plezier. Er was niet veel vraag naar een sax in Ierse traditionele muziek, hoewel de jongens helemaal niet slecht waren. Als er een sax aanwezig was, zouden ze er zeker emplooi voor hebben gevonden.

– Nou, Norman, zei Esopus toen Norman terug was. Vertel ons eens over die griet van jou van gisteravond. Die met dat glazen oog en de bochel. Bleek ze toch een mens te zijn?

– Sodemieter op, Esopus. Ze was heel lief. Marie. Een heel lief meisje.

– Heb je gescoord?

– Ach hou op. Ik ga jullie niks over mijn zaken vertellen.

– Nadat ik je alles over mijn avond heb verteld?

– Dat komt omdat jij een vieze vuile smeerlap bent. Marie en ik hebben een fantastische avond gehad. Meer hoeven jullie niet te weten.

– En heb je nog een nieuwe afspraak gemaakt?

– Nee. Nee, ze woont in Londen. Ze moest gisteravond terug. Ze komt maar een paar keer per jaar thuis.

Norman probeerde opgewekt te klinken, maar Jimmy wist dat hij er kapot van was. Zo vaak klikte het niet tussen een meisje en Norman en omgekeerd. Bovendien had Norman gisteren echt z'n stinkende best gedaan. Normaal was hij veel te verlegen om zomaar een meisje aan te spreken en te dansen. Hij had het echt geprobeerd. En dan woont die koe in Londen. Jimmy had met hem te doen. Esopus niet.

– Je bedoelt dat ze jou heeft *gezegd* dat ze in Londen woonde. Ze woont waarschijnlijk in Coolock en ze was doodsbang dat jij haar nog eens wilde zien.

Doorgaans reageerde Norman wel op zulke dingen, maar vanavond gaf hij alleen een flauwe, beetje verdrietige glimlach terug.

– Nee, ze woont in Londen. Ik heb haar naar het vliegveld gebracht.

– Tsjiezus. Heb je gehuild?

– Nee, Esopus, ik heb niet gehuild, maar ik kan je dit zeggen: dat jij direct huilt als je die grote bek van je niet dichthoudt. Norman grijnsde nu. Gevaar. Gevaar.

Esopus bibberde theatraal om zijn wegebbende moed aan te tonen, haalde toen wijselijk zijn schouders op en nam een slok. Het leven was te kort om je ook nog eens bloot te stellen aan Normans Grijns des Doods.

Jimmy lette niet echt op. Hij dacht na over Zucheeto en hoopte dat hij niet zou uitgroeien tot een hinderlijke plakker.

10

Het was woensdagavond en de jongens zaten in het gemeenschapshuis met Tsujita-san. Jimmy had aan Esopus de reden proberen uit te leggen van Tsujita-sans aanwezigheid, maar Esopus was nog steeds pissig over de situatie. De woensdag was voor serieus repeteren, niet voor gekloot in de ruimte.

Het was allemaal maandagochtend begonnen toen Jimmy kwam aanlopen bij zijn werktafel. Het rode lichtje op zijn telefoon flikkerde ten teken dat hij voice mail had. Het was een beetje vroeg voor mensen om met hun problemen bij hem langs te komen. Toen hij de computer opstartte, zag hij een paar e-mails. Niet al te ongewoon, maar een ervan was afkomstig van stsujita@eirotechsolutions.ie en dat betekende dat Zucheeto hem nog steeds ergens voor nodig had. Hij las de mail:

Jimmy-san, wij speren op woensdag? Marco-san zei dat jurrie dan oefenen. A.u.b. waar spleken wij af om te speren? Ik velheug me op speren van de gewerdige muziek. Nedelige gloet, Tsusjita.

Weer Marco! Ik draai hem zijn fucking nek om.

Wat wilde die nou eigenlijk? De jongens speelden geen jazz en ze zaten op woensdag niet zomaar een beetje te jammen. Ze oefenden een aantal liedjes, werkten aan nieuwe dingen en probeerden de set te verbeteren. Voor hun eigen plezier een beetje aanklooien kon leuk zijn maar het was niet waarom Jimmy en Esopus 's woensdags in het gemeenschapshuis repeteerden. Jimmy wist niet wat hij moest doen. Hij hield er niet van om mensen teleur te stellen – helemaal mensen die zo enthousiast waren als deze gozer kennelijk was – en Marco had het klaarblijkelijk tot zijn missie gemaakt om hem te integreren in de groep, maar het idee dat deze Japanner hem een half jaar als een wrat op z'n kont zou zitten was gewoon te veel. Dit moest hij in de kiem smoren.

Hij checkte zijn voice mail, wetend wat hij zou aantreffen. Hoe vroeg kwam die gozer eigenlijk op zijn werk?

– Jimmy-san. Ik stuul jou e-mail. Woensdag, wij speren. Oké. Tot stlaks. O, dit is Tsujita a.u.b.

Bedankt. Ik dacht even dat het me pa was. Goeie help, het was wel een vasthoudende klootzak, dat moest je hem nageven.

Jimmy kreeg Marco in de gang te pakken.

– Hé Marco. Ik merk dat we een nieuw lid in de band hebben. Speelt de saxofoon. Japans type. Ken je hem? Hij heeft het vaak over je.

– Ah Jimmy, ik zei maar wat en hij was zo enthousiast. Wat moest ik doen?

Hij haalde op grote Italiaanse wijze de schouders op, maar Jimmy moest er nu niks van hebben.

– Marco, ik heb je gezegd dat we geen saxofonist nodig hebben. Ik weet dat je hem aardig vindt, maar nu heeft hij zichzelf uitgenodigd om mee te doen op woensdagavond. Esopus zal fucking flippen als jouw grote vriend met al die Miles Davis-shit begint. Zeg hem maar dat hij niet kan komen. Verzin maar wat. Vertel hem dat Esopus dood is of zoiets.

– Maar Jimmy, je hebt hem zelf gezegd dat hij kon komen. Weet je nog?

– Dat heb ik fucking nooit gedaan! Wanneer heb ik dat dan gezegd?

– De eerste keer dat je hem zag. Hij vroeg of jullie samen konden spelen en toen zei je ja.

– Marco, ik was beleefd. Wat moest ik fucking anders? Zeggen dat hij kon oprotten? Jezus, ik vertel mensen voortdurend dat ik ze tijdens de lunch zal zien, maar zie je ze mij dan achtervolgen door heel Dublin, te wachten op het moment dat ik m'n boterhammen uit m'n broodtrommel pak soms? Het zijn maar frases. Bovendien, ik moest toch wat zeggen. Jij had hem net gezegd dat ik hem een rukker vond omdat hij van jazz hield.

– Tja, Tsujita-san komt uit Japan. Misschien geloven ze daar wat je ze vertelt.

Jimmy zuchtte. Die bijdehante fucker had hem goed bij de neus. Jimmy zag zichzelf graag als ruimdenkend en eerlijk en daar stond Marco zijn integriteit in twijfel te trekken. Kut met peren.

– Oké. Ik zal wel met hem praten, zei Jimmy. Als het maar voor die ene keer is, dan kan het misschien nog. Maar ik krijg het idee dat ons Zucheetootje het daarbij niet gaat laten. Hij gaat me waarschijnlijk stalken of zo. Ik moet een smoes bedenken. Waar is Esopus als je hem nodig hebt?

Tijdens de lunch bedacht hij een goed excuus. Hij zou Zucheeto zeggen dat de band een rustpauze had ingelast omdat ze zonder bassist zaten en dat het wel een tijdje kon duren voordat ze weer begonnen. Dat klonk redelijk, toch? Ze konden sowieso niet optreden omdat ze echt geen bassist hadden, dus het was niet zo dat Zucheeto ze zou zien spelen als Marco hem meebracht. Het was niet briljant maar een maand zou de smoes het wel uithouden. In de tussentijd verzon hij wel weer wat nieuws.

Na de lunch ging hij op zoek naar het bureau van Tsujita-san. Op vijf meter afstand kreeg hij al een luid 'Harro, Jimmy-san' te horen en zag hij Tsujita-san in zijn bureaula rommelen. Toen hij er eenmaal was, lag de tafel bezaaid met papieren en was Tsujita-san opgesprongen om Jimmy de hand te schudden. Toen begon hij Jimmy de papieren onder de neus te duwen. De vellen stonden vol met muziekschrift.

– *Anno*, dit mijn muziek, Jimmy-san. Ik houd here hereboer van Charee Pahkah. En dit Sonny Rorrins *no* Sainto Thomas. En ik speer ook heer heer glaag John Corutrain. Ken je *Implessions*? Bam bam bam. Hij speelde op een denkbeeldige sax. Ah. Mijn *ichi-ban*, besto Chetto Baykah *no* My Fanny Barentine, *demo* ik speer sax soro. Doe doe bie doe dan dan. Ik speer heer heer goed. Vind je reuk, Jimmy-san? Be-bop? Jimmy-san?

Jimmy-san had geen flauw benul waar hij het over had. Hij dacht dat hij de namen van Charlie Parker en Sonny Rollins voorbij had horen komen, maar een naam of twee hielp niet veel. Het was gewoon niet zijn terrein.

– Eh, Zucheeto. Weet je wat het is...

– Oké *desu*. Oké oké oké oké. Neo-bop ook reuk. Phir Woods, *desho*? *Airy Autumn*? Stan Getsu. Ho hoh! *Desho*? Hij horlepiepte op en neer, de blaadjes vlogen van zijn bureau en spreidden zich uit over de vloer. Mensen begonnen op te kijken van hun werk.

Neo-bop? Jezus fucking christus. Jimmy beschouwde zichzelf als iemand die gepassioneerd voor muziek was maar deze gozer zag eruit of hij klaar was om zichzelf van boven tot onder te bezeiken. Hij stond nu naar Jimmy te kijken. Hij zou met geen mogelijkheid nee kunnen zeggen. Jimmy zag geen scherp of puntig voorwerp op Tsujita-sans tafel liggen, maar hij had gehoord over harry-kirry en hij had er weinig zin in om daar op dit uur van de maandagmorgen getuige van te moeten zijn. Hij pakte een pen en een post-itpapiertje van de tafel en tekende een kleine routebeschrijving naar het gemeenschapshuis. Esopus zou helemaal over de rooie gaan.

En dat was zo.

– Wat is dit voor kutshit, Jimmy? zei hij toen ze er allebei waren. Jimmy had hem aan de telefoon verteld dat Tsujita-san later zou langskomen. De jongens begonnen om half acht, maar Jimmy had Tsujita-san gezegd er om acht uur-half negen te zijn. Dan konden zij nog wat werk verzet krijgen en hopelijk was Esopus dan wat gekalmeerd.

– Ik weet het, Esopus. Luister, het is alleen deze ene keer, oké? De gozer kent niemand in Ierland en hij wil graag muziek spelen. Komop Esopus, het is niet het einde van de wereld. We spelen gewoon een paar maten met hem, dan is hij blij en daarmee uit. Bovendien kan het nog iets goeds brengen. We hebben nog nooit jazz gespeeld. Misschien leren we iets. Een nieuwe muziekstijl, zeg maar.

– Jazz is geen muziek, Jimmy. Het is stront, het is schijt, het is naatje, dat is het. Tsjiezus, dat zeg je zelf nota bene. Weet je nog, die zondagavond in McGuigan? Toen je bijna op de vuist ging met die jazzkikker? Hij noemde jou een onbenul en toen ben jij op z'n pijp gaan staan.

– Ach, ik had wat gedronken. Luister, Esopus, na afloop zeggen we dat we het helaas te druk hebben om nog eens met hem te jammen, oké? Ik vraag wel rond. Er zijn genoeg jazzbands in Dublin, in het zuiden en daar in de buurt. Komop, misschien wordt het wel lachen.

– Me reet, zei Esopus.

Ze oefenden een uur lang hun set. Jimmy deed zelfs *Meatloaf's Underpants* nog een keer om Esopus wat vriendelijker te stemmen, maar exact om half negen werd er geklopt op de deur. Esopus schudde zijn hoofd in walging en legde zijn armen over elkaar.

Tien minuten later waren ze klaar om van start te gaan. Jimmy en Esopus keken naar Tsujita-san. Ze wisten niet wat ze moesten doen. Hij keek naar hen. Het was hun band. Hij wilde niet zo brutaal zijn om het voortouw te nemen.

– Zucheeto, begin jij. Wij weten niet veel van jazz, oké?

– Oké, Jimmy-san. Arreen jammen, oké?

– Wat je wil. Begin maar.

Tsujita-san begon met een snel sololoopje dat uitmondde in iets wat duidelijk jazz was. Jimmy hoorde het aan de verlaagde arpeggio's en de manier waarop hij expres van de verwachte patronen afweek. Esopus hoorde het aan de manier waarop het klonk als een berg complete stront. Hij zuchtte en draaide zijn stokjes rond om te beginnen met spelen. Het was raar. De timing leek niet goed. Hij tikte een minuutje met één stokje mee op de snare, tot hij dacht dat hij het had en bracht toen ook, met gesloten ogen, de andere hand erbij.

Intussen kon Jimmy niet bedenken welke akkoorden hij moest spelen. Hij stond gebukt naast de versterker, met zijn hoofd praktisch in de speakerkegel, terwijl hij zachtjes speelde en dingen uitprobeerde die misschien werkten. Niets werkte. Niets voor de hand liggends althans.

Tsujita-san keek ze aan van onder zijn honkbalpet en nam snelheid terug. Toen dat niet hielp, begon hij gegeneerd te raken en tenslotte haalde hij het rietje uit zijn mond en hield blozend helemaal op.

– *Gohmen*, zei hij.

Oké. Nou dat was pure shit, dacht Jimmy. Ze moesten iets vinden dat ze alledrie konden spelen. Esopus en hij konden het niet al improviserend meespelen. Je moest je huiswerk gedaan hebben om al die Blue Note-dingen te kunnen doen. Jimmy kon het niet, en daar werd hij pissig van. Maar hij kreeg een idee.

– Hoor eens, Zucheeto. Hou je van echt vroege stuff? Je weet wel, Robert Johnson, Blind Lemon Jefferson?

Dat waren hele vroege bluesgitaristen, uit de tijd dat blues en jazz nog iets gemeenschappelijks hadden. De jazzbeweging had nog niet al die drugs genomen en in de jaren zestig de Fusion uitgevonden. En Jimmy kon de blues spelen.

– Plachtig! zei Tsujita-san. Delta! Oké, speren. De brues!!

Dat was beter. Na dertig seconden liet Tsujita-san Jimmy de solo overnemen terwijl hij een baslijn op de sax aanhield. Het klonk eigenlijk best cool. Jimmy en Tsujita-san wisselden steeds de lead- en de ritmepartijen af, en het duurde niet lang of zelfs Esopus moest zijn best doen om te verbergen dat hij zich amuseerde. Jimmy veranderde voor de lol van toonsoort en Tsujita-san glimlachte al spelend terwijl hij op zijn beurt in een andere toonsoort overging. Voor een klein opneukertje dat geen Engels kon spreken, speelde hij fucking goed saxofoon.

– Cool. Wat doen we nu? zei Jimmy. Dit viel nog alleszins mee.

– Anno, ken je Lolly Garrahah? vroeg Tsujita-san.

– Rory Gallagher? En of we die fucking kennen! Hoe ken jij Rory Gallagher? Jimmy stond paf. Rory was een van zijn allergrootste helden.

– In Japan, Lolly heer popurair.

De jongens keken elkaar aan.

– Dat meen je niet! Oké dan. Ken je *The Loop*? vroeg Jimmy. Dit was bijna te mooi om waar te zijn. Hij speelde die dingen alleen als hij alleen thuis was.

– Ja, ken ik.

Ze speelden het, rekten het uit tot bijna vijftien minuten. Jimmy ging steeds sneller maar Tsujita-san glimlachte steeds weer en hield hem met gemak bij. Uiteindelijk gingen ze zo snel dat Esopus fouten begon te maken en hardop te lachen. Daarna speelden ze wat BB King en een paar naamloze blues-jams. Om tien voor halftien maakten ze aanstalten om er een punt achter te zetten. Ze moesten er sowieso over tien minuten uit.

– Hé, Zucheeto, vroeg Jimmy. Speel nog eens waarmee je begon toen je binnenkwam.

– Goed, Jimmy-san.

Hij zette weer in. Jimmy probeerde akkoorden erbij te vinden, maar het lukte hem gewoon niet. Hij stopte en keek Tsujita-san aan.

– Jazz is niet makkelijk hè?

– Nee, Jimmy-san. Maar jij speert steeds *rootnote*. Je moet geen rootnote speren. Krinkt vars in jazz.

Jimmy wist best het een en ander over een fretboard maar hij wist niet waar het kleine opdondertje het over had.

– De rootnote? Niet de root spelen?

– Nee. Kijk. Mag ik? zei Tsujita-san. Hij stak zijn hand uit voor de gitaar. Jimmy haalde zijn schouders op en gaf z'n gitaar aan hem.

– Eh, niet laten vallen, oké? Heeft me twaalfhonderd ballen gekost.

Tsujita-san knikte en deed een snelle akkoordenwisseling op de gitaar waarbij hij erin slaagde geen enkele rootnote te spelen. Het klonk aardig en jazzy. Het waren akkoorden waar Jimmy van z'n levensdagen niet aan zou denken, maar het was duidelijk dat ze in hun context werkten. Hij keek naar de vingers van Tsujita-san en probeerde namen aan een paar akkoorden te geven als hij ze nog eens maar dan langzaam speelde. Er zat een G6/7 bij, een soort F7, een F#dim en iets wat mogelijk leek op een C7b9#11, als Jimmy het goed had uitgerekend, maar hij zou er zijn hand niet voor in het vuur durven steken. Je gaat je hand niet in het vuur steken voor akkoorden als C7b9#11.

– Hé, Zucheeto, mag ik even op je sax? vroeg Esopus.

Esopus vond het heerlijk om te klooien op verschillende instrumenten. Hij pikte het snel op ook, vrij ongebruikelijk voor iemand die vond dat muziek zijn evolutionaire hoogtepunt had bereikt met de eerste plaat van Slipnot.

– Geen plobreem, Esopus. Maar, *nè*? Niet raten varren, oké? Kostte me vielhondelduizend yen, zei Tsujita-san. Of ik schop je vellot, voegde hij daar langzaam aan toe. De anderen keken naar hem en hij barstte in lachen uit. Heb ik van Marco-san, zei hij.

Jimmy schoot in de lach en ging achter het drumstel zitten. Een grapjurk, die Marco.

Ze begonnen weer te jammen. Esopus bracht alleen maar piepen en knorren uit, maar Tsujita-san en Jimmy waren aan een heel aardige rhythm-and-bluesshuffle bezig. Toen trof het Jimmy als een mokerslag. Wat zat hij te doen? Hij keek naar Tsujita-san die op zijn gitaar aan het pielen was. Ook daar was hij fucking goed in. Plotseling stopte Jimmy en hij stond op, met zijn blik op het kleine Japanse kereltje voor hem.

Tsujita-san stopte met spelen en deed onwillekeurig een stap terug voor Jimmy's starende blik.

– *Nanda?* vroeg hij.

– Zucheeto. Kun je bas spelen?

– Contoelabas? vroeg Tsujita-san. Ja, speer dat op schoor.

– Nee, niet de contrabas. De basgitaar. Kun je die spelen? Jimmy was opgewonden.

– Jazekel. Beetje. Sax is mijn besto...
– Ja, ja, fuck de sax even. Je kunt de basgitaar spelen, klopt?
Tsujita-san knikte.
– Oké. Esopus, ik...
    Ze werden onderbroken door een klop op de deur. Het was
Frank, de conciërge.
    – Alles oké daar, jongens? Het is tijd. Ik wil naar huis, riep
hij.
    – Jimmy rende naar de deur en deed hem open.
    – Frank, kun je ons nog een half uurtje geven?
    – Ben je gek, Jimmy? Er is een wedstrijd op de buis van-
avond.
    – Ik geef je een tientje als je ons tot tien uur geeft.
    – Ah, Tsjiezus, Jimmy, het kan niet. We zijn niet verzekerd
na halftien.
    – Twintig.
    – Twintig? Wat dacht je van dertig?
    – Lazer op, Frank. Twintig.
    – Eh... oké. Maar luister. Hou het rustig, wil je? Ik wil niet
dat Vader Paddy langskomt om te kijken wat die herrie is.
    – Geen probleem, zei Jimmy, terwijl hij hem twee tientjes
uit zijn portemonnee overhandigde. En wil je de groene basgitaar voor ons halen? Hij hangt in het kantoor.
    – Ik ben niet je fucking roadie, Jimmy. Haal hem zelf maar.
    – Frank, hoe eerder ik het ding heb, hoe eerder je naar huis
kan om naar de wedstrijd te kijken, oké?
    – Shit Jimmy, ik ben niet je dienstmeisje... mompelde Frank,
maar hij ging weg om de gitaar te halen.
    Terug in de oefenruimte plugde Jimmy de basversterker in
en nam Esopus de saxofoon af, legde hem voorzichtig op de
bijbehorende kist. Hij wuifde Esopus terug achter zijn drumstel. Hij nam de gitaar weer over van Tsujitsa-san en hing hem

om. Frank kwam terug met de basgitaar en Jimmy plugde in, stemde hem snel op zijn gitaar en gaf hem aan Tsujita-san. Niemand sprak een woord gedurende de hele procedure. Jimmy zag er niet uit als iemand die er een discussie over wilde beginnen.

Toen hij tevreden was met ieders setup, veegde hij zijn voorhoofd af aan zijn mouw en haalde een paar keer diep adem.

– Oké, zei hij. We hebben twintig minuten. Tsujita-san, je kan U2 spelen, toch?

– Ja. Vind ik elg...

– Mooi. Deze is simpel. *Desire*. Ken je die? Net als Bo Diddley...

Jimmy begon. Esopus viel in en een maat of twee later, kwam Tsujita-san. Hij speelde het met het grootste gemak.

Ze probeerden iets moeilijkers. *She's Electric*. Die had een paar fills en Tsujita-san pakte ze allemaal. Er was nog tijd voor één nummer. Jimmy besloot een snelle bluesjam te doen waarin Tsujita-san een solo kon hebben. Hij wilde zien wat hij uit zichzelf zou bedenken. Jimmy was bang dat als hij de ruimte kreeg, hij weer in jazz zou terugvallen, maar dat gebeurde niet. Het was snel, effectief en het klonk te gek.

Ze stopten. Jimmy was in zijn nopjes en Esopus draaide zijn stokjes in de rondte, ten teken dat hij wist wat het beduidde en dat hij er blij mee was. Ze zouden binnenkort weer optreden. De enige die een beetje confuus was over wat er gebeurde, was Tsujita-san. Hij stond met de basgitaar bijna op zijn knieën. De riem was stuk en kon de gitaar niet hoger houden. Hij zag er klein uit achter de lange hals van de bas en Jimmy maakte in gedachten nog een inschatting. Hoe zou Zucheeto er op het podium uitzien? Fucking fantastisch, besloot hij.

– Zucheeto, zei hij. We hebben een bassist nodig. Wil je met ons optreden?

– Niet sax?

– Nee. Geen sax. Bas. Je bent erg goed op sax, Zucheeto, maar daar hebben Esopus en ik nu even geen ene ruk aan.

– Nanda?

– Geeft niks. Wil je spelen, Zucheeto? Basgitaar?

– Oké, zei Tsujita-san met een glimlach. Ik speer.

– Crimineel, zei Jimmy, glimlachend naar Esopus.

Esopus stond teruggrijnzend op.

– Nou Jimmy, heb ik je niet meteen al gezegd dat het een geniaal idee was? En jij de hele avond rondlopen met een gezicht als een oorwurm...

II

Ze waren bij Jimmy thuis. Ierland speelde tegen Engeland in het Zeslandentoernooi, dat alweer was uitgesteld als gevolg van koeienpest, gekke varkens of iets met landbouw in elk geval. Ze wisten allemaal niet bijster veel van rugby maar als Ierland speelde, met name tegen Engeland, dan keken ze. Norman had een paar keer gerugbyd in het leger, maar hij was ermee gestopt op bevel van de dienstdoend officier. Ierland had geen enorme aantallen reservesoldaten en het laatste wat het land kon gebruiken was dat Norman het hele sportieve deel ervan naar de ziekenboeg stuurde.

Nu Italië meedeed was Marco ook geïnteresseerd geraakt hoewel hij niks van de regels begreep. Daarnaast had hij nog een extra reden om erbij te willen zijn. De verwerkelijking van zijn missie vond voor zijn ogen plaats. Tsujita-san zat naast hem op de bank, dronk bier en schreeuwde het uit telkens als Ierland iets goed deed. Hij was de enige die leek te weten hoe 'iets goed' er eigenlijk uitzag. Hij vertelde de jongens dat rugby 'heer popurair' was in Japan, al had Jimmy twijfels daarover. Als Tsujita-san maatgevend was, leken Japanners toch wel een beetje, zeg maar klein voor rugby te zijn.

– Maar, ne, Jimmy-san, ken je sumo? Sumoman, hij heer heer gloot, ne? zei Tsujita-san. En judo?

– Ja, dat klopt, zei Jimmy. Daar had Tsujita-san een punt. Ze konden toch niet allemaal even klein zijn. En die vetproppen in luiers waren meestal echt enorm. Een paar jaar geleden lieten ze het sumoworstelen wel eens zien op Channel 4. Hoe werd die kerel uit Hawaii ook weer genoemd? De Kipkar of de Bulldozer of iets dergelijks. Ongelofelijk. Jimmy vond het heerlijk om te zien hoe hij op de mat kwam en mensen fijndrukte en tot moes plette. Hij had minstens een vijfdubbele reet.

– Zucheeto, waar was dat voor? vroeg Esopus, wijzend naar de televisie waar de scheidsrechter had gefloten voor een overtreding.

– Offsaido, zei Tsujita-san. Moet achtel bal brijven.

Esopus begreep buitenspel zelfs niet bij voetballen. Dit ging hem ver boven de pet en daarom knikte hij maar en nam nog een slok, in de hoop dat de herhaling het duidelijk zou maken. Tevergeefs.

Het spel ging door.

– Knock-on! riep Tsujita-san een paar seconden later, maar de scheids zag het niet.

Marco keek naar Esopus, die zijn schouders ophaalde. Je scoorde als je de bal over de achterlijn van de tegenstander kreeg. Je kon ook punten krijgen als je de bal over de lat schoot. Dat was allemaal nog te begrijpen. Andere spelregels waren minder doorzichtig. Bijvoorbeeld de regel dat het oké was om de ballen van je tegenstander in de grond te stampen als hij zich op het verkeerde moment op de verkeerde plek bevond.

Bij de rust ging Marco naar de keuken om meer bier te halen toen Jimmy een pizza in de oven kwam zetten.

– Hé, Marco, bedankt nog, hè. Je weet wel... voor Zucheeto en zo.

– Geen probleem, Jimmy. Ik zei je toch dat hij een goeie kerel was.

– Ja. Goeie bassist ook. En gitarist en saxofonist. Zijn alle Japanners overal zo goed in?

– Weet ik niet, Jimmy. Maar hij heeft ons op het werk al een hoop geld bespaard. Hij is heel slim.

Jimmy knikte. Dat klopte als een zwerende vinger.

Tsujita-san was eerder gekomen om met Jimmy aan de set te werken. Jimmy had nog een oude basgitaar in de klerenkast staan. Het was een goedkoop ding dat geen naam mocht hebben en een beetje afgeragd maar goed genoeg voor nu. Bovendien had Tsujita-san gezegd dat hij een nieuwe zou kopen. Jimmy vroeg zich af wat het zou worden. Iemand met een saxofoon van vierhonderdduizend yen kon zich waarschijnlijk wel wat leuks veroorloven. Wat was een yen trouwens waard? Maakt niet uit. Vierhonderdduizend van alles was een berg van iets.

Ze hadden ongeveer dertig nummers in de basisset, plus nog een stuk of vijftien, twintig die Jimmy zo nu en dan ertussendoor gooide. Elke set telde tussen de vijf en tien eigen nummers en de rest waren covers die iedereen wel kende. Niet wat iedereen ook speelde trouwens – Jimmy was meer eclectisch in zijn repertoirekeuze. Hij was bijzonder trots op de set. Het was een uitdrukking van zijn vaste overtuiging dat hun taak op het podium bestond uit het vermaken van het publiek. Geen gitaarsolo's van tien minuten of obscure liedjes die zij alleen kenden. En hoogstens één of twee nummers uit Esopus' verzameling gruwelijk lawaaiige shit; en dan alleen aan het eind van de avond als de mensen lief en dronken waren en meedansten op alle nummers, kut of niet. En als hij een van de meer voor de hand liggende publieksfavorieten speelde, deed hij dat zo, dat ze absoluut van hem waren. Zijn versie van *With or Without You* was de beste die hij ooit had gehoord, schatte hij zo. U2 kon wel inpakken.

Jimmy dacht dat ze wel een nummer of tien konden doornemen. Als hij zich richtte op U2, The Clash en een paar andere populaire liedjes, die Tsujita-san al zou kennen, zou het allemaal veel vlotter verlopen. Het bleek dat ze in twee uur vijftien nummers gedaan kregen. Tsujita-san wilde doorgaan maar Jimmy moest opgeven. Hij kreeg pijn aan zijn vingers. Een paar keer moest hij de gitaar inruilen voor de bas om Tsujita-san een ingewikkeld loopje te laten zien, maar hij hoefde het maar hoogstens twee keer voor te spelen en daar gingen ze weer. Jimmy genoot ervan. Vergeleken hiermee was Beano nieuwe dingen aanleren zoiets als een bezem van een schrobber proberen te maken.

Ze deden tot slot nog een eigen nummer van Jimmy, *Landlady Lover*, en hielden het toen voor gezien. Tsujita-san stopte zijn aantekenboekje in een tas samen met het cassettebandje dat Jimmy voor hem gemaakt had. Daar stonden ongeveer twintig nummers van de set op en Jimmy was er een dag eerder zowat de hele avond mee bezig geweest.

De jongens arriveerden voor de wedstrijd toen Jimmy en Tsujita-san in de keuken hun blikjes bier openden en proostten.

– Prut, zei Jimmy.

– *Kampai*, zei Tsujita-san.

Het was Kirinbier. Tsujita-san had het gevonden bij een slijter in de buurt waar hij woonde.

– Goed Japans biel, zei hij, terwijl hij blikjes uitdeelde aan de anderen, die zich rond de tafel installeerden.

Jimmy proefde ervan. Het was heerlijk. Hij keek naar het blikje dat overdekt was met Japanse schrifttekens. Er stond een plaatje van een soort draak of monster op. Toen keek hij naar Tsujita-san, die het refrein van *Landlady Lover* aan het neuriën was op weg naar de hal om zijn tas bij zijn jas te leggen.

Dit ging helemaal te gek worden.

Tegen de tijd dat de wedstrijd was afgelopen, was de Kirin op, zodat Jimmy een paar sixpacks Heineken uit de garage haalde en voor ieders neus op tafel zette. Ze hoefden niet eerst koud gezet te worden. Het was een van die Ierse herfstdagen waarop je je eerder in Siberië waande. Het had net zo goed kunnen sneeuwen, al gebeurde dat zelden in Dublin. Het was duidelijk dat de zon zijn jaarlijkse pogingen om iedereen op te vrolijken had gestaakt en walgend naar Spanje was vertrokken, en daarmee de weg had vrijgemaakt voor een snijdende storm uit de Russische steppen met angstaanjagende zwiepende windstoten die de temperatuur in het hele land met een graad of tien deed dalen en onderwijl Jimmy's voorraadje in de garage heel aardig afkoelde.

– Norman. Heb je al wat van Marie gehoord? vroeg Jimmy.

– Nee, Jimmy. We hebben het erover gehad. Het had geen zin om contact te houden, wel? Ze komt pas met Kerstmis terug en dan zit ze bij haar familie in Cavan.

– Dat is kut, Norman. Ze leek me heel aardig, zei Jimmy.

Esopus wilde daaraan toevoegen 'als je ervan houdt', maar hij keek naar Norman en besloot ervan af te zien.

– Dat was ze ook. Echt aardig, zei Norman. Hij zag er verdrietig uit.

– Maar we beginnen nog maar net, toch? zei Jimmy, die vrolijk probeerde te klinken. Hij wilde niet dat Norman de handdoek nu al in de ring gooide.

– Ah Jimmy, ik weet het niet hoor, zei Norman. Ik zou liever gewoon iemand ontmoeten, weet je? Op de gewone manier. Niet rondrennen en meisjes versieren en zo. Daar ben ik niet goed in.

– Tsjiezus, Norman, zei Esopus. Je doet alsof het een corvee is. Je wordt geacht het juist leuk te vinden om met de dames te praten. Het is een van de geneugten des levens. Met ze praten, naar ze kijken, met ze neuken. Het is de reden van ons bestaan.

– God, Esopus, daar ga je weer, zei Norman. Kijk, wat ik wil zeggen is dat ik niet weet waar ik het over moet hebben. Wat moet ik zeggen? Wat zeg jij? Jij bent de grote ouwehoer. Wat doe jij? Hoe kom je van niet praten met een meisje tot wel met haar praten?

– Ik praat gewoon!

– Maar wat praat je dan?

– Ik zeg hallo, wie ben je, hoe heet je, wil je iets drinken, ik ben Esopus, mooie broek heb je daar aan, heb je me ooit op teevee gezien? Ik speelde in *Ballykissangel*, zei Esopus. Snap je? Praten.

– Maar dat is allemaal flauwekul! Het betekent niks. En je hebt nooit in *Ballykissangel* gespeeld. Wat had je daar moeten zijn? De obligate Dublinse klaploper die auto's jat?

– Norman, ze weten heel goed dat ik nooit in *Ballykissangel* heb gespeeld. Het is een geintje, oké? Als je ze eenmaal aan het lachen krijgt, is het ijs gebroken en lach jij ook.

Norman wendde zich tot Jimmy.

– Jimmy, zeg me alsjeblieft dat hij nooit heeft beweerd dat hij in *Ballykissangel* heeft gespeeld.

– Sorry Norman. Hij had zelfs een tijdlang z'n eigen programma op MTV, zei Jimmy glimlachend. Ja toch, Esopus?

– *Metal Mania*. Twee uur op vrijdagavond. Maar die klootzakken hebben me van het scherm gegooid. Zeiden dat het te eng was voor de kids rond bedtijd.

– Maar wat heeft het voor zin om al die leugens op te hangen? vroeg Norman. Hoe leert een meisje je nou kennen, als je haar alleen maar lulverhalen vertelt de hele tijd?

Esopus keek naar Jimmy en schudde zijn hoofd. Toen zei hij tegen Norman:

– Waar de fuck heb je het over? Me leren kennen? Jij kent me nu twintig jaar, Norman. Wat vind je van mij?

– Ik vind je een grote smeerlap.

– Oké. En bedankt overigens. Nou, als een meisje mij leert kennen zou ze best wel eens tot dezelfde conclusie kunnen komen, denk je niet? En dan moet jij mij eens vertellen, Norman: hoeveel kans maak ik om een meisje te mogen betasten als zij denkt dat ik een grote smeerlap ben? Nul komma komma nul kans maak ik in dat geval. Dus waarom verkoop ik haar dan niet wat flauwekul als ik haar daar blij mee kan maken? Geloof me, Norman: het is beter voor haar en beter voor mij.

Norman zat met open mond te luisteren.

– Jij bent een prachtexemplaar, Esopus, weet je dat? Meer zeg ik niet. Een fucking prachtexemplaar. Het is een wonder dat je niet op de teevee bent. Ze kunnen een documentaire over je maken, die nonnetjes aan schoolmeisjes laten zien om ze te waarschuwen voor mannen. Goeie God. En Subbuteo hier die je moet aanhoren. Een fraai voorbeeld van Ierse mannelijkheid laat je hem zien. Sorry, Subbuteo. Esopus is niet lekker. Hij is knotsknetterkierewiet.

Norman draaide met zijn vinger een kringetje tegen zijn slaap en knikte in de richting van Esopus.

– Eh? Knotsu-knettel-kielewietu? *Nanda?* vroeg Tsujita-san.

In feite had Tsujita-san geen flauw benul waar ze het over hadden. Hij had wel het idee dat hij een aantal nieuwe vrien-

139

den had, maar hij vond ze bijzonder moeilijk te begrijpen, behalve als ze het woord rechtstreeks tot hem richtten en een beetje minder snel praatten.

– Knotsknetterkierewiet, zei Norman opnieuw. Hij is, zeg maar...

– Let maar niet op hem, Tooteeto. Toen hij twaalf was keek hij naar beneden en dacht dat hij zijn eerste schaamhaar had gevonden. Tot hij erdoor ging pissen, zei Esopus.

– Esopus is een homo, zei Norman, wijzend naar Esopus.

– Zelfs als homo, Norman, zou ik nog meer vrouwen kunnen krijgen dan jij. Jij bent een schande voor je geslacht. Heb je eigenlijk wel een geslacht? Weet je zeker dat je niet een rups bent of zo?

Voor Tsujita-san was het een tenniswedstrijd, die hij wanhopig probeerde te volgen. Marco zat naast hem en stootte hem al lachend voortdurend aan. Hij had hem vorige week de filosofie van het 'afmaken' onthuld, maar Tsujita-san had het niet goed begrepen. Hier zag hij het in actie maar hij kon de lol er niet van inzien. Die grote man met dat rare accent zou zometeen de drummer slaan, toch?

– Oké jongens, genoeg! zei Jimmy. Volgens mij gaat onze nieuwe bassist hier direct helemaal van freaken. Marco, jij en Jennifer. Hoe is het tussen jullie? Komen we nog ergens?

– Moeilijk, Jimmy. Heel moeilijk. Jennifer is, hoe zeg je het, onafhankelijk? Ik kan haar niet veranderen. Ze verandert mij. Hier, moet je mijn sokken zien.

Hij trok zijn broekspijp op en wees. Ze waren geel met rood.

– Tsjiezus Marco, zei Jimmy. Jij moet haar omturnen tot Superchick en in plaats daarvan turnt ze jou om tot supermietje. Kom op hé, dat moet beter kunnen. Moet je jezelf zien. Ik dacht dat Italianen stijl hadden. Dit zijn fucking meisjessokken.

– Ze zijn van Boss, zei Marco, met een blik op zijn sokken. Ik heb ze gekregen voor m'n verjaardag.

Esopus was niet geïmponeerd.

– Boss me reet, Marco. Weet je wat ze zijn? Ze zijn haar manier om jou te zeggen 'Ik ben hier de fucking Boss'. Hoe je eruit ziet. Het lijkt of je twee paar meisjesonderbroeken om je enkels hebt zitten. Wat heb je haar gegeven? Een zweep soms? Ik ken mijn zusje, maat. Je moet slagvaardig optreden, anders heeft ze je bij de kloten.

– Esopus, wat zeg je nou? Moet ik Jennifer slaan?

– Nee! God, nee! Jezus, doe dat nooit. Ze vermoordt je. En dan vermoordt ze mij omdat ik jou ken. En sowieso moet je geen meisjes slaan. Wat ben jij voor knakker? Waar hebben ze jou opgedregd?

Marco was verward.

– Ik heb nog nooit een meisje geslagen, Esopus. Jij zei dat ik haar moest slaan, nee?

– Ik zei slagvaardig optreden. Dat betekent haar laten zien dat jij de baas bent en dat dat zo blijft, hoeveel fucking homosokken ze jou ook geeft. Maar je moet het snel de kop in drukken. Als je nog langer wacht moet je straks ook nog haar bh's kopen.

– Ja, ja. Maar wat moet ik dan doen?

Marco wilde verder praten. Hij was geïntrigeerd.

– Al sla je me dood, zei Esopus.

– Wat?

– Ik weet het niet, oké? Jij bent degene in de enkelpanties, Marco. Zoek jij het verder maar uit.

– Maar je zei dat je je zus kende! Ik dacht dat je wilde helpen, raad geven. Hoe moet ik haar laten zien dat ik de baas ben?

– Heb je ooit op haar gezicht gezeten en een scheet gelaten?

– Wat? vroeg Marco opnieuw.

– Bij mij heeft het gewerkt. Maar pas op hè, ze ging er helemaal van over de zeik. Niet zeggen dat het van mij komt, oké?

Marco draaide zich naar Jimmy toe.

– Hoe dan ook, ze is feministisch, denk ik. En die Superchick, die kan niet feministisch zijn. Die moet meer, eh, relaxed zijn, nee? Ik wilde haar gisterenavond vertellen dat in Italië de vrouw leert koken. Maar zij keek me vreemd aan en toen ging ik maar wandelen. Jimmy, ik was bang.

– Ach zit er niet over in, Marco, zei Jimmy lachend. Dat komt wel goed. Je moet het tijd gunnen. Misschien niet meedoen met dat feministische gedoe. Begin met het boodschappen doen: verzin een smoes waarom je niet met haar mee kan gaan shoppen en zo. Je kan ook proberen of je haar wat schoenen op straat kan laten zetten. Maar doe het rustig aan; als je te hard van stapel loopt krijg je geheid problemen. In bepaalde opzichten heb jij de zwaarste taak, Marco. Het is simpeler met een nieuw meisje. Dan begin je met een schone lei. Jennifer kent jou al, je kan moeilijk van de ene dag op de andere veranderen in een hufterige macho, ofwel? Eh... niet dat je dat perse moet doen hoor...

– Ja, zei Esopus. Nieuwe meisjes zijn het beste. Bij voorkeur maagden.

Iedereen keek hem aan.

– Waar heb je het over, Esopus? vroeg Jimmy.

– Maagden, Jimmy. Die zijn te gek.

– Oké, Esopus, zei Jimmy, terwijl hij achteroverleunde en zijn armen kruiste. Vertel ons waarom maagden te gek zijn. In aanmerking genomen dat je dertig jaar oud bent en dat je niet met al te veel maagden uitgaat, tenzij je nog een grotere smeerkees bent dan we allemaal al weten.

– Het is logisch, toch? Je bent met een maagd, oké? Ze weet niet wat ze kan verwachten. Niet echt. Dus je kan haar allerlei dingen laten doen waarvan een meisje met meer ervaring zal zeggen dat je kan opsodemieteren als je het zelfs maar voorstelt. Een maagd zal denken dat het zo hoort, dat iedereen het zo doet, weet je? Hoe moet ze het anders weten? Dat het in feite tegennatuurlijk is of verboden of wat dan ook...

Hij stopte en keek de kring rond.

– Wat nou?

– Esopus, zei Jimmy. Wij hebben het over een meisje ontmoeten dat we aardig vinden en hoe we het zouden aanpakken als het die ene vrouw op de aarde was voor wie we alles over zouden hebben om bij haar en met haar te zijn. Waar de fuck heb jij het over?

– Maagden neuken, zei Esopus.

– Oké. Kunnen we het daar misschien een andere keer over hebben? Marco hier was bezig zijn hart te luchten.

– Ik was klaar, zei Marco, die nog steeds met open mond naar Esopus keek.

– Oké, zei Jimmy. Goed gedaan, Esopus. Bedankt voor de input. Hé Zucheeto, hoe is het afgelopen met jou en Katie laatst? Je eerste Ierse meisje?

Tsujita-san had zich gedeisd gehouden. Hij wilde zich liever niet mengen in deze verhitte discussies. Ten eerste vond hij ze moeilijk te volgen, en ten tweede voelde hij zich er ongemakkelijk onder. In Japan waren de mensen geneigd zich iets toegeeflijker op te stellen. Als je een andere mening had dan iemand anders, dan hield je die min of meer voor je. Ieren aan de andere kant leken niets liever te doen dan verzeild raken in een enorme woordenwisseling. Het was een beetje ongepast, al dat geschreeuw en de beledigingen over en weer. Maar toch leken ze nog steeds goede vrienden. Merkwaardig.

– Katie andels dan Japanse meisjes. *Anno*, gloot, ja? Hij wees schuchter op zijn eigen borstkas.

– Ah, ja, Katie is goed voorzien, zei Esopus. Hij fronste. Iets zat hem plotseling dwars met betrekking tot Katie, maar hij kon zijn vinger er niet op leggen.

– Ga je haar nog zien, Subbuteo? vroeg Norman snel, voordat Esopus de kans had erop door te gaan.

– Ik denk het. Misschien. Zij aaldig meisje.

Hij wilde niks meer kwijt. De jongens glimlachten hem allemaal toe, alsof hij een jonger broertje was dat zijn eerste vrijpartij had gehad.

– Nou, dat is in elk geval iets, zei Jimmy tegen iedereen. De avond is in elk geval geen totaal fiasco geworden. Twee mensen hebben elkaar ontmoet die elkaar aardig vinden en allebei zullen ze nog een tijdje in hetzelfde land zijn.

– Ze hadden elkaar anders ook wel ontmoet, Jimmy, zei Esopus. En bovendien deden ze niet eens mee met jouw trieste spelletje.

– Maakt niet uit. We verspreiden een beetje liefde. Daar gaat het om.

– Homo.

Jimmy negeerde hem. Hij nam nog een blikje en keek uit het raam. Het werd tijd om de zaken wat te versnellen.

– Heeft iemand zin om vanavond uit te gaan in Portmarnock? vroeg hij.

– Wat is daar te beleven? vroeg Esopus. Ah, wacht even, je bedoelt toch niet The Knights hoop ik?

De disco was niet Esopus' favoriete uitgaansgelegenheid.

– Waarom niet, vroeg Jimmy. Kom, we zijn er al tijden niet geweest.

– Omdat het shit is, Jimmy.

– Kom, zo erg is het niet. Norman? Zin in een dansje?

– Best wel, Jimmy. Als de anderen ook gaan, zeg maar.

– Marco?

– Ik kan niet, Jimmy. Ik blijf vanavond met Jennifer thuis. Fles wijn en een film, denk ik.

– Denk je?

– Jennifer zei dat ze thuis wilde blijven.

– Ooo, in dat geval... Ik bedoel als Jennifer thuis wil blijven dan is dat einde discussie, nietwaar? Ik verbaas me dat je sowieso bent gekomen. Je zou al thuis moeten zijn, om haar voeten te masseren.

– Esopus, ik blijf zelf ook liever thuis.

– Tuurlijk Marco. Dat spreekt vanzelf. Wie weet mag je haar beenwarmers aan en...

– Esopus, zuchtte Marco, fuck een eind op alsjeblieft, ja?

– Jongens, even stil. Esopus, ga je mee?

– Ach, oké. Er is niks anders, toch?

– Hé Toocheeto, zei Jimmy. Ga je mee naar de disco? Weet je wel? Dansen? Vanavond?

– Oké, Jimmy-san. Disco. Is reuk.

– Te gek. Zullen we afspreken...

– Wacht even, Jimmy, zei Esopus. Hij wendde zich tot Tsujita-san.

– Chucheeto, waarom noem je ons de hele tijd puntje-puntje san? Jimmy-san, Esopus-san, Norman-san? Wat heeft dat te betekenen?

– Is bereefd, Esopus-san. In Japan, is bereefd.

– Maar we zijn hier vrienden onder elkaar. Je hoeft niet beleefd te zijn. Ik ben gewoon Esopus, hij is gewoon Jimmy en daar zit gewoon Norman, maar je mag hem ook Boer Norman noemen. Of De Riek.

– Oké, Esopus, zei Tsujita-san. Maal waalom 'Chucheeto' en 'Zucheeta' en 'Tooteeto'. Zo heet ik niet, *ne*?

– O... hoe heet je dan wel?

– Tsujita.

– Zoo... Chutee... ach, krijg de klere. Wat is je achternaam?
Misschien is die makkelijker.

– Tsujita.

– O, dus je heet Tucheeta Tucheeta? Wat de fuck is dat voor
naam?

– Esopus, mijn voolnaam Shigenori.

– Shiginorry? Dus we hebben je de hele tijd bij je achternaam genoemd?

– Niet plecies, zei Tsujita-san met een kleine zucht.

– Maar je vrienden noemen je Shuginorry?

– Mijn vlienden noemen mij Tsujita.

– Maar dat is... ach me reet. Hoe heette je van voren ook
weer?

– Shigenori.

– Shiginorry... Shigaynorry... Shigi... Shiggy... ach, wat ook.
Shiggy is genoeg. Is dat oké? Mogen we je Shiggy noemen?

– O... kee, zei Tsujita-san langzaam. Hij wist niet zeker of
hij nou aan het bonden was of beledigd werd.

– Mooi zo. Dan zijn we daar uit. Wij zijn geen sannemannen
meer en jij bent voortaan Shiggy. Sorry Jimmy, zei je wat?

– Jezus, Esopus... Mijn excuses, Zucheeto. Let maar niet
op Henry Kissinger hier. We zullen je geen Shiggy noemen.

– Is oké, Jimmy. Shiggy oké.

– Weet je het zeker?

– Ja, Shiggy vind ik reuk. Hij glimlachte nu. Hij had nog
nooit eerder een bijnaam gehad.

– Goed dan, als jij ermee kan leven, dan zal het Shiggy wezen. Jimmy keek naar Esopus en schudde zijn hoofd naar hem.
Wat ben jij een ongelofelijke lul-de-behanger.

– Wat? Ik wil gewoon een beetje helderheid, Jimmy. Maar
wat wou je zonet zeggen?

– Ik wou zeggen dat we hier om zeven uur afspreken. Oké?
Eh... Shiggy, om zeven uur hier? Samen naar disco?

Ze knikten allemaal, terwijl Shiggy zijn nieuwe bijnaam oefende in zijn hoofd. Het klonk wel cool. Het had in elk geval het voordeel dat die stomme Ieren het goed konden uitspreken.

12

– Vuile vieze vetzak, zei Esopus vol walging, met een blik op de uitsmijter. Hoe veegt zo'n klootzak in godsnaam z'n kont af? Ik wou dat hij fucking opschoot.

De jongens stonden in de rij in de pestpokkevrieskou. Shiggy was gekleed voor een tocht naar de Zuidpool, met een grote wollen sjaal netjes om zijn hals geknoopt en met zijn handen diep in zijn jaszakken. Esopus rookte een sigaret tussen zijn handpalmen, met zijn rug naar de wind die uit zee kwam gieren, terwijl Jimmy stond te rillen in zijn dunne leren jasje en zich afvroeg waarom geen van zijn kleren tegelijkertijd cool en warm konden zijn. Alleen Norman leek de kou niet te deren, hij stond rond te kijken naar de mensen in de rij. Hij had niet eens een jas aan.

– Arrah, komop Esopus, zei hij terwijl hij hem een stootje tegen zijn schouder gaf. Een beetje een briesje en jij wordt al blauw. Moet je hem zien, grote baby. Je zou zweren dat het de ellendigste rotdag in je leven was.

– Ik ben niet als jij Norman. Ik heb mijn jeugd niet gesleten met rennen op het veld in de winter om bloemkolen te schieten of wat dan ook. Bij ons thuis hadden ze televisie.

– Daarom ben je ook zo'n slapjanus. In het leger...

– O Here Jezus, weer zo'n soldatenverhaal. Ga door...

– In het leger lagen we op kamp in zulk weer. Dat was niks. Ik zal je wat vertellen, je zou naar Libanon moeten gaan...

– Liever niet.

– Je zou er een tijdje moeten heengaan, Esopus. Als het koud is kun je tenminste nog een jas aandoen. Met veertig graden hitte en een helm en volledige bepakking kun je niet veel uitrichten.

– Sodemieter op Norman, zei Esopus, weinig onder de indruk. Als ik hier doodvries, wil ik niet als laatste jouw fucking platte boerenlullenstem horen, oké? Jezus, wat is die zak aan het doen? Het is toch niet zo moeilijk, zou je denken. 'Heb je een ID?' Of je hebt er een, of niet. Wat moeten al die vragen? Het lijkt daar wel een fucking talkshow.

De rij vorderde langzaam. Er stonden meer dan vijftig mensen te wachten om binnen te komen en alleen de eerste tien hadden enige beschutting onder de luifel. De jongens hadden nog ongeveer twintig wachtenden voor zich.

– Tsjiezus, ze zijn wel jong hè? zei Jimmy, rondkijkend.

– Het is een disco, Jimmy, zei Esopus. Wat had je dan verwacht? Ach, we hadden thuis in de stamkroeg moeten zitten.

– We zitten altijd al in de kroeg. En ze zijn niet allemaal even jong. Moet je die gozer zien, daar. Ongelofelijk. Hij is zeker vijftig en de uitsmijter vraagt hem nog steeds om een ID, zei Jimmy. Moet je een speciale test doen om uitsmijter te worden? Als ze hersens ontdekken kun je het wel vergeten.

– Hé Shiggy, alles goed? Je bent zo stil, zei Esopus.

– Ja, arres goed. Maal is koud, ne? Shiggy's nek leek te zijn verdwenen en zijn hoofd dreigde in zijn jas weg te zinken.

– Ja, ik weet het. Maar het duurt hopelijk niet lang meer, als die eikel zijn shit op orde krijgt, zei Esopus. Hé Norman, heb jij er nooit over gedacht om uitsmijter te worden?

– Hoezo dat, Esopus?

– Nou, weet je, je bent een forse kerel. Je kan voor jezelf opkomen. Beleefd. Geen rekenwonder, snap je?

– Het is niet de grote jongen waar ik me zorgen om maak, zei Norman. Kijk eens naar z'n maat.

Ze keken allemaal. De andere uitsmijter was minstens dertig centimeter kleiner dan z'n collega en nog niet half zo zwaar.

– Ik zou zeggen dat die je wel manieren zou bijbrengen als je hem tegen de haren in strijkt, ging Norman verder. Je zet zo'n kerel niet aan de ingang als je niet heel erg voor hem moet oppassen.

– Maar kan hij rennen, Norman? vroeg Esopus. Kan hij je inhalen en je in je ballen trappen? Dat is de vraag. Want ik ben snel uit de startblokken als het nodig is.

Ze stonden nu bijna aan de deur. Er stonden maar twee paartjes voor ze, die werden doorgezaagd door de dikke uitsmijter.

– Hoe oud ben je? vroeg Dikke Uitsmijter aan het eerste meisje.

– Vierentwintig, zei het meisje, terwijl ze hem een soort studentenpasje overhandigde.

De uitsmijter bestudeerde het pasje.

– En in welk jaar ben je geboren?

– In 1981.

– En hoe oud word je volgend jaar?

– Eh, vijfentwintig.

Shiggy volgde het gesprek en keek niet-begrijpend naar Jimmy. Jimmy glimlachte naar hem en schudde zijn hoofd. Maak je geen zorgen.

De uitsmijter ging over naar een van de jongens.

– Hoe oud ben je?

– Ik ben vijfentwintig.

– Waar woon je?

– In Malahide.

– Waar in Malahide?

– Seapark.

– Hoe oud was je vorig jaar?

– Vierentwintig.

– Welk jaar ben je geboren?

– 1980.

De uitsmijter bekeek de jongen van hoofd tot voeten en bestudeerde vervolgens de identiteitskaart in zijn hand. Hij krabde zich ermee achter zijn oor en keek alsof hij zich iets belangrijks probeerde te herinneren.

Shiggy stond paf. Hij wendde zich weer tot Jimmy.

– Die man dom, ne? zei hij, wijzend naar zijn hoofd.

– Sjt, Shiggy. Het is gewoon hun werk. Trek het je niet aan.

Uiteindelijk knikte de kleine uitsmijter, die klaarblijkelijk het brein van de onderneming was, tegen de dikke, die opzijstapte en ze doorliet, maar ze bleef nakijken alsof je het nooit zeker wist. Toen was het Jimmy's beurt.

– ID?

Jimmy overhandigde hem zijn rijbewijs.

– Horen jullie allemaal bij elkaar?

– Ja.

– En wie is dat? vroeg Dikke Uitsmijter, wijzend naar Shiggy met zijn ene wijsvinger, want zijn andere had oorcorvee.

– Een vriend van mij uit Tokio.

– Tokio? zei Dikke Uitsmijter.

– Is in Japan, zei Shiggy, waarbij hij het laatste woord langzaam en met nadruk uitsprak en naar de zee achter ze wees. Esopus en Norman beginnen te grinniken.

– Hoe oud ben je? vroeg Dikke Uitsmijter aan Shiggy.

– Ik ben zevenendeltig. Volgend jaal, ik ben achtendeltig. Volig jaal, zesendeltig. Zie je? Ik kan terren. Hoe oud ben jij?

– Wat? vroeg Dikke Uismijter.

– Waal woon je?

– Ik... eh... wat?

– Je rijkt op Sumo. Gloot en dik, zei Shiggy lachend en hij blies zijn wangen op. Nu mij binnenraten, ja, glaag? Is koud.

Jimmy kwam tussenbeide.

– Eh, sorry daarvoor. Zijn Engels is niet erg goed.

Dikke Uitsmijter keek ze allemaal een tijdlang fronsend aan en stapte toen opzij. Slimme Uitsmijter had zich omgedraaid en leek te lachen in zijn handschoenen.

– Waar de fuck voor moest je dat allemaal zeggen, zei Jimmy toen ze eenmaal binnen waren. Jezus, ik dacht dat ons laatste uur geslagen had.

– Domme man is oké. Maar, hij is ook niet bereefd, *ne?* Dus ik ook niet bereefd. Binnen is walm. Dus oké, *ne?* Geen plobreem.

Ze stonden nog steeds grinnikend in de rij voor de garderobe. Het zag ernaar uit dat uithangen met Shiggy de jongens wat te lachen zou geven. Van de pot gerukte idioot. Dikke Uitsmijter had hem zo voor z'n bek kunnen rammen.

In één opzicht waren de verwachtingen van Jimmy toch wel hooggespannen. Ze waren in een disco, er was vrouwvolk bij de vleet en de kans was groot dat er in elk geval een paar bijzaten die ook op zoek naar de ware waren. Aan de andere kant wist hij dat het zoeken naar een speld in een hooiberg was. Ja, als hij iemand voor één nacht wilde, of gewoon om te zoenen op de dansvloer, dat was makkelijk. Maar hij was nog steeds in de ban van zijn idee om iemand te ontmoeten, verliefd te worden en lang en gelukkig te leven. Misschien kon het hier vanavond gebeuren, maar onwaarschijnlijk was het wel. Als het zo eenvoudig was, zou iedereen het wel proberen.

Toen ze eenmaal gezeten waren aan een hoog tafeltje, dicht bij de bar en met een goed uitzicht op de dansvloer, begonnen de jongens meteen om zich heen te kijken. Shiggy bleek heel onverwachte kanten te hebben. Zelfs Esopus was onder de indruk van zijn gebrek aan geremdheid.

– Zie je dat, Norman? zei Esopus. Shiggy zat aan de bar te babbelen met een meisje dat minstens vijftien centimeter boven hem uitstak en aan het lachen was. Kijk, daar heb je iemand die net van de boot komt, nog geen drie woorden Engels achter elkaar kan zeggen zonder zichzelf en iedereen om hem heen in verwarring te brengen, en meteen op een meisje afstevent om haar te versieren. Je moest je schamen, Norman.

– Sodemieter op, Esopus. Hij keek naar Shiggy en was ongewild toch onder de indruk.

– Tsjiezus. Kus je je moeder met zo'n mond?

Norman keek hem aan. Iemand hoefde Normans moeder maar te noemen of er ging een alarmsignaal af in zijn hoofd. Voor hij iets kon antwoorden kwam Jimmy tussenbeide.

– Jongens, kijk daar eens. Dat meisje in het zwart, met het kleurige ding in haar haar.

Norman en Esopus keken in de aangewezen richting.

– Ziet er leuk uit, zei Esopus.

– Ehh... zei Norman, die Jimmy's gebaar met samengeknepen ogen volgde. Hij had zich moeten haasten om de bus te halen en had daarom geen tijd meer gehad om zijn contactlenzen in te doen. Tot een meter of tien ging het wel maar verder werd het wazig.

Ze was prachtig. Kort blond haar met een soort sjaalachtig iets dat het haar weghield van haar voorhoofd. Ze lachte om iets dat haar vriendin zei. Die was ook niet kwaad, zag Esopus. Jimmy kon zijn ogen niet van haar afhouden. Ze zat op ongeveer vijftien meter afstand, maar het leek of ze vlak naast hem zat. Jimmy kon haar parfum bijna ruiken.

– Eropaf? vroeg Esopus.

– Nog even niet, zei Jimmy. Hij wilde nog wat meer kijken. Het was nog vroeg. Er was geen haast.

Shiggy kwam terug van de bar.

– Hé, kalaoke vanavond! Kunnen kalaoke doen!

Hij hield een dienblad met drankjes vast. Met zijn kleine handen ging hij Marco's vierglazentruc nog even niet proberen na te doen.

– Wat? zei Esopus.

– Kalaoke. Vanavond, hiel, in disco. Is wedstlijd.

Esopus keek om zich heen en vond wat hij zocht op een bierviltje op Shiggy's dienblad. Een biermerk sponsorde een karaoke-wedstrijd. Er waren verschillende categorieën, maar wat vooral zijn aandacht trok was de hoofdprijs in de solocompetitie.

– Tering, Jimmy. Doe je mee? Een gratis vaatje bier als je een liedje zingt!

– Ah, ik weet het niet, Esopus. We zien wel, oké? Bovendien, ik dacht dat je alleen maar Guinness dronk.

Jimmy had zijn ogen nog steeds gefixeerd op de schone onbekende aan de andere kant van de dansvloer.

– Jimmy, zou je heel even je ogen willen wegrukken van die slettenbak en mij aankijken? Ik hoop echt dat je scoort, oké? God weet dat je een beurt kan gebruiken. Maar we hebben het hier toevallig wel over een gratis vaatje bier, snap je? Het kan me niet bommen wat voor kleur dat bier is. Bij de les blijven, Jimmy. Jij bent de zanger, dus jij gaat zingen. Ik kan het moeilijk doen. Ik ben shit. Norman is te verlegen en Shiggy... hé Shiggy, kun je ook zingen?

– Beetje, zei Shiggy.

– Nou ja, je zei hetzelfde over gitaarspelen. Oké, waar is dat ding... wacht even...

Hij ging naar de barman om te vragen hoe het zat en kwam

terug met een formulier. Op de ene kant stond een lijst met zo'n honderd liedjes, en op de andere kon je je gegevens kwijt om je in te schrijven.

– Goed. Kijk dit eens door, Shiggy. Zit er iets bij dat je leuk vindt?

Shiggy pakte het formulier en las de namen van de liedjes. Als hij er een niet herkende, neuriede Norman de melodie. Esopus las de spelregels onderaan de bladzijde door om er zeker van te zijn dat ze zich overal tegen hadden ingedekt. Hij wilde niet dat Shiggy gediskwalificeerd werd omdat hij in een band zat, of omdat hij een buitenlander was of zoiets stoms. Dit was te belangrijk om aan het toeval over te laten. Dit ging om een gratis vaatje bier.

Jimmy liet ze begaan en posteerde zich wat dichter in de buurt van het tafeltje waar het meisje zat. Ze ging er bepaald niet slechter uitzien, hoe dichter hij naderde. Hij deed alsof hij gewoon maar met een glas bier in zijn hand stond, te kijken naar de dansvloer, maar intussen keek hij steeds heimelijk in haar richting. Na een half liedje wist hij wat hij wilde weten. Ze dronk Baileys met ijs. Hij ging naar de jongens terug.

– Nee, nee. Dat is volslagen bagger, hoorde hij Esopus zeggen tegen Norman.

– Sodemieter op, Esopus. Shiggy vindt het leuk.

– Je kan daar toch niet de fucking Carpenters gaan zingen. Ze gaan echt geen gratis bier weggeven aan iemand die fucking *Close to Me* zingt, dat snap je toch wel, mafkees?

– Esopus, ik zie jou je naam niet zetten op het formulier. Laat hem zingen wat hij wil. Hij is een Japanner, oké? Hij weet wat hij moet doen in karaoke.

– Onder geen beding. Luister Shiggy, kies iets anders uit. Deze is shit. Hier, kijk, *Guns and Roses*.

– Ah, niet goed, zei Shiggy, die diep tussen zijn tanden door inademde en zijn hoofd naar één kant boog. Het is te... te... Hij wees naar zijn keel.

– Zie je wel. Laat hem nou maar zelf kiezen. Let maar niet op hem, Shiggy. Je moet zingen wat je wil, zei Norman.

– Misschien da Beetaruz?

– Ja, dat kan, The Beatles. Welke? zei Esopus.

– Ah, *I wanna hold your hand?*

– Te gek. Geweldig. Hier, schrijf het op. Ken je de tekst? O nee, dat hoeft niet. Hé Jimmy, Shiggy gaat een Beatleliedje doen en het bier voor ons in de wacht slepen. Doe jij er ook een?

– Ah nee, liever niet, Esopus. Misschien moet ik maar eens een praatje aanknopen met die dame daar.

– Weet je het zeker? Ze hebben ook andere prijzen.

– Nee, ik heb niks nodig vanavond. Bovendien heb ik al een mp3-speler en ik draag geen pokkige T-shirts.

– Goed dan. Dus gaan we er dan allebei op af? Naar jouw dame?

– Weet je wat, Esopus... zei Jimmy, die zich Carol en Rhonda herinnerde. Als ik dit nou eens alleen aanpakte, goed? Ik ga gewoon dag zeggen en kijk hoe het loopt. Ik heb een beetje oefening nodig voordat ik met jou eropaf ga en kan meedoen met al die flauwekul waarmee jij op de proppen komt.

– Ja, ja, 't is goed. Wat je wil, zei Esopus. Maar luister, als het goed gaat, geef me een teken, zodat ik haar vriendin van je kan overnemen.

– Cool, zei Jimmy. Als het goed ging, was Esopus wel de laatste aan wie hij haar vriendin zou voorstellen.

Esopus wendde zich tot Shiggy, die het formulier zat in te vullen.

– Bijna klaar, Shiggy? Eh, er staat geen 'r' in Beatles.

Shiggy was klaar met invullen en ging het afgeven bij de

deejay, die het in een grote doos stopte. Toen hij weer terugkwam hadden de jongens het volgende rondje op tafel staan, terwijl de vorige glazen nog niet eens leeg waren. Uit Shiggy's eerste glas waren pas een paar slokjes gedronken.

– Jongens, zei hij. Lustig aan, *ne*? Ik dlink niet zo snel.

– Geen probleem, Shiggy. We slaan jou de volgende ronde wel over, zei Esopus. We willen niet dat je weer in slaap valt, toch? Jij gaat voor ons een vat bier winnen, dus jij mag het zeggen. Als je orange juice wil of zo, zeg het maar tegen Norman hier, dan haalt die het voor je.

– Wat? vroeg Norman. Hij was naar een hoek aan het turen waar een paar meisjes op een soort canapé zaten.

– Ik zei dat jij voor Shiggy bestelt wat hij wil. Ja toch?

– Ja ja, wat hij wil. Norman luisterde niet. Een van de meisjes had zijn blik gevangen en ze glimlachte. Ze bevond zich net buiten zijn blikveld van min twintig, dus hij zag haar niet al te scherp, maar een glimlach was een glimlach en Norman was niet van plan zich een mogelijk steuntje in de rug te laten ontglippen. Hij glimlachte terug.

– Wat zit je toch te turen? vroeg Esopus, die over zijn schouder keek in de richting waar Norman nu als een groot kind naar toe grijnsde. O Jezus, welke is het? Die met het tandenkerkhof, het kalf met de zeven kinnen of het beest met de houten poot?

– Esopus, asjeblieft, kap ermee, wil je? zei Norman, die van zijn stoel opstond. Ik ga ernaartoe om dag te zeggen en als ik terugkom wil ik geen fucking woord van je horen, oké?

– Gesnopen, Dr Doolittle. En vraag in welk circus ze optreden en probeer wat vrijkaartjes te scoren. Andy's kleintje is volgende week jarig en hij zou het heel leuk vinden.

Norman keek hem woest aan en liep weg met zijn glas in de hand.

Esopus richtte zich weer tot Shiggy, die met zijn ogen dicht in stilte The Beatles in zichzelf zat te zingen.

– Goed zo, Shiggy. We gaan de komende weken dat bier drinken, hè?

– Ik hoop het, Esopus, zei Shiggy.

– Tuurlijk! Ja toch, Jimmy?

– Ja ja, zei Jimmy. Hij was nog steeds afgeleid door het meisje in het zwart.

– Tsjiezus, jij en Norman, zei Esopus. Ben ik de enige die Shiggy een beetje aanmoediging gaat geven? Hij doet dit voor ons allemaal hoor. Ja toch, Shiggy? De arme ziel gaat straks op het podium voor alle mensen hier een liedje in het Engels zingen en het enige wat jij doet is zitten zwijmelen voor een of andere griet die je nog niet eens gesproken hebt en Norman die daar in de hoek P.T. Barnum of Toni Boltini speelt. Jullie verdienen dat bier niet eens. Shiggy, ik vind dat jij en ik het zelf maar moeten opdrinken. Wij zijn degenen die ervoor werken. Ja toch, Shiggy?

– Kropt, Esopus, zei Shiggy. Klijg de klele, Jimmy, vool jou geen biel.

Jimmy keek om en lachte.

– Oké oké. Welke deden jullie ook weer?

– *I wanna hold your hand.*

– Te gek. Nou moet je weten, dat het met de Beatles zo zit. De samenzang is meestal in diatonische tertsen. Dat betekent dat wat je moet doen...

Hij doorliep met Shiggy het hele nummer, en ze zongen met z'n tweeën met hun hoofden bijna tegen elkaar over de tafel. Hij legde uit welke stem je het beste kon zingen om goed over te komen op het podium. Tegen het einde van zijn pint dacht Jimmy dat Shiggy het waarschijnlijk te gek zou doen. Het was in feite toch maar voor de lol.

13

Het kostte Jimmy twee uur om in actie te komen. Het eerste uur was er om zichzelf moed in te drinken en nu en dan steelse blikken te werpen in haar richting. Hij zat aan zijn vierde pint toen hij dat doffe gevoel in zijn hoofd kreeg dat hij herkende van vroeger. Toen hij nog met Sandra was, betekende het alleen dat hij aangeschoten begon te raken en waarschijnlijk verliefd begon te doen, maar toen hij haar nog niet kende was het een teken voor hemzelf dat hij nu op z'n aantrekkelijkst was en dat het moment was aangebroken om actie te ondernemen. Het probleem was dat er twee aan het tafeltje zaten en hij wilde de schone onbekende alleen.

Uiteindelijk ging hij naar de bar en kwam terug met een Baileys en een glas met ijsklontjes. Hij wilde ze niet mixen want hij wist niet zeker hoe lang het zou duren voor hij een geschikte gelegenheid vond en hij wilde niet dat het ijs in het drankje smolt en het een waterig papje werd.

– Wat drink jij nou? vroeg Esopus, fronsend naar het glas dat Jimmy naast zijn Guinness neerzette.

– Baileys. Het is voor de dame, zei Jimmy.

– Aha. En heb je er ook een rietje van tien meter bijgekregen, zodat ze het kan drinken?

– Ik ga het haar zo brengen. Hou even je kop, wil je?

– De oude Jimmy stond er nu al, had haar het drankje aangeboden en gezegd dat ze fraaie tieten had.

– Nooit van z'n fucking leven!

– Nou ja, dan niet. Hij zou hier in elk geval niet zitten met mij en John Lennon en een stijve nek krijgen van het proberen te kijken naar haar zonder zelf gezien te worden. Je hebt je te veel met Norman afgegeven.

– Ja, ja. Waar is die, tussen haakjes?

– Die heeft de grote oversteek eindelijk gewaagd. Het was zijn vierde poging. Hij staat op negen hindernisfouten. Geen jockey ter wereld had hem voorbij die pilaar daar gekregen, het afgelopen uur. Het is een wonder dat hij het sowieso gehaald heeft.

– Nou ja, hij doet tenminste wat. Jij zit hier de hele avond. Wat ben jij eigenlijk van plan?

– Tsjiezus Jimmy, luister, ik kan op elk moment een meisje krijgen, maar hoe vaak gaat iemand me tachtig gratis pinten geven? Shiggy hier is zenuwachtig over het liedje, dus ik ben er voor de morele steun. Hij heeft nog nooit in het openbaar in het Engels gezongen en ik wil hem niet in de steek laten want anders knijpt hij er misschien tussenuit. Dit is een unieke kans, Jimmy. Voor hem, bedoel ik.

– Je bent een beste vriend, Esopus, zei Jimmy met een glimlach.

– Bedankt, Jimmy. En m'n aanbod staat nog steeds. Als je wil dat ik je dame verlos uit de klauwen van haar vriendin, kijk maar in mijn richting. Het is in een mum van tijd gepiept en dan kun jij ervantussen.

– Dank je, zei Jimmy. Maar ik denk dat ik het alleen wel afkan. Hé, kijk... haar vriendin gaat naar buiten om te roken. Dit kan het zijn. Ja... ja... oké, Esopus, ik ben weg. Zie je later.

Jimmy deed drie ijsklontjes in de Baileys en pakte fluks het glas samen met zijn bier van tafel. Hij had ongeveer tien minuten om zijn kans te grijpen. Hij ademde diep in en liep met bonzend hart eropaf. Jezus, hij leek wel een puber op een schoolfeest. Toen hij vlak bij de tafel stond keek ze naar hem op.

– Hallo daar, zei hij glimlachend. Ik ben Jimmy.

Shiggy was voor de zekerheid de tekst van het liedje aan het uitschrijven. Hij wist niet of hij de regels zo snel kon volgen op het scherm en op deze manier kon hij het ook nog even oefenen. Hij zat gebogen over tafel en probeerde de tekst op de achterkant van een bierviltje gekrabbeld te krijgen. Esopus leunde over hem heen. Hij hielp hem met de spelling, neuriede mee en was op dit moment Shiggy's allerbeste kameraad op de hele wereld. Vanuit zijn ooghoek zag hij Norman terugkomen en op een kruk gaan zitten. Hij keek half op.

– Ha Norman. Tsjiezus, dat was snel, zelfs voor jouw doen. Wat komt er na dat hij zich happy voelt van binnen en zo?

– Hm?

– Je weet wel, na dat feeling happy inside. Hij begon te neuriën. Iets over hiding iets... hé, wat de fuck is er met jou aan de hand?

Norman was bleek weggetrokken. Zelfs in het halfduister van de tafel zag hij eruit alsof hij moest overgeven. Met trillende hand nam hij een slok uit zijn glas en zeeg terug, met gesloten ogen.

– Gaat het een beetje? vroeg Esopus, die hem nu goed opnam. Shiggy was gestopt met schrijven en keek ook.

Norman mompelde iets onverstaanbaars.

– Wat? vroeg Esopus, die vooroverleunde om het te verstaan.

Norman draaide zich naar hem toe en snauwde:

– Ik zei dat ze maar *één fucking been* heeft!

– Jouw chickie? Dat zei ik toch al, voordat je naar haar toeging?

– O dat weet ik, Esopus. Ik weet het. Maar je zegt altijd van dat soort dingen tegen mij. Ik dacht dat je me gewoon aan het afzeiken was.

– Ik was je niet aan het afzeiken. Niet over dat been tenminste. Wat gebeurde er precies?

– Ik vroeg of ze wilde dansen.

– Dat meen je niet!

– Dat meen ik fucking wel. Wat doe je anders in een fucking disco? Je fucking danst!

– Niet als je maar één been hebt. Jezus Norman, je hebt jezelf dit keer wel overtroffen. Hoe krijg je het voor elkaar...

– Ik weet het. Ik kon het niet goed zien.

– Niet goed zien? Ze zit naast een paar fucking krukken! Die grote zilverkleurige stokken die tegen de tafel geleund staan, fucking idioot. En bovendien heeft iedereen haar zien binnenkomen.

– Het is donker. En ik heb m'n lenzen niet in, oké?

– Jezus Norman, het gaat er even niet om of je de kleur van haar ogen kan zien, weet je. Ze mist een been!

– Ze was niet bepaald met haar stompje aan het zwaaien, toch? schreeuwde Norman. Ze zit daar alleen maar. Ze heeft een kunstbeen, daar aan haar vastgemaakt, onder de tafel, naast haar goeie been. Hoe in fucksnaam had ik dat moeten weten? Hij huilde bijna.

– Wat zei ze?

– Ze zei dat ze niet kon dansen.

– En?

– En ik zei 'Arrah, tuurlijk kun je dansen. Ik heb twee linkerbenen en ik dans toch ook.' O God, Esopus, ik wist het echt niet. Ze dacht dat ik haar in de maling zat te nemen. Ze keek me alleen maar aan en toen zei haar vriendin dat ik moest oprotten. Ik dacht dat ik werd afgewezen, weet je, zoals normaal alleen dan een beetje lomper en toen stond het meisje, Anne, op om naar de wc te gaan en toen zag ik haar been. O heilig hart van Jezus! Hij had zijn hoofd in zijn handen.

Esopus probeerde niet te lachen maar het lukte hem niet helemaal.

– Norman, je bent onbetaalbaar. Dit kon alleen jou maar overkomen, jij absolute achterlijke fucking sukkel.

– Esopus, lazer op. Ik wist het niet. En nu denkt ze dat ik een enorme schoft en een klootzak ben. God, hoe ze naar me glimlachte toen ik in het begin naar haar toeging. Ik ga nooit meer met een meisje praten. Nooit. Fuck Jimmy en z'n Superchick. Ik heb het gehad. Moet je me zien! Ik ben nog aan het trillen.

– Maar heb je nog iets tegen haar gezegd toen je dat been zag?

– Wat moest ik zeggen? Ik rende zowat naar de pilaar, zo snel wilde ik daar weg. God wat ben ik een eikel.

– Norman, zei Esopus. Je kent me. Ik sta niet bekend als de meest hoffelijke gozer op aarde, maar dat is niet verstandig. Je moet naar haar teruggaan en iets zeggen. Het was een vergissing. Ik wil niet zeggen dat het een vergissing was die iedereen kon maken, want dat is onmogelijk, maar je moet terug en iets tegen haar zeggen.

– Me reet daar naar teruggaan! Ik schaam me dood!

– Norman...

– Ah Tsjiezus, kreunde Norman, die omkeek naar de hoek. Het is allemaal Jimmy's schuld. Twee mislukkingen uit twee. Het vorige meisje woont niet eens in het land en deze denkt nu dat ik een laaghartige... Zie je waar het op uitdraait? Klote-Jimmy... Ik vermoord hem. God... het was van het begin af aan hopeloos.

Jimmy wist niks van dit alles en op dat moment had het hem ook bar weinig kunnen schelen.

– Kayleigh. God wat een mooie naam.

– Mijn vader komt uit Schotland.

– Kwam Marillion ook uit Schotland? Fish misschien...

– Ik weet het niet. Ik hou niet echt van dat soort muziek. Mooi liedje wel, maar ik werd er vreselijk mee gepest toen ik klein was.

– Gewoon jaloezie. Dat jij een liedje naar je vernoemd hebt. Niemand heeft ooit een liedje naar mij genoemd. Nou ja, Tool dan, maar dat was niet wat je noemt een nummer 1-hit. En dan had je Dr. Jimmy. Dat was de Who. Oh, en Jimmy Jazz van de Clash.

– Ik geloof niet dat het liedje voor mij bedoeld was. Het was wel leuk geweest. Mensen die jouw liedje meezingen op de radio. Dus jij houdt wel van die muziek, neem ik aan?

– Ja. Ik zit in een band.

– O ja? Wat speel je?

– Ik zing. En ik speel gitaar.

– Nee, ik bedoel, wat speelt de band voor muziek?

– O, eh, je weet wel, Offspring, U2, Ash, Foo Fighters. Dat soort dingen. Ook eigen nummers. Je moet ons eens komen zien.

– O, dat weet ik niet hoor. Ik hou niet zo van harde muziek. Ik ben meer een Tony Bennett-meisje.

– Tony Bennett? Wauw, die hoor je de laatste tijd niet zo veel meer. Maar m'n ma is een fan. Van hem en Burt Bacharach.

– O, Burt vind ik ook geweldig. Ik zou goed met je ma kunnen opschieten. Ze keek Jimmy op een vreemde manier aan waar hij een beetje verlegen van werd. Hij nam zijn glas op.

– Dus, Leslie... zei ze.

– Eh, het is Jimmy, zei Jimmy, die het glas teleurgesteld weer neerzette.

– Nee, achter je, zei Kayleigh lachend. Leslie.

Jimmy draaide zich om.

– O, oké. Sorry, zei hij, terwijl hij opstond. Leslie was teruggekomen en stond achter hem. Hij zat op haar stoel.

– Dank je, zei Leslie, die haar plaats weer innam.

– Les, dit is Jimmy. Jimmy, Leslie.

– Hai, zei Jimmy, die zich een beetje een stuntel begon te voelen nu hij in z'n eentje bij de tafel stond. Hij wist niet waar hij zijn handen moest laten, dus hij stopte ze zolang maar in zijn achterzakken tot hij een betere plek voor ze kon bedenken. Op haar kont zou geweldig zijn, bijvoorbeeld, op de dansvloer.

– Hallo, zei Leslie, met een snelle glimlach naar Kayleigh. Moet ik jullie alleen laten misschien?

Ja, dacht Jimmy.

– Nee, zei Kayleigh. Jimmy vertelde me net dat hij in een band zit. Ze doen allemaal rockmuziek. Les houdt daarvan, Jimmy. Daarom zijn we hier. Ik ga meestal nooit naar de disco of zulke dingen, maar zij sleept me zo eens in de maand mee om onder de mensen te komen.

– En zing je vanavond mee in de karaokewedstrijd, Jimmy? We willen je graag horen, zei Leslie glimlachend.

– Eh, nee, vanavond niet. M'n maat wel. Die Japanse gozer daar aan die tafel. Hij doet de Beatles.

De meisjes keken.

– Hij ziet er zenuwachtig uit, zei Kayleigh.

– Ja, z'n Engels is niet al te best. Maar het is voor de lol, toch? Heb je geluisterd naar de deelnemers die al geweest zijn? Crimineel...

– Ja, ik kan me voorstellen dat het moeilijk is om als echte zanger daar de hele avond naar te moeten luisteren, zei Leslie, hem aankijkend.

– Ah, nee, dat bedoelde ik niet, zei Jimmy snel.

Jezus Christus. Kelere Ierse wijven. Je moet zo op je woorden letten met ze.

– Ik maakte maar een grapje, Jimmy. Waarom zing je niet

met Kayleigh? Die zingt heel goed. Ze hebben ook duetten, toch?

– Les, wil je nu stoppen? vroeg Kayleigh, die snel haar drankje greep. Ik ga niet zingen. Ik ken al die liedjes niet eens.

Leslie pakte een inschrijfformulier dat op de grond gevallen was, en las het door.

– Hé, ze hebben Frankie hier! Een Frank Sinatra-liedje zou je nog wel doen, toch? Kijk, het is het nummer dat hij samen met Nancy zingt. En heeft Robbie Williams het ook niet eens gedaan met hoe heet ze? Dat is pas een duet. Vooruit. Je vindt het vast leuk!

– Hou op, Les. Bovendien houdt Jimmy niet van Sinatra, of wel, Jimmy?

Jimmy vond Sinatra een ouwe gangster met zeer verdachte connecties en een stem die wel oké was. Acteren kon hij voor geen meter en zo gauw hij een microfoon beetgreep zag hij eruit als een zelfvoldane oetlul. Hij was volkomen afhankelijk van wat anderen voor liedjes voor hem schreven, en zelfs dan was hij is staat om echt fantastische liedjes te verkloten met zijn sentimentele 'Frankie-stijl', de diepgevoelige manier waarop hij het bracht. Kortom, Jimmy vond hem een tweederangs kwezelende kweler die een hele generatie had belazerd met zijn magnetische wenkbrauwen, de kaffer.

– Ik ben gek op Sinatra, zei hij.

– Echt waar? vroeg Kayleigh, die er geen woord van geloofde.

– Absoluut. Ik luisterde al in de wieg naar hem! Wat is het? *Somethin' Stupid*? Dat zongen m'n ma en ik altijd met Kerstmis! Komop, Kayleigh. Dat wordt leuk. Zullen we? Leslie, zeg jij ook wat.

– Vooruit, Kay. Je zingt toch zo graag.

– Ah nee. Het is stom.

– Kayleigh, zei Jimmy lachend, als je het niet doet, ga ik weg en dan spreek ik nooit meer een woord met je. En wat moet er dan ooit van je terechtkomen?

Hij hoopte vurig dat ze gevoel voor humor had. Ze bleef even stil zitten denken en keek naar het podium. Toen draaide ze zich naar hem toe.

– Goed. Oké dan. We doen het. Weet je echt hoe het liedje gaat?

– Tuurlijk ken ik het! zei Jimmy. Toevallig was het nog waar ook. Toen hij zich bekwaamde in het dingen naar de gunst van het publiek, moet hij Frank het nummer wel honderd keer op video hebben zien doen. Hij had er een fucking pesthekel aan. Toen Robbie Williams er een cover van uitbracht, luisterde Jimmy een maand niet naar de radio tot de kutplaat uit de ether was.

– O God, ik kan het niet geloven... piepte Kayleigh toen Leslie het formulier invulde en aan Jimmy gaf om bij de deejay in te leveren.

Op weg naar de deejay zag hij een ander paar *I Got You Babe* doen. Ze waren waardeloos. Op de terugweg liep hij langs de tafel van de jongens en gaf Esopus een knipoog toen de volgende kandidaat werd omgeroepen.

– Shiggy! Mogen we Shiggy verzoeken! zei de deejay.

– Hé, succes Shiggy, zei Jimmy in het voorbijgaan. Kan niet missen!

– Ja, denk aan het bier, Shiggy, zei Esopus. Blijf denken aan het bier. Hou dat vast. Daar gaat het allemaal om.

– Veel succes, zei Norman ernstig. Hij zag er nog steeds uit of hij zichzelf elk moment van kant kon maken.

– Misschien moet ik blaken, zei Shiggy, die nu dezelfde gelaatskleur had als Norman eerder.

– Het loopt als een tiet, Shiggy, zei Esopus. Maak je geen

zorgen. Vooruit, het podium op. Wij wachten hier. Hi-ha! Vort, maffe klootzak!

Shiggy liep naar het podium en Jimmy ging terug naar de meisjes.

– Dit gaat leuk worden, zei hij half tegen zichzelf terwijl hij weer naast de tafel ging staan en zijn glas oppakte.

Het liedje begon en onmiddellijk begon Shiggy te bewegen. Hij zag er zo nerveus uit als James Brown: het leek alsof hij zijn hele leven niets anders gedaan had. Het ene moment stond hij, klapte en stampte als een matador, het volgende moment hopte hij de kleine bühne rond met de microfoonstandaard in z'n handen, als een miniatuur Chuck Berry. Het publiek ging uit z'n dak. Toen hij bij het middengedeelte kwam, ging hij op één knie zitten en begon een groepje meisjes toe te zingen dat recht tegenover hem aan het dansen was. Ze gilden het uit. Jimmy keek om en zag Kayleigh en Leslie lachen en meeklappen.

Shiggy had problemen met sommige woorden, maar 'Prease say tsoo me' en 'I feeru happy insido' droegen alleen maar aan de sfeer bij. Voor het tweede middendeel stapte hij het podium af en nam de hand van het meisje met wie hij eerder aan de bar had gepraat, en zong voor haar met een verbluffende oprechtheid, gezien het pandemonium om ze heen. Zij was veel langer dan hij. Als spektakel was het perfect. Terug op het podium breide Shiggy er zwierig een eind aan, plaatste de microfoon terug op de standaard waar hij hem zonet nog vanaf gerukt had, en met zijn armen gespreid als Jezus aan het kruis maakte hij bij het wegsterven van de laatste noot de klassieke beatleske buiging. Jimmy schudde onwillekeurig zijn hoofd van bewondering. Die fucking Japanner was buitenaards.

Het schreeuwen en juichen ging na het nummer zo lang

door dat de deejay uiteindelijk iedereen tot stilte moest manen. Shiggy stond verlegen en kwetsbaar op het toneel, bij wijze van laatste act om te zorgen dat er nu niets meer kon misgaan. Hij mocht Esopus nu niet meer in de steek laten.

Kayleigh en Leslie stonden op en klapten met Jimmy mee.

– Hij was geweldig! zei Leslie tegen Jimmy.

– En hij is niet eens de zanger van de band. Dan moet je zelf ook aardig goed zijn, Jimmy. Ik denk niet dat ik hierna nog op durf.

– Ah, wij hoeven ons geen zorgen te maken. Degene die nu op moet, is de sigaar. Moet je zien, hij gaat Elvis doen.

Degene die nu naar voren moest, leek als door de bliksem getroffen. Hij had Shiggy zien optreden en hoopte nu vurig dat het podium een openstaand valluik had. Zijn kameraden moesten hem het toneel op duwen en voor hem blijven staan om te voorkomen dat hij er weer vanaf zou springen.

– Ik weet het niet, Jimmy. Na zoiets... zei Kayleigh.

– Niet terugkrabbelen, Kay, zei Leslie. Kom op, voor de craic.

– Hmm... zei Kayleigh. Ze keek naar Jimmy met één vinger in haar mond, en dacht na over wat ze zou doen. Goed dan. Goed. Oh God, waar ben ik mee bezig?!

– Kalm blijven. Luister, ik ga een biertje halen. Willen jullie nog wat? zei Jimmy.

– Nee, dank je, zei Kayleigh, die haar bijna volle glas Baileys omhoog hield. Ik heb nog meer dan genoeg.

– Leslie? Leslie bleek een nuttige bondgenoot te zijn. Ze verdiende minstens een fles Satzenbrau-pils.

– Graag, Jimmy.

Hij liep terug naar de tafel waar de jongens een doodmoe ogende Shiggy heftig op de schouder aan het kloppen waren. Zelfs Norman glimlachte.

– Geniaal, Shiggy, zei Jimmy, terwijl hij hem de hand schudde. Als dat je geen vat bier oplevert, dan weet ik het niet.

– Bedankt, Jimmy, zei Shiggy zwetend. Was zwaal welk.

Esopus keek Jimmy aan.

– Hoe gaat het daar? Nog hulp nodig?

– Nah. Het gaat goed. Hé, een Jimmy Collins kan twee vrouwen wel aan hoor, zei hij met een knipoog naar Esopus.

– Het werd fucking tijd ook, zei Esopus met een glimlach terug.

– Ik ga naar de bar. Voor jullie nog iets meebrengen?

– Nee, ik heb net een rondje gehaald. Ik moest wel. Norman hier begon bijna te huilen en daar wilde ik niet bij zijn.

– Wat is er gebeurd?

– Vertel ik later wel. Ga jij nou maar. Je mokkeltje zal zich afvragen waar je gebleven bent. Hoe heet ze?

– Kayleigh.

– Marillion?

Jimmy knikte.

– En hoe heet haar vriendin? vroeg Esopus, waarbij hij één wenkbrauw optrok.

– Sorry Esopus. Niet jouw type.

– Waarom? Hoe weet jij dat?

Zulke beweringen zeiden Esopus niets. Het bier was binnen, dus wat hem betreft kon hij weer aan de slag. Het was alleen de vraag wie dit keer de gelukkige zou zijn.

– Omdat ik het zeg, zei Jimmy. Oprotten.

– Oké. Maar als je haar vriendin verkloot, is het mijn beurt, oké?

– Jaja, we zien wel...

Jimmy ging naar de bar voor de Guinness en de Satzenbrau. Hij had nog nooit eerder Satzenbrau besteld en het was niet goedkoop voor het rottige kleine kutflesje dat je kreeg voor je geld. Leslie moest wel haar best blijven doen als ze nog meer van dat spul wilde krijgen vanavond. Toen hij met zijn drankjes wegliep van de bar, verliet Elvis net het toneel en waarschijnlijk het gebouw, na zijn optreden. Hij had best goed kunnen zijn als Shiggy hem geen mokerslag had verkocht. Hij had het in zijn broek gedaan van wanhoop maar het publiek had hem toch luidkeels toegejuicht voor puur lef, omdat hij het zelfs maar had aangedurfd. Twee vrienden kwamen op om een nummer van Queen te zingen. Ze waren zatlazerus, leunden allebei op dezelfde microfoon en schreeuwden. Met zulke tegenstanders zag Jimmy vele vele vaten gratis bier in het verschiet liggen.

Een half uur later was hij nog steeds aan het praten met Leslie en Kayleigh. Het was eigenlijk helemaal niet moeilijk. Hij had het gevoel alsof hij ze al jaren kende, zoals hij daar zat te ouwehoeren over Shiggy en de band en Leslies onsterfelijke liefde voor Galaxy chocoladerepen en die van Kayleigh voor boeken van Terry Pratchett. Leslie was leuk, maar er lag iets in Kayleighs ogen waardoor hij zijn blik niet meer van haar kon afhouden. Ze leek lief en rustig. Sereen of zo. Alsof ze op haar gemak was met alles wat er om haar heen gebeurde, het maakte niet uit wat.

Helemaal niet als Sandra. Hij kende Kayleigh niet eens, maar hij kon zich niet voorstellen dat zij zichzelf voortdurend wilde 'verheffen' door van die boeken te lezen of altijd met een of ander belachelijk en onmiddellijk afgeblazen project aan te komen om de minderbedeelden te helpen. Jimmy vond zichzelf allerminst perfect of zo maar hij zag het nut er niet van in om steeds maar te proberen iemand anders te worden dan wie je was. En het moest toch ook mogelijk zijn, en waarschijnlijk was het nog productiever ook, om op een minder defensieve en neurotische manier goed te doen? Sandra kon wat dat betreft bijzonder vermoeiend zijn. De ene week waren het de daklozen, de week erop waren het de slachtoffers van verkrachting. Dan volgden vluchtelingen of drugsverslaafden of vrouwen op de werkvloer. Geen lijn in te ontdekken of peil op te trekken. Alleen eindeloze statistieken en zelfgenoegzaamheid in een kluwen van verbittering over de wereld die Jimmy op zijn bord kreeg omdat hij toevallig het dichtst in de buurt was en er niet uitzag of het hem wel genoeg kon schelen.

Het kon Jimmy zeker wel schelen. De band deed liefdadigheidsconcerten. Hij stopte een vijfje in meer rinkelende bussen dan de meeste mensen. Met kerst soms wel een tientje. Als je wil helpen, help dan. Als je jezelf wilt verheffen, veel succes. Ga ervoor. Maar alleen maar erover praten de hele tijd en boos zijn, daar had niemand wat aan, had hij de sterke indruk. Jimmy begon zijn relatie met Sandra in een heel ander licht te zien, en dat licht was afkomstig van het zonnetje van geluk dat uit Kayleighs kont leek te schijnen.

– Pardon? zei hij.

Dat had hij gemist. Hij was aan het denken in plaats van aan het luisteren.

– Ik zei dat je plotseling zo raar uit je ogen kijkt, zei Kayleigh.

– O, sorry. Ik moest ergens aan denken.

– Verveel ik je?

– Nee. God nee, zei Jimmy met een glimlach. Ik vroeg me af in welke toonsoort je zingt.

– God, dat weet ik niet. Iets vals waarschijnlijk, glimlachte ze terug.

– Oké, jullie twee. Het is zo jullie beurt, zei Leslie.

Er stond een meisje een liedje van Madonna te zingen, maar de deejay was al begonnen de twee volgende nummers aan te kondigen om de deelnemers te waarschuwen. Dat bespaarde tijd als er mensen naar de wc waren of zo op het moment dat ze op moesten. Jimmy keek naar Kayleigh. Ze sloeg de rest van haar Baileys achterover.

– Ben je er klaar voor?

– Nee. Ah, volgens mij gaat het wel. Een beetje zenuwachtig. En jij?

– Geen probleem. Hé, ik ben een rockster, weet je nog?

Ze lachte. Jimmy dacht net wat een prachtige lach ze had toen Madonna afrondde. Toen hun namen werden omgeroepen, besefte hij dat hij wel degelijk zenuwachtig was. Niet dat het hem verbaasde. Hij zei altijd dat de dag dat je het toneel opging zonder zenuwen de dag was dat je volkomen shit was. Je moet altijd respect hebben voor je publiek.

Ze liepen de jongens voorbij op weg naar het podium.

– Wat de fuck ben jij van plan? schreeuwde Esopus boven het juichen uit.

Jimmy knipoogde alleen maar en bleef lopen. Hij beklom als eerste het toneel, draaide zich om en reikte Kayleigh een helpende hand. Het was maar een opstapje van vijfentwintig centimeter, maar het zag er goed uit. Ze namen ieder een microfoon en Jimmy zette de standaards achter ze zodat ze niet in de weg zouden staan.

Ze stonden even stil en toen begon de gitaarintro.

Ze begonnen samen en Jimmy wist meteen dat ze goed was. Nancy's zangpartij was laag en een beetje monotoon maar Kayleigh deed de tweede stem perfect. Voor hij het wist was het eerste couplet voorbij en draaide hij weg van haar, om naar het publiek te kijken en met zijn wenkbrauwen te rollen. Een paar Frankie-vingerknippen werden enthousiast toegejuicht. Toen nam ze zijn hand bij het derde couplet en hij keek naar haar neer. Haar donkere ogen staarden terug en hij smolt bijna. De muziek, de rondtollende lichten, de zes Guinness. Jimmy kreeg een plotselinge opwelling in zijn buik, gevolgd door iets warms dat over zijn gezicht trok. Het leek op het gevoel dat je krijgt als je in een auto te hard over een heuveltje rijdt – moeilijk te beschrijven, maar te vergelijken met het gevoel met een plumeau gestreeld te worden onder je balzak.

Het rollen van de wenkbrauwen en het knippen met de vingers waren voorbij, nu ze zich naar hem toedraaide en hem meevoerde in een paar danspassen van een wals tijdens de korte instrumentale break. Ze leunde achterover en keek naar hem op, terwijl haar borsten zachtjes tegen zijn middenrif drukten. Haar ogen waren als een heldere nachtelijke hemel, of iets spreekwoordelijks in die trant, groot en schitterend. Toen wendde ze zich weer af en begon aan het laatste couplet. Ze hield zijn hand nog steeds vast en gaf er een klein kneepje in. Hij herinnerde zich niet eens meer dat hij nog had gezongen maar dat moest wel, want het publiek ging opnieuw wild tekeer. Hij draaide zich naar haar toe, verbijsterd, en kreeg een zoen op zijn wang en een stralende glimlach. Hij was verloren. Totaal. Hij was niet eens seksueel tot haar aangetrokken. Nou ja, toch wel – heel erg zelfs – maar dat was niet het gevoel dat hij had. Hij wist niet eens precies wat voor gevoel het was. Hij was compleet verdoofd. Kayleigh had hem. Verdwaasd en verward. Dus zo voelde het.

Ze gingen samen van het podium en liepen terug naar de tafel dwars door de klappende mensenmenigte. Zijn benen bewogen, maar hij stuurde ze niet. Hij was niet in staat om iets te sturen. Hij kon niets horen en hij kon niet praten. Esopus stond voor hem en stompte op zijn arm.

Niet slecht voor een kutnummer, Jimmy, zei hij.

– Ng... zei Jimmy.

Toen waren ze weer terug bij Leslie, die stond te juichen en te klappen. Ze zoende ze allebei.

– Geweldig! Dat was fantastisch. Dus je kunt echt zingen, Jimmy. Ik dacht dat je alleen maar zat op te scheppen om indruk te maken.

– Ng... zei Jimmy weer.

Hij was meer een zoon van zijn vader dan hij soms wilde toegeven.

Shiggy won de solocompetitie. Ze gebruikten een soort applausmeter. Wie het hardste geklap en gejoel kreeg, die won. Iedereen schreeuwde voor zijn of haar eigen vrienden, maar Shiggy was door bijna elk meisje in het publiek stormachtig toegejuicht. Hij klom weer op het podium en nam het certificaat voor het gratis vaatje in ontvangst. Hij stond daar te grinniken als een halvegare en naar iedereen te buigen. Daarna werden de tweede en derde prijzen uitgereikt, plus wat kleine prijzen voor de beste kleding en het stomste dansje en dat soort dingen. Toen waren de duetten aan de beurt.

– Jimmy en Kayleigh! riep de deejay.

Het gebulder blies zowat het dak eraf. Yes. Ze hadden gewonnen.

Toen ze zich een weg baanden naar het podium, pakte Kayleigh opnieuw zijn hand, en verstrengelde dit keer zelfs haar vingers met de zijne. Jimmy's hart maakte opnieuw een salto. Jezus, op deze manier kwam hij nooit levend thuis. Zijn borstkas bonsde, zijn hersens weigerden dienst en zijn buik voelde aan alsof er een familie elfjes binnenin aan het feesten waren.

Op het podium overhandigde Barry, de man van de bierbrouwerij, hem een envelop en schudde ze beiden de hand. Jimmy vroeg zich afwezig af wat de prijs kon zijn toen hij de envelop aannam. Daarmee was hij de enige in heel de zaal, want alle anderen vroegen zich af wat de twee minirokjes achter Barry deden en met name hun verbluffende rondborstige inhoud.

Terug aan tafel begon Jimmy de envelop open te scheuren.

Barry had niet gezegd wat erin zat. Alleen dat het een romantische avond was. Toen hij het kaartje uit de envelop trok, hoorde hij een bekende stem op het podium. Ze hadden Shiggy voor een toegift weten te strikken voordat het doek voor vanavond viel. De stiekeme smiecht ging toch nog de Carpenters doen.

– Dit iz vool mijn vliend Esopus... zei hij, naar hem wijzend. Jimmy keek naar Esopus, die zich achter zijn handen verborg en een kleur als een kreeft kreeg. Norman zat naast hem te lachen en wees met beide handen aan iedereen wie Esopus was. Goeie, Shiggy.

– Nou? zei Kayleigh. Leslie zat naast haar en giechelde.

Jimmy las het kaartje.

– Een avondje uit voor twee! Een afspraakje. Een date staat hier, zei hij. Een diner in La Parisienne, dan een loge in de bioscoop en dan... o, krijg nou wat...

– Wat is het? vroeg Kayleigh.

– Eh... een suite in The Clarence voor één nacht. Jezus. Bono's stek!

Leslie gilde van het lachen. Kayleigh keek naar haar en daarna naar Jimmy.

– Je loopt wel erg hard van stapel, Jimmy, zei ze. Ze glimlachte niet meer, maar ze was ook niet beledigd. Helemaal niet.

Al Jimmy's organen begonnen weer te stoelendansen.

– Eh, wil jij met me mee? vroeg hij. In elk geval voor het eten. En de film?...

Leslie excuseerde zichzelf en ging naar de wc, God zegene haar.

Kayleigh nam het kaartje en las het.

– Even checken. Misschien had je dat laatste stukje er zelf bij verzonnen, zei ze met een glimlachje. Het zou niet bij Jimmy opgekomen zijn om zoiets te doen. Dat lag meer in Esopus' lijn. Maar hij hoefde niks te verzinnen. Daar stond het. Een nacht in The Clarence.

– Weet je wat, Rockster, waarom bel je me morgen niet?

Jezus. Ze had hem Rockster genoemd.

Ze was haar nummer in zijn mobieltje aan het toetsen toen Leslie terugkwam. Kayleigh stond op.

– Kom, Les. We moeten gaan. Anders krijgen we nooit een taxi. Wil jij de jassen even halen? Ik zie je bij de deur.

Ze gaf haar de nummertjes en wendde zich weer tot Jimmy, terwijl Leslie met een knipoog naar de garderobe vertrok. Ze was geweldig. Esopus zou Jimmy gewoon gezegd hebben dat hij kon oprotten en z'n eigen jas maar moest halen, alleen om te zieken.

– Ik vond het erg leuk. Dank je wel.

Jimmy schudde zijn hoofd.

– Nee, jij bedankt. Hoe laat morgen? Ben je een langslaper?

– Rond twaalven? Dan ben ik wel wakker.

– Twaalf uur dan... Hij wist niet wat hij nu moest doen. Haar hand schudden? Dat nooit. Maar hij kon toch moeilijk haar nog even bij de kont grijpen, of wel soms? Misschien als hij alleen...

Ze legde een hand op zijn arm, ging op haar tenen staan en richtte haar gezicht naar het zijne. Hij boog omlaag en ze kusten. Het was een tamelijk lange zoen maar geen kleffe natte tongzoen. Het was een en al lippen. Haar lippen waren vol en zacht. Jimmy deed zijn ogen dicht en kuste haar terug. Mocht hij nog een zweem van twijfel hebben gehad, dan was die nu als sneeuw voor de zon verdwenen. Hij had haar gevonden en hij liep met zijn hoofd in de wolken.

Hij zag haar weggaan en naar hem zwaaien. Toen liep hij terug naar de tafel van de jongens. De deejay draaide het laatste liedje van de avond en mensen maakten al aanstalten om weg te gaan. Hij kwam bij ze zitten, en voelde zich als een kind op kerstavond. Esopus keek op en zag hem.

– Jij ziet er blij uit, zei hij.

– Je wil het niet geloven, man.

– Ja, ik weet het. Een fucking gratis vat bier!

– Waar is Norman?

– Die is teruggegaan naar z'n dame in de hoek toen ze weg wilde gaan. Hij zei dat hij ons buiten wel zou zien. Je wil het niet weten wat die idioot heeft gedaan. O en tussen haakjes, dit is Sharon. Hij gebaarde naar het meisje dat naast hem stond. Jimmy keek en glimlachte in zichzelf. Hoe kreeg Esopus het voor elkaar? Hij was de hele avond niet van tafel opgestaan.

– Hai Sharon.

– Hallo Jimmy, zei ze. En nogmaals gefeliciteerd.

– Dank je.

Ze glimlachte en trok koket de zoom van haar minuscule minirokje omlaag.

Esopus liet er op zaterdagavonden geen gras over groeien.

14

De jongens stonden buiten, diep weggedoken in hun jassen. De nieuwe gezellin van Esopus, Sharon, had een enorm wollig geval om, met een kraag die tot ver boven haar oren kwam en de onderkant maar enkele centimeters van de grond. Haar handen zaten verstopt in allerlei plooien en alleen haar ogen en een stevige bos blonde krullen staken er van boven nog uit. Het was zomogelijk nog kouder dan toen ze in de rij stonden om binnen te komen en gezien het feit dat haar werktenue bestond uit niet meer dan ongeveer één vierkante meter elastisch katoen, getuigde haar bovenkledij van onbetwiste wijsheid. Ze keek naar Esopus met wat een blik vol ongeduld leek

177

te zijn, maar je wist het niet met al dat haar. De promomeisjes werden meestal thuisgebracht maar zo kon ze Esopus niet met zich meenemen. De suggestie van seks gebruiken om bier te verkopen, dat mocht, maar een toeschouwer daadwerkelijk meenemen voor de daadwerkelijke daad na afloop, dat mocht niet. Of diende in elk geval ten sterkste te worden afgekeurd.

– Waar is die eikel? zei Esopus. Het is de fucking Noordpool hier.

Norman was nergens te bekennen. Er stonden nog een hoop mensen de weg af te speuren naar taxi's, met die bekende mengeling van woede, wanhoop en gelatenheid die je alleen maar echt kan aanvoelen als je ooit zelf op een late zaterdagavond met kutweer in Dublin een taxi hebt proberen te vinden.

– Kijk, daar is hij, zei Jimmy. Zonder zijn hand uit zijn jaszak te halen wees hij naar de parkeerplaats, waar Norman kwam aanlopen, blijkbaar blij van zin.

– En? vroeg Esopus, toen hij dicht genoeg was genaderd. Hoe is het afgelopen?

– Helemaal oké, zei Norman. Ik heb haar uitgelegd dat ik niet wist dat ze maar één been had en dat ik haar niet in de maling wilde nemen. Ze zei dat het niet erg was. In feite was zij niet degene die zich had geërgerd. Haar vriendinnen beschermen haar nogal. Ik heb haar verteld van m'n lenzen. Ze heeft ze zelf ook, dus ze weet wat het is. Lief meisje. Anne.

– Mooi zo, zei Jimmy, bibberend en niet echt geïnteresseerd in hoe het allemaal was afgelopen. Esopus had hem het verhaal verteld toen ze hun jassen uit de garderobe haalden. Hij vond het hilarisch, maar Jimmy had medelijden met Norman. Om het meisje maakte hij zich geen zorgen: die zou het wel overleven. Maar Norman zou maandenlang getraumatiseerd zijn, de ziel. Zijn we zover? vroeg hij. We kunnen net zo goed al beginnen te lopen – en de taxi pakken op de weg naar huis. Ze liepen terug in de richting van de stad, kankerend hoe moeilijk het was een taxi te vinden.

– Klootzak, zei Jimmy met opeengeklemde kaken, toen hij weer een taxi langs zag stuiven waarvan de chauffeur zijn wilde zwaaien langs de weg compleet negeerde.

– Fucking teringtuig, kelerelijers, zei Esopus met een stem die weggemoffeld klonk. Het leek of hij bij Sharon in haar jas probeerde te kruipen.

– Nanda? vroeg Shiggy.

– Taxichauffeurs, Shiggy, legde Jimmy uit. Het fucking ergste uitschot dat je je kan voorstellen.

Shiggy fronste.

– Ze moesten aan hun ballen worden opgeknoopt voor wat ze Dublin flikken. Snap je?

Shiggy schudde zijn hoofd.

– Heel slechte mensen, zei Jimmy. Shiggy glimlachte en knikte.

– Ah. Ik beglijp. Eh, waalom?

– Waarom?! Ik zal je fucking zeggen waarom, Shiggy... zei Esopus, en hij hield een tirade van minstens vijf minuten, scheldend en tierend, waarbij zijn hand af en toe tevoorschijn kwam uit Sharons jas om zijn woorden kracht bij te zetten. Fucking geregistreerde kuttaxi's... versperren de fucking weg... twee godvergeten uur in de rij... meisjes moeten naar huis lopen en worden aangerand... nieuwe registratie heeft geen fuck geholpen... de klootzakken kan het geen reet schelen... van mij mogen ze allemaal de kankertering krijgen... in wat voor tijd leven we... kan m'n eigen fucking tenen niet eens voelen...

En zo ging het nog even verder. Ten slotte keek hij Shiggy strak aan en vroeg:

– Snap je het nu?

Shiggy keek hem aan.

– Nee, zei hij. Nog een keel, glaag.

Ze lachten allemaal.

– Ik denk dat ik beglijp, zei Shiggy glimlachend. Maar, ne, in Japan niet zo.

– Hoe is het daar dan, Shiggy? vroeg Jimmy.

– Takushi man heeft baan, ne? Dus, takushi man doet zijn welk. Mensen stappen in takushi, takushi man lijdt mensen thuis. Simpel. In Tokio, takushi is soolt bus, soolt tlein. Geen geld. Geld is niet bar... barang...

– Belangrijk?

– Ja, baranglijk. Tlein lijdt 's nachts niet, dus mensen hebben takushi nodig. Baranglijk is serbiss, ne? Vool mensen.

– Groot gelijk, zei Esopus. De service van de taxi hier is ronduit waardeloos. Wat wil je als ze tachtig ruggen moeten betalen voor een taxivergunning. Dus wie loopt hier weer in de winter over straat met tepels die steken van de kou? Kijk, daar gaat weer een van die vuile vieze tering...

De taxi stopte.

– Hédaar, jongelui. Waar moeten jullie heen?

– Eh, grotendeels in de buurt van de Collins Avenue. Kunnen we met z'n vijven?

– Ah jongens, dat gaat niet. Dan pakken ze me, weet je...

– Alsjeblieft. We zijn half bevroren...

Hij keek ze een paar seconden aan, met name Sharon, en keek toen op z'n horloge. Sharon had een gezichtje dat een man graag ziet glimlachen naar hem en al beweerde Esopus het tegendeel, taxichauffeurs waren ook maar mensen. Gelukkig kon hij alleen haar gezicht zien. Als hij kon zien wat de jongens wisten dat zich onder de jas bevond, dan was hij in plaats van te stoppen tegen de eerstvolgende lantarenpaal geknald.

– Ach, krijg ook de klere. Stap maar in. Hou het hoofd van die kleine een beetje omlaag en dan komt het wel goed. Het is toch m'n laatste ritje.

– Goeie vent, zei Esopus, die na Sharon in de taxi stapte. Heel erg bedankt. Hij was nu heel beleefd. Hoe groot je ongenoegen ook was, als je om twee uur 's ochtends in iemands taxi zat dan hield je het voor je. Eruit gezet worden en een andere taxi moeten vinden was een al te beangstigend schrikbeeld. Het feit dat deze gozer ze sowieso met z'n vijven wilde meenemen was al bijna een wonder. In alle taxi's in de hele stad speelde zich waarschijnlijk precies hetzelfde tafereel af. Passagiers die beleefd knikken en het met alles eens zijn wat de taxichauffeur zei, en de laatste in zalige onwetendheid van wat ze echt over hem dachten – dat hij in diepste wezen een onbeschrijfelijke taxichaufferende schoft was.

– Ik was al bang dat we naar huis moesten lopen, ging Esopus door.

– Tsjiezus, dat zou een fucking lange wandeling zijn geweest, zei de taxichauffeur, die zijn achteruitkijkspiegeltje zo bijstelde dat hij Sharon kon zien. Ze toonde nu een schitterende glimlach. De taxichauffeur dacht dat het was omdat hij voor ze gestopt was en zij nu op temperatuur kwam, maar in feite was het omdat Esopus linkerhand haar onder de jas in haar dikke rechtertiet aan het knijpen was. De taxichauffeur wist dat natuurlijk niet, en daarom konden de lantarenpalen van Dublin nog een paar kilometer rustig ademhalen.

Norman zat voorin, zodat Jimmy en Shiggy zich achterin hadden moeten wurmen. Het was er benauwd en het stonk naar sigaretten, maar het was warm en het bracht ze thuis. De taxichauffeur was van het praatgrage type maar verrassend genoeg voor een Dublinse taxichauffeur had hij het niet over het zwarte schorem dat rondhing bij de hoeren op Fitzwilliam

Square, en liet hij ook de klaplopende vluchtelingen die op onze zak teerden ongenoemd, maakte geen toespelingen op de rijke studentjes die in zijn wagen kotsten, en zweeg over de stinkende boeren die de bijstand plunderden en over de talloze andere misstanden waarover zijn collega's steevast plachten te jammeren. Hij had het niet eens over het taxibedrijf zelf, wat de jongens nog nooit eerder hadden meegemaakt. Hij was een godgeklaagde klager, maar tenminste geen godgeklaagde fascistoïde klager.

– Het is koud.

– IJskoud.

– M'n vrouw heeft een vreselijke kou gevat.

– O ja?

– Vreselijk. De dokter zegt dat het fucking griep kan zijn.

– Nee.

– Heb je het rugby gezien? Crimineel waren we hè?

– Vreselijk.

– We hebben gewoon niet genoeg mensen voor rugby. Wie speelt het nou, alleen een paar scholen in het zuiden?

– Zo is het.

– Volgen jullie de paardenracen ook?

– Norman hier volgt het.

– Zet een vijfje op Goldstart, Norman. Galway, zaterdag.

– O ja?

– Ah, zeker weten. M'n vrouw kent de trainer.

– Bedankt.

– Waar kom jij vandaan? Hé, kleine. Waar kom jij vandaan?

– Japan.

– Jezus hé. M'n neef is een paar jaar geleden naar Singapore gegaan, les geven. Duur was het daar. Een tientje voor een pint. Nou vraag ik je! Hoe moet je een avondje stappen met zulke prijzen? Waanzin, dat is het. Godskelere. Ik zou aan het fucking water gaan, ja toch? Dat is toch in feite wat er in bier zit, water en hop, toch? Een tientje me reet. Ik ga geen tientje betalen voor een pint. Ik verhonger nog liever. Hou toch op. En luister, zeg ik tegen hem, ik zeg, is het dan wel een goeie pint? Mwah, zegt hij, gaat wel. Gaat wel! Niks meer, zeg ik? Jezus hé, zeg ik, voor een tientje lust je toch wel een pilsje dat je mee kan nemen naar moeders. Een tientje, kom nou gauw zeg.

– Zo is het.

– Hé, luister eens, en eten jullie rauwe vis?

– Ah, ja soms eet ik...

– Jezus hé, jullie zijn allemaal van de pot gerukt daar. En de sammenella's dan? Worden jullie dan niet vreselijk fucking ziek van eten dat niet goed gekookt is? M'n vrouw had een keer iets opgelopen van een ouwe kabeljauw. Jezus hé, het was erg, erg! Ze kon een week het huis niet uit van angst dat ze niet op tijd bij de plee kon zijn. Moet je die oetlul daar zien, zwabbert over de hele weg. Voer voor de smerissen. Wacht maar. Er was een groot ongeluk in Fairview vanavond, heb je 't gehoord?

– Nee?

– Vreselijk. Een bus reed in de zijkant van een auto. Niemand in de auto, goddank, maar ik zeg je, op maandagmorgen staan er tweehonderd man voor de rechtbank die beweren dat ze in de fucking bus zaten. Je moest door Ballybough om de stad in te komen. Via Parnell Square, weet je. Ben je nog in het Croker geweest? Jezus hé, da's pas een fucking stadion, wat? En dan zeggen dat ze geen geld hebben! Geld hebben ze zat. Maar voetballen mag er niet, o nee. Buitenlands spel, zie je? Maar hé, wat de fuck is American Football dan en dat hebben ze daar wel. Ah ja, die hebben geld zat. Luister, twee jagers zijn fazanten aan het jagen, weet je, als een van de twee op de grond valt en begint te stuiptrekken. Dan beweegt hij niet meer en ligt daar met zijn ogen dicht, oké? Dus zijn maat pakt het mobieltje en belt het alarmnummer. Daar wordt opgenomen en de gozer zegt in paniek: 'Me maat is dood! Wat moet ik doen? Wat moet ik doen?' En de man aan de telefoon zegt: 'Rustig, rustig. We moeten allereerst zeker zijn dat hij echt dood is, oké?' Dan is het even stil en het volgende moment hoort hij een enorme knal aan de andere kant van de lijn. De jager komt terug aan de lijn en zegt: 'Oké. En nu?' Ha ha ha. Jezus hé, da's een goeie, hè? 'En nu?' Heb ik van m'n broer gehoord gisteren in de kroeg. Ik lag dubbel. Hij werkt in Baldoyle. Daar hoort hij de fucking beste moppen. Fataal. Ken je de racebaan daar? Moet je horen. Weet je hoe ze daarvoor aan een bouwvergunning zijn gekomen?...

En zo ging het 't grootste deel van de weg door. Lukraak afgevuurde neuronen die de tong in beweging brachten. Om beurten lieten ze aanmoedigende klanken horen – hou op... ja... nee... Tsjiezus... me reet... wat de fuck weten ze ervan – maar het was merendeels een monoloog. Shiggy was gefascineerd door het vloeken van de man, waar volgens hem zelfs Esopus nog een puntje aan kon zuigen. Esopus en Sharon hadden hun eigen fascinaties op het moment en Norman zat voorin naar buiten te kijken er moe uit te zien. Jimmy was blij dat de chauffeur het volhield, want dan hoefde hij niet met de anderen te praten en kon hij zichzelf weer terugtrekken met zijn eigen gedachten, aan Kayleigh. Bovendien praatte die kerel zo, dat ze er waarschijnlijk geen van allen bij hoefden te zijn. Het klonk of hij zelfs als hij op z'n dooie akkertje was nog door zou ouwehoeren. De beste avond kon een domper krijgen als je een half uur in de vrieskou naar huis moest lopen, maar nu ze bijna thuis waren, begon Jimmy opnieuw in de stemming te komen waarin hij die avond verkeerd had. Fantastisch meisje. Te gek. Geweldig karakter. Bloedmooi. Vriendin was precies goed. God, dit kon hem zijn, Jimmy, ouwe rukker, dit kon hem wezen.

Morgen om twaalf uur. Dan zou hij het zien.

Jimmy was de verwarming in zijn slaapkamer vergeten uit te zetten toen hij naar bed ging, dus toen hij rond tienen de volgende ochtend wakker werd, lag het dekbed op de grond en lag hij naakt op de matras. Hij griste het van de vloer en wikkelde zich er weer in. Je kon nooit weten of de brandweer plotseling in je kamer stond of zo. Zijn mond smaakte naar zure melk en hij had een beginnende blauwe plek op zijn kont waar Esopus hem per ongeluk geschopt had toen hij en Sharon uit de taxi klommen. Sharon. Taxi. Disco...

Kayleigh.

Hij glimlachte nu hij zich alles weer begon te herinneren. God, dat was een mooie avond. Soms kroop je 's avonds in bed met een goed gevoel en dan dacht je er de volgende ochtend, als de zon scheen – of in elk geval, als je in Ierland woonde, zich ergens achter de wolken in het zwerk bevond – toch heel anders over. Hij wist vagelijk nog hoe hij zich gisterenavond voor het inslapen nog afvroeg hoe hij zich de volgende dag zou voelen, of hij haar nog steeds fantastisch zou vinden en of hij nog steeds dat brommen in zijn buik zou hebben als hij wakker werd. Nu hij wakker was en als een idioot in zichzelf lag te grijnzen in bed, wist hij dat het niet de drank was geweest of het stroboscopisch licht of de zaterdagavond in het algemeen. Zij was het. Hij voelde zich goed. Op een vreemde manier zenuwachtig en een beetje shaky, maar heel blij en heel gelukkig.

Hij strekte zijn hand uit en greep naar de afstandbediening van de stereo-installatie. Jimmy wilde in iedere kamer muziek kunnen draaien, maar tot hij zich een cd-wisselaar van vijf-

honderd schijven kon veroorloven, moest hij zich tevreden-
stellen met twee installaties, een in de zitkamer en een boven.
Deze bevatte drie cd's en Jimmy liep ze in gedachten langs
om te beslissen welke het beste bij zijn stemming paste. Tien
seconden later ondersteunden de maniakale mijmeringen van
de Barenaked Ladies zijn gedachten op de zondagochtend.
Blije muziek voor blije Jimmy.

Een half uur later lag hij nog met een brede glimlach te dagdromen toen de telefoon ging. Met zijn ene hand zette hij het
geluid zacht terwijl hij met zijn andere de hoorn opnam.

– Hé Jimmy, goeiemorgen.

– Hédaar, Esopus. Hoe is het?

– Nou, Jimmy, kun jij je nog een meisje Sharon herinneren?

– Jazeker, zei Jimmy, die lachend rechtop ging zitten in bed.
Als hij het hele verhaal moest horen, had Jimmy eigenlijk liever eerst zijn Weetabix achter de kiezen, maar vandaag voelde
hij zich niet ouder dan zestien en was hij klaar voor alle gruwelijke wederwaardigheden van zijn kompaan.

– Tsjiezus, Jimmy. Het is on-fucking-gelofelijk. Meer kan
ik er niet over zeggen. Als je dacht dat ze er goedgevuld uitzag
in haar pakje, had je haar onder de douche moeten zien.

– En je pa dan? En Jennifer?

– Jennifer is blijven slapen bij Marco, de lellebel, en m'n pa
is dit weekend aan het golfen in Cavan. Ik had het rijk helemaal alleen. Het was waarschijnlijk m'n beste prestatie ooit,
Jimmy. Je kon een natte duffelse jas eraan ophangen. Ze mocht
zelfs blijven ontbijten, zo trots was ik op mezelf. Heb haar geroosterde boterhammen gemaakt en alles. En weet je wat ze
zei toen ze wegging?

– Dat je maat Jimmy een lekker kontje heeft?

– Nee. Ze zei dat ze wat vrienden heeft die heel graag kennis met me zouden maken. Kun je het je voorstellen? Jimmy, ik weet dat ik nogal sceptisch was, maar volgens mij heb ik de chick gevonden waar jij naar op zoek was. Sharon. Snap je? Sharon is de Superchick. Ze beginnen zelfs met dezelfde letter. Tsjiezus, ik ben verliefd.

– Dus die trien waarop jij zegt verliefd te zijn wil dat je haar vrienden leert kennen zodat jij ze allemaal kan neuken?

– Jep. Tenminste, ik neem aan dat ze dat bedoelde.

– Esopus, dat is niet helemaal wat ik in gedachten had toen ik de criteria neerlegde voor Superchick, weet je?

– Ah, Jimmy, nou moet je me niet uit de droom helpen. Jij hebt jouw criteria en ik heb de mijne. Ik zie haar vanavond in de kroeg.

– Je ziet haar?! Tsjiezus, Esopus, misschien is het echte liefde!

– Dat zeg ik toch? Kijk, m'n pa komt morgen pas terug en ik kan altijd vragen of Marco Jennifer meeneemt. Ik wil meer van dattum, Jimmy, ik denk dat Sharon en ik het wel eens helemaal konden zijn. Ik heb nog nooit zoiets gedacht over een meisje. Misschien schrijf ik er zelfs wel een liedje ov...

– Sodelazer op!

– Nee, echt...

– Hoe ga je het noemen? *Ik Hou van Je Lieve Lieve Glimlach* en *Hoe Je Mij Deelt Met Je Vriendinnen?*

– Misschien, Jimmy. Een goeie suggestie. Tenzij jij al iets hebt met die titel natuurlijk.

– Nee, ga je gang. Ik werk nog steeds aan *Mijn Maat Is Een Uitvreter en Zijn Mokkel Heeft Dikke Tieten.*

– Dat is aardig. Een liedje voor Esopus. Luister Jimmy, even serieus, heb je mij nodig om te repeteren vanavond? We hadden afgesproken om vanavond met Shiggy bij jou thuis wat dingen door te nemen.

– Nah, het maakt niet uit. Bovendien spreek ik misschien iets af met Kayleigh van gisteravond.

– O ja. Wat denk je ervan? Is het wat?

– Ze is leuk, Esopus. Heel leuk. Ik bel haar vanmiddag.

– Leuk? Wil dat zeggen dat ze Superchick is, of dat ze goed oefenmateriaal is?

– Wat denk je?

– Jou kennende, Jimmy, zit ze nu bij jouw ma thuis en leert haken. Nu goed, luister, ik geef je later een gil, is dat oké? Ik ben alleen met Sharon, maar als ik het goed speel, krijg ik haar misschien zo ver dat ze een van haar vriendinnen belt. Je weet maar nooit.

– Ja, je weet maar nooit, Esopus. Oké, ik ga nu opstaan. Zie je later, goed?

– Is goed. Zie je.

Jimmy hing op, kwam zijn bed uit en ging onder de douche. Beneden was het koud, dus hij bleef twintig minuten onder de warme waterstroom staan, waarbij zijn gedachten uitgingen naar Kayleigh (dromerige), naar Esopus (geërgerde) en naar Sharon (tamelijk vunzige). Hij sloot zijn ogen en probeerde zich voor te stellen dat Kayleigh met hem onder de douche stond, maar ze bleef in zijn gedachten veranderen in Sharon. Verrekte Esopus, dat die zijn rituele ochtendwassingen had gekaapt met zo'n beeld.

Zo gauw hij aangekleed was rende hij naar beneden naar de kiosk voor de krant. Het was stervensdruk. De mis van half-elf ging net uit en alle pappies stonden binnen voor de *Sunday World*, de mammies voor een kwart slagroom voor het toetje en de kids renden kriskras rond, schreeuwend om een Curly Wurly of een zakje chips. De zorgvuldig op orde gebrachte kapsels en kleren van de mensen begonnen alweer in de war te raken, maar niemand leek het erg te vinden. Ze konden er weer een week tegen tot de volgende mis.

Jimmy wachtte geduldig in de rij en glimlachte naar de kleintjes en hun moeders. Het was wonderbaarlijk hoe goed moeders wisten wat hun kinderen voor kattenkwaad wilden uithalen, waar ze zich ook bevonden.

– Conor, laat je zus met rust. Fiona, geef hem zijn Sponge Bob terug.

De moeder van Conor en Fiona stond met een andere moeder te praten en haar kinderen stonden ongeveer drie meter achter haar rug bij de tijdschriften. Ze had niet eens omgekeken. Pa bekeek chagrijnig de achterpagina van de krant. Hij lette niet op de ruzie van de kinderen maar maakte desalniettemin een heel ongemakkelijke indruk in zijn donkergrijze pak en gele stropdas. Hij hoopte duidelijk dat zijn vrouw stopte met kletsen, de snotapen oppakte en opdonderde zodat hij nog een pintje kon pakken voor het eten. Jimmy herinnerde zich het tafereel van zijn eigen jeugd, behalve dat het tussen hem en Liz altijd ging om het Steve Austin-poppetje. Liz wilde dat Steve en Cindy samen waren en ze kon niet begrijpen dat Steve belangrijkere dingen aan zijn hoofd had – zoals het laten ontploffen van Legohuisjes en plastic soldaatjes van het Duitse leger en het sprinten in slow motion over de keukenvloer. Toen het Jamie Somers-poppetje op de markt kwam, brak de hel los in huis. Jimmy wilde niet dat een vrouw hem hielp om het kwaad te bestrijden, en bovendien wist iedereen dat bionische oren waardeloos waren in vergelijking met een bionisch oog. Uiteindelijk rukte Liz het hoofd van Steve af en spoelde het door de wc, en werd Jamie door Jimmy opgevoerd aan Rusty van de buren. Het duurde dagen voordat ze weer met elkaar spraken.

Terug thuis bladerde Jimmy door de krant en een paar van de vele bijlagen, maar er drong niet veel tot hem door. Om de haverklap keek hij op de keukenklok. Halftwaalf, tien over halftwaalf, kwart voor twaalf. Hoe laat zou hij bellen? Hij had gezegd twaalf uur, maar betekende dat klokslag twaalf uur? Nah, al te pietje precies. Vijf over twaalf? Maar als haar klok vijf minuten achter loopt? Dan zou ze denken dat het precies twaalf uur was, en dan was hij nog een pietje precies. Hetzelfde geldt voor vijf voor twaalf als haar klok voor loopt. Kwart over twaalf? Dan denkt ze misschien dat ik niet meer bel en gaat ze de deur uit of zo. En als hij eerder belde, zou hij te gretig overkomen. Sommige meisjes hielden daar niet van. Het was nu tien voor twaalf. God, wat moest hij zeggen? Hij besloot het gesprek te oefenen in zijn hoofd...

– Hai, Kayleigh? Met Jimmy.

– Hai, Jimmy. Hoe gaat het?

– Goed. En met jou, Kayleigh?

– Ja, ook goed. Ik heb niet zo veel gedronken, dus daarom...

– Ja. Dus, eh...

En dan? Eh...

– Eh... Heb je zin om met mij te gaan lunchen vanmiddag?

– Graag. Hoe laat?

– Ik pik je op om...

Nee. Shit. Dat ging niet. Zijn auto was te smerig. Hij zou hem eerst moeten uitmesten voor ze hem zelfs maar mocht zien.

– Misschien kunnen we op Howth afspreken? Er is daar een lekker visrestaurant.

– Geweldig! Ik ben dol op vis! Hoe laat?

– Drie uur? Dan kan je Weetabix een beetje zakken.

– Lijkt me prima. Hoe heet het restaurant?

– Het heet...

Hoe heette die kuttent ook weer? Hij rende naar het toeristengidsje dat Marco had laten slingeren.

– Shandlers. Ken je het? Recht tegenover de Club.

– O, oké. Volgens mij ken ik het, ja. Met een blauwe inrichting aan de straatkant?

– Dat is hem. Tot drie uur dan?

– Perfect. Ik verheug me erop, Jimmy. Ik heb me geamuseerd gisterenavond.

– Ik ook, Kayleigh. Tot straks dan.

– Tot straks, Rockster.

Te gek. Dat zou echt fucking te gek zijn. Rockster. God. Hij wilde niet op de zaken vooruitlopen, maar stel je voor dat ze hem zo zou noemen in bed? Het was nu vijf voor twaalf. O kut, wat moest hij aantrekken naar het restaurant? Alles lag in grote hopen door elkaar in zijn slaapkamer. Sinds het vertrek van Sandra had hij nog geen vast waspatroon ontwikkeld. Hij stond op en rende door het huis, raapte kleren van de vloer, rook eraan, en gooide ze weer neer. Uiteindelijk werd het een jeans en een spijkerhemd. Niets al te buitenissigs. En zijn leren jasje was prima. Hij zou een T-shirt dragen onder het hemd. Het kon behoorlijk waaien op Howth.

Vijf over twaalf. Oké. Zo kon hij wel. Hij pakte zijn jasje van de plek waar het hing aan de trapleuning en nam het mee naar de keuken. Hij stak zijn hand in de jaszak om zijn mobieltje te pakken. Zijn hand kwam er leeg weer uit, en hij staarde er een ogenblik naar voor hij besefte wat dat betekende.

– Nee hé... kreunde hij.

15

Een seconde of twee lang werd ieder geluid in het huis en buiten op straat geleidelijk weggedrukt uit Jimmy's hoofd door het opkomende gevoel van paniek dat opkwam in zijn borstkas, via zijn nek omhoogkroop en zich met een doffe dreun achterin zijn schedel nestelde die zijn oorschelpen deed tintelen. Snel doorzocht hij alle zakken van zijn jas, drie keer. Toen keek hij opnieuw of er scheuren zaten in zijn zakken en betastte de voering om te kijken of het ding misschien door de naden was gezakt. Niks. Hij stond op en spreidde het jasje uit op de keukenvloer, knielde en voelde met zijn handpalmen over het hele oppervlak, met zijn hoofd opzij en zijn gezicht verwrongen van de inspanning om een bobbel te ontwaren. Alleen knopen. Hij ging zitten en nam het jasje weer op schoot. Hij controleerde voor alle, alle zekerheid nog één keer alle zakken. Uiteindelijk gooide hij het jasje over een stoel en stond op en blikte met over elkaar geslagen armen de achtertuin in.

Het mobieltje was verdwenen. En het gras moest nodig gemaaid worden.

Het daaropvolgende half uur doorzocht Jimmy het hele huis. Hij richtte zich eerst op de kamers waar hij geweest was tussen het moment dat hij die nacht was thuisgekomen en het moment dat hij Kayleigh zou bellen. Daarna keek hij op de plekken waarvan hij zeker wist dat het mobieltje er met geen mogelijkheid kon zijn. Hij checkte overal – onder kleren, op z'n bed, onder z'n bed, op en rond en in de bank, onder de krant, op en in de ijskast. Hij keek zelfs in de Weetabix-trommel, in de hoop dat hij misschien zo afwezig was geweest en aan het dagdromen dat hij het verrekte apparaatje per ongeluk daarin had gesodemieterd. Hij besefte dat hij zijn tijd aan het verknoeien was toen hij languit op de keukenvloer met een zaklamp onder het fornuis aan het schijnen was.

Hij was niet langer in paniek. Alleen maar ongelofelijk slechtgehumeurd. Hij was nog nooit een mobiele telefoon kwijtgeraakt en hij had er al zes jaar een. Toen Sandra er binnen een tijdsbestek van zes maanden drie wist te verliezen, had hij haar een sloddervos genoemd. Hij herinnerde zich nog heel duidelijk hoe hij door de keuken danste en zong 'Sandra is een sloddervos, Sandra is een sloddervos', en hoe zij hem te kennen gaf dat hij moest opsodelazeren. Hij vond een pakje sigaretten van Esopus en stak er een op om te denken. Hij rookte die dingen alleen als hij strontlazerus was, maar hij wilde helder worden en Esopus zei dat roken het enige was dat hem rustig maakte. Net als Esopus moest hij rustig worden. Oké. Wat te doen. Hij belde zijn mobiele nummer. Dat had hij godverdomme een half uur geleden moeten doen. Hij ging over maar niemand nam op. Hij kreeg zijn voicemail na vijf keer overgaan, en hij liet een boodschap achter met de vraag of de vinder zijn huisnummer wilde bellen. Later herinnerde hij zich dat hij zijn mailbox met een wachtwoord beveiligd had. Te gek.

Hij belde opnieuw, twee keer, terwijl hij door het huis rende en de melodie van The Lion Sleeps Tonight hoorde, die hij erop had gezet om Esopus te stangen. Het ding kon overal zijn, maar niet in huis. Toen ging hij in looppas terug naar de kiosk om te zien of hij hem daar had laten liggen, hoewel hij wist dat het niet zo was.

– Heeft iemand vanmorgen een mobiele telefoon afgegeven? vroeg hij hijgend aan het veertienjarige meisje achter de kassa.

– Eh... zei ze, terwijl ze hem aankeek.

– Een mobieltje. Ik ben de mijne kwijt en ik was hier vanmorgen. Ik vroeg me af of iemand hem misschien hier had gevonden en afgegeven.

– Dat weet ik niet, zei ze. Ik ben hier net.

– Goed, maar als iemand een verloren voorwerp brengt, waar zou je het dan neerleggen? Vlak naast de kassa of zo?

Ze keek naar de plek die Jimmy had genoemd.

– Hier ligt geen mobiele telefoon.

Jimmy vroeg zich af of ze hem in de maling nam. Er stonden hier vanmorgen vier mensen achter de kassa, maar dat was vanwege de zondagse drukte na de mis. Nu waren de pappies in de kroeg, de mammies in de keuken en de kiddo's buiten aan het spelen. Dit oenige kistkalf stond nu in haar eentje in de winkel.

– Goed, zei Jimmy, die zijn portemonnee uit zijn zak haalde en liet zien. Ik heb dit buiten op de stoep gevonden. Wil je het aannemen en ergens neerleggen voor als de rechtmatige eigenaar ernaar komt vragen? Hij overhandigde haar de portemonnee.

Ze nam hem aan en keek er een ogenblik naar voordat ze haar blik weer op Jimmy richtte.

– Toe dan. Leg het bij de gevonden voorwerpen, zei Jimmy, die wegjaaggebaren maakte met zijn handen. Hij begon zijn zelfbeheersing te verliezen.

Het meisje bewoog langzaam naar rechts en legde de portemonnee naast de kassa, waarna ze hoopvol weer naar Jimmy keek.

– O, fuck. Laat ook maar. Kom, geef maar terug. Het maakt niet uit. Geef maar. Het is mijn portemonnee.

– Jamaar, je zei dat je hem gevonden had.

– Luister, geef nou maar gewoon terug, oké? Het is mijn portemonnee. M'n werkpas zit erin met mijn foto. Mag ik hem terug alsjeblieft?

Ze wist niet wat ze moest doen.

– Luister. Pak de portemonnee en geef hem aan mij. In fucksnaam, geef hem nou, komop!

Het leek of het meisje in huilen zou uitbarsten maar toen pakte ze de portemonnee, gooide hem op de balie en deed een stap terug, waarbij ze hem bleef aankijken.

– Bedankt. Sorry voor de overlast, zei Jimmy. Hij schaamde

zich een beetje, maar de situatie was nieuw voor hem. Het was hem nog niet eerder overkomen dat het allerbelangrijkste ter wereld een telefoonnummer was dat hij niet kon vinden. En hij ging door voor de slimme jongen van de familie.

Hij rende weer naar huis en belde Esopus.

– Esopus.

– Jimmy!

– Esopus. Heb jij mijn mobieltje? Ik ben hem gistereavond kwijtgeraakt.

– Nee. Ik heb hem niet gezien. Weet je zeker dat je hem bij je had? Waarom zou je hem naar de disco willen meenemen?

– Ik had hem bij me, Esopus. Kayleighs nummer zit erin.

– O-o.

– Ja. Ik moet hem zijn verloren in de taxi. We zaten allemaal op elkaar gepropt, weet je nog? Heb je hem toen niet gezien. Sharon ook niet? Ook niet toen je me een schop voor m'n kont gaf toen we uitstapten?

– Nee. Sorry, Jimmy. Heb je in de bank geprobeerd? Daar verlies ik ook altijd van alles. Een keer heeft m'n pa een twintigje weggegooid dat hij eruit had gevist. Hij dacht dat het...

– Heb ik gedaan, Esopus. Hij is niet in het huis.

– Oké. Heb je Norman en Shiggy gevraagd?

– Nee, dat doe ik nu. Zie je later.

Klik. Tring. Piep piep piep. Klik.

– Shiggy?

– Jimmy-san. Ach solly, Jimmy. Harro.

– Zeg. Luister, Shiggy, heb je mijn telefoontje gezien? Mijn mobiele telefoon. Ik ben hem kwijt. Waarschijnlijk ben ik hem gisterenavond ergens verloren.

– Ah, *wakarimashita*. Solly Jimmy. Heb ik niet. *Gohmen*.

– Weet je het zeker? Heb je hem gisterenavond toevallig wel gezien?

– Ah, misschien. Je had hem in disco, ja?

– Klopt, maar ik kan hem nu niet meer vinden.

– Ah, misschien Jimmy bert met terefoon en ruistelt, ne?

– Heb ik geprobeerd, Shiggy.

Tsjiezus, aan nutteloze suggesties geen gebrek vanmiddag.

– Solly...

– Geeft niks. Oké, ik zie je later, oké?

– Oké, Jimmy. Piep piep piep. Klik.

– Norman?

– Robert is aan het eten, zei een strenge stem.

– Ah, goeiedag mevrouw Kelly. U spreekt met Jimmy. Hoe gaat het met u? Prachtige dag, nietwaar? Het spijt me dat ik u stoor bij het eten, maar zou ik misschien even heel snel iets tegen hem kunnen zeggen? Het duurt niet lang, zei Jimmy. Hij had lopen ijsberen in de keuken, met de telefoon onder zijn kin geklemd, maar op het horen van die stem hield hij halt en ging zitten. Normans ma was niet iemand die je moest opjagen. Ze kon de pis in je lijf in een ijsklomp bevriezen door je alleen maar zijdelings aan te kijken, en tegen zo'n vrouw kon je beter niet onbeleefd zijn.

– Hij zit aan tafel, Jimmy. Kun je straks terugbellen?

– Oh, mijn excuses. Natuurlijk, mevrouw Kelly. Ik had niet op de tijd gelet.

– En dan wordt z'n eten koud.

– Ja. Het spijt me. Ik bel straks wel terug.

– Mijn eten wordt nu koud.

Ga dan terug aan tafel en eet het op, stomme dolle koe dat je bent.

– Oké, mevrouw Kelly. Tot zie...

Ze had opgehangen. Jezus, wat was dat een eng takkewijf. Toen ze klein waren, was elke bal die over haar muurtje verdween gedoemd. Ze had zelfs Normans bal een keer in beslag genomen en weigerde hem terug te geven. Je wist nooit wanneer ze uit het raam keek. Soms stond ze al buiten voordat de bal twee keer gestuiterd had, maar andere keren wachtte ze tot je de tuin in kwam geslopen en dan vloog de deur open en kwam ze de oprit afgestiefeld, schreeuwend over haar rozen en met de rug van haar hand oorvijgen uitdelend. Ze had de reflexen van een kat, het temperament van een Rottweiler, het lichaam van een blauwe vinvis en borsten zo groot als je hoofd. De kinderen noemden haar Het Ding.

Jimmy probeerde na te denken. Het had geen zin om de disco te bellen. Op dit uur van de zondag zou er niemand zijn. Hij keek op zijn horloge. Het liep tegen enen. Wat zou Kayleigh aan het doen zijn? Zat ze bij de telefoon te wachten? Hij had het grootste deel van de avond met haar gepraat en hij had niet eens haar achternaam gevraagd, dus het telefoonboek bood ook geen uitkomst. Het enige dat hij wist was dat ze Kayleigh heette en in Clontarf woonde. Je kon hem alles vragen over haar muzikale voorkeuren, welke dingen ze graag las, haar favoriete films, hoe zij en Leslie dit jaar naar Tenerife waren geweest voor vakantie. Hij wist ook niet hoe Leslie van haar achternaam heette. Denk na, Jimmy. Hij checkte het telefoonboek toch, alsof ze onder de K van Kayleigh zou staan, en begon toen op goed geluk bladzijdes open te slaan, op zoek naar nummers uit Clontarf. Dit leidde nergens toe.

Wacht even. Norman! Norman was het laatste uit de taxi gekomen, wat betekende dat hij had betaald! En hij bewaarde altijd de bonnetjes. Esopus zei dat dit Normans vrekkige boerenlullenkant was. Oké, oké. Misschien kwam het nog goed. Op het bonnetje stond het telefoonnummer van het taxibedrijf, toch? Er stond ook een nummer op het dak van de auto. Iets wat makkelijk te onthouden was. 888-9999, of zoiets. Misschien wist Norman het nog, voor het geval dat hij geen bonnetje had.

Nu was het wachten geblazen. Het was nu toch al na enen. Kayleigh zou inmiddels niet meer thuis zitten met één hand op de hoorn, dacht hij. Hij zou er wel gezeten hebben, als hij het was geweest, maar een meisje zou zich nooit zo verlagen. Ze was zeker de deur uitgegaan, dus hij hoefde zich niet meer te haasten. Hij probeerde nog een keer zijn mobieltje te bellen, voor de laatste keer. De taxichauffeur zei dat het zijn laatste rit was, dus die lag nog in bed of zat net te eten. Het telefoontje lag natuurlijk in de auto, daarom nam niemand op. Als hij direct naar huis was gereden, was er niemand die het had kunnen meenemen. Daarom. Gewoon geduldig wachten tot Norman belt. Of hem zelf over een uurtje of zo bellen. Hij zou niet eerder durven bellen. Hij kende mevrouw Kelly nu bijna twintig jaar, maar hij was nog steeds doodsbang van haar.

– Jimmy?
– O, Goddank. Hoe is het, Norman?
Het was inmiddels twintig minuten later.
– Wat is er? Je klinkt zorgelijk.
– Ik ben m'n telefoontje gisteren verloren. Ik denk in de taxi. Heb jij een bonnetje gekregen?
Alsjeblieft, alsjeblieft, alsjeblieft.
– Eh, ja. Ik heb het hier ergens... wacht... ja, hier heb ik het. Het zat in m'n portemonnee.
– O God, gelukkig. Staat er een telefoonnummer op?
– Ja, het is...
– Wacht, ik pak een pen... oké, ga door.
Jimmy schreef het nummer op en zei dat hij later terug zou bellen.
– Maar luister, Jimmy, dat is toch niet zo'n ramp? Je kan van je werk toch een nieuwe krijgen? vroeg Norman.
– Dat wel, maar Kayleigh heeft er gisterenavond haar nummer ingetoetst en ik zou haar vanmiddag bellen.

– O, oké. Nou, ik hoop dat je hem terugvindt. Ze zag er aardig uit.

– Bedankt. Zie je.

Klik. Tring. Piep piep piep. Klik.

– U spreekt met de North Dublin Limousine Service.

– Hallo, ik was op...

– Toets 1 om een taxi vooruit te bestellen...

– Ah, Tsjiezus... kreunde Jimmy. Hij haatte die keuzemenu's. En wat moest een klote taxibedrijf in Dublin ermee?

–... of toets 2 om te worden doorverbonden met een van onze medewerkers.

Twee fucking keuzes, de eikels. Welk cijfer hij ook toetste, Jimmy wist zeker dat hij dezelfde figuur te spreken kreeg. Hij drukte op twee.

– U spreekt met de North Dublin Limousine Service.

– Hallo, met Jimmy Coll...

– Al onze medewerkers zijn momenteel in gesprek. U wordt zo...

– Dit geloof je niet! zei Jimmy verbijsterd.

Hij wachtte even en hoorde een verschrikkelijke uitvoering van *The Wind Beneath My Wings*, terwijl hij om de dertig seconden op de hoogte werd gehouden van zijn gewaardeerde klantenstatus. Na vijf minuten was zijn geduld op en verbrak hij vloekend de verbinding. Er moet daar toch iemand zitten op zondag? Hij probeerde het tien minuten later nog een keer maar kwam ook ditmaal niet verder. Toen probeerde hij een taxi vooruit te bestellen. Niks. Hij probeerde weer op twee te drukken. Er kwam nu rook uit zijn oren. Dan weer de een toetsen.

– U spreekt met de North Dublin Limousine Service.

– Ha! Limousine Service me reet. Hoe die fucking kankerbak er gisteren uitzag. En waarom heb je geen echte mensen die de kuttelefoon beantwoorden?

– Pardon?

– O. Eh... niks. Hallo. Ik heb waarschijnlijk mijn mobiele telefoon gisteravond in een van uw taxi's laten liggen. Hij moet uit m'n zak zijn gevallen tijdens de rit.

– Het spijt me, meneer. Dit nummer is om een taxi te bestellen. Ik zal u moeten doorverbinden met onze klantenservice.

– Maar...

– Eén momentje, meneer...

– Nee, stop! Niet doen! Er is daar niem...

De telefoon zweeg een ogenblik en toen was hij terug bij af, en werd hem in liedvorm gevraagd of hij ooit had beseft dat hij de held van een of andere sloerie was.

Jimmy gooide de hoorn op de haak en stond op, terwijl hij met zijn handen door zijn haar woelde. Dit was de druppel. Hij greep zijn jasje van de rugleuning van de stoel en begon het kledingstuk weer te doorzoeken. Toen kreeg hij een idee. Hij keek uit het raam om te zien of het weer zich nog steeds goed hield, schoot in zijn jasje en ging naar buiten. Hij ging een wandeling maken. Richting Clontarf. Je wist maar nooit.

– Niks? Helemaal niks? vroeg Norman later die avond.

Jimmy schudde zijn hoofd.

– Nou ja, het zou ook wel erg toevallig zijn, als je haar in Clontarf op straat zag. Het is niet echt klein.

– Nee.

– Wel mooi.

– Wat?

– Clontarf. Mooie huizen heb je daar. Grote tuinen en zo, weet je?

– Ja, het is er heel mooi, zei Jimmy. De mooie huizen en grote tuinen waren hem niet opgevallen, behalve dat er heel veel van waren. Hij stond op om het water weer op te zetten, en hij kromp ineen van de pijn aan zijn zere voeten.

– Dus je hebt geen flauw idee hoe ze van haar achternaam heet?

– Nee. Dat heeft ze niet gezegd. We praatten over andere dingen, weet je. Muziek en televisie en zo. Het is niet eens bij me opgekomen om het te vragen. Dacht dat ik het snel genoeg zou horen. En voor de karaokewedstrijd gebruikten we alleen onze voornamen.

– Oké, ik snap het. Jullie waren heel goed, tussen haakjes.

– Bedankt. Al doet het er nu geen fuck meer toe.

– Wat zei de taxichauffeur?

– Hij zei dat hij altijd de auto nakijkt na afloop van zijn werkdag. Er lag niks in. Maar hij had nog iemand anders meegenomen vanaf hier ergens toen hij jou had afgezet, die naar Finglas moest. Hij woont zelf in Glasnevin of zo, dus het lag op z'n weg.

– Dus dat is de lul die hem heeft gestolen? Die vent uit Finglas?

– Waarschijnlijk. Die telefoon kan me geen reet schelen. Die mag hij houden. Ik wil alleen dat telefoonnummer hebben. Ik heb mezelf een paar keer gebeld maar niemand nam op. De klootzakken kopen waarschijnlijk morgen meteen een nieuwe simkaart en veranderen het nummer en zeg dan maar dag met je handje. Hij ligt zeker niet in Portmarnock. Ik heb gebeld voor jij kwam. Niks afgegeven. Fuck.

– Arrah, kop op, Jimmy. Het is niet het einde van de wereld. Je loopt haar vast nog wel eens tegen het lijf.

– Ach nee, Norman. Hoe dan? Ze gaat niet vaak uit, dat zei ze zelf. En bovendien had ik haar vanmorgen zullen bellen. Ze denkt waarschijnlijk inmiddels dat ik gewoon de zoveelste grote klootzak ben. Ze wilde mijn nummer niet eens aannemen gisterenavond – alsof het van haar een soort slet zou maken als ze mij belde in plaats van ik haar, snap je?

– Maar jij kan er niks aan doen.

– Ja maar dat weet zij niet. 'Ah, oké, de smoes van het verloren mobieltje.' Me reet. Zelfs als ik haar toevallig zou tegenkomen zou ze me nog geen blik waardig keuren.

– Je zou een advertentie kunnen plaatsen...

– Komaan, Norman. Waarin? In de zoekertjes van de *Herald*? 'Hai Kayleigh. Luister, ik ben zo fucking stom geweest je nummer kwijt te raken. Bel me svp thuis, kus, Jimmy.' Die shit leest ze toch niet.

– Je weet het nooit, Jimmy. Misschien wel, zei Norman.

– Ik denk het niet, Norman. Als ze een fucking loser was, hadden we dit gesprek niet, oké? Maar ik zat te denken, als ik het restaurant bel waar we naar toe zouden gaan, misschien belt zij ook wel om te vragen of ik een boodschap had achtergelaten of zo. Maar dat doet ze waarschijnlijk toch niet. Het punt is, dat ze niet weet dat ik m'n telefoontje kwijt ben, dus ze denkt toch dat ik haar gewoon niet wil bellen. Dan gaat ze niet haar best doen om mij te vinden, of wel?

– Je kan het altijd proberen.

– Ja.

– Ook geen kans dat ze een optreden van jullie komt bekijken?

– Lijkt me niet. Om te beginnen houdt ze niet van de muziek. En dan nog zou ze niet komen want ze denkt nu dat ik haar heb laten stikken. Daarom zal ze ook het restaurant niet bellen.

Een tijdlang zeiden ze niets en toen stond Norman op.

– Sorry Jimmy, ik moet ervandoor. Ik heb ma gezegd dat ik maar een uurtje weg zou blijven, dus ze vraagt zich nu vast af waar ik blijf.

– Is goed. Bedankt voor het langskomen, Norman. Ik was vanavond niet van de vrolijksten hè?

– Ach, het is gewoon stomme kutpech. En bovendien, je weet het toch nooit? Was ze echt wel zo te gek? Ik bedoel ze zag er fantastisch uit en zo maar als je jou moet geloven, zou je zweren dat het Meg Ryan was.

– Geloof mij, Norman, naast haar is Meg Ryan een hond.

– God. Echt? Dan heb je werkelijk stomme pech. Zou je haar niet kunnen vinden met al die computers op je werk of zo?

Jimmy lachte.

– Nah. Zo werkt het niet, Norman.

– Wat doet ze eigenlijk?

– Ze geeft les. Aan kinderen. En nee, ik weet niet waar of op welke school. Kan alles en overal zijn.

– Dan weet ik het ook niet meer. Behalve door op teevee een oproep te doen of zo, zou ik niet weten hoe je haar kan terugvinden of het moet per ongeluk zijn. Luister, ik moet echt gaan.

– Ja, oké. Doe je moeder de groeten van mij.

– Doe ik. Ze vroeg hoe het met je ging.

– Heus? Jimmy was verbaasd.

– Heus. Ze heeft je altijd graag gemogen, Jimmy.

Gemogen? Godskelere, dacht Jimmy. Hoe doet ze dan tegen iemand aan wie ze de pest heeft?

– Eh, oké dan. Zie je later Norman, ergens in de week.

– Succes, Jimmy. Je weet maar nooit...

– Ja.

Jimmy liet hem uit en ging terug naar zijn stoel in de zitkamer. Hij voelde zich gedeprimeerd. Zondagavonden hadden dat in zich. De volgende ochtend weer werken, en nu was de klok teruggezet zodat het nog kouder en donkerder dan normaal zou zijn, en natuurlijk zou hij aan Eileen moeten zeggen dat hij zijn mobieltje verloren had en vragen of hij een nieuwe kon hebben, en dan zou ze hem aankijken alsof hij een achter-

lijke sukkel was terwijl ze zelf nog geen twee halve hersen-
cellen in haar hele schedelpan had.

Hij pakte heel even zijn gitaar op maar hij had vanavond
niet eens de moed om te spelen. Hij zette hem weer neer en
deed de teevee aan. Er was een Beyoncé-special op MTV. God,
had die sloerie haar vijftien minuten roem nog niet gehad? Op
Sky vertoonden ze herhalingen van comedy's die de eerste keer
al niet leuk waren. Hij bleef kijken naar een Engelse talenten-
jacht. Een of andere eikel dacht dat hij een geweldige imitatie
in huis had van Van Doonican, waartoe zijn gave zich leek te
beperken. Koeristus, ze lieten tegenwoordig ook iedereen
maar op teevee. Hij moest glimlachen over wat Norman had
gezegd, dat hij op teevee moest om haar te vinden. Hij zette
het geluid van de oetlul z'n luizige Ierse accent zacht en deed
zijn ogen dicht, denkend aan haar en zich afvragend wat ze
aan het doen was. God, hij was zo dichtbij. Dat hij uitgerekend nu zijn telefoontje moest verliezen. Hij had echt gedacht
dat zij het kon zijn. Kayleigh. Als in het liedje. Ze had zelfs
gezegd dat ze het mooi vond, al was Marillion niet helemaal
haar smaak.

Hij deed zijn ogen open en ging met een ruk rechtop zitten.

Misschien kon hij toch iets doen. Hij was zelfs het in feite
al aan het doen, niet? Voor het eerst sinds hij zijn hand leeg
tevoorschijn had gehaald uit zijn jasje, voelde hij zich niet beroerd. Natuurlijk? Nee, makkelijk zou het niet zijn, maar...

Hij pakte zijn gitaar weer op. Zoals Norman zei, je wist maar
nooit...

16

Na de repetitie op woensdag besloten ze nog een pint te pakken. Dat was geen vaste prik maar Jimmy dacht dat het goed zou zijn dat de nieuwe line-up elkaar beter leerde kennen als bandleden, en ook gewoon als vrienden die met elkaar optrokken ook als ze niet speelden. Marco en Norman waren er niet bij en dat betekende dat ze het met z'n drieën over muziek en optredens en dat soort dingen konden hebben zonder de anderen te vervelen. Dat was het plan tenminste.

– Ze heeft me geradbraakt, zei Esopus grinnikend.

Jimmy en Esopus zaten aan pint nummer vier, terwijl Shiggy volgde met twee. Het was lastig om na het derde glas nog een agenda af te werken, en Jimmy probeerde het dan ook niet meer. Ze hadden alleen afgesproken dat ze zaterdag een redelijk simpele set zouden spelen in McGuigan, om Shiggy een beetje in te werken. Een paar optredens verder zouden ze kijken of ze Shiggy ook vocale partijen zouden geven en hem misschien voor een paar liedjes de bas te laten inruilen voor een gitaar. Dat zou het voor de band interessant maken maar Jimmy was beducht voor al te veel gekloot op het podium. Als je de aandacht van het publiek te pakken had, moest je die niet weer laten ontglippen door te gaan kutten op de bühne.

– Sharon? vroeg Jimmy.

– Ja. Die is helemaal krankjorum. Ze wil het de hele nacht. Toen me pa van golfen terugkwam, moest ik naar haar toe. Hij let misschien niet zo goed op, maar hij is niet doof, weet je? En Sharon gilt nogal, God zegene haar. Van achteren, van voren, van opzij... ik ben kapot, gebroken.

– Maar ben je gelukkig? vroeg Jimmy van boven zijn glas Guinness.

– O ja, zei Esopus. Ik ben niet meer zo gelukkig geweest sinds de winkel van Hector Grey affikte. Weet je dat nog?

– Ja, ik heb geloof ik nog steeds die pennendoos die je me hebt aangesmeerd. Dus Sharon is de ware? Om eerlijk te zijn, Esopus, had ik niet gedacht dat jij degene zou zijn die een chickie zou overhouden aan mijn briljante plannetje.

– Hoho, wacht even. Ik heb nooit beweerd dat ik er een chickie aan overgehouden heb. We neuken alleen maar, oké?

Jimmy glimlachte. Zo kende hij Esopus weer. Een dode moeder en een grote angst om dicht bij vrouwen te komen. Freud of iemand anders zou er ongetwijfeld van hebben gesmuld.

– Wat je wil, zei Jimmy. En Shiggy, heb jij sindsdien nog met Katie gepraat?

– Ah nee, Jimmy, ik denk het niet, zei Shiggy. Katie was, ah, selieus? Ik hou niet van selieus.

– Je bent een wijs man, Shiggy, zei Esopus. Ik weet het niet van Katie, maar hou dat idee vast en dan kan je niks gebeuren.

– Bovendien, ik heb vliendin, in Japan.

– Wat? vroegen Esopus en Jimmy tegelijkertijd.

– Waarom heb je dat niet eerder gezegd? vroeg Jimmy verbluft.

– Niet zo baranglijk. Zij in Japan. Ik ben hiel. Geen plobreem. Ik ga telug, wij gaan tlouwen, misschien.

– Maar je zei dat je niet van serieus hield? vroeg Esopus. Tsjiezus, veel serieuzer dan dat is nauwelijks mogelijk, Shiggy. Dat is begrafenis-serieus. Het is het fucking einde man, wat gaat er in die kop van je om?

Shiggy glimlachte.

– Ah, in Japan, is... andels, zei hij, een beetje te langzaam, zelfs voor zijn doen.

– Hoe anders? vroeg Esopus. Dit werd interessant.

Shigyy glimlachte weer en nam nog een slok.

– O, Esopus, zei hij. Ik velgeet: Katie zegt, jij neukt haal.

– No fucking way ga ik haar neuken! zei Esopus. Tsjiezus, met m'n tampeloeris op halfzeven van al het wippen...

– Nee nee nee, zei Shiggy. Jij neukt haar vloegel. Volig jaal, denk ik?

Jimmy keek naar Esopus. Dit was nieuw voor hem.

– Esopus? Ik dacht dat jij niet schijt waar je eet? Katie is dikke maatjes met je zus. Wat heb je uitgespookt?

Esopus fronste en staarde in de verte.

– Ah, nee, volgens mij... of toch? Nah, dat zou ik toch nog wel weten?

– Zij zegt, jij neukt haal, zei Shiggy. Hij hield voet bij stuk.

– Hm, misschien toch. Waar dan? vroeg Esopus.

Shiggy keek niet-begrijpend. Hij wees tussen zijn benen.

– Nee, Godskelere, ik bedoel waar was het? Bij haar thuis? Achterin... ah, wacht even. Er gaat een belletje rinkelen. Zei ze dat het bij Jimmy was?

– Wat? zei Jimmy. Bij mij thuis? Jij vuile vieze...

– Jaja, herinner je jouw verjaardag nog indertijd? Je had maar weinig mensen uitgenodigd, dus er was niet echt een ruime keuze voorhanden. Niet beledigend bedoeld, Shiggy. Dus, ja misschien heb ik toen een nummertje met haar gemaakt in de achtertuin. Dat was zij toch? Ja... ja, ik denk het wel want daarna zijn we naar haar huis gegaan. Ah, Tsjiezus, nu herinner ik het me weer. Wat een mens allemaal doet om aan z'n gerief te komen, hè? En zeg eens, Shiggy, heeft ze gezegd of ik goed was?

Shiggy haalde zijn schouders op.

– Ik weet niet. Maar ik denk niet, zij vindt jou nu aaldig.

– O, oké. Nou dat verklaart dan die chagrijnige kop van haar toen. Alweer een raadsel opgelost. Ik heb waarschijnlijk haar arme hartje gebroken. Nou goed. Maar wel lekkere tieten, hè?

Shiggy knikte fronsend.

– Maar, *ne*, te... ah... splingelig?

Esopus lachte.

– Jaja! Mooie smeerpijp dat je bent! Daar raak je wel aan gewend, Shiggy, Ierse meisjes houden van hun piepers.

– Wil je hem fucking met rust laten? zei Jimmy. Jezus Christus, je bent al erg genoeg in je eentje zonder dat je Shiggy tot je discipel maakt. Hij heeft z'n mokkeltje thuis, dus ga jij hem niet nog eens meer verderven dan je al gedaan hebt.

Shiggy begreep niet wat verderven betekende, maar dat zat hij niet al te zeer over in. Hij begon de kneep van zulke gesprekken te vatten en maakte zich er al bijna geen zorgen meer om dat hij per ongeluk iemand zou kunnen beledigen. Per slot van zake was hij net een smeerpijp genoemd en hij was ook niet beledigd. Het leek Shiggy dat je in dit land echt vreselijk je best moest doen wilde je iemand beledigen. Als je beste vriend een eikel, een rukker, een klootzak, een fucker en zelfs een kutlul kon zijn – wat dat ook mocht betekenen – hoe moest je dan iemand noemen die geen vriend was? Je verstand stond er bij stil. Er moesten heel erge woorden in omloop zijn.

– En hoe staat het met jouw grietje, Jimmy? vroeg Esopus.

– Ach wat...

– Geen levensteken?

– Niks. Het is echt een fucking fiasco. Ik kan er niet bij. Tsjiezus, ik wil het er niet eens over hebben.

– Maar eh, zeg maar, zonder mokkel...

– Ja?

– Nou, ik dacht... zonder mokkel heb je die prijs niet meer meer nodig, toch?

– Rot op, Esopus!

– Komop hé, gierige klootzak! Je gaat er toch geen gebruik van maken! Sharon en ik zouden uit eten kunnen gaan en daarna de kamer in het hotel nemen.

– Dat kun je op je fucking buik schrijven, Esopus. Je hebt je kraaloogjes ook al op Shiggy's vaatje. Tsjiezus, wil jij de hele winst van zaterdagavond soms zelf opstrijken? Je hebt niet eens gezongen!

– Flauw hoor. Gewoon omdat ik een aardig iemand heb ontmoet. Jij was degene die zat te ouwehoeren over een beetje liefde brengen, weet je nog?

– Jij en Sharon? Hou je me voor het lapje? Wat jullie doen is elkaar bespringen als een stel dolgeworden konijnen.

– Dat is toch ook een soort liefde? zei Esopus. Bovendien, een keer goed eten, schone, frisse lakens... je weet maar nooit, misschien krijgt het er een geheel nieuwe dimensie bij. Zeg maar om de relatie uit te diepen...

Jimmy keek hem aan en schudde zijn hoofd.

– Wat een gigantisch geouwehoer. Maar luister, Esopus. Als ik Kayleigh niet binnen drie maanden vind, en als jij en Sharon dan nog steeds samen zijn, dan mag jij de prijs. Oké? Met Kerstmis.

– Tsjiezus, asjeblieft, Jimmy...

– Drie maanden, Esopus. Als zij jouw Superchick is, dan komen we daar wel achter en dan laat ik jou graag de prijs. Het is maar drie maanden. Jij zegt mij dat je Superchick hebt gevonden en ik zeg jou dat als het waar is, jullie met Kerstmis nog steeds samen zijn. Ik leg er uit mijn eigen zak zelfs het geld voor de taxi bij, zodat je haar niet op de stang door de stad hoeft te fietsen.

– Je hebt geen vertrouwen in mij, Jimmy. Esopus deed alsof hij gekwetst was. Normaal trapte bijna iedereen erin, maar Jimmy kende hem te goed.

– Tuurlijk heb ik geen vertrouwen! Ik weet wat er gaat gebeuren, Esopus. Op een dag draait ze zich om en zegt ze dat ze jou wil voorstellen aan haar ouders. Tien seconds later zit jij halverwege de straat verstopt achter de bosjes, heen en weer te wiegen en op je duim te zuigen.

– Niet! Nou goed. We zullen zien. En luister, als wij met Kerstmis niet meer samen zijn, hou jij je prijs en dan koop ik voor jou de Zeppelin Remasters Collection, oké?

– Je bent getikt, Esopus. Goed. Zeppelin tegen de prijs. Shiggy, jij bent getuige, hè?

Shiggy knikte, al had hij er niets van begrepen.

De twee anderen leunden achterover. Jimmy glimlachte voldaan en Esopus vroeg zich af of hij toch niet een beetje overhaast te werk was gegaan. Drie maanden? Dat waren ongeveer twaalf weekends. Verstrooid herschikte hij zijn kruis. Het schrijnde daar beneden een beetje.

– Maar hoe wil je Kayleigh eigenlijk gaan vinden? vroeg hij.

– Ik heb een cool plan.

– Wat voor plan?

– Het liedje.

– Wat?

– *Superchick*. Dat is een liedje, oké? Daar is het allemaal mee begonnen. Ik ga het schrijven. Dit keer goed. De eerste keer was kut. Ik schrijf *Superchick* en dan zorg ik dat het op de radio komt zodat zij het hoort en weet dat ik m'n mobieltje kwijt was.

– Meen je dat? Dat is je coole plan?

– Ja. Waarom niet?

– Jimmy, we zitten al jaren in een band. Hebben we ooit in de verste verte ook maar enige kans gemaakt om een nummer op de radio te krijgen?

– Maakt niet uit, Esopus. Het is allemaal een kwestie van focussen. Ik ga voor nummer 1 met Kerstmis dit jaar.

Esopus lachte.

– Jaja. En dan komen we op *Top of the Pops* zeker. Verkleed als kerstman, samen met Slade.

– Precies, zei Jimmy. Zo. Het hoge woord was eruit. Hij had gehoopt dat het goed voor zijn zelfvertrouwen zou zijn als hij zijn idee op tafel gooide, maar dat viel tegen.

Esopus lachte opnieuw en liep zingend naar de wc.

– Jingle bells, jingle bells, waar is me telefoon...

Jimmy stak zijn middelvinger naar hem op en wendde zich tot Shiggy.

– Wat denk jij, Shiggy? Heb je ooit eigen werk uitgebracht?

– Dlie keel, Jimmy. Niet makkerijk. En heer duul.

– Ja, nou, daar is misschien een mouw aan te passen. Ik zou het als wederdienst kunnen vragen als het moet.

Hij leunde weer achterover, dronk en dacht. Het was een goed idee. Hij hoefde alleen maar een geniaal liedje te schrijven en een beetje mazzel te hebben. Dat was toch niet zo moeilijk?

Esopus kwam terug, nog steeds zingend.

– O narigheid, haar nummer kwijt, ik ben een imbeciel, ho! Jingle bells, jingle bells...

– Rot op, Esopus.

– Ik vind het een te gek idee, Jimmy. En als we volgende zomer op Slane staan, wil ik uit een helikopter abseilen, top? Denk je dat U2 vrij is om in ons voorprogramma te staan?

– Ik zal het The Edge vragen als ik hem straks zie bij de bingo.

– Ah, luister, Jimmy. Je meent het echt? Je bent al weken aan het zeuren en zeiken over je Superchick en hoe je haar vindt en het enige wat je kan bedenken is jezelf op de radio krijgen met een fucking homo liefdesliedje voor haar? Jimmy, wakker worden. Verzin een betere list.

– Zoals?

– Weet ik veel. Je kent toch mensen die in Clontarf wonen? Kijk, haar naam is geen Mary, oké? Er kunnen niet al te veel

Kayleighs rondlopen. Ik ben niet goed in het onthouden van de namen van meisjes, maar deze zou ik me wel herinneren.

– Esopus, je kan je niet eens herinneren dat je met Katie van de krik bent gegaan, en je kent haar al vijftien jaar.

– Nou ja, het was een verjaardagsfeestje. Er stonden een hoop wodka-jelly's in je ijskast. Bovendien hebben we het nu niet over mij. Hoe denk je dat jouw liedje ooit nummer 1 wordt?

– Het hoeft geen nummer 1 te worden, Esopus. Jezus, als mensen het maar horen, dat is een beginnetje.

– Maar wie gaat het horen?

– We zitten in een band, Esopus, weet je nog?

– Ah, wacht even, Jimmy. Je gaat toch niet het publiek vragen of ze jou willen helpen om haar te vinden, hoop ik? Tsjiezus, alsjeblieft Jimmy. Ik zou me doodschamen! Het is een rockband, niet Sergeant Pepper's fucking Lonely Hearts Club Band!

– Effen dimmen, wil je? Ik schrijf het liedje, wij spelen het. Net als altijd. We nemen het op en ik probeer het op de radio te krijgen. Kijken wat er gebeurt.

– Ziet ze jou wel zitten?

– Wat? Wie?

– Kayleigh. Ziet ze jou eigenlijk wel zitten? Was het wel haar echte telefoonnummer? Of haar echte naam? Je kent het kind niet eens, Jimmy. Misschien is ze wel helemaal niet geïnteresseerd.

– Natuurlijk is ze geïnteresseerd! Waarom zou ze niet geïnteresseerd zijn? Ik heb een nummer van die slappe zak hooi van een Frank Sinatra voor haar gezongen. We stonden hand in hand en ze keek me in de ogen alsof ik een ijsje was. Dikke zoen aan het eind. Natuurlijk ziet ze me zitten. Zag me zitten tenminste. Ik heb haar niet gebeld, dus misschien is ze een beetje in haar wiek geschoten, maar dat los ik wel op. Ze werd gepest door haar vriendinnen toen *Kayleigh* uitkwam, maar ze zullen stinkend jaloers zijn als ik klaar ben met *Superchick*.

– Ah, Jimmy, je kan het nu toch niet meer *Superchick* noemen.

– Waarom niet?

– *Superchick*. Jimmy, het klinkt als een fucking tekenfilmpersonage. Een snoezig geel kuikentje in een rooie onderbroek en een cape dat door kleren en muren heen kan kijken. Je moet het een andere naam geven. Noem het... nou ja, je kan het geen *Kayleigh* meer noemen na Marillion, maar noem het anders. Op haar leeftijd wil een meisje een echt liedje.

Jimmy glimlachte naar hem.

– Oh, dus je begint eindelijk in mijn plannetje te geloven?

Esopus zuchtte.

– Ik heb nooit gezegd dat je het liedje niet moest schrijven, Jimmy. Ik zei alleen dat je er niet al te vast op moest rekenen dat het in de hitparade komt. En helemaal niet dat het de grote kersthit wordt, oké? Bovendien heeft Wham altijd de nummer 1-hit met Kerstmis, de klootzakken.

– Ik denk, het welkt.

– Wat zei je, Shiggy? vroeg Jimmy.

– Goed idee. Schlijf het riedje. Goed idee.

– Bedankt, Shiggy. Hoor je dat, Esopus? Volgens Shiggy is het een goed idee.

– Shiggy lult uit zijn nek, Jimmy. Hij denkt ook dat jazz een goed idee is.

– En jij denkt dat jij en Sharon een goed idee is. Dus we zijn allemaal tjoeke-tjoeke. Te gek. Rockbands moeten een beetje excentriek zijn. Wat zou er nou helemaal kunnen gebeuren? We hebben een nieuw nummer en ik kan eindelijk ophouden met zoeken naar woorden die rijmen op chick die niet een ander woord voor piemel zijn. Tsjiezus, dat is al reden genoeg om het te doen; ik word erdoor achtervolgd. Roem en rijkdom zijn mooi meegenomen. Welnu. Sta op en loop heen. Het is jouw rondje.

– Het is Shiggy's rondje!

– Esopus, Shiggy is momenteel de bezitter van een waardebon die recht geeft op tachtig pinten bier, waarvan jij waarschijnlijk toch de meeste naar binnen gaat klokken. Dus sta op en haal de man een pint. En mij ook.

– Zie je dat, Shiggy? zei Esopus, terwijl hij van zijn stoel kwam. Zangers. Ze zijn allemaal hetzelfde. Ze zijn pas tevreden als ze mensen kunnen commanderen.

Hij begon het kleingeld uit zijn broekzak te tellen alsof hij bijna blut was.

– En luister, zei Jimmy. Als je daar toch bent, wil je Dave vragen of hij die kut-cd wil afzetten en iets ander wil draaien? Ik krijg er buikpijn van in m'n kop.

Hij dronk zijn glas leeg en keek naar Shiggy.

– Babylon ammehoela...

17

Jimmy deed zijn uiterste best. Het was weinig bemoedigend dat hij zich net langzaam begon te realiseren dat alle liedjes die hij tot nu toe geschreven had in feite shit waren. Grappige teksten en een aanstekelijke melodie, dat wel, maar geen liedjes waarop je kon terugkijken als je zestig was om tegen je kleinzoon te zeggen: 'Hoor je dat, Billyke? Hoor je hoe cool je ouwe opa was?' Daar kwam het voor hem altijd weer op neer. Kunst. Niet in de zin dat het intellectueel of ontoegankelijk moest zijn, maar gewoon... ongrijpbaar of zo. Tijdloos. Oké, grappige popsongs waren ook een kunstvorm, maar zo had hij het voor *Superchick* ook geprobeerd en het resultaat was hetzelfde als alles wat hij vroeger had geschreven. Hij wilde dat deze anders was. Niet alleen maar een drie minuten durende grap voor mensen die een kutdag op het werk hadden en zich wilden ontspannen. Hij wilde dat mensen dit hoorden en dan een onweerstaanbaar verlangen kregen om de liefde te bedrijven met degene om wie ze het meest gaven. Op voorwaarde dat het niet de kat was of zoiets pervers.

Hij bekeek de laatste stand van zaken van zijn eerste poging. Niet dat het zo slecht was. Hij had nog geen melodie, of zelfs maar een refrein, maar dat was het punt niet. Het punt was dat Esopus de spijker op z'n kop had geslagen. Het was puberaal. Heel legitiem, maar het paste niet in Jimmy's huidige project.

I

Ik heb op deze aarde veel vrouwen liefgehad
Leuk en slim en sexy – ze hadden allemaal wat
Danser of drinker of stoeier, ik twijfel, ik weifel en ik wik,
Maar ik vond er één met alles, en ik noemde haar Superchick

II

Die chick was ongelofelijk, wist altijd wat ik wou
Kon m'n gedachten lezen, nooit zeiken, nooit gemauw
Haar familie hoefde ik niet te zien, nooit te shoppen,
    wat een bof
Maar ze zag er om te zoenen uit en mijn grappen vond ze tof

III

Ze hield van voetbal op teevee en ze at het liefste steak
Ze legde haar benen in haar nek, ze bakte me chococake
Een avond thuis voor haar was pizza, bier en seks
Voor haar was ik fantastisch en veel groter dan haar ex

IV

Nooit droeg ze iets in bed, waste m'n auto 's ochtends vroeg
Was ik te dronken om te rijden, kwam zij me halen uit de
*   kroeg*
Haar telefoonrekening betaalde ze zelf, in de ijskast altijd bier
Ze hield het meest van Star Trek, en ze haatte Richard Gere

V

Maar onze liefde hield geen stand, en hoe neem ik mijn verlies?
Hoe wen ik weer aan 'n gewone griet, aan sokken, vuil en vies?
Ik heb het allemaal vergooid omdat ik luisterde naar mijn pik
En ze betrapte me met haar zusje – nu is ze weg, mijn
*   Superchick*

Nee. Dat leek nergens naar, nergens naar. Als dat op de radio
werd uitgezonden met een opdracht aan Kayleigh, dan kon hij
het verder wel schudden, haar lieve kontje. Maar ze hield toch
van Tony Bennett? Er moest ergens een gulden middenweg zijn
tussen rockmuziek en liftmuziek. Kijk maar naar Tom Jones
de laatste jaren. Nieuwe bandjes stonden in de rij om de be-
haarde Welshe eikel te vragen of hij op hun plaat wilde zingen. Hij had onlangs zelfs Joe Dolan een cover van Lenny
Kravitz horen doen op de radio. Ja maar heeft dat er nou weer
mee te maken? Focussen, Jimmy, concentratie! Aandacht!
    En de titel? Superchick. Plotseling wist Jimmy het niet meer.
Superchick was nou niet bepaald de titel van een liedje waarbij je

kon vrijen. Je kon iemand neuken terwijl het opstond, dat wel, maar waarschijnlijk onbedoeld en bij toeval. En bovendien, wat *was* vrijen dan precies in vergelijking met kezen of krikken? Jimmy dacht erover na. Hij wist vrij zeker dat hij het allebei gedaan had – vrijen én van bil gaan. Wat was het verschil? Hij wist tijdens de daad heel goed of hij het ene aan het doen was of het andere... Hmm. Vrijen. Het licht moest gedempt zijn. Twee. Je moest je tanden vrij recent gepoetst hebben. Drie. Je moest allebei proberen om niet uit alle hoeken en gaten scheetgeluiden te maken. Dat waren de drie voornaamste criteria. Hij kon zich niet herinneren ooit te hebben gevreeën zonder dat er minstens twee van de drie in beeld waren. Anders was het gewoon neuken. En als er minstens twee van de drie in beeld waren, betekende dat natuurlijk meestal ook dat de persoon met wie je samen was, je niet onberoerd liet, dus van die kant zat het ook wel goed.

Maar kon een liedje getiteld *Superchick* voor de juiste stemming zorgen? Eh, nee. Waarschijnlijk niet. Oké. Dan moest hij de titel veranderen. Dat had geen zin zolang hij niet iets meer wist van waar het liedje heen moest gaan. Daar kwam hij later dan wel op terug. Jezus Christus, dit leidde nergens toe, dacht hij, en hij keek mismoedig naar het blanco vel voor zijn neus en ging naar de wc. Hij spatte water over zijn gezicht en keek in de spiegel. Hij was een vol uur bezig geweest en het enige resultaat waren twee rode vuistvormige afdrukken op zijn wangen.

Terug achter zijn blocnote besloot hij niet eerder op te staan voordat hij een couplet had gedaan. Geen koffie, geen plasje, geen gepingel op de gitaar. Oké, waar waren we?

Vrijen. De liefde bedrijven. Ja. nee. Wacht even. Sinds wanneer was dat het doel van het liedje? Hij was nog nooit met Kayleigh naar bed geweest. Als hij het zich zou voorstellen op een moment als dit, zou het alleen maar afleidend werken. Hij schreef het liedje voor een meisje dat hij nauwelijks kende. Hij moest maar niet al te veel nadruk leggen op die kant van de zaak. Daar reageerden meisjes soms raar op. Ze had iets gezegd over dat het nummer van Marillion wel goed was, maar niet voor *haar*. Nou deze zou wel voor haar zijn. En Tony Bennett, Bobby Darin, Sinatra en de hele kelerebende konden de pot op. Dit was Jimmy's liedje en hij zou het op *zijn* manier doen. *My Way*. Weer Sinatra. Wil je je nu eindelijk eens concentreren en je niet laten afleiden, lul-de-behanger?

Hij deed zijn ogen dicht en probeerde zich voor de geest te halen hoe hij zich voelde toen hij haar voor het eerst zag. Het eerste wat hij voelde was lust. Dat kon hij niet ontkennen. Hij wilde niets liever dan op haar aflopen en er ter plekke ritmisch overheen gaan, luidkeels schreeuwend van 'Hier is je baasje!' en 'Harder, lekker ding!' en terwijl hij met één hand rondjes draaide boven haar hoofd en met zijn andere hand kletsend op haar kont sloeg. Hmmm... tja... het was toch niet helemaal de toon die hij zocht. Later dan, wat voelde hij toen? Toen hij naar haar tafeltje was gelopen en een gesprek had aangeknoopt? Aangetrokken door haar aantrekkelijkheid. 'Jij *trekt mij, jij trekt mij* aan...' Jij trekt mij?! O ja, dat zou ze leuk vinden. O Jimmy, dat heeft nog nooit iemand tegen me gezegd! Komop, lul! *Wat* trok je dan zo aan, prutsvent, labbekak, niksnut? Haar ogen. Ja. En haar glimlach. Door haar glimlach wilde hij haar bezitten. Om haar mee uit te nemen als hij zich klote voelde en naar haar kijken. Nee, dat kon je ook niet zeggen. Dat klonk alsof hij haar ergens onder de trap wilde opsluiten of zo. Daar reageerden meisjes soms ook raar op.

Maar het was wel haar glimlach. Die haar gezicht deed stralen. Kon hij dat op de een of andere manier onder woorden brengen zonder op een soort Chris De Burgh te lijken? Hij schreef een paar steekwoorden op – glimlach, stralend gezicht, klare ogen – en leunde achterover om te denken. Ze was dus aantrekkelijk, maar er moest meer zijn. Jimmy kende een heleboel mooie meisjes, maar geen van allen bezorgde hem dat licht misselijkmakende gevoel dat hij kreeg als hij met haar praatte. Ze had een soort aura om zich heen. Het trok je aan als een magnetische straal waarin ze je gevangen hield, zelfs als ze je niet aankeek. Ze had aanwezigheid. Alsof ze er niet op dezelfde manier was als de manier waarop alle anderen er waren. Alsof ze een soort prinses was of een engel of zo. Een beetje buiten- en bovenaards. Hij schreef nog een paar fragmenten op en las ze over. Hij grijnsde en vervloekte zichzelf. Bovenaards, magnetische straal, prinses... Jezus, doe er een Wookie bij en je hebt Star Wars.

Hij deed zijn ogen weer stijf dicht.

Als ze met hem praatte voelde hij zich bijzonder. Op een gegeven moment was er een gozer langs het tafeltje gelopen en toen ze even naar hem opkeek, had hij een steek van jaloezie gekregen, alsof die lul een binnendringer was die alles kwam verpesten. Hij had niet eens zijn pas ingehouden of zelfs maar gekeken, maar Jimmy kende dat type zelfvoldane klootzakken maar al te goed. Oké, dus als ze met hem praatte voelde hij zich bijzonder, zeg maar uitverkoren. En hij voelde zich licht psychotisch. O, geweldig. Wat rijmde er op psychotisch? Neurotisch? IJzersterk Jimmy. Moet je insturen voor het Eurovisie Songfestival, luilebal, droplul.

Er volgde een half uur waarin hij geen millimeter opschoot en zich afvroeg waarom werkelijk iedere diepgevoelde songtekst die hij bedacht meteen afgezaagd en clichématig klonk, totdat Jimmy achter de eigenlijke reden kwam waarom zij hem dat bijzondere gevoel gaf als hij aan haar dacht. Het was niet omdat ze mooi was, hoewel dat niet viel te ontkennen. Het was niet omdat ze een cool iemand was om mee te praten, hoewel dat ook niet te ontkennen viel. Het zat subtieler in elkaar. Wanneer ze praatten, en zelfs wanneer ze samen zongen, kreeg hij de indruk dat er geen plek op aarde was dat zij liever wilde zijn dan hier nu bij hem. Hij dacht niet dat hij ooit eerder zo'n aandacht had afgedwongen. Niet op het podium. Niet op het werk.

Zelfs Sandra – en Jimmy en Sandra waren heel intiem geweest – kon schrijlings op hem zitten; met ogen dicht, hoofd achterover en genietend, maar diep in zijn hart wist Jimmy dat het geen toeval was dat ze, in al de jaren dat ze samen waren, geen een keer hadden gevreeën op het moment dat *Coronation Street* op teevee was.

Dat idee kreeg hij niet met Kayleigh. Hij had haar volle aandacht. Compleet en zonder voorbehoud. Dat was wat hem zo aantrok. Jimmy stond op en schudde zijn hoofd. Jezus. Wat wilde dat zeggen? Soms dat hij graag in het middelpunt van de belangstelling stond? Alsof hij dat niet allang wist! Nee, hij wist wat het wilde zeggen. Het betekende dat zij hetzelfde voelde als hij. Hij was gegrepen. En zij ook. Waar ze naar op zoek was, had ze nu gevonden. En hij ook. Liefde op het eerste gezicht. Voor allebei. O, kelere, was het dat? En op zo'n moment raak je je mobieltje kwijt?

Hij pakte zijn pen weer op. En gooide hem tien minuten later tegen de muur. Hij raapte hem weer op en ging zitten. Hij zat nu in zijn onderbroek, de verwarming stond te loeien en het huis was een oven, maar hij wilde geen vinger uitsteken voor hij een beginnetje had. Hij zweette en zat ongemakkelijk. De pen gleed de hele tijd uit in zijn hand en zijn arm gleed van zijn blote bovenbeen. De stof van de rugleuning deed zijn rug jeuken. Hij keek op de klok. Het liep tegen twee uur 's nachts. Op zijn werk zou hij niks waard zijn. Schrijf dan gewoon iets, Jimmy. Om het even wat. Begin gewoon in fucksnaam!

Hij probeerde het, maar kraste het weer door. Duizend liefdesliedjes schoten door zijn hoofd, maar ze klonken allemaal identiek – *I love you, it's true, hold me in your arms, you make me feel so good, the day I met you, I need you, please say you will, the fire in your eyes, the love I feel, I need your love, I love your smile...* Sneller en sneller... Ik hou van jou en blijf je trouw, waar ben je nou, doe niet zo flauw...

You're my love, take my hand, hand in hand, hold my hand, share my life, be my wife, only you, tell me please, love of my life, big love, happy in love, the greatest love, my only love, love me love, I can't live, I love my love...

– Ah, krijg de fucking kelere! schreeuwde Jimmy tegen zichzelf. Hij stond weer op en ging de verwarming lager zetten. Dit was idioot. Hij rende naar de badkamer boven, deed zijn onderbroek uit, gooide hem op de grond en ging onder de douche staan. De volle laag op ijskoud. Daarvan tien minuten en dan was hij wel weer wakker. Twee seconden later sprong hij gillend eronder vandaan, belandde op zijn onderbroek, gleed uit en moest met zijn arm steun in de toiletpot zoeken om te voorkomen dat hij zijn schedel brak tegen de wastafel. Zo bleef hij even op de grond zitten, rillend, nat en naakt, en haalde toen zijn arm uit de pot. Hij keek ernaar alsof hij het lichaamsdeel nog nooit eerder had gezien. Toen begon hij te lachen. Oké, Jimmy, denk je dat je de situatie alweer onder controle hebt?

Hij stond op en waste zijn handen. Hij moest zijn kalmte bewaren. Tot nu toe had hij het helemaal verkeerd aangepakt, besloot hij. Je hoefde het niet couplet voor couplet te schrijven. Een bijzonder liedje vroeg om een bijzondere benadering, waar of niet? Dus hij moest een nieuwe aanpak hebben. Iets wat hij nog nooit eerder geprobeerd had. Hij keek de zitkamer rond, in de hoop dat zijn oog op iets viel dat hem een zetje kon geven, hem kon aanzwengelen en kickstarten. Het was een totale bende. Er was weinig dat als inspiratie kon dienen voor het Liefdesliedje van de Eeuw in een lege pizzadoos, vier koffiekoppen en een bescheiden berg bierblikjes. Hij besloot een snelle kleine schoonmaak te houden. Het was laat en hij was moe, maar misschien kon een beetje lichamelijke activiteit geen kwaad. Hij droeg zoveel rotzooi als zijn arm bij elkaar kon houden naar de keuken en dumpte het op tafel. Hij bleef er naar staan kijken. Niks.

De stapel blikjes stortte in en viel kletterend op de vloer. Hij bukte om ze op te rapen en toen gebeurde het plotseling. Een van de blikjes was het Japanse bier van Shiggy, overdekt met vreemde schrifttekens en de afbeelding van de draak of iets dergelijks. Hij stond op en bekeek het blikje met verwondering. Het probleem met het liedje was dat hij geen een, maar dan ook geen enkele tekst kon bedenken die niet onmiddellijk herkenbaar was als iets uit een liedje van iemand anders. Iedereen had het al duizend keer eerder gehoord... in het Engels!

Maar wie zei dat het Engels moest zijn? Hij rende terug naar de zitkamer met het blikje, zette het op de salontafel en ging zitten. Er was maar één optie. Hij kon moeilijk in het Japans gaan zitten schrijven, of wel soms? Dit was zijn liedje, en hij wilde niet vragen of Shiggy het voor hem wilde schrijven, of zelfs maar vertalen. En hoe zou je een Japans liedje op de radio moeten krijgen? Frans ging ook niet. Hij had geen woord Frans meer gesproken sinds zijn eindexamen, en het was toen al helemaal niks. En een Ierse zender zou ook geen Frans liedje willen draaien. Zodat er maar één ding overbleef...

En waarom ook niet? Hij had vijf zomervakanties doorgebracht in de *Gaeltacht* – de Keltischsprekende regio in het westen van Ierland – en daar sprak hij het elke dag, dag in dag uit.

Oké, hij was klein maar hij wist zeker dat hij het nog best goed kon als het moest. Een onderscheiding op z'n eindexamen. Je hoorde niet bijster veel liedjes in het Iers op de radio, maar toch wel een paar. Clannad was zelfs in Engeland op *Top of the Pops* gekomen met *Harry's Game* en zelfs hij had geen flauw idee waarover dat nummer ging. En de Hot House Flowers. En Sinead O'Connor. Enya. Kila. En waarschijnlijk The Corrs ook, al kon hij zo snel geen nummer van ze bedenken. Hij raakte steeds enthousiaster over het idee. In het Iers kon hij kwijt wat hij kwijt wilde zonder dat het op een miljoen andere liedjes leek. Zou Kayleigh het nog kennen van school? Het was het beste als hij het Iers dan maar tamelijk simpel hield. Nou ja, dat was geen probleem. Hij hoefde niet bepaald een tweede Seán Bán Breathnach te zijn, toch?

Er was nog een voordeel. Het liedje zou waarschijnlijk best wel droevig worden, en er was geen taal ter wereld geschikter dan Iers om je ellende, verdriet en misère in uit te drukken. Je hoefde alleen maar het Ierse schoolsysteem te doorlopen om dat in te zien. De gedichten waren schitterend geschreven, dat zeker, maar Jimmy had er een stuk of vijftig op school gelezen en hij kon zich geen enkele fucking vrolijke dichter voor de geest halen. Het dichtst in de buurt kwamen ze nog als ze op hoge leeftijd een gedicht schreven, en dan waren ze alleen maar blij omdat ze wel snel dood zouden gaan. De rest was voortdurend tegen de Britten aan het vechten, hard op weg om opgehangen te worden, zat in zak en as om een of ander mokkeltje dat niet van ze hield omdat ze geen land of niks hadden, ging trouwen, stond op het punt geëxcommuniceerd te worden of op transport gezet naar Van Diemensland voor het stelen van graan, was verrotte aardappels aan het opgraven, had het koud, leed honger, was bang van de priester en had in het algemeen een beroerde en belabberde kuttijd en dan regende het ook nog aanhoudend.

Bovendien kon je in het Iers nooit meester zijn over je emoties. Het was altijd passief. Je kon nooit gewoon boos zijn, of bedroefd – er was altijd boosheid of droefheid op je. Alsof je rondhuppelend je eigen vrolijke zelf was en plotseling kwam uit het niets dat kutgevoel over je en was je de gesjochte. Het was soms ongelofelijk expressief als je het letterlijk in het Engels vertaalde. De Ieren deden dat al eeuwen. Dat werkte wel alleen op buitenlandse meisjes. Wie dacht dat hij een Iers meisje een plezier deed door haar te vertellen dat er een verschrikkelijk gevoel van hulpeloosheid over zijn hart kwam telkens als hij in haar ogen keek, kon nog wel eens bedrogen uitkomen. Maar buitenlandse meisjes kregen er geen genoeg van. Misschien duurde het wat langer om je boodschap over te krijgen in een discotheek in Kreta, als je dat kleine Engelse sletje met de zongebruinde tieten wil versieren, maar het idee erachter is dat ze altijd waardering zal opbrengen voor dat extra beetje glamour, en wie weet wil ze je uiteindelijk nog wel pijpen ook.

Vier uur later was hij klaar. De zon probeerde met weinig overtuiging door het dikke grijze wolkendek te priemen en Jimmy lag languit in de leunstoel, uitgeput, maar met de blocnote stevig in zijn hand geklemd.

CAILLTE

Fíon a dhéanu sí d'uisce
An falla a dhéanu mé, briste
Tughta di

Ag luí dom san oche gan sos,
Á smaoineamh, le fuarallais ar bos
Á lorg, fós

Go gcloise sí, gcuimhní sí, tá súil a'am
Go dtuige sí nach rogaire mé, tá dúil a'am
Caillte atáim.

Amharc uirthi, a maolódh mo chroí... caillte
An leannán ba cheart a bheith a'am, ach níl neart... caillte
An seáns canadh uair eile, casadh uair eile,
Le chéile
Le Kayleigh
Caillte

Daarnaast stond de vertaling. God, het werkte zelfs in het Engels, dacht hij, terwijl zijn ogen dichtvielen. Het laatste dat hij
zich nog herinnerde was dat hij het kantoor opbelde om te
zeggen dat hij ziek was, en toen ging hij van zijn stokje en
droomde over Kayleigh en hemzelf en dat ze veertien jaar waren en de Walls of Limerick dansten op een veld, en het regende
dat het goot...

VERLOREN

Ze veranderde water in wijn
De muur die ik optrok is ingestort
Ik heb haar nodig

Ik lig 's nachts en heb geen rust
Denkend aan haar, het klamme zweet op mijn handen
Nog steeds naar haar op zoek

Dat ze het hoort, het zich herinnert, dat hoop ik
Dat ze begrijpt dat ik het echt meen, dat hoop ik;
Ik ben verloren

Een glimp van haar, om mijn hart te verlichten... verloren
Het meisje dat de mijne moest zijn, wat kan ik doen... verloren
De kans om weer te zingen, weer te dansen
Samen
Met Kayleigh
Verloren

18

Op een vroege zaterdagochtend pakte Jimmy de telefoon en toetste een nummer in waarvan hij niet had gedacht dat hij het ooit nog op een telefoon zou intoetsen. Maar soms moest je dingen doen die je niet wilde doen. Op zijn vijftiende had hij een hele week op het eiland Man doorgebracht met zijn familie en hij leefde nog. Hij moest alleen het koppie erbij houden. Hij ademde diep in.

– Ja, hallo?

– Sandra?

– Jimmy?!

– Ja.

– Jimmy, waarom bel je mij? Er valt niks te bespreken, oké? We hebben het er al over gehad. Jij moet ook gewoon een drempel over en verder met je leven.

– Sandra...

– Nee, Jimmy, ik doe het niet. Alsjeblieft, je maakt het alleen maar moeilijker voor jezelf. Alsjeblieft, Jimmy.

– Eh, Sandra...

– Wij hebben onze tijd samen gehad, Jimmy. Het was mooi, maar het is voorbij. Ik bedoel, natuurlijk hoop ik dat we vrienden kunnen blijven maar je hebt het de laatste keer duidelijk gemaakt dat je daar niet in geïnteresseerd bent. Ik bedoel, waarvoor zou je me nu nog willen spreken? Begrijp je niet...

– Eigenlijk wilde ik Beano spreken, Sandra.

– O.

– Is hij in de buurt?

– Um... ja, hij is boven. Maar Jimmy, je gaat geen heibel maken hoor! Ik wil het niet hebben! Want ik beloof je, als je het zelfs maar waagt om...

– Ik wil hem alleen maar spreken, Sandra. Het gaat niet over jou en mij.

Het was een ogenblik stil aan de andere kant van de lijn.

– Nou... goed. Ik haal hem wel even.

Jimmy wachtte tot ze hem gehaald had. Hij stond in de keuken, met een gebalde vuist. Wat had hij daar de pest aan, 'Ik wil het niet hebben'... Bijna alle meisjes die hij kende zeiden het nu, alsof ze daarmee macht kregen of zo. Echte vrouwenbevrijdingsfronters – die met de snorren – stonden waarschijnlijk op hun achterste poten.

Sandra zat hem dit keer echt te kutten maar hij kon haar op dit moment niet de waarheid vertellen. Zijn kaak begon pijn te doen en hij realiseerde zich dat hij op zijn tanden had zitten bijten om maar niet tegen haar te schreeuwen dat ze haar stomme kop moest houden en Beano roepen. Dacht ze echt dat hij zo verdrietig was? Dat hij haar zou bellen om haar terug proberen te krijgen? Wat een gelul. Hij zou haar nog niet terug willen hebben als hij er jaar lang Jaffa-chocoladekoekjes bij kreeg.

– Ja?

– Beano, met Jimmy.

– Ik weet het.

– Wil je me een plezier doen?

Jimmy had besloten er geen doekjes om te winden. Het had geen zin om te doen alsof er niks gebeurd was en dat ze nog steeds de beste vrienden waren.

– Jou een plezier doen? Je zegt alleen maar dat ik moet oprotten, Jimmy, als we elkaar zien. Waarom zou ik jou een plezier doen? Je kan me...

– Wil je in fucksnaam je kop houden, Beano, en even naar me luisteren, wil je?

– Wat?! Jij belt mij op, brutale lul-de-behanger. Je hoeft zo'n toon niet tegen me aan te slaan. Wie denk je wel dat je bent? Ik en Sandra zijn nu samen, Jimmy, en we hebben het oké. Jezus, als je dan ook nog belt en mij zit uit te schelden dan ben je toch wel een enorm zielige zeikerd en...

– Blablabla, fucking blabla Beano. Jij en Sandra kunnen me geen reet schelen, oké?

– Wat moet je dan van mij?

– Ik hoor dat je een band aan het samenstellen bent en een cd wil opnemen?

Dat leek Beano een beetje tot bedaren te brengen.

– Klopt... Nou en? Hij was plotseling op zijn hoede en nam een defensieve houding aan.

– Ik neem aan dat je wordt geholpen door je oom.

– Kan zijn.

– Het is zo, Beano. Hoe wil jij anders die opnames bekostigen? Je hebt niet eens geld om een cd te kopen.

– Ga je me nog zeggen waarvoor je belt, Jimmy?

– Als jij in de opnamestudio's bent, wil ik een nummer van mezelf opnemen met mijn band. Mijn eigen band.

– Je wil wat?! Waarom zou ik je dat laten doen? We hebben alleen het weekend. Ik geloof m'n oren niet! Bovendien ben je zo'n zak geweest de laatste...

– Hé, ik een zak? Wie is er begonnen met mijn vriendin te neuken? En jij noemt mij een brutale lul-de-behanger?

– Ik dacht dat je daar geen reet om gaf.

– Nu niet, Beano, ik geef er nu geen reet meer om, maar toen ik erachter kwam fucking wel. Ik gaf er wel om toen iedere kutlul in Dublin er achter mijn rug over praatte. En ik gaf erom toen ik m'n ma moest vertellen dat haar lieve kleine Sandra niet meer langs zou komen op woensdag om haar de gordijnen te helpen verstellen. Je bent me fucking wat schuldig, Beano.

– Ik ben je geen fuck schuldig. Het is niet te geloven dat je het zelfs maar durft te vragen. Jij bent degene met de goedbetaalde baan. Waarom huur je je eigen studio niet?

– Omdat, Einstein, als jouw nonkel dit zaakje heeft opgezet en hij zit al jaren in de muziekbusiness, dan gaat hij niet al die moeite doen en jou helpen alleen maar om jou daar in je eentje te laten spelen, of wel? Weet jij hoe je alle instrumenten opzet? Nee. Weet jij hoe je professionele mengtafels en opnameapparatuur bedient? Nee. Weet jij ook maar iets van hoe je een plaat opneemt? Geen fuck. Tenzij een stomme lul zijn een familietrekje is, zal jouw oom een technicus hebben ingeschakeld die weet wat hij doet. En iemand om de plaat te produceren. Klopt dat?

– Weet je, Jimmy...

– Heb ik gelijk, Beano? Komop, het is geen hersenkraker. Jimmy hoorde Beano zuchten.

– M'n oom produceert het. Iemand die hij kent komt helpen met het geluid en alles. Maar ik zie nog steeds niet wat dat allemaal met jou te maken heeft.

– Dat heb ik je verteld. Ik wil een nummer opnemen en ik wil het goed doen. Ik kan best voor een studio zorgen maar waar haal ik een behoorlijke technicus en een producer vandaan?

– Het interesseert me geen reet waar je die vandaan haalt, Jimmy, maar die van mij krijg je niet. Het enige wat ik jou schuldig ben is een hoop sores.

Jimmy begon door de keuken te ijsberen. Hij had gehoopt dat het niet zover had hoeven komen, dat hij had kunnen inspelen op een schuldgevoel bij Beano. Jammer maar helaas. Tijd om zijn troeven op tafel te gooien.

– En als ik je zou helpen met de cd?

– Helpen? Wat helpen? Ik heb jouw hulp niet nodig. Dit is mijn band, Jimmy. Geen haar op m'n hoofd die eraan denkt om Jimmy Collins uit te nodigen om binnen te komen walsen alsof hij de fucking baas van het zootje is en iedereen kan vertellen wat hij moet doen. Ah, nu snap ik het. Daarom is het je begonnen. Je wil kunnen zeggen dat jij die cd hebt gemaakt. Dat het allemaal jouw idee en jouw werk was. Je kan het niet hebben dat ik er eerder mee ben dan jij. Mooi niet, Jimmy. Leuk geprobeerd, maar sodemieter op.

– Beano, denk na. Ik speel al jaren muziek. Waarom zou ik een cd willen opnemen met andermans werk? En helemaal jouw werk.

– Nou, vertel me dan maar eens, Jimmy de grote fucking ster, wat jij kan dat ik niet kan.

– Gitaarspelen bijvoorbeeld, Beano. Om te beginnen.

– Ik kan ook gitaarspelen, Jimmy. Misschien niet zo goed als jij, maar dat komt nog wel. En bovendien hoef je geen briljante gitarist te zijn. Als je maar kan spelen wat je moet spelen. Ik ga geen grote solo's door alles heen gooien, want ik ben geen fucking egomaan zoals sommige anderen.

– Jaja, Beano. Wat ik je duidelijk wil maken is dat ik aanbied om gitaar op jouw cd te spelen. Ik kom naar de studio en ik speel wat jij wil dat ik speel. Ritme, solo's, wat je wil. Jij roept, ik speel. Ik doe het, ik leer jou hoe je het later zelf moet spelen, en ik zal aan niemand verklappen dat ik het was. Jouw cd zal dan niet klinken alsof er een tienjarige op een speelgoedbanjo aan het raggen is, en jij kunt alle stukjes rustig zelf leren zodat je ze ook live kunt spelen als het zover is. Het hele weekend, Beano. Op de momenten dat ik niet voor jou aan het opnemen ben of mijn eigen nummer doe, geef ik jou les en voor de rest blijf ik zitten en hou m'n bek zolang me niks gevraagd wordt. Niemand zal er ooit achterkomen dat ik op jouw cd meespeelde als jij de partijen leert en ze op gigs kan spelen. Op het hoesje komt mijn naam niet te staan, en ergens anders ook niet. Nou, wat denk je ervan?

– Eh...

Beano probeerde heel snel te denken, wat niet een van zijn sterke punten was.

– Weet je wat, Beano. Denk er even over na en bel me over een half uurtje terug, oké? Ik ben gewoon thuis.

– Oké.

Beano hing op. Jimmy hield eindelijk op met ijsberen en liep naar het aanrecht om het water op te zetten. Beano zou toehappen. Hij dacht waarschijnlijk dat Jimmy hem een smerige streek wilde leveren, maar de verleiding zou te groot zijn om te weerstaan. Zelfs hij was niet zo knettergek dat hij kon menen dat hij als muzikant goed genoeg was om een echte plaat op te nemen. Waarschijnlijk deed hij het sowieso al in zijn broek over het hele gedoe, omdat hij bang was dat zijn oom erachter zou komen hoe waardeloos hij was. Dit zou zijn redding zijn. Als hij echt dacht dat Jimmy hem in één weekend een cd vol gitaarpartijen kon bijbrengen, moest hij zijn hoofd laten nakijken, maar dat was op het moment niet Jimmy's probleem.

Het kostte Beano zelfs minder dan een half uur. Tien minuten later ging de telefoon.

– Jimmy?

– Ja?

– Wie garandeert me dat je later niet gaat rondbazuinen dat je op de cd hebt meegespeeld?

– Ik. Ik heb je gezegd dat ik mijn mond zal houden.

– Oké, maar wat zou je ervan weerhouden om het toch te doen?

– Beano, ik mag van mening zijn dat je een eikel en een klungel bent, maar ik heb nog nooit tegen je gelogen, of wel? Geloof me, ik wil evenmin als jij dat iemand erachter komt dat ik op dat fucking kutding heb meegespeeld. Ik wil m'n naam niet te grabbel gooien, snap je?

– Jezus, voor iemand die om een gunst vraagt, heb je wel een eigenaardige manier van aanpakken.

– Nu is het geen gunst meer, Beano. Als ik op de plaat meespeel, is het een eenvoudige zakelijke overeenkomst. Jij krijgt mij; ik krijg de studio voor een paar uur. Hoeveel nummers ga je trouwens doen?

– Vier.

– Vier? Oké. Dus het wordt een dubbelalbum als ik het goed begrijp?

– Het is een EP'tje, bijgoochem. Ik schrijf pas een paar maanden en ik heb vier nummers waarvan ik denk dat ze goed genoeg zijn. Je had er drie van kunnen horen toen ik bij jou speelde maar je verwelkomt andermans creatieve input nu eenmaal niet echt met open armen, of wel?

– Ik wist helemaal niet dat je schreef, Beano. Je had me ze alleen hoeven voorspelen. Ik heb nooit moeilijk gedaan over dat soort dingen. We spelen toch ook nummers van Esopus?

– Ja, ja, je beste maatje Esopus. Hoe dan ook, gelul. Zelfs als je ze oké had gevonden, wat niet het geval zou zijn, dan had je ze nog laten klinken als je eigen liedjes. Ze zijn van mij.

– Beano, het heeft geen zin om daar nu nog ruzie over te maken. Het spijt me van je liedjes maar ik wist het niet, oké, en bovendien dacht ik niet dat je iemand was die zelf nummers schreef. Ik heb er zelf nog genoeg fucking problemen mee, om je de waarheid te zeggen. Ik heb je toch nooit voor een bijzonder getalenteerde klootzak gehouden, hoop ik? Wie is jullie zanger?

– Sandra.

– Sandra?! Jezus, in fucks...

– Dat bedoel ik! Wanneer heb je haar ooit de kans gegeven om te zingen? Je had het te druk met fucking Mick Jagger uithangen. Je gunde niemand anders een plek in de spotlights.

Dat sloeg echt nergens op. Sandra had nooit willen zingen. Hij had het haar een paar keer gevraagd maar het was altijd nee. Niet dat ze een rotstem had, want dat was niet zo. Ze was geen Bette Midler, maar ze was niet slecht. Het probleem was dat ze er te verlegen voor was. Hij had haar zelfs een keer tijdens een optreden op het podium gevraagd in de hoop dat ze het zou doen als ze voor het blok werd gezet, maar ze vluchtte subiet naar de wc. Jimmy zou het heerlijk gevonden hebben om samen te zingen, maar hij kon niet het publiek laten wachten totdat het hem was gelukt om haar het podium op te krijgen. Ah, komop, toe nou, alsjeblieft, doe niet zo flauw, en intussen verdwijnt het hele publiek richting bar. Hij had haar daarna nooit meer gevraagd en dat leek ze wel oké te vinden. Dus wat had dit te betekenen? Dat hij meer geduld had moeten hebben? Jezus Koeristus, dit was niet het moment...

– Goed, Beano, Sandra is de zangeres. Fijn voor haar. Ik ben er blij om, oké? Dus we zijn het eens? Ik speel voor jou gitaar en wij krijgen de studio voor een paar uur.

– Ja. Op één voorwaarde.

– Welke?

– Jullie hebben vanavond een optreden, hè?

– Ja...

– Oké. Als jullie pauzeren, komt mijn band op en speelt de vier nummers. We hebben ze geoefend, maar ik wil ze ook voor publiek spelen.

– Nooit van z'n fucking leven, Beano. Ben je helemaal besodelazerd? Tussen de sets door? Het publiek zal massaal naar huis gaan!

– Ze gaan niet naar huis, Jimmy. Je weet nooit, misschien vinden ze ons wel beter dan jullie.

– Hoe groot is daarop de kans, verbazingwekkend wereldvreemde eikelman?

– Dat is de deal, Jimmy. Het is slikken of stikken.

Jimmy dacht er een ogenblik over na. Hij was niet bang dat Beano's band de show zou stelen, maar hij was bang dat ze volkomen kut zouden zijn en daar had hij helemaal geen zin in. Dat zou op hem afstralen en het was gênant voor iedereen. En als Beano uitgelachen zou worden, wilde hij misschien ook niet meer naar de studio om op te nemen.

– Beano...

– Ik meen het, Jimmy. Zo en niet anders.

Jimmy nam de telefoon van zijn oor en staarde naar de muur. Dit zag hij eigenlijk niet zitten. Maar aan de andere kant wilde hij een ervaren technicus en producer. Van studio's en hoe ze werkten wist hij evenveel als Beano, en radiozenders draaiden geen nummers die met een cassetterecorder in iemands garage waren opgenomen. En hij dacht aan Kayleigh. Hij wilde nu niet meer terugkrabbelen.

– Oké, zei hij.

– Te gek. We beginnen vandaag over een week met opnemen. Zes uur 's ochtends. Kun je dan?

– Om zes uur op een zaterdagmorgen? Nee dan ben ik m'n haar aan het wassen, idioot. Natuurlijk kan ik dan.

– Goed. En vanavond, hoe laat?

– We pauzeren tussen tien en halfelf. Een half uur, Beano, geen seconde langer, en geen gefuck. Om halfelf zijn jullie weg. Als je wilt soundchecken, moet je er voor zes uur zijn. Bel John en zeg hem dat ik zei dat het goed was. Om zeven uur zetten wij op en ik wil niet struikelen over jouw troep, oké?

– Geen probleem, Jimmy. We zijn al weg voordat jij binnen bent.

– Goed zo. Ik introduceer jullie als wij klaar zijn. Als je er dan niet bent heb je pech.

– Waarom zouden we er niet zijn?

– Weet ik veel. Ik hoop eigenlijk dat je de weg kwijtraakt of zo. Hoe heet je band?

– Lavender's Teardrop.

– Oké. Tien uur, Beano.

– Te gek. Zie je, Jimmy m'n maat.

– Rot op, Beano.

Jimmy hing op en schudde zijn hoofd.

Lavender's Teardrop. De kaffer.

Jimmy ging iets eerder dan normaal naar de kroeg. Hij wilde Beano's band zien soundchecken zodat hij wist wat hij straks kon verwachten. Als ze echt verschrikkelijk waren, had hij nog tijd om een list te verzinnen, al zat hij er nu aan vast en kon hij Beano niet echt zeggen dat zijn pauzeprogramma niet doorging. Hij wilde ook de bassist zien die in plaats van Shiggy in zijn band had kunnen zitten, en natuurlijk was het interessant om te zien hoe Sandra het deed. Toen hij binnenkwam waren ze bijna klaar. Hij stond aan de bar, gaf John een knikje en wachtte op zijn pint. Er was niemand anders in de kroeg en hij zorgde dat hij buiten zicht bleef.

Het was niet zo erg als hij had gevreesd. Ze gebruikten een drummachine, dus Beano was kennelijk nog naar versterking op zoek. De bassist had duidelijk talent, maar hij deed te veel zijn best om indruk te maken. Hij was voortdurend opzichtig aan het slappen en poppen als een simpel ritme veel beter was geweest om Beano's middelmatige gitaarpartijen en teksten te ondersteunen. Beano zelf stond licht voorovergebogen en keek boos naar zijn linkerhand alsof hij zijn vingers op die manier kon dwingen de juiste noten te spelen. Hij probeerde niks spectaculairs te doen, maar hij was zo geconcentreerd bezig om geen fouten te maken dat het leek of hij constipatie had. Sandra zong best goed maar ze stond zo stijf als een plank, met haar armen strak langs haar zij en een gezicht dat er zelfs van tien meter afstand groen uitzag.

Jimmy zag onmiddellijk dat er twee problemen waren. Ten eerste ging het liedje zelf blijkbaar over de liefde tot alles wat groeit en bloeit. Dat zou bij McGuigan op een zaterdagavond ontvangen worden als een scheet in een Ford Fiesta. Jimmy vermoedde dat Sandra haar hand in de tekst had gehad. Het andere probleem was hoe ze eruit zagen. Met knikkende knieën of, in het geval van de bassist, verveeld. Als het enige bandlid dat een beetje plezier lijkt te hebben de drummachine is, dan heb je een probleem.

Maar ze waren niet totaal shit. Na al die jaren ging het Jimmy eenvoudig af, maar hij wist dat het tijd kostte om je op je gemak te voelen op het podium. Een band als Lavender's Teardrop – Jezus, wat een kutnaam – zou goed zijn voor een maandag- of dinsdagavond in een kroeg, maar dit was McGuigan op een zaterdagavond. Tegen tienen begonnen de toeschouwers lekker in de stemming te raken en ze zouden misschien gaan zeiken en zieken. Daar maakte Jimmy zich een beetje zorgen over. Beano zou misschien bij nader inzien toch niet willen opnemen en ondanks alles hoefde hij ook niet zonodig Sandra in huilen te zien uitbarsten ten overstaan van zijn publiek.

Toen ze het nummer hadden doorgespeeld haalde Jimmy diep adem en liep klappend en glimlachend naar voren.

– Sterk werk, jongens. Het zou best wat kunnen worden.

– O God. Jimmy! riep Sandra en ze sloeg haar hand voor haar mond. Ik heb een kleur als een pioen!

– Hoe istie, Sandra. Beano, zei hij. Toen richtte hij zich tot de bassist. Hallo, ik ben Jimmy Collins.

– Mick Fegan. Hallo.

– Wat vind je ervan, Jimmy? vroeg Beano.

Jimmy was niet van plan hem te vertellen wat hij er werkelijk van vond, en hij wilde hem dit keer ook niet recht in z'n gezicht zeggen dat hij kon oprotten. Beano zag eruit als een jochie dat net van het voetbalveld kwam en van zijn pappie een bemoedigend woordje wilde horen. Jimmy haalde nogmaals diep adem.

– Om eerlijk te zijn, een stuk beter dan ik had verwacht. Jullie klonken echt goed. Ere wie ere toekomt, zei hij.

Als hij er iets beters over zei zou hij zeker niet geloofd worden.

– Bedankt. Ik twijfel nog over de timing, maar ik heb het gevoel dat we op de goede weg zijn. Ik ben wel een beetje zenuwachtig, zei Beano.

– Dat is normaal. Ik ben altijd zenuwachtig, zei Jimmy. Daar moet je je niks van aantrekken. Het betekent dat je je best gaat doen. De mensen straks zullen zich amuseren. Het gaat te gek worden.

Hij wendde zich tot Sandra.

– Sandra, je klonk fantastisch. Goed gedaan.

– Hou op. God, ik stond te trillen op m'n benen en er was nog niet eens iemand. Hoe moet dat straks? Het leek zo'n goed idee, een paar weken geleden. Nu weet ik plotseling niet meer of het me wel gaat lukken.

– Luister, Sandra. Je hebt een geweldige stem. Natuurlijk sta je een beetje te bibberen met zo'n meute voor je, maar dat valt niet te verhelpen. Kijk, zie je die lamp daar? En die daar? En die bij de bar? Die staan allemaal aan als je vanavond hier staat en ze zullen recht in je gezicht schijnen. Je kan het grootste deel van de mensen hier niet eens zien, alleen degenen die helemaal vooraan staan. Het komt allemaal goed.

– Jij hebt makkelijk praten, Jimmy.

– Ach nee. Ik doe het altijd in m'n broek vlak voor ik opmoet. Als je eenmaal bezig bent, dan vlieg je erdoorheen, en als het afgelopen is ben je de rest van de avond aan het gloeien. Neem een paar drankjes van tevoren. Word je kalm van.

Jimmy glimlachte. Het was meer dan vriendelijkheid van hem. Hij had werkelijk een beetje met ze te doen. Wat zij nu moesten doorstaan had hij ook meegemaakt, en op een rare manier wist hij dat er vanavond geen plaats was voor alle shit die er tussen hen was geweest. Vanavond ging het louter over de gig. Ze stonden te strak van de spanning voor het optreden om ook nog eens een keer een defensieve en schuldbewuste houding aan te nemen ten opzichte van Jimmy, en dat vond Jimmy prima zo. Dit was ook een belangrijke gig voor hem. Hij wilde zich niet laten afleiden.

– Dank je, Jimmy. En bedankt dat je ons dit laat doen. Beano heeft me over de afspraak verteld.

Jimmy haalde zijn schouders op.

– Puur zakelijk, Sandra.

– Nou ja, toch bedankt. Misschien dat we daarna toch normaal met elkaar kunnen omgaan? Ik hoop van wel...

Ze zag er niet echt beter uit na zijn pogingen om haar gerust te stellen, maar in elk geval kon ze weer glimlachen, zag Jimmy. Dat was belangrijk. Zelfs al bakte ze er straks niks van, ze was en bleef een lekker stuk om te zien en met een glimlach kwam ze een heel eind om de klootzakken uit het publiek gunstig te stemmen zodat ze haar niet zouden uitjouwen. Het zou ook geen kwaad kunnen om haar shirt strak in te stoppen zodat haar tieten beter uitkwamen, maar hij was niet degene die het ging voorstellen.

– Ja hoor, we zullen wel zien, toch?

– Hmm. Nou, wij gaan een hapje eten. Niet dat ik ook maar een hap door m'n keel zal kunnen krijgen. Zie je, Jimmy.

– Zie je, zei Jimmy.

Hij knikte de anderen toe en ging terug naar de bar om zijn pint leeg te drinken, terwijl zij hun spullen van het podium haalden. Esopus en Shiggy zouden pas over vijftien minuten hier zijn.

– Is dat jouw Sandra? vroeg John, die glazen op een plank aan het zetten was.

– Niet meer, John, zei Jimmy.

– O, oké. Jammer, wel.

– Nah. Het ging niet langer. Blijkbaar dacht ze dat haar muzikale carrière beter zou gedijen als ze met Beano ging.

– Zou kunnen, Jimmy, maar ik fucking betwijfel het ten zeerste. Ze zijn nogal, zeg maar shit, nietwaar? En wat zong ze daar precies, iets over een kat en een hond en een egeltje? Komt dat uit de *Teletubbies*? Ik hoorde m'n jongste laatst zoiets meezingen met de teevee.

Jimmy glimlachte.

– Ah, ze beginnen pas.

– Nou, veel succes gewenst. Je bent wel erg aardig, hoor, om ze in jouw pauze te laten optreden. Met Sandra en Beano en zo, weet je?

– Dat is verleden tijd, John, zei Jimmy, nippend van zijn pint.

– Verleden tijd me reet, zei John, die naar de andere kant van de toog liep om meer glazen uit de vaatwasser te halen. Ik weet wel wat ik die fucker van een Beano gezegd zou hebben... mompelde hij terwijl hij zich buiten gehoorafstand begaf.

Jimmy glimlachte. Er zouden weer vele tongen losgemaakt worden vanavond.

Waar is Shiggy? vroeg Esopus.

– Op de plee, zei Jimmy. Jij ziet er afgepeigerd uit, zeg.

Esopus was bleek en leek verkouden.

– Ik zit er een beetje doorheen.

– Neem je wel eens vitamine C? Wij moesten dat altijd slikken van ma. Cool.

– Vitamines hoef ik niet, Jimmy; ik heb een bak koffie en een nieuwe plasser nodig, zei Esopus, terwijl hij zich met een grijns op een barkruk hees.

– O, oké, zei Jimmy glimlachend. Het gaat dus goed tussen jou en Sharon, begrijp ik hieruit?

– Te gek, zei Esopus met geloken ogen. Ik ben verliefd. En weet je wat? Ze hebben gelijk. Liefde doet pijn. Hij ging staan om zich uit te rekken en streek daarbij met één hand over zijn rug als een stokoude tuinman, en ging toen weer zitten.

– Jezus, moet je jezelf zien. Waarom zeg je haar niet gewoon dat je moe bent of dat je vroeg op moet of zo?

– Dat kan ik niet maken, Jimmy. Ze vertelt het misschien door. Ik heb een naam hoog te houden bij de dames, weet je. En niet alleen een naam.

– Ik weet alles van jouw naam bij de dames, Esopus, maar misschien overschat je de mate waarin je je daarmee geliefd maakt bij die dames.

– Neenee, Sharon en ik blijven bij elkaar. Jij probeert me die beloofde prijs te ontfutselen.

– Echt niet, Esopus, je kunt me geloven. Maar loont het de moeite, denk je? Dit houd je geen drie maanden vol. Moet je jezelf kijken! Ze knijpt je uit als een citroen.

– Zij is het probleem niet. Sinds woensdag heeft ze er twee vriendinnen bij. We zijn nu met z'n vieren aan de gang, in één queensize bed. Daar heb ik alleen maar van kunnen dromen. Wie zei dat ook alweer? Een of andere schrijver? Je weet wel, dat je niet al te hard iets moet wensen omdat je het anders wel eens zou kunnen krijgen en dan ben je compleet gefuckt, genaaid, verneukt en verkloot.

– Ben je compleet gefuckt, genaaid, verneukt en verkloot? Ja, dat klinkt wel als iets wat George Bernard Shaw gezegd kan hebben. Weet je, Esopus, ik vind het toch een beetje weird klinken. Normale meisjes springen niet met een schoolklas vriendinnen bij een jongen in bed. Pas op je tellen.

– Ik weet het, ik weet het. Misschien zeg ik er morgen wat van.

– Komt ze vanavond niet?

– Tsjiezus nee. Ze hebben een optreden in Athlone, fuck zij dank. Ze is morgenochtend weer terug. Jimmy, kan ik vanavond bij jou slapen? Ze weet waar ik woon en als ik niet bij haar thuis ben als ze terugkomt, dan komt ze meteen naar mijn huis en moet ik haar ongemerkt langs pa loodsen. Ik moet een nachtje goed kunnen slapen. Hé? Alsjeblieft?

– Oké, wat je wil. Maar je bent een verschrikkelijke beklagenswaardige droplul, weet je dat?

– Schei uit, Jimmy. Ik voel me niet lekker. Als niemand even met me praat, ben ik zo weer oké... Hè, wat is Shiggy daar aan het uitspoken? zei hij na een moment stilte.

Shiggy was net uit de wc gekomen en stond onder een podiumlicht en hield een spiegeltje voor zijn gezicht.

– Weet ik niet... zei Jimmy, die de richting van Shiggy op keek. Hé, Shiggy, wat doe je daar?

– Hai. Hé, hallo Esopus! *Anno*, ik pruk wenkblauw, zei Shiggy, die het spiegeltje en de pincet voor ze ophield.

– Zei hij dat hij z'n wenkbrauwen aan het plukken was? zei Esopus, die zijn ogen weer gesloten had.

– Volgens mij wel, zei Jimmy.

– Waarvoor?

– Weet ik het. Moet ik het vragen?

– Ik denk dat iemand het hem moet vragen. Als hij een flikker is dan wil ik dat weten voordat de band gaat touren en we hotelkamers gaan delen.

– Shiggy, waarom pluk je je wenkbrauwen? riep Jimmy.

Shiggy kwam naar ze toe.

– Kijk? zei hij, met zijn gezicht in het licht en naar ze toe gekeerd.

– Kijk wat?

– Is lechte stleep. Hij draaide zijn gezicht zo dat de andere wenkbrauw in het licht lag. Lechte stleep, zei hij weer. Zie je? Goed, *ne*?

– Eh, best wel. Heel leuk, zei Jimmy, langzaam knikkend. Hele rechte streep.

– Dank, zei Shiggy met een glimlach. Hij liep terug naar

het podium, borg het spiegeltje op en begon zijn nieuwe basgitaar uit te pakken.

– Dat was wel weird, zei Esopus, hem nakijkend.

– Hmm... zei Jimmy. Hij streek nadenkend met een vinger langs zijn eigen wenkbrauwen.

– Nou, denk je dat hij een flikker is?

– Hmm? O God. Wat is het met jou en homo's, Esopus? zei Jimmy. Ze lopen je toch niet de godganse tijd achterna, of wel soms, en naar je te wuiven en knipogen en fucking kushandjes toe te blazen? Kun je ze niet gewoon met rust laten? Misschien heeft Shiggy gewoon iets met wenkbrauwen.

– Ja. Dat moet het zijn. Maar waarom zou hij rechte wenkbrauwen willen?

– Weet ik veel! zei Jimmy.

– Hmm... misschien vraag ik het later wel aan Jennifer. Denk je dat hij ook z'n benen scheert?

– O, rot op, Esopus, zei Jimmy, die opstond om op het podium de spullen te gaan opzetten. Misschien is het iets Japans. Voor mijn part scheert hij z'n aarsgat en draagt hij een peephole-bh. Het kan me niet bommen wat hij uitvogelt, zolang hij die basgitaar maar speelt.

– Ja. Maar toch is het niet normaal... zei Esopus.

– Hoor wie het zegt, zei Jimmy, die zich naar hem omdraaide. Wat heb jij de hele week liggen uitspoken, fucking weirdo? Kom, hou je kop er even bij. Er komt een massa wijven vanavond en die willen allemaal dat je in vorm voor ze bent.

– Fuck die wijven, zei Esopus ineenkrimpend.

Hij bleef een ogenblik zitten in z'n eentje en stond toen langzaam op. Hij had geen plek meer waar het geen pijn deed door die drie dolgedraaide sletten en nu moest hij ook nog eens tweeëneenhalf uur lang op de trommels slaan, en zich tegelijkertijd een hele kroeg wijven van het lijf houden. Hij bewoog zich langzaam in de richting van het podium, en vroeg zich in het voorbijgaan af of die George Bernard Shaw gozer ooit dergelijke problemen had gehad. Hij wilde wedden van wel.

19

Marco en Jennifer kwamen hand in hand binnen. Ze grinnikten en keken elkaar voortdurend aan.

– Hallo, jongens, zei Jimmy.

– Hai, Jimmy, zei Marco. Ben je er klaar voor, voor vanavond?

– Jawel hoor. Ik heb zelfs een surprise act georganiseerd voor in de pauze. Belooft goed te worden, zei Jimmy. Of interessant in elk geval, dacht hij.

– Hai, Jimmy, zei Jennifer. Ze bloosde. Hadden ze soms net in een steegje liggen vozen voor ze binnenkwamen?

– Jen. Je ziet er geweldig uit.

– Dank je, zei ze met een glimlach terwijl ze Marco dichter naar zich toe trok. Hij giechelde terug en gaf haar een knuffel.

Ah, fuck, dacht Jimmy. Als dat de stemming is waarin die twee de hele avond gaan rondlopen, blijf ik zo ver mogelijk bij ze uit de buurt.

– Luister, zei hij. Ik moet me gaan voorbereiden. We moeten op over een paar minuten. Zie jullie straks, oké?

Hij liep naar de plek waar Shiggy en Esopus de setlist naast het podium bestudeerden. De tent was bijna vol en het lawaai nam toe. Jimmy was nerveus. De afspraak met Beano begon hem steeds meer een slecht idee te lijken. Die stomme kutband was er nog lang niet klaar voor. En het was Shiggy's eerste gig, dus er kon alles gebeuren. Bovendien was het zijn eerste 'openbare optreden' sinds hij Kayleigh had ontmoet. Er was altijd een kans – een heel klein kansje – dat ze zou komen opdagen. Ze kende de naam van de band. Ze wist hoe ze het uitgaanskatern van de krant moest lezen. Als ze niet al te pissig op Jimmy was omdat hij haar had laten stikken, dan kwam ze misschien wel om hem nog een kans te geven. Jimmy had de bibbers.

– Allemaal klaar, jongens? zei hij handenwrijvend.

– Solly? vroeg Shiggy, die nog steeds fronsend het verschrikkelijke handschrift van Esopus probeerde te ontcijferen.

– Ik vroeg of je klaar was? Je weet wel – basgitaar gestemd, microfoonlevels afgesteld, wenkbrauwen mooi recht?

– O ja, in olde. Geen plobreem.

– Esopus?

– Ik denk het wel, Jimmy. Ik moet alleen m'n rug een beetje strekken. Shiggy heeft me wat oefeningen geleerd. Eh, Chi Chai of zo.

– Tai Chi, zei Shiggy zonder op te kijken.

– Ja, dat is het. Kijk Jimmy, dit is de Cobra. Die beweegt snel en gracieus, in harmonie met zijn prooi, hè Shiggy?

Esopus stond op één been, rekte zijn beide armen uit over zijn hoofd en verstrengelde zijn vingers. Toen legde hij zijn hoofd in zijn nek, waardoor hij zijn evenwicht verloor en opzij viel tegen een microfoonstandaard op het podium, die hij meesleepte in zijn val. Uiteindelijk lag hij op de vloer met zijn voeten in een snoer gedraaid en met zijn hoofd in de bass drum te kermen.

– M'n fucking been...

– Dat was heel stichtelijk, Esopus, zei Jimmy, die hem overeind hielp. Die cobra besluipt dus zo zijn prooi? Koeristus. Dan moet hij geen heel erge fucking honger hebben, lijkt me.

Komop, geen geklooi meer, lul-de-behanger. Je bent zonder gebroken nek al erg genoeg. Shiggy, kun je hem er geen leren die iets makkelijker is? Het Schaap of zo?

– Geen schaap, Jimmy.

– Iets anders dan. Jezus. Komop. We kunnen beter opschieten voordat die klojo de Kangoeroe gaat proberen en de hele tent naar de maan helpt.

Jimmy gaf John achter de bar een knikje en gedrieën beklommen ze het toneel. Het was zover. Shiggy de bassist. Het stond buiten kijf dat hij kon bassen, maar dit was voor het echie. Dit was waar ze allemaal te weten zouden komen of het werkte of niet. De vuurproef.

Toen ze klaarstonden keek Jimmy opnieuw naar John. De huisinstallatie werd weggedraaid, de podiumlampen lichtten op. Er was een groot applaus en Jimmy glimlachte naar de meute. Hij kon de klappende en zwaaiende Marco en Jennifer en Norman aan hun tafeltje ontwaren. Hij probeerde met samengeknepen ogen tot achter in de zaal te turen om te zien of... misschien... maar zo ver kon hij niet kijken.

Oké. Daar gaan we.

Halverwege het eerste nummer zag hij dat hij niet op Shiggy hoefde blijven letten, maar kon chillen. Die gozer deed het geweldig, voegde wat lekkere fills toe die ze niet eens geoefend hadden maar niets dat te veel van het goede was. Hij bewoog zich ook goed; hupte op en neer, kromde zijn rug, beende op en neer of bleef stokstijf staan met zijn benen wijd uit elkaar, net als Phil Lynott, alleen met benen die een halve meter korter waren. Het publiek genoot ook. De mensen hadden al wat glaasjes op en leken zich voor te bereiden op een avondje gezelligheid en dronkenschap. Alleen Esopus was zichzelf niet. Op een gegeven moment keek Jimmy even naar hem om en zag hem spelen met zijn ogen dicht en een pijnlijke grimas op zijn gezicht. Net goed, dacht Jimmy. Dat zal hem leren, de grote gore geilaard.

De set ging van een leien dakje, maar tegen kwart voor tien merkte Jimmy dat hij nog steeds nerveus was en zelfs steeds nerveuzer werd. Dat was nog nooit gebeurd. Meestal voelde hij zich geweldig zo gauw ze van start gingen. Kayleigh was nergens te bekennen, maar toen hij tijdens een solo opzij keek zag hij aan Shiggy's kant van het podium Lavender's Teardrops staan met hun instrumenten, en sloeg zijn hart plotseling over. Jezus, hoe had hij het in zijn hoofd gehaald om ze te laten spelen? Ze waren crimineel! Hij checkte het publiek. Er zouden erbij zitten die ze kenden maar heel wat toeschouwers zouden het niet leuk vinden dat ze voor hun duurbetaalde vijfje een half uur lang een soort Open Podium moesten bijwonen. Hij verknoeide het slot van zijn solo, kreeg een vluchtige blik van Shiggy en probeerde er verder niet aan te denken. Het was niet zijn probleem. Beano had het zelf gewild. Niemand kon het hem in de schoenen schuiven, wel?

Ze hadden nog één nummer voor de pauze. Voor ze begonnen riep Jimmy naar Beano:

– Zijn jullie klaar? Dit is onze laatste.

Beano knikte en stak zijn duim in de lucht, al kon Jimmy zien dat hij het zowat in z'n broek deed van de plankenkoorts. Sandra zag er fantastisch uit, om door een ringetje te halen, maar haar ogen stonden wijd opengesperd en geen make-up kon verbergen dat ze ieder moment kon overgeven. Zelfs Mick zag er niet op zijn gemak uit. Hij had in tijden geen optreden meer gedaan en dit was een groot publiek. O fuck, dacht Jimmy. Dit gaat niet goed. Hij koos een van zijn eigen liedjes uit, Alibi, als laatste van de set, en riep de verandering door naar Shiggy en Esopus. No way dat hij nu The Darkness of Metallica ging spelen en dan de hele zaak aan Sandra overdragen zodat zij er een of ander schijthippieliedje overheen kon zingen.

247

– Dank je wel allemaal, zei hij in de microfoon, toen ze klaar waren. En nu, beste mensen, gaan wij er even tussenuit. Maar tijdens onze afwezigheid hebben we voor een kleine verrassing gezorgd. Een gloednieuwe formatie, die vanavond hier haar eerste live-optreden doet. Dames en heren, geeft u ze een daverend applaus: Lavender's Teardrop!

Jimmy deed zijn gitaar af en applaudisseerde in de microfoon. Het publiek, dat geweldig was, begon meteen te stampen en fluiten. Hij zag een paar mensen zich onmiddellijk omkeren naar hun vrienden en beginnen te praten en wijzen. Het gerucht deed de ronde. Dit zou nog meer impact hebben dan zijn *Still in Love With You*-gebbetje van een tijdje terug.

Hij liep het podium af en passeerde Beano.

– Succes, Beano.

– Bedankt, Jimmy. De zielepoot bestierf het van de angst.

– Toi toi, Sandra, en kelole, zei hij tegen haar toen hij langs haar liep zodat zij kon opkomen.

Ze verzette geen stap toen hij opzij ging om haar te laten passeren.

– Sandra?

– Ik kan het niet, Jimmy. Haar handen lagen op haar gezicht en trokken de huid onder haar ogen weg.

– Sandra, natuurlijk kan je het. Het komt allemaal goed, echt.

– Ik moet overgeven.

O, fuck.

– Sandra, luister... Hij keek om zich heen. Beano plugde de drumdoos in op de PA en Mick zocht naar een plectrum. Sandra, je hebt een geweldige stem en de liedjes zijn goed. Dat zou ik niet zeggen als het niet waar was. Je kent mij en mijn muziek. Zou ik je op het podium laten als ik dacht dat je er niet klaar voor was? Komop. Erop en erover. Dit publiek zal je op handen dragen. Ik zweer het. Echt.

– Echt waar, Jimmy?

– Echt waar.

– Oké. Oké. Ze begon diep adem te halen. Ik kan het.

– Tuurlijk kan je het.

– Goed. Dank je, Jimmy. Oké.

– Zit wel goed. O kijk, er zit iets op je shirt. Van achteren. Een vlek of zo.

– O nee! Shit! Waar?

– Het is oké, Sandra. Kijk, stop je shirt gewoon in je jeans. Dan ziet niemand het.

– Oké. Goed. Dank je, Jimmy.

Ze stopte het shirt goed strak in.

Ze wierp nog een laatste deerniswekkende blik op Jimmy, die knipoogde en bemoedigend glimlachte. Toen stapte ze het podium op. Jimmy zuchtte diep. Goeie God, Sandra kon hem niet bommen, nu had hij zelf het gevoel dat hij moest overgeven. Hij zag haar onder ovationeel applaus in het grote spotlight stappen; de meisjes in het publiek klapten extra hard om te laten zien dat ze helemaal niet jaloers waren op haar mooie uiterlijk, en de jongens om hun oprechte waardering te tonen voor een paar prachtige tieten, die in alle betekenissen van het woord uitstekend werden gepresenteerd. Zo. Jimmy had zijn best gedaan.

Het publiek werd stil en Sandra posteerde zich voor de microfoon. Jimmy stond tegen een pilaar naast Esopus, die op een plastic sigaret kauwde en het podium met verwondering gadesloeg. Shiggy was naar de plee.

– Eh... hallo iedereen, zei ze zachtjes, van onder haar haardos spiedend.

Stilte.

Jimmy begon te zweten.

– Kom op Sandra. Recht vooruit kijken. Hard praten. Glimlachen en tieten vooruit. Godeverdefuck... was hij tegen zichzelf aan het kleppen, met één vinger in zijn mondhoek.

Esopus keek naar hem.

– Wat heb jij?

– Even je kop houden, Esopus, zei Jimmy. Hij hield zijn ogen strak op het podium gericht. Jezus, Beano, klootzak, speel dan iets!

– Eh... dit nummer heet Sometime, zei Sandra.

Ze keek hoopvol om en eindelijk werd Beano wakker en drukte een knop in op de drummachine. Toen begon hij een simpele riff te spelen, waarbij de bas langzaam inviel, en toen waren ze weg. Maar plotseling stopte Beano met spelen, zei 'sorry' in zijn microfoon en zette de drums weer af.

– Eh, verkeerde beat, zei hij.

Jimmy hoorde een gedempt gegiechel van vooraan in het publiek en sloot zijn ogen. Zijn hemd was doorweekt.

– Dat krijg je ervan als je een drumdoos gebruikt, fluisterde Esopus.

Ze begonnen opnieuw, ditmaal met de juiste beat, en Sandra begon te zingen. Ze deed het best goed. Haar stem trilde licht, maar na een paar regels leek ze aan vertrouwen te winnen, en de extra galm die Jimmy op haar microfoon gezet had voordat hij het toneel afging maskeerde de ergste hobbels. Drie minuten later was het nummer voorbij. Het publiek klapte en juichte. Het was tamelijk shit geweest maar ze wisten dat het de eerste gig van de band was en in elk geval was het niet zo waardeloos dat iedereen plotseling massaal naar de plee of de bar moest. Jimmy floot en klapte, en toen hij Normans blik opving aan het eind van hun tafeltje gebaarde hij hem om zijn voorbeeld te volgen. Norman stootte Marco aan en na een paar seconden was er een heel behoorlijk applaus aan de gang.

Jimmy keek op zijn horloge. Vijf over tien. Oké, nog drie te gaan.

Het tweede nummer ging minder goed. Mick vergat wat hij moest doen en besloot dat hij zich het beste uit zijn onwetendheid kon redden door heel hard en snel te spelen. Daardoor raakte Sandra helemaal van de wijs; ze vergat de tekst van het tweede couplet en begon in plaats daarvan het refrein nog eens te zingen. Toen raakte Beano in de war en wist ook niet meer waar hij was. Ze kwamen net op tijd weer samen voor het laatste couplet en refrein maar inmiddels zaten de toeschouwers ongemakkelijk te draaien op hun stoel en klonk er van alle kanten gepraat en gefluister.

– O kuttekuttekut, kermde Jimmy. Hij veegde een bierviltje over zijn voorhoofd en sloeg een plens zweet af op de vloer.

– Het gaat lekker zo, zei Esopus, die een dansje maakte met zijn schouders en heupen. Voor het eerst die dag zag Jimmy hem grijnzen.

– Jezus, Esopus. Het is afgrijselijk.

Er volgde nog een applausje maar Jimmy's ervaren oren konden horen dat de mensen zo langzamerhand zwaar genoeg begon te krijgen van Lavender's Teardrop. Ze wilden dansen.

Sandra zei weer wat.

– Eh, bedankt. Eh... zei ze, omkijkend naar Beano. Alleen als je doof en blind was had je niet geweten dat het tijd om te stoppen was, en Sandra was niet doof en blind. Ze zei iets tegen Beano maar hij schudde zijn hoofd en knikte naar haar microfoon. Toen ze zich weer omdraaide zag ze er doodsbenauwd uit.

– Deze heet *Red Rage*, zei ze.

– O shit nee, kreunde Jimmy. Stop nou gewoon. Beano, het is goed geweest. Stap van het fucking toneel af voor ze pinda's naar je gaan gooien. Alsjeblieft. Jij gruwelijke gepiercte eikel...

– *Red Rage*? Hé, misschien is het wel een rocker, zei Esopus.

Het was geen rocker. Het was het soort liedje dat Tracy

Chapman geschreven zou hebben als ze geen talent had gehad.

Er begonnen al toeschouwers naar de bar te gaan.

– Hij moet niet alleen eigen nummers doen, merkte Esopus op.

– Ik weet het, zei Jimmy.

– Niet hier. Niet op zaterdagavond.

– Ik weet het.

– Vier nummers waren het toch, Jimmy? Ze willen toch niet vier van zulke nummers horen?

– Ik fucking weet het, Esopus! Wil je alsjeblieft je kop houden zodat ik kan luistern?

Ze haalden het eind van het nummer en kregen een beleefd applausje van ongeveer twintig procent van het publiek en wat tamelijk manisch geklap en gejuich van Jimmy.

– Nu, Beano. Nu stoppen, in godsnaam, voor het uit de hand loopt. Alsjeblieft. Je krijgt een ovatie, echt. Je komt er mee weg. Maar niet nog...

– Eh, dit is ons laatste nummer, zei Sandra.

Fuck.

– Het heet *Mother Nature*.

– O shit, niet dat kelere *Teletubbies*-liedje...

Ze begonnen te spelen maar na drie maten begon de drummachine vreemd te doen en beats te missen. Mick, Beano en Sandra draaiden zich om en keken alle drie naar het kleine zilverkleurige doosje op de speaker, ongeveer ter grootte van een boek. Er klonk wat ruis en toen hield het ding er helemaal mee op. Beano en Mick hielden op met spelen.

– Doorspelen, lul! schreeuwde en fluisterde Jimmy tegelijkertijd, maar Beano stond daar als een zoutzak en wist niet wat hij moest doen.

Jimmy liep naar de rand van het podium en wenkte hem.

– Wegwezen. Jullie zijn klaar. Over en uit. Dat ding is stuk.

– Het is niet stuk, Jimmy. Ik heb een nieuwe batterij nodig. Heb jij toevallig een negenvolts...

– Een batterij?! Gebruik je fucking batterijen voor een optreden?! Beano, achterlijke klootzak, je neemt toch geen batterijen voor een live optreden... jij... hoe de fu... Jezus Beano, kom het toneel af, wil je? Opgelazerd. Jimmy draaide zich om naar Esopus. Hij heeft dat kutding op batterijen, de fucker, zei hij, knipperend met zijn ogen.

– Ja, zei Esopus, die het uiteinde van zijn plastic sigaret bestudeerde. Dat verbaast me niks. Weet je wat hij voor z'n eindexamen had?

– Dit is het laatste nummer, Jimmy, zei Beano. Heb jij misschien een batterij?

Sandra stond midden op het podium, en zag er bang uit.

– Laat ze maar zien, schat! schreeuwde iemand van achter uit de zaal.

– Jimmy? stamelde ze.

Jimmy keek naar haar. Haar onderlip begon te trillen. O Jezus fuck...

Hij draaide zich om naar Esopus.

– Jij gaat het doen. Vooruit.

– Wat? vroeg Esopus, toen hij de sigaret uit zijn mond had gehaald.

– Jij drumt. Jij gaat nu het podium op.

– Ik? Amme fucking hoela!

– Toch wel. Ik zweer het, jij gaat het podium op en drummen.

– Ik ken het nummer niet eens, Jimmy. En ze zijn shit. Hoe moet ik meespelen als...

– Esopus. Niet zeiken. Daar. Spelen. Nu.

Jimmy duwde Esopus nu in de rug naar het podium. Ze

stonden in het donker, maar een paar mensen zagen wat er gebeurde en begonnen te lachen.

– Sodemieter op, Jimmy. Ik heb die lul toch niet gezegd dat hij mocht spelen, of wel soms? Drum jij maar als je zonodig moet.

– Esopus. Alsjeblieft, ga achter je fucking drumstel zitten en speel, voordat het publiek het voor gezien houdt. Ik zweer bij God in de hemel dat als je nu niet dat podium opgaat, dat je dan de broodjes van ma voortaan op je buik kan schrijven. Ik waarschuw je. Ik gooi ze nog eerder in de vuilnisbak dan dat ik ze jou geef. Ik fucking zweer het. En ik zal Katie vertellen dat je haar een slettenbak hebt genoemd.

Esopus lachte terwijl hij probeerde zich een weg terug te duwen naar de pilaar.

– Doe maar. Katie haat me toch al. En je ma geeft me die broodjes zelf mee als ik bij haar langskom.

– O nee. Ik zal haar zeggen dat je ze smerig vindt.

– Jouw ma kan geen kwaad woord over me horen. Oké, ho maar, ho maar. Luister, ik heb een voorstel.

– Wat? vroeg Jimmy. Hij stopte met duwen en keek rond. Beano, onnavolgbare showman die hij was, stond te staren naar het publiek. Sandra probeerde uit de spotlights te sluipen en Mick stond met zijn rug naar alles en iedereen en deed alsof hij iets heel belangrijks aan zijn versterker te sleutelen had. Zelfs het publiek geneerde zich, de meesten liepen van het podium weg. Jimmy keerde zich weer tot Esopus.

– Meatloaf en zijn wonderondergoed, zei Esopus.

– Wat?!

– Ik speel alleen voor Beano als we *Meatloaf's Underpants* kunnen doen in de tweede set.

– Ben je gek geworden? Hier? Vanavond?

– Jazeker. Waarom niet? Je hebt zelf gezegd dat het een goed nummer was.

– Jezus, Esopus, *Chitty Chitty Bang Bang* is ook een goed nummer, maar de luitjes hier willen het niet horen! Je kan niet... dat is niet eerlijk... stuk... ach kut. Oké. Doe maar. Maar zorg er dan nu ook voor dat ze goed gaan klinken, hoor je?

– Geen probleem, Jimmy. Ik ben er toch zelf bij?

Hij sprong op het podium en Jimmy begon opnieuw te fluiten. Zet hem op, Esopus.

Het publiek begon te joelen toen ze Esopus in de gaten kregen.

Hij drentelde naar Sandra's microfoon en ging ervoor staan, armen wijd en grijnzend.

– Eh, sorry daarvoor, mensen. Gelukkig raakt mijn batterij nooit op. Tenminste, dat is wat ze me gisteravond zei, voegde hij daar met een knipoog aan toe.

Er volgde een tweede juichkreet uit het publiek. Esopus zwaaide en nam plaats achter zijn drumstel. Beano glimlachte opgelucht en begon weer te spelen. Sandra zag eruit alsof ze Esopus wilde omhelzen terwijl ze de microfoon in haar hand nam. Opeens amuseerde iedereen zich weer. Zelfs het publiek.

Jimmy keek toe, uitgeput maar gelukkig. De kloothommel. Eén dubbelzinnige opmerking en de show is gered. Hij zag hem zijn stokjes ronddraaien en naar hem knipogen. Voor iemand die nog geen uur geleden de pijnlijkste pik ter wereld had, leek hij zich er vrij probleemloos doorheen te slaan. Jimmy had hem van begin af aan moeten chanteren om te drummen. Hij leunde tegen de pilaar en voelde eindelijk de spanning van zich af glijden toen *Mother Nature* het een na luidruchtigste gejuich ten deel viel van de avond.

Alleen *Meatloaf's Underpants*, later, was een grotere hit.

– Nou, zei Jimmy. Wat denken jullie ervan? Hij zette zijn gitaar neer en keek ze aan.

– Fucking geniaal, zei Norman.

– Klopt. Goed hoor, Jimmy. Heel erg goed, zei Esopus.

– Eh, maar wat betekent het? zei Marco, die niet gezegend was met een Ierse opvoeding.

– Ach, het gaat over een meisje, weet je? Het heet *Caillte*. Betekent 'Verloren'. Verloren meisje, verloren telefoon, snap je? Maar de melodie?

– Mooi, Jimmy. Maar wel verdrietig? zei Marco vragend.

– Jaja. Moet ook verdrietig zijn, zei Jimmy met zijn ogen op de gitaar die tegen zijn been stond. Ik zit diep in de misère en ik zal heel verdrietig zijn als er niks van terechtkomt. Wat denk jij ervan, Esopus? Voor de drumpartij, zeg maar?

– Ah, Jimmy. Voor zo'n langzaam dingetje? Geen probleem. Ik tik maar wat weg. Als het eenmaal is opgenomen zoals jij het wil, kunnen we ophouden met kutten en kijken hoe de echte liveversie gaat klinken.

– Dit is de echte versie, Esopus. Ik heb het niet geschreven zodat jij het de Ozzy Osbourne-behandeling kon geven.

– Kan ik inkomen. We hoeven het ook eigenlijk helemaal niet live te spelen, toch?

Jimmy keek hem aan.

– We gaan het live spelen. Esopus, waarom moet elk liedje dat jij leuk vindt gaan over de Satan of politici vermoorden of een geslachtsziekte oplopen? Kun je niet gewoon naar een aardig rustig deuntje luisteren en je ontspannen? Zelfs Metallica heeft ballads.

– Ah, *The Black Album*. Daar ging het mis. Zwart klopt precies – het was een zwarte dag voor metal, zeker weten. Kijk, Jimmy, ik heb niks tegen popmuziek. Zolang ik er maar niet naar hoef te luisteren.

– Nou ja, wat je wil. Dit is een ballade, het is in het Iers, en er komt geen metalversie van, oké? En we zullen het tijdens optredens zeker spelen.

– Mietje, zei Esopus, die zijn bier oppakte van Jimmy's salontafel. Waar is Shiggy?

– Volgens mij is hij ervandoor met die Afrikaanse chick die hij afgelopen zaterdag heeft ontmoet, zei Jimmy.

– Echt? zei Norman. God, die weet ook van wanten.

– Hoezo, Norman? vroeg Esopus. Omdat hij twee keer gescoord heeft in de twee maanden dat hij hier is? Dat is zo'n beetje het gemiddelde voor een doorsnee gezonde man in sommige delen van het land, wist je dat, Norman?

– O nee, jongens, begin nou niet weer, jullie twee, zei Jimmy. Esopus, Shiggy komt morgen langs om de baspartijen door te nemen. Kun jij dan ook? Gewoon om een idee te krijgen hoe het gaat klinken met de bas en echte gitaren. Ik weet niet hoeveel tijd we zullen hebben op zondag, en ik wil geen tijd verknoeien.

– Eh, Jimmy, Sharon heeft me net weer te pakken gekregen en ze werkt morgenavond niet. Ik heb een paar dagen rust gekregen, dus ze verwacht wel een soort sessie, weet je?

Esopus deed z'n best er vrolijk bij te kijken maar hij straalde iets onmiskenbaar flets uit.

– En die afgelikte boterham is jouw Superchick, Esopus? vroeg Norman.

– Zeker weten, Norman. God zegene haar.

– En een behouden vaart voor de hele bemanning.

– Ah. Zijn we jaloers? vroeg Esopus.

– O ja, heel erg. Ik wou dat ik wallen onder m'n ogen had

en dat ik vanaf m'n middel naar beneden zo'n pijn had dat je me zou houden voor een ziek oud omaatje als je me zag lopen. Als ik m'n kaarten goed had uitgespeeld, had ik het kunnen zijn die de Hoerenkoningin kon neuken en al haar vriendinnen, en God weet wat oplopen en mezelf goed voor joker zetten.

– Mooie kaarten zouden dat geweest zijn, Norman, die je in je hand had, als je Sharon en al haar vriendinnen had willen neuken. Je zou er een fucking pak goochelkaarten voor nodig hebben gehad.

– Dus je bent er morgen niet? vroeg Jimmy snel.

– Nah. Luister Jimmy, als het liedje net zo is als je hebt voorgespeeld, dan is er niks mis. Als je nog veel gaat veranderen, neem het dan op en geef mij zaterdag de tape.

– Goed. We beginnen om... Marco, wat de fuck zit je te grijnzen?

Ze draaiden zich allemaal naar hem toe. Hij zag eruit alsof hij net wakker werd uit een fijne droom. Jimmy wees met zijn flesje naar hem.

– Je loopt de hele week al compleet verdwaasd rond. Wat is er aan de hand?

Marco bloosde.

– Ah. Niks, Jimmy, Gewoon... nee, niks.

– Vooruit. Vertel.

– Echt, Jimmy, het is niks. Nou ja, gewoon, weet je, jij hebt jouw Superchick gevonden, Esopus die van hem. En ik denk dat ik de mijne heb gevonden.

– Jennifer?

– Natuurlijk Jennifer. De afgelopen paar weken... Ah, Jimmy, het is heel fijn. Ik ben heel blij met haar.

– Daar kun je waarschijnlijk wel pilletjes voor krijgen, Marco, zei Esopus boerend.

– Nee, Esopus. Geen pilletjes. Weet je, sinds we het over Superchick hadden, was ik... eh... nerveus. Ik denk dat ik bang ben dat ik denk dat zij het niet is. Maar nu als ik naar haar kijk, als ik bij haar ben... ja... zij is het. Ik ben erg gelukkig. Zij is Superchick.

Jimmy boog voorover en liet zijn fles tegen die van Marco knallen.

– Nou, dat is goed nieuws! Ik ben ontzettend blij voor je. Goed gedaan.

Norman hief ook zijn fles.

– Eerlijk is eerlijk, Marco. De eerste die de vrouw van zijn dromen heeft gevonden. En hij had haar de hele tijd al, ook nog eens een keer.

– Hoezo de eerste? vroeg Esopus.

– Hoezo hoezo? vroeg Norman.

– Hoezo zou hij de eerste zijn? Ik bedoel, het is m'n zus en volgens mij is hij knotsknettergek, maar hij besefte pas een paar dagen geleden dat zij het was. Ik ben al weken met Sharon. Waarom ben ik niet de eerste?

– Omdat, Esopus, zei Norman, zich tot hem richtend, Marco's vriendin iemand is van wie hij kan houden en met wie hij wil trouwen en kinderen krijgen en lang en gelukkig samenleven. Die van jou is een vieze vunzige lellebel die je nog niet in je keuken wil laten uit angst dat ze iets zou kunnen aanraken.

Jimmy en Marco barstten in lachen uit.

– Waar zitten jullie om te lachen? vroeg Esopus, om zich heen kijkend. Dat is niet leuk. Het is fucking beledigend, dat is het.

– Maar hij heeft een punt, Esopus, zei Jimmy, nog steeds lachend.

– Een punt in z'n reet, ja! Sharon is een geweldig meisje. Ze heeft misschien een gezonde appetijt, maar ik toch ook? We passen bij elkaar. Waarom zou ik niet trouwen met Sharon en kinderen krijgen en dat soort dingen?

– Moet je jezelf horen, Esopus, zei Norman bulderend van de lach. God, wie zou er ooit zo iemand trouwen? Doet ze 's ochtends eigenlijk wel een slipje aan of denkt ze toch dat het geen enkele zin heeft?

– Hou je kop, Norman. Dat is niet eerlijk. Je kent het kind niet eens. Tsjiezus, ik had van jou wel wat anders verwacht, mottig klein maagdje. Sinds wanneer ben jij zo'n hatelijke klootzak?

– Relax, Esopus. Ik was je maar aan het afzeiken. Ze zal heus fantastisch zijn, zei Norman grinnikend.

– Nou, je kunt je meningen voortaan voor je houden.

Jimmy keek verbijsterd toe. Hij kende Esopus zijn hele leven en hij had hem nog nooit op deze manier in de verdediging gedrongen zien worden. En toestaan dat Norman hem zat te zieken en op te naaien? Het was alsof hij iemand anders was. Wat was er aan de hand? Hield hij soms echt van die griet? Het was ondenkbaar maar Jimmy kon geen andere verklaring verzinnen. Zou hij z'n prijs moeten inleveren met kerst? Het kon Jimmy niet schelen. Het idee van Esopus met een vaste vriendin was het dubbel en dwars waard. Christemezielen, hij zou er zelfs een nieuw drumstel bij willen doen als hij dacht dat er een kans was dat Esopus eindelijk volwassen werd. Maar Sharon? Nah. Hij kon het zich niet voorstellen. Zelfs als hij er klaar voor was, dan leek zij hem toch allerminst het vaste vriendintype. Een interessante ontwikkeling, besloot Jimmy. Esopus die eindelijk voor een meisje valt en het meisje dat er niks van wil hebben. Wie had dat ooit durven denken?

Hij besefte dat iedereen naar Esopus keek met waarschijnlijk dezelfde gedachte.

– Waar kijken jullie naar? schreeuwde Esopus, rondblikkend. Laat me fucking met rust, klootzakken. Deel die kutkaarten nou maar eindelijk eens een keer, Jimmy. Hij kruiste zijn armen en keek in de open haard. Heel erg interessant.

Ze pokerden maar een paar uurtjes voor ze opbraken. Esopus kon zijn ogen ternauwernood open houden, Jimmy zat de hele tijd zijn liedje te neuriën en Marco's wezenloze grijns begon iedereen op de zenuwen te werken. Zonder er eigenlijk iets voor te hebben gedaan stond Norman ongeveer vijftig euro in het groen en hij stelde voor om er een punt achter te zetten voordat het gênant werd. Niemand had bezwaar.

Marco en Esopus vertrokken, maar Norman bleef hangen en hij begon de bierblikjes op te ruimen terwijl Jimmy het water opzette. Ze gingen zitten met een kop thee en een schaal supersmerige broodjes die Marco had meegenomen, zelfgebakken door Jennifer. Norman en Jimmy wisten geen van beiden veel van het proces van broodjes bakken, maar het was duidelijk dat Jennifer de basisprincipes ook niet onder de knie had. De broodjes waren allemaal meer dan tien centimeter in doorsnee en één centimeter dik en ze leken iedere druppel vocht in je mond te absorberen. Ze werden ook groter naarmate je meer op ze kauwde en vulden uiteindelijk de gehele mondholte, en het totale effect leek sterk op een grote mondvol bedorven Liga. Nog afgezien van de smaak, die meer uiïgs had dan de jongens in de loop der jaren verwachtten van hun zoete deegwaren. Ze wisten er allebei eentje te verorberen en leunden vervolgens achterover om te praten, terwijl ze hun best deden niet naar de schaal te kijken.

– Marco ziet er gelukkig uit, zei Jimmy.
– Ja. Ah, Jennifer is een lief meisje, zeker. Heel lief. Ik ben

blij voor ze. Het is fijn om je vrienden gelukkig te zien, zei Norman, die tevergeefs probeerde met zijn tong een bijzonder hardnekkig stuk brood los te wrikken van zijn kiezen.

Jimmy knikte en bromde terug. Hij had een mond vol hete thee, waarmee hij de kleverige derrie die aan zijn tanden plakte probeerde weg te spoelen. Uiteindelijk gaf hij het op en slikte. Hij zou er straks de tandenborstel wel op loslaten als het er nog zat.

– Als ze gaan trouwen hoop ik dat deze broodjes een vergissing waren, zei hij. Want anders is hij de komende vijftig jaar bezig met vullingen uit zijn keelgat te vissen. Tsjiezus, heeft jouw ma ze ooit zo gebakken?

– Ah nee, Jimmy. De broodjes van mij ma zijn altijd heerlijk en luchtig.

– Van mijn ma ook.

– Volgens mij is ze iets vergeten.

– Ja. Bloem misschien.

– Maakt jouw ma scones?

– Tuurlijk. Met rozijnen soms.

– Heerlijk.

– En jouw ma?

– O ja. Fantastisch met jam.

– Ah, bramen.

– Hou op, schei uit.

Ze namen een slok thee en zaten een ogenblik stilletjes te mijmeren over hun meest onvergetelijke lekkere broodjes.

– Denk je dat ze gaan trouwen, dan? vroeg Norman.

– Die twee. Ja hoor, ik denk van wel. Ze zouden trouwens wel gek zijn als ze het niet deden, zei Jimmy.

– Esopus denkt dat Marco sowieso al gek is.

– Dat is Esopus, zei Jimmy, die zijn mok neerzette. Bij hem is het allemaal een act. Hij is gek op Jennifer, in feite. Toen hun ma doodging was zij nog maar een kind, maar toch werkte ze zich de ballen van het lijf in het huishouden. Zorgde voor alles en iedereen: koken, schoonmaken...

– Broodjes bakken.

– Broodjes bakken ook, lacht Jimmy. Tsjiezus, misschien haat hij haar echt! Nah, toch niet. Jen verdient een toffe gozer. Marco zal goed voor haar zorgen.

– Voor hetzelfde geld was jij het geweest, zei Norman, hem aankijkend.

– Wat? Denk je dat Marco een oogje op me had? Jimmy lachte. Nah, Jen en ik zijn gewoon maatjes, Norman.

– Misschien denk jij dat, maar Jennifer is altijd gek op je geweest.

– Nietes. Ik heb met Jen nooit de idioot uitgehangen.

– Ah, maar dat hoefde je ook niet, Jimmy. Je was altijd in de buurt en dat kon je heel goed aan haar zien.

Jimmy wist niks terug te zeggen. De waarheid was dat hij wel wist dat Jennifer hem leuk vond. De grotere waarheid was dat hij haar ook leuk vond. Toen ze nog tieners waren had hij wel eens overwogen om iets met haar te beginnen. Zoenen of zo. Maar hij had het nooit gedaan en hij was er nu blij om. Het zoenen zou geweldig geweest zijn, dat wel, maar er zou ook iets onherstelbaar veranderd zijn. Hij kon nu naar Jennifer kijken en iemand zien die zo ideaal was als een vrouw maar kon zijn, op de broodjes na, maar ze was een van zijn beste vrienden. Ze was er altijd voor hem geweest. Mensen zeggen dat je nooit vrienden kan zijn met een meisje op dezelfde manier als met een jongen, omdat je uiteindelijk altijd tegen het feit oploopt dat een meisje borsten heeft waar je vroeger of later mee zal willen spelen. Dat ontkende Jimmy ook niet. Het was toch een ander soort vriendschap dan met Esopus of Norman bijvoorbeeld. Wat hij met Jen had, had hij met niemand anders.

Jen was Superchick, daar was geen twijfel over mogelijk. Maar dan wel van iemand anders. Dat vond Jimmy best. Het betekende dat hij en Jen nooit uit elkaar zouden gaan.

– Jimmy? zei Norman.

– Ja? zei Jimmy, opkijkend.

– Jennifer?

– We zijn maatjes, Norman. Goeie maatjes. Een beetje zoiets als een vriendin en een zus hebben in één iemand.

– Oké, oké. Kan ik inkomen. En Kayleigh?

Jimmy lachte.

– Dat is juist het klotige, Norman. Ik kan met het grootste deel van die avond niet meer herinneren. Soms weet ik niet eens meer hoe ze eruitzag. Alsof het nooit is gebeurd.

– Het is gebeurd, Jimmy. Ik weet ook niet meer hoe zij eruitzag, maar ik weet nog wel hoe jij eruitzag. Een grote gelukkige gek, zo zag je eruit.

– Ja, dat weet ik nog, zei Jimmy met een glimlach. Ik weet het niet, Norman... misschien lag het allemaal aan het moment. Sandra en ik die uit elkaar gingen, ik die besloot op zoek te gaan naar een wereldchick... Ik heb nou niet bepaald in alle hoeken en gaten van Dublin gezocht. Het was maar een paar weken. Misschien was ze gewoon een leuk mokkeltje en heb ik haar in mijn hoofd tot een soort engel gemaakt, omdat ik naar een engel op zoek was. Dat liedje en alles... Ik ga het nog steeds doen, maar Esopus heeft gelijk. Ik moet er geen hooggespannen verwachtingen van hebben. Ten eerste is er in feite geen fuck kans dat het ooit op de radio komt, of wel soms? En dan nog, misschien was ik wel gevallen voor iedere leuke chick die ik ontmoette, zoals ik me die avond voelde.

Norman keek hem een ogenblik aan.

– Jimmy, zei hij. Ik ken je langer dan vandaag. Het klikte tussen jou en dat meisje. Het was niet zomaar alleen omdat je haar er wel leuk vond uitzien of dat je een paar pinten op had. Zo zag je er niet uit toen je voor het eerst met Sandra uitging, en die daarvoor... eh, Mairéad? Nou, zo was het dus ook niet. Na het duet kwam jij met haar het podium af en je zag eruit alsof je net in je ballen was geschopt. Op een prettige manier, bedoel ik.

Jimmy glimlachte en Norman ging door.

– Luister, doe jezelf een lol, alsjeblieft. Je hebt die fucking eikel van een Beano op het podium geholpen en je hebt hem gered toen hij daar bijna doodging. Je gaat dit weekend naar de studio om je liedje op te nemen met Sandra erbij en alles. Je bent er bijna Jimmy, dus doe nou geen half werk. Maak dat liedje het beste wat je ooit gedaan hebt. Als ze het nooit te horen krijgt, kun je er verder ook geen fuck meer aan doen. Maar dan heb je in elk geval je stinkende best gedaan, oké? En je moet sowieso niet luisteren naar Esopus.

– Ja. Ik weet het, zei Jimmy, die een broodje pakte, ernaar keek en weer teruglegde. Je hebt gelijk. Ik had een aanval van zelfmedelijden. Het zijn me de paar bezopen maanden wel geweest, zeg. En jij Norman?

– Hoezo?

– Superchick?

– Ach, fuck dat allemaal, Jimmy. Ik heb het geprobeerd, maar het was niks voor mij. Meisjes versieren en naar disco's gaan en lopen dansen als een fucking gestoorde eend. Nah. Je moet van je kracht uitgaan en mijn kracht ligt niet in mijn onweerstaanbare charme, geloof me. Ik ben geen gelikte charmeur en het kan me niet bommen wat mensen van me zeggen. M'n ma is net zo. God, vergeleken met haar ben ik Marlon Brando voordat hij in een sofa veranderde. Ik heb geen haast, Jimmy. Mijn Superchick gaat waarschijnlijk sowieso niet naar de disco. Komt wel goed.

– Tuurlijk komt het wel goed, Norman.

– God, zei Norman, we lijken wel een stel fucking ouwe wijven. Zitten te klessebessen over dit soort zaken, kopje thee erbij. Het enige wat nog ontbreekt zijn sloffen met konijnen erop.

Jimmy lachte en knikte beamend.

– Klopt. Ik zou m'n plaat van Suzanne Vega hebben opgezet, maar die heeft Sandra meegenomen.

– Mis je haar, Jimmy?

– Ja, zei Jimmy. Niet dat ik haar terug zou willen of zo. Maar je raakt er aan gewend, weet je. Misschien is dat het probleem.

– Ja, kan zijn. Maar ergens aan wennen wil niet zeggen dat het niet nog steeds te gek is.

– Nee. Het wil alleen zeggen... kijk naar Esopus. Dacht dat hij nooit verzadigd zou raken, en nu verstopt hij zich voor zijn mokkeltje bij mij thuis omdat hij helemaal sufgenaaid en platgeneukt is! Hij deed een beetje vreemd vanavond. Denk je echt dat hij voor haar gevallen is?

– Helemaal niet, Jimmy. Ik zal je zeggen wat er mis is met Esopus. Hij komt er langzaam achter dat het leven meer is dan overal je lul in stoppen, en dat maakt hem doodsbenauwd want hij weet niet wat hij ermee aan moet. Zijn broers snapten het jaren geleden al maar Esopus denkt dat hij gewoon niet mag ophouden, alsof hij op een missie van Satan is of zo. Maar in feite kan hij het niet meer en hij weet het zelf ook. En dat niet alleen, als hij Marco en Jennifer zo gelukkig ziet, en de moeite die jij voor Kayleigh doet... hij is gewoon jaloers.

– Ik geef je mijn huis en mijn jaarsalaris als je hem zover krijgt dat hij dat toegeeft, zei Jimmy, die rechtop ging zitten en glimlachte.

– Vergeet het maar, Jimmy. Misschien is hij tot inkeer aan het komen maar hij zal het nog lang niet willen toegeven. Hij maakt zich nu zelfs wijs dat zij een echte vriendin is! Je ziet dat hij op de juiste weg is, maar de arme eikel houdt zichzelf alleen maar voor de gek. Zijn hoofd weet dat er iets mis is, maar zijn kleine pikkie heeft het nog steeds voor het zeggen. Als hij dat eenmaal heeft uitgevogeld, komt het wel goed met hem.

Jimmy lachte opnieuw.

– Heel goed gezien, Norman. Ik denk dat je wel eens gelijk zou kunnen hebben. Als het een ander meisje was die er geen genoeg van kon krijgen net als Sharon, zou hij waarschijnlijk met haar proberen te trouwen, uit principe, maar ik geloof niet dat Sharon erg geïnteresseerd is. Zij amuseert zich nu, maar als ze genoeg van hem krijgt, zoekt ze weer iemand anders. Tsjiezus, dat zal Esopus niet leuk vinden. De Laatste der Grote Ierse Minnaars, aan de dijk gezet! Kun je het je indenken?

– Indenken? zei Norman lachend. Ik kijk er al vijftien jaar smachtend naar uit! Christemezielen, wat zal ik lachen als dat gebeurt...

21

Jimmy kwam tien minuten te vroeg bij de studio aan. Die lag in het nieuwe, trendy gedeelte van de stad. Nou ja, dat het trendy was, was nieuw. De buurt zelf was een klein doolhof van smalle met keien geplaveide steegjes en oude gebouwen. Hij klopte op de deur en een enorme kleerkast van een jaar of vijftig liet hem binnen. De man had grijzend haar tot op de schouders, een dikke zonnebril en er hing een vage geur van kaas om hem heen. Zo stelde Jimmy zich altijd voor hoe zijn oude aardrijkskundeleraar meneer Maguire er in het weekend zou uitzien. Op de cowboylaarzen na dan.

– Ben jij Beano? vroeg de man, die Jimmy voorging een trap op. – Nee, ik ben Jimmy. Ik ben de gitarist, zei Jimmy.
– Oké. Nou, je bent de eerste. Ik heb Donal gezegd dat iedereen hier om klokslag zes uur moest zijn. Ik hoop voor ze dat ze fucking op tijd zijn. Ik ben Sparky tussen haakjes. Ik ben geëlektrocuteerd, vandaar.

Hij hield halt en keerde zich naar Jimmy om.

– Weet je wat het is om een miljoen volt door je ballen geschoten te krijgen?

– Eh, nee... zei Jimmy.

– Mazzelaar, zei Sparky, en hij liep door.

– Ben jij de geluidstechnicus? vroeg Jimmy.

– Ja. Dat zou je kunnen zeggen. Maar voor de duur van dit weekend ben ik niet alleen de geluidstechnicus, maar ben ik ook de fucking baas. Gesnopen? Jullie doen wat ik zeg. Donal is ook de baas. Jullie kunnen het hier alleen gebruiken omdat het nog niet af is en we de apparatuur willen testen. Donal zei dat hij een band had die het kon doen, maar dat ze maagden waren. Dat ben jij. Een maagd. Dus ga hier niet lopen te doen alsof je The Edge bent, want dat ben je niet. En zelfs als je het wel was, zou het me nog aan m'n reet roesten. Ik neem op wat jullie willen spelen, maar ik heb m'n eigen dingen te checken dus je doet ook gewoon wat ik zeg. Val me niet lastig en stel me niet te veel vragen, want ik krijg een vreselijke kuthoofdpijn als ik geïrriteerd raak, en ik ben voortdurend geïrriteerd. Kun je aan iedereen vragen. Ik ben een echte klootzak. Oké? Wie me ergert, trap ik helemaal verrot, dat zweer ik je.

– Geen probleem, zei Jimmy. Jij bent de baas.

Jezus Christus.

– Goed. Wat zit erin? vroeg Sparky met een knikje naar Jimmy' gitaarkist.

– Een Strat. Clapton Signature Model.

– Kelere. Wat hebben jullie sukkels het toch moeilijk vandaag de dag. En ik neem aan dat je daar een Rolex om je pols hebt.

In feite was het een Tag, maar Jimmy hield zijn mond. Het was te vroeg in het weekend om het risico te nemen om Sparky te ergeren. Dat liet hij maar aan Beano over als die er was. Beano kon extreem irritant zijn. Als deze knaap van nature snel geïrriteerd was, dan zou hij tegen lunchtijd de fucking stuipen hebben, Beano kennende.

Jimmy liep een ruimte binnen ter grootte van zijn slaapkamer thuis, alleen zag deze er heel wat cooler uit. Overal hendels, knoppen, schuiven en lichtjes. Er stond een enorme tafel tegen een ruit, waarachter hij de kamer zag die de komende twee dagen zo'n beetje zijn huis zou zijn. Op dit moment stond er zowat niks behalve een paar microfoonstandaards en het geraamte van een drumstel.

– Dit is de Trident, zei Sparky, terwijl hij ging zitten aan de enorme mengtafel. Ik zou je best willen uitleggen waarvoor alles is, alleen heeft dat geen enkele zin want als ik merk dat je ook maar iets aanraakt trap ik je fucking teringballen onder je lijf vandaan. Deze tafel is heel oud en heel duur en het is het enige waardoor jullie tenminste een beetje redelijk gaan klinken, dus blijf er uit de buurt. Oké?

– Goed, zei Jimmy, die een stapje terug deed. Het ziet er ingewikkeld uit. Ik heb een Yamaha-tafel voor optredens maar daar zitten maar acht kanalen op en die gebruik ik niet eens allemaal.

– O ja, zei Sparky. Bedankt dat je me eraan herinnert. Ik moet je zeggen dat optreden iets totaal anders is dan opnemen. Het lijkt er fucking niet op, oké? Dus denk niet dat je ook maar iets weet van wat er hier moet gebeuren, want dan heb je het mis. Alles wat jij denkt dat je ervan weet is geen ene reet waard.

– Valt in te komen, zei Jimmy. Ik ben hier alleen om gitaar te spelen, Sparky. Het is niet eens mijn band. Het zou al te gek zijn als ik een paar dingen kon opsteken, maar het is van mij alleen zeg maar een gunst die ik Beano bewijs.

– Jaja. Nou, Beano is een mazzelaar. Over twee weken wordt de studio in gebruik genomen en dan kan hij voor een heel weekend zeven ruggen neertellen. Jimmy was het?

– Ja.

– Nou, Jimmy, het is zes uur en je vrienden zijn er niet. Daar word ik heel fucking verdrietig van, echt waar.

– Sorry...

– Welke versterkers wil je?

– Wat heb je?

Voor het eerst glimlachte Sparky.

– Kom eens, zei hij, en hij leidde Jimmy door een deur naar de grote opnameruimte.

Hij deed een andere deur open die Jimmy niet eens had gezien en deed een stapje achteruit.

– Kelere! zei Jimmy, en zijn mond viel open.

Het was het pakhuis van Sinterklaas voor muzikanten.

Tien minuten later was Jimmy ingeplugd in een vintage Vox AC30 met top boost uit de jaren zestig. Dit was de versterker die hij al jaren wilde maar hij had er alleen in winkels op gespeeld, meestal in kutstaat, en bovendien kreeg hij altijd maar hoogstens vijf minuten de kans voordat een of andere klotewinkelbediende besefte dat hij het ding toch niet ging kopen en hem kwam wegpesten. Deze was puntgaaf en hij zette hem meteen hoog, met zo'n gigantische grijns op zijn gelaat dat zijn oogballen eruit dreigden te knikkeren. Sparky glimlachte terug door de ruit van de controlekamer. Jimmy had zich afgevraagd hoe hij ervoor kon zorgen dat die chagrijnige ouwe zak hem aardig ging vinden, maar het enige wat hij ervoor hoefde te doen was dolblij te zijn met zijn apparatuur. Alsof dat een probleem was! Jimmy probeerde nog twee vintage versterkers uit en een gloednieuwe Mesa Boogie. Hij keek op de klok aan de muur. Het was nu halfzeven. Hij wist niet welke versterker hij voor Beano's muziek zou gebruiken, dus hij liet ze allemaal staan en ging terug naar de Vox om op te warmen. Inmiddels was Sparky hartgrondig tegen de klok aan het vloeken en Jimmy wilde een beetje uit zijn buurt blijven. Te laat komen was slechts een van de vele dingen waar hij verschrikkelijk de schurft aan had.

Het was kwart voor zeven toen Beano buiten adem eindelijk kwam opdagen met Sandra. Jimmy kon niks horen in de opnameruimte, maar hij knikte naar Sandra in de controlekamer en zag hoe Sparky's lippen een regen aan vervloekingen in Beano's richting afvuurden. Toen Sparky eindelijk klaar was, opende hij de deur naar de opnameruimte waar Jimmy stond te oefenen en wuifde Beano en Sandra naar binnen.

– En als je morgen te laat komt, kun je opsodelazeren, zei hij en sloeg de deur weer dicht.

– Beano. Sandra, zei Jimmy.

– Ha Jimmy, zei Beano.

– Hai Jimmy, zei Sandra, terwijl ze zenuwachtig omkeek naar Sparky achter het glas.

– Goeie gig laatst, zei Beano, die zijn tas neerzette.

– Ja, zei Jimmy. En bij welke fucking gig was jij, Beano, slappe zakkenwasser?

Sparky's stem klonk over de intercom.

– Zijn jullie klaar? Opschieten, stelletje teringlijers. We hebben al genoeg tijd verknoeid. Jimmy, wijs jij die fucking laatkomer waar de apparatuur staat. Jullie moeten de microfoons opstellen en een basversterker halen. De drummer komt om tien uur. Tot dan doen we levels.

– O, dat zit wel goed, Sparky. Ik heb m'n eigen microfoon, zei Beano.

Jimmy sloot zijn ogen en schudde zijn hoofd. Sparky keek op.

– O, echt? En wat voor teringmicrofoon mag jij dan wel hebben?

– Een Shure SM58, zei Beano trots.

– En daarin wil je in mijn studio zingen, begrijp ik dat goed? Jimmy, leg jij aan meneer de kloteklapper uit wat ik met hem ga doen als hij het nog een keer beter wil weten?

– Hij maakt je fucking af, Beano.

– Zo is dat. Welnu. Jullie. Ga naar het magazijn en haal daar een Neumann U87 en zet hem op de microfoonstandaard en plug hem in waar ik het zeg, voordat ik naar beneden kom en jullie kloten tot flamoes schop, oké? Een fucking 58 in mijn studio – je bent hier niet in de tering Baggot Inn, gesnopen?

– Neumann? fluisterde Beano tegen Jimmy op weg naar het magazijn. Wie heeft er nou ooit van een Neumann gehoord?

– Jij had ook nog nooit van een Shure gehoord voordat ik het je zei, Beano. Luister, die vent is een sikkeneurige klootzak. Ga hem geen stomme vragen stellen. Gewoon doen wat hij zegt, oké? Ik heb zo'n vermoeden dat hij niet echt van muzikanten houdt.

– Maar mijn oom is de eigenaar van de studio. Hij kan zich beter leren gedragen, zei Beano.

– Nou, ik weet niet wie de eigenaar is van wat, oké? Dat gaat me niet aan. Maar die vent daar is degene die de cd voor jou gaat maken. Ik zou hem niet op de kast jagen als ik jou was, als je straks niet wil klinken als fucking Leo Sayer.

– O ja? Echt? zei Beano met een glimlach. Leo Sayer?

Jimmy keek hem aan.

– Slecht idee, Beano. In fucksnaam, niet doen. Kijk, daar is de microfoon. Pak hem nou maar, alsjeblieft en laten we moven. Jezus...

Jimmy pakte een grote basversterker en sleepte hem de deur uit achter Beano aan.

– Waar is Mick? vroeg hij.

– Eh, ja. Mick. Ik heb hem moeten laten gaan.

– Wat?! zei Jimmy.

– Ja. Ah, we hadden meningsverschillen over de muzikale richting, weet je. Hij zat helemaal in de hardrock en wij gingen meer voor de folk fusion.

– Folk fusion? vroeg Jimmy.

Tsjiezus, het beestje had nog een naam ook.

– Ja. Hoe dan ook, het ging niet langer. Ik speel de bas. Of als jij het zou kunnen spelen, Jimmy, als...

– Amme tering nooit niet, Beano. Dat hebben we niet afgesproken. Jij bent gewoon een luie klootzak. Speel het zelf maar. Folk fusion is niet echt veeleisend voor de baspartijen, van wat ik ervan gehoord heb. Beano, je hebt hem niet laten gaan, hè? Hij heeft je gezegd dat je kon opsodemieteren, ja?

– Eh, zoiets... zei Beano, wegkijkend.

Jimmy zuchtte. De enige in de band met echt talent en ervaring, en hij pakt na één optreden z'n biezen. Typische Beanoactie.

– Luister, Jimmy, op een gegeven moment komt m'n oom langs, weet je? Hij hoort al jaren dat ik muziek speel, maar hij heeft me nog nooit horen spelen of zo. Die Sparky daar schreeuwt al genoeg tegen me, dus kan jij ons een plezier doen en me niet behandelen als een fucking eikel als Donal erbij is?

– Beano, ik heb beloofd dat ik m'n kop zou houden en zou doen wat me gezegd werd, oké? Dus dat doe ik. Dit is jouw show. Ben je er klaar voor?

– Ah, ja, zei Beano met een glimlach. Helemaal. Het gaat te gek worden! O, luister, ik heb m'n bas thuis laten liggen. Wacht even, ik haal er daar wel eentje.

Jimmy zag hem teruglopen naar het magazijn. Hoe kon iemand die voor de allereerste keer een cd ging opnemen zo stom zijn om het enige instrument te vergeten dat hij erop moest spelen? Jimmy had zo'n idee dat Beano's grootheidswaanzin op de proef gesteld zou worden. Misschien was Sparky een blaffende hond die niet zou bijten, maar Jimmy vermoedde dat hij er binnenkort wel achter zou komen.

Het was een lange ochtend en na een pauze van een half uur voor de lunch maakten ze zich eindelijk klaar voor het eerste nummer. De drummer, een jongen die Rob heette van ongeveer hun leeftijd, was gearriveerd en begon zijn drumstel te stemmen. Om de een of andere reden was het geluid van de drums goed krijgen verreweg het moeilijkste deel van de hele operatie, viel Jimmy op. Dat was toch anders met Esopus. Of Esopus had een absoluut gehoor en kon zijn drums in een paar seconden stemmen, of anders stemde hij ze helemaal niet. Jimmy dacht eerder het laatste. Esopus' drums waren gestemd als hij er keihard op kon rammen zonder ze te breken.

Rob was begonnen met Beano te vragen wat voor geluid hij wilde en keek nieuwsgierig naar Jimmy, en door het glas naar Sparky, toen hij antwoord kreeg.

– En wat de fuck mag folk fusion dan wel wezen?

Jimmy beet op zijn lip en zei niets.

– Je weet wel... zei Beano. Een soort trad-folk vibe met een beetje ska.

– Ah, oké, zei Rob. Zoiets als Foster & Allen meets Bad Manners?

– Ja. Precies, zei Beano.

Rob schudde zijn hoofd. Nu wist hij tenminste wat hem te doen stond.

– Kijk, dit zijn de vier nummers, zei Beano, die Rob een walkman aanreikte. Dit zijn ze unplugged maar ze geven je wel een idee.

Rob nam de walkman aan en luisterde ongeveer tien minuten non-stop. Uiteindelijk deed hij de koptelefoon af en gaf ze terug aan Beano, die zijn bas aan het stemmen was.

– Oké. Te gek. Eigenlijk is het meer Puffie de Kleine Toverdraak meets Kleutertje Luister. Ach, laat ook maar... Kom, zullen we beginnen? Ik heb een gig vanavond.

– Weet je wat? zei Beano. Ik weet niet veel van drumgeluid. Waarom speel jij niet wat je denkt dat erin past?

– Goed idee, zei Rob. Hij begon zich af te vragen waar hij een Keltische bodhrán-trommel kon lenen op een zaterdagmiddag.

Tegen drieën stonden ze eindelijk opgesteld. Jimmy was gedirigeerd naar de gitaarcabine – een kamertje met een kruk en vijf microfoons. Een zekere Tommy was Sparky komen helpen en hij had de microfoons neergezet. Hij zei niet veel maar leek het koeterwaals van Sparky over zijn apparatuur goed te begrijpen.

– Tommy, we hebben de pzm's nodig, gebruik de 57-ers, in paren, ambient dertig centimeter achter de golf, zei Sparky dan, en Tommy ging meteen aan de slag.

Jimmy was onder de indruk. Tommy leek een jaar of zeventien.

Nu zat hij daar en durfde zich nauwelijks te verroeren. Sparky had hem gezegd waar hij moest zitten en waar hij zijn gitaar op moest richten. Hij speelde nu een akoestische en omdat het geluid kennelijk kon variëren van een schitterende klank tot de klank van een plastic bekertje met een elastiekje eroverheen gespannen als hij maar even aan zijn kont krabde – voor Sparky's gehoor tenminste – concentreerde hij zich om doodstil te blijven zitten. Hij hoorde Rob intellen door zijn koptelefoon en weg waren ze. Hij hoefde niet veel te doen. Hij nam eerst een scratch-track op, was hem verteld. Die werd op tape gezet, maar hij speelde het alleen zodat Rob en Beano de melodie konden horen terwijl zij de echte bas- en drumpartijen vastlegden. Jimmy zou de eigenlijke gitaarpartijen later opnemen, als het ritmegedeelte gedaan was. Sandra zat in de zangcabine en deed een vocale scratch. Zij zou de laatste zijn om haar echte partij op te nemen en over het eindproduct van de rest van de band heen zingen. Het was allemaal heel spannend. Jimmy hield vanaf zijn peuterjaren van muziek en muziek maken, maar dit was een heel andere kant van die wereld en eentje waarvan hij vrijwel onmiddellijk besefte dat hij er helemaal niets van wist.

Ze beëindigden het nummer en Jimmy wachtte, keek door het raampje naar Rob en Beano, en door een ander raampje naar Sparky. Iedereen had een koptelefoon op. Het leek wel of ze in een rockvideo speelden. Hij grijnsde van oor tot oor, in de overtuiging dat het helemaal niet slecht was gegaan, toen Sparky ten slotte van de mengtafel opkeek.

Er klonk een klik over de koptelefoon.

– Dat was complete shit, zei hij. Beano, speel jij hetzelfde nummer als de anderen? Want ik zit er hier naar te luisteren en het klinkt er niet naar. We doen het nog een keer, oké? En Beano, als je de juiste noten zou kunnen spelen, dat zou al heel wat schelen. Als je ze ook nog in de juiste volgorde speelt, ben ik misschien zelfs zo vriendelijk je niet helemaal verrot te schoppen voor het verknoeien van m'n tijd.

Klik.

Jimmy zag Beano in de andere ruimte een rooie kop krijgen. Beano was zo zenuwachtig als de hel en dat was het probleem. Zelfs Jimmy voelde zich niet het ouderwetse haantje.

Sparky had gelijk: dit leek in de verste verte niet op spelen tijdens een gig. Als je tijdens een optreden iets verklooit, is het meteen ook weer voorbij. De band speelt verder en meestal merkt het publiek het niet eens. Maar hier werd alles vastgelegd. Je hoefde maar een minieme vergissing te maken en je kon helemaal opnieuw beginnen of je moest leren leven met het feit dat het voor de eeuwigheid op band stond. Zij deden het opnieuw.

Klik.

– Heel goed, zei Sparky. O, behalve jij, Beano. Jij was bar.

Klik.

– Hoezo was ik bar? zei Beano. Hij begon boos te worden.

Klik.

– Het nummer heeft vier coupletten, klopt? zei Sparky. Je speelde ze alle vier anders. En op twee van de refreinen kwam je er te laat in. En je A-snaar is minstens een kwarttoon ontstemd. En je stopte ongeveer twee seconden voor Rob en Sandra aan het einde. Nog meer vragen?

Klik.

Beano fronste en mompelde in zichzelf:

– Ja, hoe ben je in fucksnaam zo'n grote klootzak geworden?

Klik.

– Hé, Beano! zei Sparky. Zie je die microfoon daar, op tien centimeter van je mond? Als je niet gehoord wil worden, moet je er niet in praten, kleine pestlijer. En als je me nog één keer klootzak noemt, ruk ik je kop eraf en ram ik de fuck uit je lijf.

Klik.

Het was zes uur tegen de tijd dat Sparky een ritmesectie had waar hij tevreden over was. Beano had meer en meer scheldpartijen te verduren gekregen, maar hij wist zich uiteindelijk zo te concentreren dat hij warempel beter speelde dan

Jimmy hem ooit gehoord had. Ze zaten met z'n allen in de grote ruimte toen het af was en luisterden naar het eindresultaat. Het was wonderbaarlijk. Zelfs met de scratchtracks van gitaar en zang klonk het al als een echt liedje. Een beetje een kuttig echt liedje, maar desalniettemin echt. Zelfs Sparky was blij, hoewel Jimmy vermoedde dat hij vooral tevreden was dat zijn apparatuur zich goed had gehouden.

Beano en Sandra knepen er een uurtje tussenuit om ergens te eten. Sparky zei dat Jimmy met ze mee kon terwijl hij aan de mix begon, maar Jimmy sloeg dit voorstel af.

– Sparky, misschien krijg ik van m'n leven nooit meer de kans om in zo'n studio te zijn. Als je het niet erg vindt, zou ik willen blijven kijken. Ik zweer dat ik niet in de weg zal lopen.

– Oké dan. Maar ik waarschuw je – als je me begint te irriteren, vlieg je eruit, gesnopen?

In dat uur leerde Jimmy meer over een opnamestudio dan alle technische tijdschriften bij elkaar hem hadden kunnen bijbrengen. Het verschil tussen in-line en split consoles, track bouncing, channel grouping, enhancers, gates, pick-up patterns, EQ, spillage en zowat elk stuk apparatuur dat de afgelopen veertig jaar op een gerenommeerde plaat was verschenen. Sparky was een wandelende, pratende, vloekende encyclopedie van de opnametechniek en zijn passie voor het werk maakte Jimmy jaloers. Stel je voor dat je 's morgens opstaat en zo blij bent om naar je werk te gaan? Sparky's held was George Martin, die hij zacht en eerbiedig 'Sir George' noemde met dezelfde stem, moest Jimmy tot zijn verwondering merken, die tegelijkertijd heftig bezwoer dat de meeste moderne producers een stelletje fucking nietswaardige teringschoften waren.

Hij had door de jaren heen gewerkt met zowat iedereen in de Ierse muziekbusiness. Het was vreemd om naar al die verhalen te luisteren, vond Jimmy. Al die bands en muzikanten.

Door te praten met iemand die ze echt had ontmoet leek het of ze werkelijker werden. Ze waren niet alleen maar de muziek die van een stuk vinyl of een cd kwam. Ze waren niet alleen de grote sterren van teevee. Ze waren echte mensen, en ze deden hetzelfde als Jimmy, behalve dan dat zij veelal rijk of beroemd of allebei waren. Jimmy wist niet of hij er blij of treurig van moest worden.

Hij wist nu ook dat hij geen enkel risico meer liep om Sparky te irriteren. De korzeligheid was er al na vijf minuten afgesleten en toen praatte hij snel en geanimeerd. Hij liet Jimmy zelfs spelen met een paar van de schuiven op de mengtafel om te laten horen hoe de verschillende takes klonken en waar Beano precies de fout in ging. Tot Jimmy's schande waren weinig van zijn eigen partijen foutloos. Het was verbazingwekkend hoe anders het hier via het paneel allemaal klonk. Jimmy schoof de bas, zang en drums weg en luisterde alleen naar zijn gitaar, terwijl Sparky over zijn schouder glimlachte.

– Daar! Moet je horen. Die heb ik goed verkloot, zei Jimmy.

– Ja, zei Sparky. Klopt. Je zou er versteld van staan hoeveel muzikanten ik krijg die me proberen wijs te maken dat ze het expres deden. Jonge mensen, oude, iedereen. Ik doe dit al sinds de seventies en zij denken dat ik het niet hoor als ze een fout maken. Maar jij komt er wel, Jimmy. Je bent een goeie gitarist en je luistert tenminste als mensen je dingen uitleggen. Met jou komt het wel goed.

– Heeft Beano gezegd dat mijn band morgen komt om een nummer op te nemen?

– Ja. Donal heeft het gezegd. Wat voor nummer?

– Ah, gewoon een liedje dat ik heb geschreven voor een meisje. Ik hoop dat ik het op de radio gespeeld krijg, snap je?

– Beetje vroeg voor Valentijnsdag.

Jimmy lachte.

– Ja. Meer iets voor een kerstcadeautje eigenlijk.

– Nou ja, hoe dan ook is het geen probleem. Als jouw band beter is dan de flauwekul die we vandaag doen, gaat het allemaal goed komen. Misschien laat ik je zelfs Gunther gebruiken.

– Gunther?

– Ah, daar kom je morgen wel achter als je braaf bent. Gunther kan soms een grote inspiratie zijn. Maar wat de fuck weet ik ervan? Ik ben een technicus, geen kunstenaar, ja toch?

– Nou, dit is allemaal nieuw voor mij, zei Jimmy, rondkijkend naar alle apparatuur, maar ik zou zeggen dat dit fucking net zo goed kunst is.

Hij stond op en liep terug naar de gitaarcabine voor de volgende sessie. Toen hij daar aankwam, draaide hij zich om naar Sparky, die aan de andere kant van het glas nog steeds glimmend van trots, terwijl hij naar zijn geliefde Trident mengtafel keek. Hij was nu een vriend voor het leven.

Ze verlieten de studio pas na tienen die avond en toen hadden ze pas anderhalf nummer gedaan.

– Beano, zei Jimmy, terwijl ze samen de trap afliepen. Ik heb de jongens gezegd dat we morgen van twaalf tot vier hier aan de slag zijn, goed?

– Hangt ervan af, Jimmy, zei Beano. Misschien hebben we geen tijd om jouw nummer te doen, zoals het er nu naar uitziet.

– O ja, Beano? Moet je eens even goed luisteren, oké? Wij gaan hier vier uur opnemen morgen en jij niet. Als jij hier bent, smijt ik je eigenhandig van deze trap. En als je denkt dat wij niet spelen om jou je meesterwerk te laten afmaken, dan kun je m'n harige fucking aarsgat...

– Jimmy... zei Sandra,

– Sorry, Sandra. Ik ben geen gewelddadig iemand, maar

als Beano me hier wil naaien, dan zweer ik dat ik z'n tanden dwars door z'n...

– Relax, Jimmy, relax. Het was maar een grapje. Vier uur is oké. Geen probleem, goed? zei Beano. Hé, zullen we taxi delen?

– Nee, bedankt. Ik ga een pint pakken. Zie je morgen. En Beano, zes uur morgenochtend, oké? Als je weer te laat bent, rukt hij je schaamhaar uit.

– Ach, Sparky doet niks, zei Beano, terwijl hij wegliep. Blaffende honden bijten niet.

22

Om tien voor half zeven de volgende ochtend zat Sparky voor het drumstel op Beano's borstkas en sloeg hem met een stuk toast voor z'n voorhoofd.

– Heb ik je soms fucking niet gewaarschuwd op tijd te zijn? schreeuwde Sparky. Tering, wat is er met jullie aan de hand? Begrijp je niet dat ik heel erg ge-ir-ri-teerd raak als mensen te laat komen? Heb ik die indruk gisteren niet voldoende overgebracht soms? Ik dacht het toch wel. Het staat me helder voor de geest dat ik heb verklaard dat ik je zou afmaken als je te laat kwam. Herinner jij je dat ook? 'Ik maak je fucking af als je te laat komt.' Met zoveel woorden, dus niet dat ik het liet doorschemeren of zo. Ik was heel dui-de-lijk, niet mis te verstaan. Ja of nee?

– Ja. Ja, heel duidelijk, kermde Beano met kruimels over zijn hele gezicht. Sorry, Sparky. Ik was vergeten dat de bussen later rijden op zondag.

– De teringbussen?! Nu krijgen de fucking teringbussen de

schuld? En je mammie sliep zeker ook uit en toen heeft ze vergeten je te wekken uit je bedje? Och, en je hebt ook je huiswerk vergeten? Zeg de tafel van twaalf op.

– Wat? vroeg Beano.

– Je wil toch als een kleuter behandeld worden? Zeg dan de tafel van twaalf op. Vermenigvuldiging. Fucking beginnen! schreeuwde Sparky, terwijl hij de geroosterde boterham in Beano's neusgaten ramde.

– Eh, één keer twaalf is twaalf...

– Fucking zingen! brulde Sparky. Wij zongen het toen we fucking zeven waren!

Sparky sprong op, greep de microfoon, duwde hem onder Beano's neus en ging weer op hem zitten voordat hij de kans kreeg op te staan.

– Hierin, zei hij. Ik wil dat iedereen het hoort.

Beano begon opnieuw, dit keer zingend.

– Eén keer twaalf is twaalf. Twee keer twaalf is vierentwintig. Drie keer twaalf is...

Jimmy keek gebiologeerd toe vanuit de gitaarcabine. Sandra had zichzelf in de zangcabine opgesloten zo gauw Sparky Beano door de studio achterna begon te zitten. Beano was veel sneller en hij werd pas gepakt nadat Rob hem liet struikelen toen hij langs het drumstel rende. Sandra zag nu uit het raampje hoe haar lieve schat Beano op de grond lag terwijl Sparky hem sloeg en de tafels van vermenigvuldiging liet zingen. Zo'n schouwspel kon niet zonder invloed blijven op een relatie, dacht Jimmy.

Opeens was er geen zingen meer over de koptelefoon. Jimmy keek de studio weer in.

– Elf? snauwde Sparky.

– Eh... ehh... zei Beano. We... we hoefden op school maar tot tien, Sparky.

– Fucking elf! schreeuwde Sparky. Het spuug vloog nu in de rondte. Hij propte een punt van de toast in Beano's oor maar dat leek zijn hersens definitief uit te schakelen.

Stilte.

De spanning was onverdraaglijk. Jimmy hield het niet uit.

– Honderdtweeëndertig, zei hij kalm in zijn microfoon.

– Ah, fuck, Jimmy, niet voorzeggen! schreeuwde Sparky, die met wijd opengesperde, krankzinnige ogen omkeek.

– Honderdtweeëndertig, zong Beano. Twaalf keer twaalf is... eh... eh... honderd... vier... vierenveertig.

Hij stopte.

– Goed zo, zei Sparky. En als je nog één keer iets verkut, vlieg je er kop over kont uit.

Met die woorden stond Sparky op, liep terug naar de controlekamer en zette zijn koptelefoon op alsof er niks gebeurd was.

– We beginnen met *Red Rage*. Ik wil het over een uur af hebben, zei hij met zijn blik op het paneel en zijn handen glijdend over de talloze schuiven.

Beano klauterde langzaam overeind en wreef de broodkruimels uit zijn haar. Hij deed een moedige poging om nonchalant zijn bas op te rapen en naar Sandra te glimlachen achter het glas, maar de klodder marmelade aan het puntje van zijn neus verpestte het effect. Hij deed zijn best eruit te zien als iemand die net voor de lol een vriendschappelijk robbertje gevochten heeft met een gabber, maar in feite zag hij eruit als iemand die net op de grond met een geroosterde boterham om de oren was geslagen. Ieder ander zou zich hebben doodgeschaamd, maar Jimmy kende Beano. Het woord schaamte kwam niet in zijn woordenboek voor. Morgen rond deze tijd zou het verhaal heel anders zijn geworden. Niet alleen bij het vertellen, maar ook in Beano's hoofd. Hij had een groot talent voor zelfmisleiding.

Het was even na elven toen ze de laatste hand legden aan
Can't Think en besloten *Mother Nature* voor later te bewaren. Het
ging nu veel en veel sneller. Beano zou het niet hebben gemerkt, maar Sparky was veel minder kritisch dan gisteren. Zelfs
Jimmy kon nu fouten horen die Sparky negeerde. Blijkbaar had
hij zijn buik vol van Beano en zijn folk fusion.

– Waar is het dan mee gefuseerd? had hij eerder gevraagd.
Met stront?

Alle vier de nummers gebruikten precies dezelfde apparatuur, dus het testen voor dat soort muziek was wat hem betrof
wel min of meer gedaan. Sparky deed nu plichtmatig zijn werk
en nam de nummers goed genoeg op om niet verantwoorde-
lijk te kunnen worden gehouden voor hun nietszeggendheid.
Jimmy hoorde hem zeggen tegen Rob in een rookpauze van
vijf minuten dat hij de hele boel in de mix moest opjazzen voordat hij z'n naam eronder kon zetten. Jimmy wist niet wat dat
inhield maar hij kreeg de indruk dat Sparky zich erop ver-
heugde om Jimmy's liedje op te nemen. Dan had hij weer een
hele nieuwe set-up om mee te kloten. Jimmy vond het prima.
Hij wilde Sparky op z'n best.

Rob, Sandra en Beano werden om kwart voor twaalf door
Sparky weggestuurd met de instructie zich weer te melden om
halfvier.

– En, Beano, zei hij. Dit keer blijft het niet bij toast, oké? Ik
laat Rob je ballen als bass drum gebruiken, gesnopen?

Beano lachte.

– Geen probleem, Sparky! zei hij, terwijl hij naar Sandra
keek en knipoogde.

Sparky schudde zijn hoofd toen ze met Rob vertrokken, en
Jimmy en hij alleen in de controlekamer achterbleven.

– Een vreemde vogel is het wel, zei hij.

– Beano? Ach. Het is gewoon een beetje een leeghoofd, dat
is alles.

– Een beetje? Donal is een goeie maat van me. Wist je dat we partners zijn in deze studio? We hebben met z'n tienen het geld ervoor opgehoest. Ik ken Donal al jaren. Hij heeft het een paar keer gehad over een enorm getalenteerd neefje van hem, maar Tsjiezus... die Beano is wel een ongelofelijke droplul. Ik verbaas me over Donal, als hij dacht dat hij iets waard was. Ik weet dat het familie is en zo, maar Donal zit te lang in de business voor dat soort shit.

– Eh, om eerlijk te zijn, volgens mij heeft Donal Beano nog nooit echt gehoord. Waarschijnlijk heeft hij alles van Beano's ma of zo.

– Denk je? Gelukkig maar. Het zou niet leuk als ik moest merken dat Donal aan het dementeren is. Als hij denkt dat Beano talent heeft, God weet wat voor andere shit hij dan in staat is hier binnen te brengen. Het heeft een fucking fortuin gekost om de boel hier op te zetten, echt waar. We moeten ons snel een goeie naam verwerven, voordat die klootzakken van de bank aankloppen om te zeggen dat we de zaak moeten sluiten en kunnen oprotten. En we kunnen wel fluiten naar een goeie reputatie als Donal fucking kut Cat Stevens-bands blijft binnenhalen. Ja, dertig jaar geleden misschien, maar... o, dat doet me eraan denken. Tijd om je te laten kennismaken met Gunther.

Hij liep de controlekamer uit en kwam terug met een grote houten doos. Jimmy keek zenuwachtig toe.

– Jezus, Sparky. Gunther is toch geen fucking hamster of zo? vroeg hij.

– Nee. Dit is Gunther. Hij opende de doos en haalde er een microfoon uit. Weet je wat Gunther is?

Jimmy schudde zijn hoofd.

– Hij is een Telefunken buizenmicrofoon, Jimmy. Normaal mag niemand hem gebruiken, want hij is een humeurige klootzak net als ik en hij heeft zorg en aandacht nodig. Meestal hebben ze tegenwoordig hun privéroadie, als je er sowieso al eentje kan vinden. Ik heb hem meer dan twintig jaar geleden in Londen gekregen, als cadeau. Van John Lennon, Jimmy. Hij gebruikte Gunther op *Imagine*.

– Fuck, fluisterde Jimmy. Is het echt waar? Hij hield hem in zijn handen en staarde ernaar. Dit was ongelofelijk.

– Ongelogen, ik zweer het, Jimmy. Hij is een fucking kapitaal waard. Ik laat jou hem alleen maar gebruiken omdat je houding me wel aanstaat.

Daar zaten ze allebei, te staren naar Gunther. John Lennon. Fuck.

Beneden ging de bel, die de betovering verbrak. Het waren Shiggy en Esopus.

– Godskelere, Jimmy, zei Esopus. Dit is fan-fucking-tastisch! Hallo Sparky. Ik ben Esopus en ik ben vanmiddag uw edele drummer. Hoe gaat het? Tsjiezus, te gek is het hier. Moet je naar de universiteit om al die knoppen te bedienen? Moet je zien hoe groot dat paneel is! Jezus. Dat gaat fucking fataal worden. Zeg, waar is hier de plee?

Sparky wees naar de kant waar een keukentje en een wc waren en keek Esopus na.

– Is dat je drummer? vroeg hij.

– Ja, zei Jimmy lachend. Hij is een beetje mesjogge, maar verder oké. Hij is een geweldige drummer.

– Plettig kennis maken, zei Shiggy. Ik ben Shiggy.

– Hallo, zei Sparky. Ben jij de bassist?

– Ja, ik speer bas.

Shiggy haalde zijn gitaar uit de kist en liet hem zien.

– Lekker, zei Sparky en hij floot. Nieuw, hè? Streamer Jazz-Man. Welke versterker wil je hebben?

– Ah, *anno*, Trace Erriot?

– Geen probleem, Shiggy. Geen probleem. Pak er zelf maar een daar.

Esopus kwam terug.

– Oké, waar ga ik zitten? Weet je wat. Ik ga wel hier zitten, oké? Hij ging achter het drumstel zitten. Te gek. Tsjiezus. Schitterend spul heb je hier, Sparky, geen flauwekul. Je moet de shitzooi zien die ik thuis heb.

Hij ging zitten en begon in te spelen.

Sparky bleef even kijken en toen hij zich ervan overtuigd had dat Esopus een echte muzikant was en niet een of andere luchtfietser, ging hij terug naar de controlekamer en zei dat iedereen z'n koptelefoon moest opzetten.

– We kunnen het beste beginnen met het drumgeluid, Esopus, zei hij. Dat neemt de meeste tijd in beslag en we hebben maar een paar uur.

– Jimmy vertelde dat jullie gisteren en vandaag hier een sessiedrummer hadden, zei Esopus. Heeft die de drums opgesteld?

– Ja, zei Sparky.

– Oké, dan is het goed genoeg voor mij. Wat de fuck weet ik van een opnamestudio, Sparky? Als jij het goed vindt klinken, ben ik tevreden. Het hoeft voor mij niet al te ingewikkeld te worden. Laat me maar weten als het kut is, dan pakken we het van daaraf weer op.

Jimmy zag Sparky glimlachen boven zijn paneel. Goed gedaan, Esopus. Jimmy had hem niet eens instructies gegeven om dat te zeggen.

Jimmy wachtte tot iedereen terug was en klaar zat, en ging toen in het midden van de opnamestudio zitten met een akoestische gitaar en zijn aantekeningen, waarna hij aan iedereen uitlegde hoe hij het gedacht had. Na een half uur kwam Donal eindelijk een kijkje nemen en ging bij ze zitten.

– Dus jij bent Jimmy? vroeg hij. Het spijt me dat ik gisteren niet kon komen; ik had nog een berg onafgehandelde zaken. Ik heb veel over je gehoord.

– Ja. Ik ken Beano al een hele tijd.

– Ah, niet alleen van Beano. The Grove heeft een goeie naam in de clubs. Als coverband, bedoel ik. Het werd tijd dat je er iets mee deed.

– Nou, zo'n kans komt je nou niet elk weekend aanwaaien, is het wel? We hebben een paar goeie nummers, maar ik heb er nooit aan gedacht om ze een keer behoorlijk op te nemen. Bovendien, hoe zouden we ons zo'n studio kunnen veroorloven?

– Ah, maar je hoeft het niet hier te doen, Jimmy. Er zijn heel veel plekken om een begin te maken. Denk je dat U2 in zo'n studio is begonnen? Maar goed, vooruit, we hebben een strak tijdschema en ik wil weten wat je waard bent. En ik moet Beano's tapes nog horen om te kijken of zijn ma misschien niet verblind is door moederliefde voor haar knuffeltje. Of verdoofd, liever gezegd. Ze heeft me de oren van het hoofd gekletst over hem. Gedraagt hij zich een beetje, Sparky?

– Ja hoor, zei Sparky. Ik heb hem een paar gevoelige klapjes moeten geven omdat hij te laat was, maar ja, je kent me hè?

– Dat zeker, lachte Donal, en hij keek naar de anderen. Het grappigste wat ik ooit heb gezien is Sparky in een woeste worsteling met Phil Lynott, rollend over de vloer in gevecht om een zak chips.

– Het waren mijn chips, Donal, zei Sparky.

– Ja, nou, en uiteindelijk heeft niemand ze gekregen, hè? Hij richtte zich weer tot de jongens. Phillo keerde de zak om boven Sparky's hoofd. We hebben ze toen met z'n zessen uit elkaar moeten halen. Hoe het er na afloop uitzag! Sparky heeft nog wekenlang kruimels uit zijn baard moeten plukken.

Esopus en Jimmy waren verrukt. Hoe kon je zo'n verhaal vertellen en het niet uitsmeren over een hele middag? En hoe was het mogelijk dat Beano familie was van zo'n cool iemand?

– Maar goed, dit is niet het moment voor herinneringen uit de oude doos. Zijn we zover? zei Donal.

Jimmy voelde zijn ingewanden zich spannen. Dit was hem. Ze stelden zich allemaal op, Jimmy weer in de gitaarcabine voor een scratchopname en Shiggy en Esopus voor de basis ritmetrack. Hij zong ditmaal ook, en deed zijn best zijn zenuwen de baas te worden terwijl hij de microfoon voor zijn gezicht bijstelde en op zijn gitaar tokkelde om te kijken of alles aan stond en klaar voor de start was.

– Oké, zei Sparky. Daar gaan we. Esopus, aan jou de eer. Als je er klaar voor bent.

Esopus telde in en Jimmy sloot zijn ogen. Kayleigh, koe, ik hoop dat je luistert. Vreemd genoeg was het de eerste keer dat weekend dat hij aan haar dacht. Met alles wat er om hem heen gebeurde, had hij gewoon geen tijd gehad. Nu moest en zou hij aan haar denken. Dit was allemaal een geweldige ervaring natuurlijk, maar nu was er werk aan de winkel. Hij sloeg het openingsakkoord aan en zong tot het glimlachende gezicht dat hem nu voor de binnenkant van zijn oogleden zweefde.

Om drie uur was Jimmy bekaf. Kapot. Uitgewoond. Hij had zich nog nooit zo uitgewrongen gevoeld. De ritmetracks bleken appeltje eitje te zijn, maar toen de gitaren en de zang aan de beurt was, was Jimmy zich zo hard aan het concentreren dat de adrenaline en de spanning zich ontwikkelden tot een bonkende pijn die zijn hele hoofd ineens in beslag leek te nemen. Donal luisterde niet langer naar Beano's tapes en keek nu recht naar Jimmy met een diepe frons op zijn voorhoofd. Jimmy was zich bewust van alle anderen: Sparky die de schuiven bediende, Donal die zijn lippen tuitte, Shiggy en Esopus die in de studio zaten en alles hoorden, maar ze bestonden nauwelijks voor hem. Hij was nog nooit in zijn leven zo geconcentreerd met iets bezig geweest.

Uiteindelijk hadden ze acht verschillende gitaarpartijen en een stuk of zes vocale tracks. Natuurlijk zou dat niet allemaal in het liedje terechtkomen, maar Jimmy had een heleboel ideeën en hij wilde dat ze allemaal beschikbaar waren voor Sparky en Donal als alles gemixt moest worden. Hij kon alleen maar hopen dat ze er iets moois van zouden maken. Hij moest ze vertrouwen, want hij zou er zelf niet bij zijn. Als ze de pest aan het liedje hadden, zouden ze waarschijnlijk niet heel erg hun best doen en het gewoon gebruiken om hun nieuwe mengapparatuur op uit te testen

Toen hij de laatste vocale take, een tweede stem, gedaan had, stopte hij en opende zijn ogen.

– Ik denk dat we hem hebben, Jimmy. Dat was hem, volgens mij, zei Sparky.

Er volgde een seconde of vijf stilte, en toen braken Shiggy en Esopus in applaus uit. Jimmy verliet de zangcabine en ging zitten, met het gevoel dat zijn benen het hadden begeven als hij was blijven staan. Hij keek door het controleraam en zag Sparky en Donal naar hem kijken. Ze hadden allebei een grijns van oor tot oor en Donal stak twee duimen in de lucht. Hij boog zich naar Sparky's microfoon en schraapte zijn keel.

– Goeie, Jimmy, zei hij alleen maar, maar Jimmy kon het aflezen van zijn gezicht. Het was hem. Hij had hem.

– Bedankt, jongens.

– Nah, zei Esopus. Je was fataal. Ik meen het. Dé kersthit. Geen enkel fucking probleem.

– Ik bedoel bedankt voor het spelen. In m'n eentje had ik het nooit gekund. Echt, jullie waren te gek. Godskelere, ik ben stuk...

Hij liet zijn hoofd hangen en kneedde zijn nek terwijl Donal en Sparky naar ze toe kwamen.

– Dat is een goed liedje, Jimmy. Dat moet gezegd worden. Al die tracks – Tsjiezus, we hebben zeker een week nodig om die aaneen te smeden, toch, Donal?

Hij liep weer terug naar de controlekamer.

– Ja. Luister Jimmy, dat was prima werk. Sparky zei dat dit de eerste keer was dat je iets opnam. Nou, je hebt er talent voor. De meesten willen het zo snel mogelijk achter de rug hebben en dan naar de kroeg. Jij wist wat je wilde en volgens mij heb je 't voor elkaar gekregen ook. God, Sparky heeft je zelfs de Gunther laten gebruiken, nou dan heb je indruk op hem gemaakt. Ben je tevreden?

Jimmy kon alleen maar knikken. Hij had zich nog nooit zo gevoeld. Als er zoiets bestond als een 'natural high', dan was Jimmy het hemelrijk van zijn natuurlijke bedwelming inmiddels glorieus binnengezweefd.

– Jongens, zei Sparky over de monitoren. Komt ie. Eerste versie...

Het liedje schalde in weelderig stereo door de speakers die in alle hoeken van de studio stonden opgesteld. Iedereen hield eerbiedig z'n kop.

Jimmy bloosde. Hij vond het gênant en geweldig. Het leek niet eens of hij zelf speelde of zong. Het kon net zo goed iets zijn dat hij op cd gekocht had. Of op de radio hoorde. Het klonk fantastisch. Jimmy Collins. Rockster.

Toen het afgelopen was, kwam Sparky aanzetten met vijf plastic bekertjes op een dienblad.

– Hoe heet ze? vroeg hij.

– Kayleigh, antwoordde Jimmy.

Hij deelde de bekertjes rond.

– Op Kayleigh, zei hij, zijn bekertje heffend.

– Op Kayleigh, zeiden de anderen.

Jimmy keek naar zijn bekertje en glimlachte in zichzelf. Nu had ze haar eigen liedje. En een gozer die urenlang in het donker van zijn slaapkamer naar het plafond had liggen staren omdat hij niet kon slapen van het denken aan haar. Dit moest werken.

– Fucking water?! proestte Esopus, half stikkend.

– Ja. We doen geen drank meer in de studio, zei Donal.

– Waarom niet? vroeg Esopus. Ik dacht dat het hoorde bij rock-'n-roll.

– Vroeger wel, maar... laat ik het zo zeggen, zei Donal. Phil was niet de enige waar Sparky niet met z'n handen van kon afblijven.

– Ah, niet zo snel, Donal, zei Sparky. Sid Vicious was begonnen en dat weet je fucking goed. En bovendien was jij degene die bedacht om zijn mokkel haar broekje van d'r kont te trekken.

Ze lachten allemaal. Jimmy was blijer dan hij zich in lange tijd gevoeld had. Sparky vond het mooi, echt mooi. Hij keek weer naar het plastic bekertje in zijn hand. De enige toost die Beano had gekregen was een geroosterde boterham in zijn oor. Als Sparky het mooi vond, vond Donal het ook mooi. Dan zouden ze ook verder hun best ervoor doen.

Donal keek op naar de klok.

– Kwart over drie. De anderen komen over een kwartier terug, toch? Daarna hebben we een half uur om The Grove af te ronden en dan moet ik uitzoeken of de familie aanstoot gaan nemen aan Lavender's Teardrop of niet. Ik heb naar de tapes zitten luisteren toen jullie bezig waren. Mijn God...

Sparky stond op.

– Jimmy, ik besef dat je waarschijnlijk fucking geradbraakt bent, maar kun je me een plezier doen?

– Tuurlijk, Sparky, geen probleem. Zeg het maar, zei Jimmy meteen. Hij had Sparky's huis geschilderd als hij het gevraagd had.

– Nou, we hebben nu Beano's folk fucking fusion gehad en jouw liedje, maar ik had gehoopt om een keer echt de spillage en het dempen hier uit te testen, weet je. Hebben jullie toevallig niet wat zeg maar harde stuff?

– Zeker. We kunnen Sabbath doen of zo. Is dat oké?

– Perfect, zei Sparky. Sabbath. Of een nummer van jezelf als je wil. We kunnen net zo goed iets tapen ook, als je toch hier bent, weet je? We hebben geen tijd voor een hele lading takes of zo, dus je moet het zeg maar live spelen. En hard. Misschien kunnen we twee takes doen. Wacht even.

Hij ging snel Gunther halen en deed hem terug in zijn doos. Te harde nummers brachten hem wel eens van slag.

Jimmy stond met zijn rug naar Esopus, maar hoorde zowat zijn ogen uit hun kassen springen.

– Nee, Esopus, zei hij, zonder zelfs om te draaien.

– Oh, komop Jimmy, kloothommel. Jij hebt de jouwe gehad. Komop. Geef mij een kans. Wanneer zou ik dit ooit weer kunnen doen? Please please please?

– Waar gaat dit over? vroeg Donal, die afwisselend naar Jimmy en Esopus keek.

– Wil je herrie? vroeg Jimmy aan Sparky, die inmiddels terug was.

– Ja. Echt hard. Gitaren, drums, alles. Iets echt fucking gruwelijks. Heb je zo'n nummer?

Jimmy keek eindelijk om naar een stralende, knikkende Esopus en wendde zich toen weer naar Sparky.

– Een gruwelijk nummer? O ja, daar hebben we er denk ik wel een van...

Een half uur laten liepen Beano en Sandra de controlekamer in en stonden als versteend achter Donal en Sparky, die ze niet eens hadden horen binnenkomen. Door het glas zagen ze de jongens schreeuwen en springen in de opnamestudio en de afschuwelijkste kloteherrie maken die ze ooit hadden gehoord. Ze konden de tekst nauwelijks verstaan, maar het hoofdthema leek te draaien om eten en ondergoed.

– O God, fluisterde Beano tegen Sandra. Dit is echt gênant. Ik zal m'n excuses moeten maken aan Donal. Ze zijn compleet shit!

23

Jimmy liep de hele week met zijn hoofd in de wolken. Iedereen op kantoor dacht dat hij in het weekend mega gescoord had, zo'n kop had hij. Normaal stond hij niet zo vaak met zijn collega's in de gang om een praatje te maken over het weer en hoe Liverpool gespeeld had, maar deze week werden medewerkers in het nauw gedreven door een heel andere Jimmy dan de stille, ijverige, competente middenkadermanager die ze gewend waren. Nu werden ze doorgezaagd over familieleden en hun algemene gezondheidstoestand. Het was allemaal een beetje griezelig en op woensdag trok al menig slachtoffer zijn gekwelde, drukdrukdrukke, sorry-maar-ik-heb-nu-even-geen-tijd-gezicht zo gauw ze Jimmy Collins voor zich zagen opdoemen, gewapend met brede grijns en verende tred.

Wat ze niet wisten, was dat Jimmy op maandagavond een telefoontje van Sparky had gekregen met de vraag of hij erbij zou willen zijn als hij de nummers ging mixen.

– Schijt een beer in het bos, Sparky? antwoordde hij. En veegt hij daarna zijn kont af met een wollig wit konijntje? Zeker weten zou ik er bij willen zijn! Maar, ik ben op m'n werk, weet je. Ik kan 's avonds komen...

– Fantastisch Jimmy. Ik ben toch de hele dag zoet met uit-vogelen hoe ik het ga doen. Behalve met Beano's nummers. Die duren niet zo lang omdat ik er niet zoveel mee kan. Ik ben wel goed, Jimmy, maar ik ben fucking Wonder Woman niet. Zelfs Donal hier vraagt zich af of hij echt wel familie is. Ben je er rond zevenen? We kunnen iedere avond een paar uur eraan werken, als je vrij bent. We zijn voor aanstaande zaterdag ge-boekt, een of andere Westlife shit, dus dan is het afgelopen. Dan moet de studio zichzelf gaan bedruipen, anders kan ik Van Morrison z'n eeltknobbels weer gaan masseren.

Jimmy hing op en glimlachte. Het was de enige gelaatsuit-drukking waartoe hij tot aan de volgende vrijdagavond in staat was, op een kleine vijf minuten na op woensdagochtend, toen hij op weg naar de keuken zijn teen stootte aan Shiggy's vaatje bier. Het vat was dinsdag afgeleverd en hij was het helemaal vergeten, omdat het nog vroeg was en omdat een grote meta-len fust vol bier juist achter de keukendeur niet iets was wat hij dagelijks tegen het lijf liep. Een bijzonder nieuwsgierige me-neer McGrath, de buurman, had om tien uur 's avonds aange-beld met het vaatje aan zijn voeten en een afleveringsbon in zijn hand.

– Je bent toch geen gekke dingen van plan, hoop ik, Jimmy?

– Helemaal niet, meneer McGrath. Dit is voor iemand an-ders. Bedankt voor het aannemen. Ik bewaar het alleen zolang. Hij heeft het met een prijsvraag gewonnen.

– O, dan is het goed, Jimmy. Want we willen geen herha-ling van de vorige keer dat je een feestje had, of wel?

– Eh, nee, zei Jimmy. Maar ik bezweer u, meneer McGrath, ik weet niks over uw planten. Misschien waren het kinderen van de straat.

– Kinderen van straat, Jimmy, hebben een wc thuis. Die hoeven niet over muurtjes te pissen op iemands aardbeien.

– Klopt. Maar ik ga helemaal geen feestje houden, meneer McGrath, dus u hoeft zich nergens zorgen over te maken. Fucking Esopus en zijn Wie Kan Het Verste Pissen-wedstrijd. Zelfs Norman had meegedaan, hoewel het feit dat Jennifers vriendin Michelle uiteindelijk de winnaar was, een beetje een domper op de avond zette. Iedereen, met uitzondering van meneer McGrath, had zijn best gedaan het hele incident zo snel mogelijk te vergeten. Met name Michelle, die sindsdien door de jongens heel argwanend werd aangekeken.

De eerste paar avonden met Sparky in de studio werd er toch nog heel wat gesleuteld aan Beano's liedjes. Het waren er vier en Sparky had zich verplicht ze af te maken. Hij ging zijn belofte niet breken, zag Jimmy, en hij deed eerlijk zijn best om ze een professionele behandeling te geven, door er digitale effecten aan toe te voegen en in het algemeen wat op te peppen. Het gaf de apparatuur ook wat te doen en het betekende ook dat Donal tijdens het kerstmaal in de familie met zijn hand op zijn hart kon zeggen dat hij zijn best had gedaan voor 'de kleine fucker', zoals hij hem na vele uren luisteren naar zijn liedjes was gaan noemen. Hij had Beano zelfs aangeboden bij het mixen aanwezig te zijn, net als Jimmy nu, maar Beano had het afgeslagen, omdat hij er na het weekend naar eigen zeggen helemaal doorheen zat. Donal en Sparky waren sprakeloos dat Beano zo'n kans liet schieten. Jimmy had niets anders van Beano verwacht.

Op dinsdagavond luisterden ze een uur of twee non-stop naar Red Rage, om te kijken hoe ze er wat leven in konden brengen. Om negen uur zaten ze met hun drieën in de controlekamer met vermoeide ogen en stijve nekken. De meedogenloos saaie melodie weergalmde wreed in hun hersenpannen. En die tekst. Jezus, die tekst...

It's an outrage, we gotta turn the page,
Live in a new age, get out of this cage,
Get off the stage, disengage,
Cos I'm in a red rage, a red, red, red, red rage.

Het was al pijnlijk om er één keer naar te luisteren. Na twintig keer kwam er rook uit je oren en scheelde het niks of je kwam zelf in een fucking red, red rage terecht. Ze werden wanhopig. Donal stopte de muziek en ze zaten met z'n allen een minuut of vijf zwijgend te peinzen. Uiteindelijk pakte Donal Jimmy's arm en zette Jimmy op een stoel naast hem neer.

– Jimmy. Mijn zus Joan is een geweldige vrouw. Haar man Danny is een beste maat van me. Ik heb ze aan elkaar voorgesteld en ik en Danny gaan samen wel eens een glas pakken, weet je? Joan en de kinderen zie ik niet vaak meer. Ze zijn allemaal volwassen en iedereen heeft het druk. Je weet hoe dat gaat. Met Kerstmis soms, of bij een bruiloft of zoiets, dat is het. Maar we zijn nog steeds familie, Jimmy. En we zullen altijd familie blijven. Jij kent Beano beter dan ik. Zeg eens, Jimmy, wat slikt hij?

Hij leunde achterover en keek Jimmy oplettend aan, met één hand op de armleuning van zijn stoel alsof hij zichzelf moest vasthouden, terwijl hij met de vingers van zijn andere hand driftig over zijn kin wreef.

– Niks, zei Jimmy verbaasd. Hij slikt helemaal niks.

Donal stond op.

– Schijt! riep hij uit. Schijt, zeik en verrottenis! Hij wendde zich weer tot Jimmy. Weet je het zeker, jongen? Heel zeker?

– Ja, vrij zeker.

– Ah... fuck... kankerteringtyfus, zei Donal. Hij ging weer zitten en bedekte zijn gezicht met zijn handen. Hij zag er diepbedroefd uit.

297

– Sorry Donal, zei Sparky.

– Bedankt Sparky, zei Donal.

– Als het drugs waren, hadden we nog iets kunnen doen.

– Ik weet het, ik weet het. Maar het zijn geen drugs. Hij is gewoon zo. Kut. Arme Joan.

Ze deden wat ze konden met het nummer, voegden er wat keyboardgeluiden aan toe en lieten er iets op los wat Sparky de 'oorprikkelaar' noemde.

– Ik probeer altijd zo min mogelijk van dit soort effectjes te gebruiken, Jimmy, maar ik kan niet anders. Ik moet wel, zei hij. Hij keek gegeneerd.

Dit alles nam een hoop tijd in beslag die anders aan Jimmy's liedje besteed had kunnen worden, maar dat vond hij niet erg. Op deze manier kon hij zien hoe alle montage- en mengapparatuur werkte. Er werd een heleboel met de computer gedaan, wat Jimmy wel verbaasde maar niet tegenviel. Het werd tijd dat zijn technische intuïtie vruchten afwierp, anders dan voor software-oplossingen verkopen aan arme zielen die niet eens wisten dat ze softwareproblemen hadden totdat Jimmy er een paar voor ze vond. Hij zat te kijken naar Sparky in actie. Het was werkelijk vreemd te beseffen dat deze gozer dichter bij zijn vaders leeftijd stond dan bij de zijne en tegelijkertijd zo compleet cool was. Het idee van cool van zijn vader was het zilveren kettinkje dat hij nu aan zijn bril hing om te voorkomen dat hij hem de hele tijd kwijtraakte. De laatste plaat die hij het huis had binnengebracht was een of andere Perry Como-verschrikking ongeveer vijftien jaar geleden, en die had hij bij het golfen gewonnen omdat hij laatste geworden was.

Vroeg op de woensdagavond hadden ze Lavender's Teardrop zo goed als afgerond, en toen was het tijd voor *Caillte*.

– Oké, Jimmy, zei Sparky. Weet je nog wat ik je over deze software heb verteld?

Jimmy sloot zijn ogen.

– Eh, Protools. Op een Mac G5. Mx Plus, 3 x 888/24, USD, Motor Mix, Autotune... eh Retrospect, DDS4 tape-backup, zei hij.

– Zie je dat, Donal? Jimmy hier is net als ik toen ik zijn leeftijd was. Ik was precies zo. Behalve dat haar dan, zei Sparky. Hij keek naar Jimmy's blond gestreepte haar alsof het besmettelijk kon zijn.

– Wat is er mis met m'n haar? vroeg Jimmy, die een hand erdoor haalde. De wortels groeiden al lekker uit en hij vond het met de dag cooler worden.

– Jimmy. Dat heb jij niet nodig, oké? zei Sparky, met zijn koffiemok wijzend naar Jimmy's kapsel. Jij hebt talent. Ga nou niet denken dat je krukken nodig hebt zoals een blonde kop of zwarte nagellak of een broek met idiote kleuren om de boodschap over te brengen als je jouw muziek aan het maken bent. Dat is allemaal fucking flauwekul. Een gimmick. Laat gimmicks en modieuze shit links liggen. Het zit allemaal daar, voegde Sparky eraan toe, en hij wees op Jimmy's kruis. Snap je? Jimmy, ik zit al dertig jaar in de muziekbusiness. Meer zelfs. Ik heb alle shit gezien die mensen uithalen als ze op het podium staan, zich uitdossen als clowns, de idioot uithangen of overal lasers en spiegels en fucking ballonnen hebben om het publiek af te leiden van hun waardeloze shitmuziek. Niet doen, Jimmy. Beloof me dat je dat niet zult doen.

Hij begon zich op te winden.

– Jezus, Sparky, het is maar haar.

– Nee, Jimmy! Het is niet 'maar haar'. Het is waarmee het allemaal begint.

Sparky begon met zijn handen te zwaaien:

– Jimmy man, wees jezelf. Voel het. Je staat er middenin. Laat je meevoeren. Leef het. Grijp het en laat het niet meer gaan.

– Eh, relax dat hoofd van je, Sparky, zei Donal bezorgd.

Sparky negeerde hem.

– Ik heb het allemaal gezien, Jimmy. Vergeet die haren of je kleren of wat de mensen denken. Jij bent beter. Fuck, jij leeft. Leven! Geniet van elke seconde, Jimmy. Doe het niet alleen, wees het! Word wakker. Je wil toch niet gewoon in een bandje spelen, Jim, je wil je hoofd in de muur pluggen en de elektriciteit met je tong spelen, snap je? Dat heb ik gedaan, Jimmy. Ik werd er wakker van, dat kan ik je fucking gratis en voor niets zeggen. Die paar seconden, voor ik in coma ging, waren de meest levende die ik ooit heb gevoeld.

Hij hield op met praten en draaide zich weer naar de mengtafel toe, zwaar ademend en zwetend.

– Donal? vroeg Jimmy nerveus. Is Sparky oké?

– Eh, jawel hoor. Ik geloof dat hij van Beano's liedjes een flashback krijgt. Sparky, rustig, maat. Het is oké. Niks aan de hand. Alles is helemaal oké, zie je? Kom, drink je koffie op. Zo wordt hij koud.

– Dat heeft hij toch niet echt gedaan? Met zijn tong? vroeg Jimmy.

– Jawel, zei Donal, die in zijn ogen wreef. Fuck, dat was een lange dag.

– Hij zei dat hij geëlektrocuteerd was. Jezus, ik dacht dat het een lijpe versterker was of zo.

– Nee, het was geen versterker, Jimmy. Hij probeerde het kwelgeestje te kussen dat de lichten laat branden. Was er bijna geweest. Als jij het maar laat, oké?

– Oké, oké. Ik zal proberen eraan te denken, zei Jimmy met zijn ogen op Sparky gericht, die nu wat was gekalmeerd en zijn koffie zat te drinken.

– Sparky? zei Donal. Gaat ie?

– Wat? Ja, ja. Te gek. Waar waren we?

– Eh, Protools... zei Jimmy.

– O ja. Goeie gabber Jimmy, zei Sparky. Oké, we gebruiken Protools. Laten we eens kijken wat we van dat kutnummer van jou kunnen maken, oké? Tijd voor wat ongein.

Jij hebt genoeg ongein gehad voor de rest van je leven, Sparky, dacht Jimmy.

– Jij bent de man, Sparky, zei hij. Ik ben een en al oor.

– O, nog even iets, Jimmy... zei Donal.

– Ja?

– Voor we beginnen, wil ik je even zeggen dat ik wat mensen ken bij de RTE. Bij de radiotak bedoel ik. Ik denk dat ik *Caillte* wel op de radio kan krijgen, als het goed gaat. Ik beloof niks, hoor, ik beloof nooit iets, knoop dat in je oren, maar ik zal een goed woordje doen en kijken of ik je op een playlist kan krijgen.

– Jezus, Donal, dat zou cool zijn! Alles is natuurlijk meegenomen, bedoel ik...

– Ja. Nou, zoals ik zei, ik beloof niks. En als het iets wordt, zal het toch laat in de avond worden of zoiets. Het is Iers hè, daar doe je niks aan. Maar goed, we zien wel, oké?

– Bedankt, Donal. Dat stel ik erg op prijs.

– Geen probleem. Misschien kun jij me ook met iets helpen?

– Met wat dan?

– Nou, jij bent bekend met computers, toch?

– Ja?...

– Ik wil eigenlijk een website voor deze studio en die klootzakken vragen er duizenden voor. Kun jij het doen? We kunnen een deal maken, weet je? Dat jij de studio nu en dan kan gebruiken als er niemand geboekt is, of zeg het maar.

– Te gek! Geen probleem, Donal. Ik maak voor jou de beste website in Dublin! God, als ik de studio kon gebruiken...

– Jaja. Oké. Vooruit met de geit. Laten we een liedje maken van die flauwekul die je hebt opgenomen, glimlachte Donal.

Sparky grinnikte naar de twee anderen en zat klaar. Hij zag er, voor zijn doen tenminste, weer betrekkelijk normaal uit.

Op vrijdagavond was Jimmy net op tijd in de kroeg om de jongens bij te staan met de laatste ronde.

– Pint? zei Esopus, die kreunend opstond zo gauw Jimmy de tafel had bereikt.

– Ja. Lekker, zei Jimmy.

Ze schoven op om hem te laten zitten en toen Esopus terugkwam met het bier, glimlachte Jimmy naar ze en deed zijn tas open.

– Een toast, jongens, zei hij, en hief het glas.

De anderen hieven ook hun glas en keken elkaar aan.

– Op Sparky en Donal, zei hij.

– Op Sparky en Donal, herhaalden ze. Toen keken ze naar Jimmy's andere hand, die omhoog kwam om de plek van zijn pint in te nemen die nu klokkend in zijn keelgat verdween. In Jimmy's hand bevond zich een gloednieuwe cd in een blanco plastic hoesje. Jimmy zette zijn glas neer en keek opnieuw rond.

– Dit is hem, zei hij simpelweg en schreeuwde toen luidkeels: Jie-hee!! Het is ons fucking gelukt, jongens! We hebben een cd!

Ze juichten en gaven de cd door, en iedereen zat eraan en hield hem tegen het licht, alsof ze zeker wilden weten dat het geen nep was.

– Gefeliciteerd, zei Norman stralend. Wanneer krijgen we hem te horen?

– Waarom gaan we niet naar mijn huis en dan zet ik hem op? vroeg Jimmy terwijl hij al van zijn stoel opstond.

– Ja, cool, zei Esopus. Maar mag ik alsjeblieft even m'n pint opdrinken? Even chillen, zeg. Die cd loopt niet weg hoor.

– O ja, Shiggy, dat moest ik je nog zeggen, zei Jimmy. Je bier is een paar dagen geleden bij mij afgeleverd. Het vaatje staat bij mij in de keuken. Er zit ook een tap bij en ze hebben er ook zes gratis glazen bijgedaan om...

– Nou, waar wachten we op? vroeg Esopus, die zijn glas opeens had leeggedronken en opstond.

– Tsjiezus, Esopus, wat is er met dat 'even chillen' gebeurd? vroeg Jimmy, die naar hem opkeek.

– Fuck dat. Kom, we gaan. Hup hup, zei Esopus en hij pakte de jassen van de rugleuning van de bank en deelde ze uit. We hebben een cd om naar te luisteren.

– En bier om te drinken? vroeg Jimmy.

– En bier om te drinken. Vooruit, Jimmy, een beetje vlugger drinken man. Marco, er zit nog maar een bodempje in dat glas. Opdrinken en wegwezen.

Esopus duwde ze zowat de deur uit en de straat door in de richting van Jimmy's huis.

– Wacht, Esopus, zei Norman. Ik heb zin in een patatje.

– Ik bak straks fucking patat voor je als we er zijn, zei Esopus, die zijn tempo versnelde tot een langzame looppas.

– Esopus luikt biel, merkte Shiggy op.

– Daar lijkt het wel op, zei Jimmy, terwijl hij Esopus na een meter of vijftien zag inhouden en zich hijgend vooroverbuigen. Ik geloof dat bier het laatste is waar hij in dit leven niet teleurgesteld in is geraakt.

Ze bereikten de woning en Jimmy liet ze binnen. Esopus rende rechtstreeks naar de keuken en knipte het licht aan. Hij viel op zijn knieën voor het biervaatje.

– Moet je kijken, Jimmy, fluisterde hij. Moet je kijken.

– Ik hoef niet te kijken, Esopus. Ik fucking struikel er al een week over. Het kelereding weegt zeker een ton.

– Daar kunnen we wat aan doen, Jimmy. Dat behoort tot de mogelijkheden. Ik weet precies hoe je het lichter kan maken. Oké. Waar is dat pompgeval, zodat het feest kan beginnen.
– Ho even, Esopus. De laatste keer dat ik hier een feest had, kreeg ik de volgende dag een buitengewoon bijzonder boze buurman op de stoep, die klaagde over de stank van pis in zijn rabarber. Dus doe het rustig aan hè. Er zit genoeg bier in voor ons allemaal om er een maand van rond te komen. En bovendien is het Shiggy's bier.
– Ammeretehoela is het Shiggy's bier, zei Esopus. Hij stond op en priemde een vinger in Jimmy's richting. Niemand heeft hier harder voor gewerkt dan ik, zei hij uitdagend. Hoor je me? Fucking niemand. Shiggy heeft een liedje gezongen. Eén luizig teringliedje. Kijk naar mij. Kijk naar mij, Jimmy! Ik ben een wrak! Ik heb al weken niet geslapen. Zelfs als ik alleen ben kan ik niet slapen, omdat ik bang ben dat ze in de kast zit en me gaat bespringen. Net kon ik nog geen tien meter rennen over straat en ik moest al bijna kotsen. Dit is mijn bier, Jimmy.

Hij wees naar het rode logo boven op het vat.
– Die lui hebben genoeg van mij gekregen. Het wordt hoog tijd dat ze iets teruggeven.

Twintig minuten later zaten ze allemaal in Jimmy's lounge met grote glazen bier voor zich. Jimmy had de afstandsbediening van de stereo-installatie in zijn handen en keek iedereen aan.
– Klaar? vroeg hij, en hij drukte op play.

Ze zaten en luisterden, geschokt. Ze wisten niet wat ze precies hadden verwacht, maar het liedje dat uit de boxen kwam kreeg ze aan het wauwen en fluiten en zachtjes aan het vloeken. Het was verbluffend.

Jimmy klonk als zichzelf, maar dan anders. De gitaren waren bijna etherisch. Esopus luisterde met zijn hoofd opzij naar de drums, en Shiggy deed hetzelfde maar dan naar de bas. Norman en Marco zaten allebei met halfopen mond, te kijken van de cd-speler naar de boxen naar Jimmy en weer terug naar de cd-speler. Toen het liedje afgelopen was, keken ze elkaar allemaal aan. Jimmy drukte op stop.

– Gods fucking kelere, zei Esopus.

De anderen knikten beamend.

– Wat denken jullie? vroeg Jimmy met een grijns van oor tot oor.

– Jimmy... Goeie God, was het enige dat Norman kon uitbrengen.

Marco mompelde iets in het Italiaans.

Shiggy wees naar de stereo-installatie.

– Nog een keel, asjebrieft.

Jimmy liet het nog een keer horen. De reacties waren bijna identiek, alleen met meer vloeken.

– En dat is nog niet alles, jongens. Dankzij de wonderen der moderne techniek hebben we hier de danceversie.

– De wat? vroeg Esopus.

– Sjt, zei Jimmy. Komt ie...

Hij drukte weer op play en forwardde naar track twee. Onmiddellijk kwamen een drum en een bas binnengestampt en wat rare scratchgeluiden. Het liedje leek veel sneller te zijn.

– Wie speelt er op de drums? vroeg Esopus.

– Jij, zei Jimmy.

– Fucking mooi niet! Misschien ben ik niet helemaal honderd procent meer met al dat bloed in m'n alcohol, Jimmy, maar ik weet nog verrekte goed wat ik heb gespeeld.

– We hebben het gesampled. En de bas ook. En de samples hebben we in een loop teruggelegd over de track. Het is een stukje van ongeveer drie seconden, dat steeds maar herhaald wordt.

Esopus viel verbijsterd terug op de bank.

– Je bedoelt... dat ze dat kunnen? Dat ze mij dancemuziek kunnen laten spelen?

Hij pakte zijn knieën en rolde zich op de bank op.

– Jezus, Esopus, je doet alsof een vieze ouwe kerel je onzedelijk betast heeft. Moet je hem zien! Je zou zweren dat je aangerand was, zei Jimmy.

– Ah, Jimmy, je hebt aanranden en aanranden. Ik weet niet wat ik hiervan allemaal moet vinden. Als ze dit al kunnen uithalen, wat kunnen ze dan allemaal nog meer met je doen?

– Hier. Misschien knap je hiervan op, zei Jimmy. Hij drukte opnieuw op play.

Esopus hoorde zichzelf zeggen: Een twee drie vier... en toen viel de rest van de band donderend in. Er was maar één liedje dat zo goed klonk in Esopus' oren.

– Jezus, Jimmy. Dat is... dat is...

– Ja. Dat is. En als dit nummer ooit op de radio wordt gespeeld, dan staat er binnenkort een extreem vette en withete Amerikaanse rockster voor je deur om net zolang op je gezicht te zitten tot je sterft.

– Dat heb ik ervoor over, Jimmy. God ja, zei Esopus zachtjes, toen het eerste refrein binnen kwam razen en het kloppen op Jimmy's muur een aanvang nam.

24

Jimmy wachtte geduldig maar vergeefs op een telefoontje van Donal. Donal had dan wel niet met zoveel woorden gezegd dat hij zou bellen, maar Jimmy hoopte op dat ene wonderbaarlijke gesprek waarin Donal hem zou zeggen dat zijn liedje op de playlist van Dave Fanning op 2FM stond. Dat duizenden mensen het avond aan avond zouden horen, de radiozender opbelden met de vraag of en zo ja waar en hoe ze een exemplaar konden bekomen. Een zeer vasthoudende beller zou een chick uit Clontarf zijn die erop stond om in contact met de componist te worden gebracht. Jimmy belde de studio die week één keer, maar Donal was er niet en Sparky had het te druk voor een uitgebreid gesprek.

– Jongensband, Jimmy, zei Sparky, alsof dat alles verklaarde.

– Is dat erg?

– Niet zozeer erg als wel deprimerend. Ik ben uit de tijd dat je een facie kon hebben als een bord stoofpot en nog kon je het maken in de muziek. Ik heb er hier vijf. Twee kunnen er zingen en de rest is als die vent uit *Frankie Goes to Hollywood*. Ze dansen. Dansen, dansen, dansen. Dat is al wat ze doen. Ze dansen zelfs hier binnen terwijl er niemand is om te kijken behalve ik, en ik zeg ze de hele tijd dat ze d'r fucking mee moeten kappen. Ze laten slijtplekken achter op m'n mooie nieuwe houten vloer, de klootzakken. Ik heb ze hun schoenen laten uittrekken. Je zou denken dat ze in een tering Michael Jackson-video zaten, zo zien ze eruit. De oudste is twaalf en ze moeten aan hun manager vragen om naar de plee te mogen. Wat is er aan de hand met de wereld, Jimmy, weet jij het? Ze hoeven zich nog niet eens te scheren maar staan waarschijnlijk wel over een maand in *Top of the Pops*. Ah, kut, luister, Jimmy, ik moet ingrijpen. Er is er net eentje op z'n harses gegaan en hij heeft daarbij de microfoonstandaard omgeflikkerd. En ik krijg de schuld, let maar op, want hij was op kousenvoeten. Jezus. Ben ik soms een fucking babysitter?

– God beware, zei Jimmy met een lichte huivering bij de gedachte alleen al.

– Nou dan, zei Sparky. Ik spreek je later, oké? Moet je hem

zien, de teringeikel. Gooit apparatuur ter waarde van duizend ballen op de grond, staat op en gaat in de spiegel kijken of z'n haar nog goed zit. Ik sla hem verrot, het fucking stuk...

Jimmy zei gedag en hing lachend op. Een twaalfjarig popidool in de dop stond op het punt een godallemachtig pak slaag van Sparky te krijgen. Misschien had hij hun klandizie wel nodig, maar Jimmy had het idee dat Sparky niet veel meer moest hebben om de knoet erover te leggen.

Een week lang werkte Jimmy zoveel hij maar kon aan de twee websites, een update van de site van The Grove en een nieuwe voor de studio. Hij vond het nog leuk ook. De site van de band was strak en funky en het belangrijkste – een link naar *Caillte* zodat mensen het nummer konden downloaden – stond bovenaan, onder een grote groene banner. Er waren foto's van de band tijdens een concert, spelend of rondhangend, en de tekst van een aantal andere eigen nummers. Van *Caillte* stond er ook de vertaling in. Over de bedoeling van het liedje kon geen twijfel bestaan. Songwriter op zoek naar een meisje genaamd Kayleigh. Niet het allersubtielste poëtische middel, maar Jimmy was bij het schrijven ook niet in een subtiele stemming geweest. Misverstanden waren niet mogelijk. Als ze het hoorde, zou ze het weten.

De beste foto op de site was er eentje van Shiggy die in zwart leer voor een tempelachtige constructie ergens in Japan geposteerd stond. Het gaf de band wel een coole internationale uitstraling, vond Jimmy. Shiggy had hem de foto gegeven en had erbij gezegd dat hij zeventien was op de foto. Dat gaf niks. Shiggy leek sowieso sinds z'n twaalfde uiterlijk geen spat veranderd. Esopus stond op de kiek achter zijn drumstel tijdens een optreden in Waterford, een paar jaar geleden. Het was een briljante opname, hij had zijn gezicht naar beneden, zijn armen zwierden door de lucht, en zijn haren en talloze zweetdruppels probeerden aan zijn hoofd te ontsnappen. Zijn eigen foto was midden in een solo, met zijn ogen dicht en de gitaarsnaren in een flinke bocht vastgehouden. Hij zag eruit als een echte gitaarheld, alleen werden gitaarhelden niet vaak afgebeeld met hun mammies achter zich op de bank, sippend van een kopje thee. De foto was genomen door Liz in de huiskamer, op de dag dat Jimmy z'n nieuwe gitaar had gekocht. De hele documentatie toonde een band die zichzelf niet al te serieus nam, en dat was prima zo.

Foto's van Donal en Sparky loskrijgen voor hun site was lastiger. Hij had Shiggy's digitale camera meegenomen naar de studio om wat kiekjes te nemen, en hoewel Donal goed meewerkte en stil bleef staan en naar de camera keek, had Sparky moeite om oogcontact met de lens te maken.

– Gewoon naar het fototoestel kijken, Sparky, en glimlachen, oké?

– Ik doe m'n best, Jimmy. Het is gewoon een beetje freaky.

– Freaky? Hoezo freaky? Het is maar een fototoestel, Sparky...

– Voor jou misschien...

Jimmy vroeg het later aan Donal.

– Ah, dat heeft met LSD te maken, zei Donal, die wegkeek en plotseling zeer geïnteresseerd leek te zijn in de inhoud van zijn borstzakje. Nooit LSD nemen, Jimmy, zei hij afwezig, over zijn schouder.

Uiteindelijk fotografeerde hij Sparky van opzij, aan het werk achter het paneel en Donal zei dat hij het daarmee maar moest doen. De website was tamelijk simpel: kaartje met ligging, telefoonnummers, lijst met cliënten van Donal en Sparky (onder wie The Grove), de apparatuur van de studio. Kon er voorlopig mee door, en als Donal meer wilde, konden ze het er later nog wel over hebben.

Jimmy mocht het druk hebben met al deze bezigheden, en soms met zijn werk ook nog, intussen bleef hij de zenuwen houden. Het nummer opnemen en de cd maken was allemaal fantastisch natuurlijk, maar de hele verdere week werden zijn gedachten steeds meer naar Kayleigh getrokken. Nu zijn goocheme plannetje eindelijk in gang gezet was, werd hij ongeduldig. Er waren nu al weken overheen gegaan. Misschien was ze inmiddels wel met een andere gozer. Een meisje als Kayleigh blijft niet smachtend wachten op klootzakken die niet bellen als ze het wel beloven, of wel soms? Hij belde nog een paar keer de discotheek en het restaurant, maar gaf toen het idee op dat ze daar nog zou terugkomen om naar hem te zoeken. Bovendien begon het gênant te worden.

– Hallo, La Parisienne, met Jean. Kan ik u ergens mee van dienst zijn?

– Ah, hallo Jean. Met Jimmy Collins. Ik heb de vorige week ook al een keer gebeld... eh, toen sprak ik met Dave, kan dat? Is Dave misschien in de buurt?

– Dave Harrison of Dave Wright?

– Eh, dat weet ik niet. Is een van de twee er?

– Blijft u even aan de lijn. Jimmy Collins was het?

– Ja.

– Een klein ogenblik, meneer Collins.

Ja ja, ze bleven beleefd. Een diner daar zou waarschijnlijk te gek geweest zijn.

– Hallo?

– Dave?

– Dave Wright, ja. Wat kan ik voor u doen?

– Eh, ik ben Jimmy Collins. Heb ik met u gesproken over een meisje Kayleigh? Vorige week ergens...

– Het spijt me. Ik ken niemand die Kayleigh heet.

– Ah, oké. Misschien was het de andere Dave. Is hij in de buurt?

– Nee. Hij werkt niet op woensdag. Kan ik u helpen?

– Ja, misschien. Ziet u, het punt is, ik heb een meisje ontmoet, oké? En...

En zo ging het door, met Dave die steeds langere stiltes liet vallen en die je kon horen denken wat de fuck die weirdo met z'n verdwenen vriendin nu eigenlijk van hem moest. Het eindigde ermee dat Jimmy hem bedankte, zich verontschuldigde voor het storen en gedag zei met het donkerbruine vermoeden dat ze hem, als hij nog één keer belde, bij de politie zouden aangeven vanwege zijn wel heel verdachte verhaal. Bij de discotheek ving hij ook bot. Daar had hij een iets directere aanpak geprobeerd.

– Hallo?

– Hallo. Met Jimmy Collins. Ik ben op zoek naar een meisje dat ik een week of twee geleden in de discotheek heb ontmoet. Ze heet Kayleigh. We hebben toen een karaokewedstrijd gewonnen en nu ben ik haar nummer kwijt. Heeft ze misschien een boodschap voor me achtergelaten?

– Nee.

– Eh, weet je het zeker?

– Ja.

– Heel zeker?

– Ja.

– Oké. Goed. Bedankt voor het praatje in elk geval. Tsjiezus.

– Geen probleem.

Klik.

Bah fuck shit, dacht Jimmy. Zo kon hij het wel vergeten dat hij haar ooit vond, en die ene cd zou ook niet echt de Ierse muziek op haar grondvesten doen schudden.

Er zat niks anders op. Hij wist weliswaar niks van de business, en liever wilde hij het modewoord niet eens in de mond nemen, maar het werd tijd om zich 'proactief' op te stellen om zijn liedje te promoten. Donal had het druk. Kon gebeuren. Dan moest hij *Caillte* zelf op de radio krijgen.

Twee weken later had hij driehonderd kopieën van zijn cd en was de website in de lucht. Hij voelde zich een beetje schuldig over de cd's. De meeste had hij op zijn werk gebrand. Zijn computer thuis kon wel branden, maar niet meer dan één tegelijk. Op het werk hadden ze een industriële brander en daar kon hij er een stuk of dertig per dag doen zonder dat het in de gaten liep, maar hij voelde zich schuldig dat hij elke dag een uur in de mediaruimte rondhing in plaats van achter zijn bureau te zitten waar hij hoorde te zijn. Toen hij klaar was, ging hij daarom driehonderd blanco cd's kopen ter vervanging van de cd's die hij zich wederrechtelijk had toegeëigend. Gottegot, Jimmy, zei hij tegen zichzelf, aan jou is wel een gewetenloze dief verloren gegaan zeg.

Hij deed het design en artwork thuis op de computer en printte het op het werk uit. Nog meer schuldgevoelens. Hij had zijn eigen printer naast zijn bureau, maar het duurde nogal om honderdvijftig kleuren-A4tjes uit te printen en bij elk gezoem en geratel van de machine kromp hij ineen van angst dat zijn baas op hem af zou stappen en vragen wat hij in godsnaam allemaal aan het printen was. Zo voelde hij zich ook altijd als hij zich ziek had gemeld terwijl hij een kater had omdat Esopus hem op een doordeweekse avond naar de kroeg had meegesleept. Dat was pas een enkele keer gebeurd, maar Jimmy haatte zichzelf als het zover kwam. Tot de lunch ging het wel, maar als hij eenmaal een emmer koffie had gehad en een handvol hoofdpijntabletten had geslikt, voelde hij zich de rest van de middag een nietswaardige, uitvretende nietsnut.

Maar uiteindelijk kreeg hij het helemaal gedaan. Driehonderd cd's en driehonderd hoesjes. Het werd tijd om de jongens bij elkaar te roepen om ze te assembleren.

– Ah Jimmy, kreunde Esopus. Ik zit er fucking helemaal doorheen.

– Er zitten nog een stuk of twintig pinten in Shiggy's vat, merkte Jimmy op.

– Oké. Zie je rond zevenen.

Het was niet de plek waar ze altijd heengingen om te zuipen op vrijdagavond, maar daar zaten Shiggy, Esopus, Marco en Norman nu gezellig samengedrongen, rond Jimmy's salontafel, de glazen bier onder handbereik, om te knippen, vouwen en insereren. Gratis bier. Het was alsof ze zichzelf op een onpeilbaar diepe en persoonlijke manier te schande zouden zetten als ze het vaatje niet tot de bodem zouden legen. Natuurlijk deden ze alsof ze Jimmy een grote gunst bewezen toen ze eenmaal binnen waren, maar Jimmy wist wel beter.

– Bovendien, Esopus, rot op, zei hij. Dit is net zo goed jouw cd.

– Weet ik. Ik zit je hier toch ook te helpen?

– En het feit dat je hier bier kan zuipen en dat Sharon in geen velden of wegen te bekennen is, dat telt allemaal niet?

– Stop, Jimmy. Ik wil die naam niet horen.

– Waarom niet?

– We hebben ruzie gehad.

– Je hebt ruzie gehad met een meisje, Esopus?

Norman kon zijn oren niet geloven.

– Ja, Norman. Ruzie. Een verschil van mening.

– Waarover?

– Nergens over, zei Esopus, en hij begon met een nieuwe stapel cd's.

De jongens keken elkaar aan. Esopus ging hard achteruit. Zijn handen trilden en zijn haar was mat en ongekamd. Kleine rode adertjes zochten een uitweg in het wit van zijn oogballen en hij bleef maar snuiven.

313

– Volgens mij heb je een burn-out, zei Jimmy.

– Best mogelijk, zei Esopus.

– Als jullie ruzie hadden, betekent dat dan dat het helemaal voorbij is?

– Dat heb ik niet gezegd, Jimmy. We moeten gewoon een paar dingen op een rijtje zetten.

– Zoals wat?

– Ah, Jimmy, laat me met rust, oké? Kom, geef me de schaar en een stapeltje velletjes. En wil je alsjeblieft andere muziek opzetten? Het is best een aardig liedje hoor, maar ik krijg enorme jeuk aan m'n reet als ik er de hele tijd naar moet luisteren. Heb je geen AC/DC of zo? Het is vrijdagavond bieravond godverdekut, niet fucking zondagmiddag op de bank.

Ze waren klaar met de cd rond halfelf. Marco had afgesproken met Jennifer in de kroeg, Shiggy ging mee, Norman wilde naar huis want hij was bezorgd om z'n ma, die zich niet lekker voelde.

– Misschien heeft iemand een teen knoflook in haar onderbroek gestopt, zei Esopus, toen hij de voordeur achter Norman had horen dichtgaan.

– Dat zou ik niet zo hard zeggen, Esopus, zei Jimmy. Norman heeft een bijzonder scherp gehoor als het over zijn ma gaat.

– Beste gehoor in het leger, zei Esopus. Weliswaar het Ierse leger, dus het zegt niet zo veel.

– Ga je me nog vertellen wat er mis is tussen jou en Sharon? Er zitten nog een paar glazen in het vat. We kunnen ons net zo goed flink bezatten en over shitdingen zeiken.

– Ah, Tsjiezus, Jimmy. Je zou me uitlachen.

– Ik zal niet lachen. Komop, geen gekloot. Wat is er aan de hand?

– Nee, Jimmy. Het is, eh... het is een beetje beschamend.

– Esopus, jij kent geen schaamte. Zeg me nou maar wat er gebeurd is, oké?

– Ze is... ze... weet je, Jimmy, ze heeft gewoon geen fucking respect.

Jimmy zette zijn glas neer. Dit was nieuw. Hij beet op zijn lip en probeerde de giechel die zijn vrolijke weg naar boven aan het banen was terug te duwen in zijn keel.

– Respect?

– Ja. Ik bedoel, ze belt me op als ze er zin in heeft, we neuken wat, soms neemt ze een vriendin mee of zo... en dan hoor ik dagenlang geen woord van haar tot ze weer zin heeft in een wip. Geen telefoontjes uit Athlone of Cork om dag te zeggen of 'Hai Esopus, hoe gaat het met je oma?' of weet ik het. En zo gaat het al tijden. Ik bedoel, het is niet dat ik nou op zoek ben naar zeg maar een maatje of zo, maar... ik weet het niet. Het lijkt of ze me gewoon gebruikt.

Jimmy hield het niet langer. Hij barstte in een bulderend gelach uit.

– Klootzak! zei Esopus. Je had beloofd dat je niet zou lachen.

Jimmy lachte nog steeds, maar hij probeerde te stoppen om iets te kunnen zeggen.

– Esopus. Fuck hé. Waar heb je het over? Respect? Jou gebruiken? Kun je je even een ogenblik de laatste vijftien jaar voor de geest halen? Voor je Sharon ontmoette? Esopus, jij hebt je die godganse vijftien jaar gedragen als de grootste misbruikende, respectloze klootzak in heel Dublin, en nu beklaag je je over Sharon? Je hebt wel fucking lef, dat wel.

– Ah, nee, één momentje, Jimmy. Dat zijn twee verschillende dingen.

– Het is één en hetzelfde ding, precies hetzelfde!

– Neenee. Ik ben altijd eerlijk geweest tegenover Sharon,

oké? Ik heb haar nooit als stront behandeld. Ik doe m'n best om... nou ja... haar vriendje te zijn.

Esopus bloosde maar ging verder.

– Maar zij vertrekt naar de provincie voor haar werk, en komt bij me langs wanneer ze er zin in heeft. De halve tijd weet ik niet eens wie er bij haar over de vloer is als ik er kom. Ze houdt me de hele nacht op en dan moet ik om zeven uur 's morgens m'n biezen pakken en naar huis, omdat zij ergens naar fucking Galway moet met de auto of zo. Ze behandelt me als een of andere sukkel die er maar moet zijn als ze me wil, maar ze steekt verder helemaal geen werk in mij, snap je?

– Esopus, je haalt de zaken door elkaar. Ik weet dat jij anders bent met Sharon. Mijn punt is dat wat Sharon met jou doet precies hetzelfde is als wat jij al die tijd met anderen hebt gedaan. Hoeveel scharrels heb jij het huis uit moeten werken voor je pa wakker werd op zondagochtend? Hoeveel leugens heb jij verteld om maar van de kruk te kunnen? Hoeveel keer heb jij een meisje als stront behandeld zo gauw jij aan je gerief was gekomen? Sharon is precies hetzelfde. Het is niet te geloven, Esopus. Jarenlang vermijd je ieder intiem contact met een meisje en dan komt er eindelijk iemand van wie jij denkt dat je van haar houdt en dan is het een gestoorde slet die nog minder met je fucking wil samenhokken dan ik! Zie je het nou nog steeds niet, Esopus? Waky waky wakker worden, slaapkop. Het ligt er zo dik bovenop.

– Wat ligt er zo dik bovenop?

– Esopus. Jij wil een echte vriendin maar je bent bang. Daarom heb je een meisje uitgekozen waar het gegarandeerd nooit mee zal lukken. Dat ligt er dik bovenop.

– Gelul, Jimmy. Grote flauwekul. Je hebt zeker weer in Sandra's boeken zitten lezen?

– Sandra heeft al haar boeken meegenomen, Esopus. Ik

meen het. Je probeert volwassen te worden en een beetje normaal, maar je hebt er de ballen niet voor.

– Rot op met je fucking ballen! Ik doe toch m'n best met Sharon!?

– Dat bedoel ik, imbeciel. Het zal nooit werken met Sharon! Sharon is fucking niet van deze aarde. Ze gaat voor de lol en voor haar eigen ding. Laat haar in fucksnaam zichzelf zijn en maak dat je wegkomt, voordat je een ziekte oploopt van haar of een van haar vriendinnen. Dit groeit je boven het hoofd, man.

– Ze heeft geen ziekte.

– Vroeg of laat, Esopus, als je je verder inlaat met dat gezelschap, kom je thuis met iets anders dan alleen maar rugpijn en vermoeidheid, oké? Dit zijn geen verlegen kleine meisjes die je in de kroeg kan oppikken omdat je een drummer bent. Sharon en haar maatjes zijn dat stadium al lang voorbij en jij doet er goed aan zo ver mogelijk uit hun fucking buurt te blijven.

– Dat was eigenlijk ook waar de ruzie om ging.

– Waarover?

– Ze wilde met z'n vieren de koffer in.

– Ik dacht dat jullie dat al gedaan hadden?

– Ja. Maar niet zo. Twee mannen, twee vrouwen.

– Fuck.

– Ja.

– En wat heb je gezegd?

– Dat ze kon oprotten!

– En wat zei zij toen?

– Ah, ze werd helemaal pissig en zei dat het toch ook te gek was met meisjes, dus wat was het verschil.

– En wat zei jij toen?

– Wil je ophouden met dat steeds te zeggen!

– Vertel dan eindelijk eens normaal wat er gebeurd is!

– Dat doe ik! Zij wilde een paartje dat ze kende uitnodigen voor morgenavond, oké? Ik zei, hoe bedoel je, een paartje? Zij zei, Bob en Mary of fucking weet ik het. Ik zei dikke pik. Wie de fuck is Bob? Ah, zegt zij, Bob is te gek. Aardige gozer. Houdt wel van een geintje, zegt zij. Houdt wel van een geintje, weet je, met een knipoog. Oké? Houdt wel van een geintje, zegt ze, alsof ik plotseling de fucking paus aan de heilige schijterij ben. Hoe bedoel je een geintje, vraag ik. Ah, je weet wel, zegt zij. Nee, zeg ik, hoe moet ik dat weten? Hoezo geintje? Jij en ik, zegt zij, Bob en Mary, jij en Mary, ik en Bob, ik en Mary... Ja, zeg ik. Jij en Mary? Sharon, jij en Mary en wat? Nou ja, Bob kan overal inkomen, zegt zij. Nou, hij komt er mooi niet bij mij in! zeg ik. Waarom niet, Esopus? Omdat ik er niet zo een ben, zeg ik. Ik bedoel, Tsjiezus, ja toch Jimmy? Ach, dat betekent toch niks, zegt zij. Het is gewoon iets tussen ons. Je moet het een keer hebben geprobeerd, enzovoort enzovoort. Ben je helemaal besodemieterd? vraag ik aan haar. Nou, zegt zij. Je weet het toch niet, misschien klikt het wel tussen jullie. Sharon, zeg ik, het enige wat zal klikken zijn zijn kloten als ik ze tot castagnetten heb geslagen op het moment dat hij ook maar bij me in de buurt komt, oké? En toen kregen we ruzie.

Jimmy bleef hem een ogenblik zwijgend aankijken.

– Dat is een goed verhaal, Esopus, zei hij.

– Dank je.

– Moet je opnemen in je repertoire.

– Doe ik. Moet hier en daar nog wel een beetje aangedikt worden.

Ze lachten allebei.

– En wat nu? vroeg Jimmy.

– Weet ik niet. Ze zei dat als ik echt om haar gaf, ik het wel zou doen.

– Tsjiezus.

– Ik weet het.

– Dat klinkt als: 'Als je echt van me hield, pijpte je me wel.'

– Ik weet het.

– Behalve dat het ophoudt bij Bobs tampeloeris in jouw reet, neem ik aan.

– Ja. Geen fucking sprake van, heb ik haar gezegd. En toen hing ze gewoon op. Ik denk dat het voorbij is, Jimmy. Ik vond Superchick en ze glipt me door de vingers.

– Ach wat. Je hebt je trots. Dat is het belangrijkste.

– Ja, en m'n eerbaarheid.

– Ze was niet echt Superchick, toch, Esopus?

– Ik dacht van wel, Jimmy. Echt. Een tijdlang dacht ik het echt.

– Hoe lang is een tijdlang?

– Zeker een paar nachten.

– Ja. Esopus, dat van die Superchick was bedoeld om lang te duren, weet je?

– Lang duren? Wanneer was de laatste keer dat ik twee nachten op rij met dezelfde chick ben geweest?

– Nooit.

– Precies. Nou dan duurde het toch lang hè?

– En je bent echt niet in de verleiding gekomen?

– Door wie?

– Door Bob?

– Jimmy, ik heb altijd gezegd dat als ik homo zou worden, ik jou zou kiezen als mijn eerste.

– Wauw. Ik voel me helemaal warm van binnen worden als je zo op de romantische toer gaat.

– Stel me dan ook niet zo'n stomme vragen, oké? Ik heb ook mijn principes.

– Ik ben blij het te horen, Esopus. Ik twijfelde er heel even aan. De afgelopen twintig jaar, om heel eerlijk te zijn.

– Ja, nou het is heus waar.

– Dus je gaat haar niet bellen?

– Nah. Heeft geen zin.

– En ben je nog steeds op zoek naar Superchick?

– We zien wel, Jimmy. Ik ga morgenavond iets te neuken zoeken – een leuk chickie, zeg maar – om Sharon uit m'n systeem te krijgen en dan kijk ik wel hoe ik me voel.

– Een leuk chickie, oké. Want je hebt je principes, nietwaar?

– Precies.

25

De kroegdeur ging open en er kwam een man binnen van ongeveer de juiste leeftijd, maar het was niet degene waarnaar Jimmy op zoek was. Hij draaide zijn hoofd weer terug naar de bar en sipte van zijn pint. Het was pas halfzes, maar de mensen druppelden binnen na hun werk voor een snelle slok op weg naar huis, en er waren nu meer mensen in de kroeg dan Jimmy zich had gewenst. Hij zei tegen zichzelf dat zijn plannetje met zo'n lawaai nooit zou werken, maar in feite was het probleem dat hij zich zo langzamerhand een deerniswekkend zielige eikel begon te voelen, zoals hij daar rondspiedde en vragen stelde alsof hij een of andere fucking detective was van bureau moordzaken.

Hij wachtte op de komst van Tony King. Tony King was een deejay op Rock FM en een van de weinigen op de radio in Dublin die geen shit draaiden. Hij had een show van zeven tot tien 's avonds op doordeweekse dagen en je stemde daarop af als je in de stemming was voor Frames, Jane's Addiction, Belle & Sebastian, Joy Division, Snow Patrol of zelfs Neil Young. Hij speelde een flink aantal elpeetracks die je nauwelijks kende, nummers van nieuwe bandjes op onafhankelijke labels en, wat het belangrijkst was, hij strooide door zijn playlist ook graag nieuwe liedjes van Ierse bandjes die aan de weg timmerden. Jimmy vond hem te gek. Precies de man.

Hij had geprobeerd om het radiostation te bellen maar de enige keer dat hij erdoorheen kwam, was hij meteen live in de lucht.

– We hebben een beller uit Noord Dublin. Hallo beller. Hoe heet je?

– Wat? O ku... eh, Jimmy. Jimmy Collins.

– Hai, Jimmy. Wat voor verzoekje heb je?

Dat was het punt waarop Jimmy, als hij had nagedacht in plaats van in horror en rood als een kreeft naar zijn radio op de keukenvensterbank te staren, Tony recht op de man af had kunnen vragen of hij zijn liedje wilde spelen op de radio als hij het instuurde. Misschien erbij zeggen dat het voor Kayleigh was, voor het geval ze luisterde. Maar Jimmy had op een receptioniste gerekend of wie er ook de telefoon opnam bij radiostations, en hij kon niets bedenken.

– Ik vind de show te gek, meneer King, en gaf zichzelf meteen een klap op zijn vrije oor omdat hij klonk als een eersteklas slijmbal.

– Ik ben blij het te horen, Jimmy. Bedankt. Welk liedje had je willen horen?

Goeie God, iedereen die hij kende luisterde naar de show. 'Meneer King' had hij gezegd.

– Eh, heb je iets van The Jam?

– Absoluut, Jimmy. Nog een favoriete track?

– *Eton Rifles*?

– *Eton Rifles*. Goeie keuze. Eind jaren zeventig, als ik me niet vergis, toch Jimmy? Is er nog iemand in het bijzonder voor wie je het wil laten horen?

– Eh... Esopus.

– Voor Esopus. Geweldig. Nou, bedankt Jimmy. Ik ga The Jam voor je proberen te vinden en in de tussentijd is hier The Cult met *She Sells Sanctuary*...

Jimmy verbrak de verbinding en keek met een ellendig gezicht naar de ijskast.

Vier minuten later was Tony weer terug en praatte vanaf de vensterbank met hem.

– Te gek. En hier is The Jam met *Eton Rifles*. Voor een heel speciaal iemand in Jimmy's leven. Deze is voor Esopus...

De telefoon ging vrijwel onmiddellijk.

– Klootzak. Kutlul.

– Hallo Esopus.

– Wat de fuck moet dat voorstellen?

– Luister, ik werd ermee overvallen, oké? Ik belde alleen op voor een adres om die kelere-cd naar toe te sturen, en dan halen ze me meteen in de uitzending. Wat moest ik anders zeggen?

– 'Deze is voor Esopus.' Ik schaam me fucking dood!

– Ik weet het. Het spijt me, oké?

– Jezus. En *Eton Rifles*. Waarom heb je hem niet gevraagd om *Tube Station* of *Modern World*?

– Esopus, hou fucking even op, wil je? Ik dacht er niet bij na, goed? Luister, ik spreek je morgen, oké?

– Ik had net m'n rokertje achter de rug, Jimmy. Ik dacht even dat ik aan het trippen was, weet je? Op bed liggen en naar de rookwolk kijken en dan kom jij uit de radio alsof het ding fucking behekst was. M'n arme hart...

– Oké, Esopus. Ik zie je, goed?

Uiteindelijk kreeg hij het adres van Rock FM te pakken en stuurde hij zijn cd, maar dat was al een week geleden en hij had nog niets gehoord. Hij besloot de berg naar Mohammed te brengen. De radiostudio was vlakbij Capel Street en hij wist uit Tony Kings column uit de *Sunday Post* dat hij soms bij Nealon een pint dronk voor de show. Dat was de reden van Jimmy's aanwezigheid, en daarom keek hij elke twee seconden naar de deur en voelde hij in zijn zak of zijn cd er nog zat. Hij was er al voor de derde keer en ditmaal had hij bij binnenkomst zelfs een vriendelijk knikje van de barman gekregen. Het tientje dat Jimmy hem de afgelopen twee keer had toegestoken om een exemplaar van de cd te hebben klaarliggen om te spelen waren de gemakkelijkste twintig euro die hij ooit had verdiend, en het vooruitzicht op het derde tientje vanavond was wel een glimlach waard.

Jimmy ging snel naar de wc en toen hij terugkwam zat Tony King twee stoelen van hem vandaan. Hij las de krant en at een ham-en-kaassandwich. Jimmy ging zitten en dronk zenuwachtig zijn halve glas leeg. Hij bestelde er nog een en keek steels opzij. Tony zag er op zijn fotootje in de krant een stuk cooler uit, maar het was hem wel. Je zag het aan de oren. Misschien was hij daarom wel een deejay geworden? Met zulke enorme zeiloren moet je te gek naar muziek kunnen luisteren.

– Tony King? vroeg hij.

Tony keek opzij.

– Ja?

– Hallo. Ik ben Jimmy Collins.

Tony zei niets. Gaf alleen een klein knikje.

– Eh, ik belde vorige week tijdens de uitzending. Je speelde The Jam voor mij...

– O ja. Voor je vriendin... eh... Esopus was het?

– Eh... hij is niet mijn vriendin. Hij is m'n drummer.

Tony knikte weer, en draaide zich een klein beetje naar Jimmy toe om hem beter te bekijken en in het voorbijgaan te zien waar de barman zich bevond. Je moest voorzichtig zijn op openbare plekken. Het was verbazingwekkend waaraan mensen allemaal aanstoot namen. Een beller die onuitgenodigd naast je kwam zitten in de kroeg was ongeveer even welkom als een rood laserpuntje dat verscheen op de vloer, tegen je been op kroop en bleef hangen aan je linkertepel.

– Eh, het punt is, ik zit in een band en... ik wilde vragen of je een nummer van ons kon spelen in jouw programma. Daarom belde ik vorige week eigenlijk, maar ik had niet verwacht om live op de radio te komen en toen ben ik het dus vergeten te vragen.

– Aha, oké. Luister, Jimmy, ik krijg een berg liedjes, snap je? Ik ben ervan overtuigd dat jouw nummer heel goed is en zo, maar ik kan niet alles draaien. Heb je het op tape staan of zo? Dan luister ik ernaar en...

Jimmy knikte naar de barman, die de INXS-cd stopte en in plaats daarvan *Caillte* opzette.

– Ik heb het alleen op cd. En dit is het, zei Jimmy, wijzend naar het plafond, waar de muziek nu vandaan kwam.

Tony King luisterde zwijgend en begon toen te kijken alsof hij best wel eens onder de indruk kon zijn. En dat was ook zo. Het liedje klonk goed. Niet dat het genadeloos doordenderde, maar het was duidelijk professioneel in elkaar gezet, al was het lastig te horen boven het geroezemoes uit. Ook leek Jimmy Collins geen psychopaat te zijn en dat was altijd goed voor de spijsvertering, dacht hij met een blik op zijn overgebleven halve sandwich.

– Heb je het zelf geproduceerd? vroeg hij.

– Nee, dat heeft Donal Steele gedaan. Ken je Donal?

– Ja, ik ken Donal Steele. Van horen zeggen, althans. Is hij niet een nieuwe studio aan het opzetten in Temple Bar?

– Daar hebben we het opgenomen, zei Jimmy. Hij begon een beetje te ontspannen. Aan Tony's gezicht kon hij zien dat hij geïnteresseerd raakte. Misschien zou hij het liedje niet draaien, maar hij zou er in elk geval aandachtig naar luisteren voor hij het in de vuilnisbak mikte.

– Goed, Jimmy. Ik zal zien wat ik kan doen. Maar ik beloof niks, oké? Het is goed om te zien dat je er zo veel moeite in steekt om het gedraaid te krijgen. Dat telt ook.

– Bedankt, Tony. Hier is de cd. Hij gaf hem een exemplaar. Er staan drie nummers op. Deze, een danceversie en een ander nummer dat we voor de lol hebben opgenomen. Eh, die laatste niet op de radio draaien want anders krijgen we een proces aan onze broek.

Hij knikte weer naar de barman, die de cd afzette en hem met een glimlach van dertig euro aan Jimmy teruggaf.

– Oké, zei Jimmy. Luister, ik moet er nu vandoor. Ik hoop dat je het mooi vindt. En als je het zou kunnen spelen, zou het helemaal te gek zijn. Zou je er dan bij willen zeggen dat het voor Kayleigh is? Weet je, zoals van Marillion? En ik vind het een geweldig programma tussen haakjes. Het enige op de radio dat het horen waard is tenzij je elf jaar oud bent of m'n pa.

Tony glimlachte en knikte.

– Oké, Jimmy. Zie je later.

– Zie je. O, nog één dingetje. Mocht je het draaien, en mocht Kayleigh de radio bellen en naar mij vragen, zou je haar mijn nummer dan kunnen doorgeven? Ik heb het op het hoesje geschreven.

– Wie is die Kayleigh?

– Ah. Een lang verhaal. Het is een meisje. Ik ben haar nummer kwijtgeraakt. Daarom heb ik het liedje geschreven... om haar te vinden. Spreek je Iers? Het wordt allemaal duidelijk in de tekst.

– Is het echt zo gegaan?

– Ja. Idioot, toch?

– Hm, er zijn slechtere redenen te bedenken om een liedje te schrijven.

– Ik weet het. Wacht maar tot je track drie hebt gehoord op die cd. Oké, zie je, Tony. En bedankt.

– Geen probleem. En Jimmy, het is meneer King, als je het niet erg vindt...

Jimmy kreeg een kleur, grijnsde en liep de kroeg uit. De klootzak. Toch nog even een afzeikmoment. Maar Jimmy voelde zich goed. Het zou goed kunnen dat Tony het liedje een kans gaf. Donal Steele. Dat was een naam die hij vaker moest laten vallen.

Jimmy nam de bus terug naar zijn ouders. Hij was er de laatste tijd nauwelijks langs geweest en de toon van zijn ma over de telefoon werd hoe langer hoe korzeliger. Hij wilde haar niet boos of verdrietig maken. De boetedoening die daarop volgde, zou een te lange en pijnlijke operatie worden. De laatste keer dat hij een maand lang zijn neus niet had laten zien, kon hij wel fluiten naar zijn broodjes. Jimmy besloot toen zijn poot stijf te houden en te doen alsof zo'n belachelijke kinderachtige straf hem niet kon deren, maar Esopus bleef hem aan zijn kop zeuren dat hij zich behoorlijk moest verontschuldigen bij zijn moeder. Hij bleef maar zeiken over wat een klootzak hij was voor z'n arme moeder, terwijl arme hij er zelf niet eens een had, zodat Jimmy uiteindelijk toegaf en met een bos bloemen en een dikke zoen langsging. Twee uur later ging hij weer weg met lippenstift op zijn neus, shepherd's pie in zijn buik en een kleine sporttas vol met kokospunten in zijn hand, waar het Esopus helemaal om begonnen was.

– Jimmy! riep zijn moeder van achter het aanrecht, en ze was al door de keuken en de gang gedraafd om hem een stevige knuffel te geven voordat hij de kans had om de deur te sluiten.

– Hai, ma, zei Jimmy met een glimlach.

– Kijk, Seán, het is onze Jimmy. Hoe gaat het met je, lieverd? Seán, kijk.

– Ik zie hem wel, zei Seán met zijn hoofd diep in de sportbijlage.

– Ha, pa.

– Ha.

– Jimmy lieverd, we hebben je al tijden niet gezien.

– Ja, ik weet het. Sorry. Ik heb het waanzinnig druk gehad, weet je.

– Ah, natuurlijk, mijn kippetje. Seán, leg die krant weg. Zeg eens, hoe gaat het? Alles goed op het werk?

– Fantastisch, ma. En ik heb ook een heleboel werk achter de rug in een studio. Een paar nummers opnemen voor een cd.

– God. Heb je dat gehoord, Seán? Een cd. Seán, heb je dat gehoord? vroeg Peggy, terwijl ze hem een paar porren in de rug gaf.

– Zit ik verdomme niet naast hem soms? vroeg Seán.

– Als je nu die krant niet weglegt, verbrand ik hem, en zeg je zoon behoorlijk gedag.

– Ik heb al hallo gezegd. Ja of nee?

– Ja, pa. Dat was heel fijn. Dank je wel.

– Zo. Mag ik nou alsjeblieft dit kleine stukje over Celtic uitlezen voordat we met z'n allen kunnen gaan zitten praten over Jimmy tot het eten klaar is? En dan kunnen we weer over hem praten, terwijl we aan het eten zijn?

– Laat hem maar, lieverd, zei Peggy, die Jimmy naar zijn gebruikelijke plek aan tafel meetroonde. Hij is gisteren weer bij dokter Brady geweest met z'n stoelgang.

– In tsjiezus' naam, Peggy, dat hoeft die jongen toch niet allemaal te weten. Schreeuw het van de daken, zodat de buren het horen...

– Heb ik al gedaan, Seán. Ik heb het Gertie verteld, zodat die het aan iedereen kan doorvertellen.

Jimmy en zijn moeder lachten en zijn pa dook grommend weer in zijn krant.

– O, voor ik het vergeet, schat, er heeft een zekere Donal voor je gebeld.

– O ja? En wat zei hij?

– Hij vroeg alleen of jij hem wilde terugbellen. Hij zei dat hij vanavond op z'n werk was. Hij heeft alleen geen nummer achtergelaten.

– Geeft niks. Dank je wel. Ik bel hem meteen even.

– Ik weet alleen niet waarom hij hierheen belde, zei Peggy fronsend.

– Ah, ik heb hem al mijn nummers gegeven. Voor alle zekerheid, zei Jimmy, achteruitlopend naar de keukendeur en de gang in.

– Is het voor je werk? Is er iets aan de hand? vroeg Peggy, die hem achternaliep.

– Nee, ma. Het gaat over die muziek waarover ik je vertelde. Donal heeft me geholpen om die cd te maken, dat is alles. Hij begon de deur te sluiten.

– O, die heb je al gemaakt? Heb je hem bij je? Mag ik hem horen? Seán, hoor je dat? Ze stond nu met haar voet tussen de deur.

– Ma, één seconde. Ik bel heel snel Donal en dan ben ik weer terug, oké? Praat maar even met meneer Kletskous daar. Vraag hem wat hij van de Rangers vindt.

Dat ontlokte altijd wel een reactie aan pa en ook nu veerde hij op.

– Wat? De Rangers? Wat moet dat? De fucking... ng... fgh...

Jimmy slaagde er eindelijk in de deur dicht te duwen en ging naar de telefoon die bij de voordeur hing om Donal te bellen.

– Donal?

– Jimmy? Hoe gaan de zaken?

– Goed hoor. Ik kreeg een boodschap van me ma. Ze zei dat je me wilde spreken.

– Ja. Eh, die ma van jou... die houdt wel van een praatje, hè?

– Ja. Sorry. Duurde het lang?

– Om de boodschap door te geven? Ah, tien minuutjes. Het was te gek. Ik wist niet dat je zo goed kon declameren, Jimmy. Daarom ben je ook zo'n goeie zanger geworden. Je hebt er zelfvertrouwen door gekregen. Wist je dat?

– O God...

– Ja. En luister. Als je Liz nog te spreken krijgt, wil je haar dan ook van mij nog hartelijk feliciteren met de bruiloft, oké? Die knaap uit Donegal lijkt mij ook echt tof.

– Ze praat graag over ons.

– Je meent het. Maar waarom ik belde, Jimmy... Volgens mij heb ik je wat ruimte in de ether kunnen regelen.

– Ja? Tsjiezus, Donal, dat is te gek. Waar?

– Ik heb je toch verteld dat ik iemand kende bij RTE?

– Jaja. Is het soms het programma van David Fannings? O God...

– Nee Jimmy. Het is zelfs helemaal niet op 2FM.

– Nou, wat dan? Radio One? Draaien die dan wel muziek?

– Nee Jimmy. Ik bedoel, ja, die draaien muziek, maar daar is het ook niet. Het is op *Raidió na Gaeltachta*. Bij Dara Beag Ó hUiginn. Die heeft op dinsdag en donderdag een programma voor hedendaagse Ierse muziek. Daarom probeerde ik je vanavond te bereiken. Hij zei dat hij het tussen halfacht en acht zou draaien.

– *Raidió na Gaeltachta?* zei Jimmy.

Dat was de Ierstalige zender. Aan de ene kant was het een landelijke zender, waarop iedereen in het land kon afstemmen, maar aan de andere kant kende Jimmy niemand die dat ooit deed. RTE, de nationale radio- en televisiezender, had vier grote radiostations. Je had Radio One voor ouwe lullen, 2FM voor de jeugd, Lyric voor de Kunst en aanverwante zaken en *Raidió na Gaeltachta* voor... nou ja, voor wie er naar Ierstalige radio luisterde.

– Het is geen Dave Fanning, Jimmy, ik weet het, maar je moet ergens beginnen, oké? Haal nooit je neus op voor publiciteit.

– Jezus, dat doe ik ook niet, Donal. Helemaal niet. Het is geweldig nieuw. Echt. Bedankt, serieus. God, ik had nooit gedacht aan de hele Ierse invalshoek. Ik heb het liedje alleen in het Iers geschreven omdat het makkelijker was.

– Is goed, Jimmy. Als Dara het ziet zitten, krijgt iemand anders bij de RTE het misschien ook wel te horen. En bovendien houdt de wereld niet op bij de RTE, of wel soms? We zullen kijken of we het ook aan wat andere stations kunnen aanbieden.

– Luister, Donal, ik heb net een pint gehad met Tony King bij Rock FM. Ik heb hem een cd meegegeven en ik heb jouw naam genoemd. Ik had de indruk dat hij het misschien wel zou draaien.

– Tony King? Een goeie deejay, maar ik ken hem geloof ik niet persoonlijk.

– Ah, hij kent jou van naam en reputatie. Dat was genoeg.

– Hm, ik hoop dat het mijn nieuwe reputatie is waarvan hij me kent. Want er zaten een paar jaar tussen, in de jaren tachtig, waarin mijn reputatie een paar smetjes heeft opgelopen, weet je? Jack Daniels, voornamelijk. Misschien met nog een druppeltje...

– Hoe dan ook, ik denk dat hij het wel draait. Hij heeft de cd bij zich gestoken in elk geval.

– Te gek. En hoe kwam het dat je een pint met hem hebt gepakt?

– Nou, het was niet echt met hem. Ik ben gewoon de laatste dagen steeds 's middags naar de kroeg gegaan, tot hij zich vertoonde. Ik had de barman omgekocht om het over de installatie te spelen en toen heb ik hem een exemplaar gegeven.

– Jij brutale vlerk! Het lef! Jimmy, dat doet me deugd. Weet je, met zo'n instelling zou je het best wel eens kunnen maken in de business. Het is nooit te laat, Jimmy!

– Ah, ik weet het niet. Laten we eerst maar eens zien of we hiermee de nummer 1 met kerst kunnen scoren.

– Oké. Luister, ik moet ervandoor. Zeg tegen je mammie dat ik het heel fijn vond om met haar te praten en dat ik me verheug op de scones. O ja, je moet er een paar meenemen als je deze kant op komt. Toen ze erover begon heb ik haar aan het verstand proberen te peuteren dat ik geen gebak eet, maar het leek me na verloop van tijd eenvoudiger om ze maar te accepteren. Ik moest ontzettend naar de plee en er was geen andere mogelijkheid om haar tot zwijgen te brengen.

– Ik weet er alles van. Oké, zie je, Donal. En bedankt nog, hè?

– Geen probleem. Ik bel je als ik meer nieuws heb.

– Cool.

Jimmy ging terug naar de keuken.

– Alles in orde, lieverd? vroeg Peggy.

– Te gek, jawel. Donal vertelde me net dat ze vanavond een liedje van mij op de radio hopen uit te zenden.

Zijn moeder gilde.

– Jimmy!! O Jimmy, dat is geweldig. Waar? Welke zender? vroeg ze, en liep op een holletje naar de radio in de hoek van de kamer. Seán, help jij me eens met dit ding.

Ze sloeg met haar droogdoek op alle knoppen en draaischijven.

– Hier ma, ik doe het wel. Het liedje is in het Iers, daarom is het op Raidió na Gaeltachta, ergens in het komende uur.

Jimmy liep naar de radio en vond de zender. Hij luisterde aandachtig, met zijn oor bij de speakerbox en zijn moeder bij zijn schouder.

– Wat zeggen ze? fluisterde ze na een poosje. Zijn ouders spraken niet echt goed Iers.

– Eh, volgens mij dat de benzine zeven cent duurder wordt, zei Jimmy.

– Nee, over jouw liedje, bedoel ik.

– Dit is het nieuws, ma. Het programma is nog niet eens begonnen.

– Nou, dan kunnen we net zo goed aan tafel, zei Peggy. We horen het toch wel als het begint?

– Jazeker, zei Jimmy. Luister. Ik bel Esopus en Shiggy eerst even, oké?

Hij checkte de frequentie van de zender en rende weer naar de gang. Het was ondenkbaar dat Esopus wist waar hij Raidió na Gaeltachta kon vinden op zijn radio. Je had nog meer kans dat Shiggy het wist.

Seán en Jimmy baadden zich de volgende twintig minuten in een spraakwaterval. Zijn doorgaans toch al kwebbelzieke moeder had nu, met alle opwinding, alle schijn van enige schroom van zich afgeworpen en was minstens drie gesprekken met zichzelf tegelijkertijd aan het voeren. De mannen waren veel te langzaam met hun bijdrages, en na een tijdje gooiden ze de handdoek in de ring en knikten alleen nog maar af en toe bevestigend.

Ze zaten aan hun chocoladetoetje toen Jimmy zijn oren spitste en zijn hand de lucht in stak. Peggy gaf een gil en ze sloeg Seán, die al zeker een kwartier geen woord had gesproken, met een ovenwant voor zijn hoofd om hem het zwijgen op te leggen. Ze rende naar de radio en zette hem harder.

– Wat zegt ie, Jimmy? Wat zegt ie?

– Eh, dit is een nieuw liedje van een Dublinse formatie, The Grove, nog niet uitgebracht. Liedje heet *Caillte*, zei Jimmy. Hij fronste en grijnsde tegelijkertijd.

Zijn moeder piepte en begon Seán weer te poken en te porren.

– Hoorde je dat, Seán?

– Ja Peggy, ik hoorde het, zei Seán, die in zijn oor wreef en de chocopudding van zijn voorhoofd wiste. En nu, vrouw, ga je zitten en wees je rustig, voordat je jezelf een tweede fucking hernia bezorgt.

Gedrieën gingen ze zitten en luisterden. Na één minuut begon Peggy te huilen.

– O Jimmy, zei ze, terwijl ze haar ogen met haar schort droogde.

– O Christus, zei Seán, terwijl hij zijn hoofd schudde.

Het liedje was afgelopen en Peggy applaudisseerde.

Jimmy kon zich niet verroeren. Hij zat onbeweeglijk te grijnzen. Hij had zijn liedje op de radio gekregen. Hij had het gedaan. Yes!

Peggy rende naar de telefoon om iedereen die ze kende te bellen maar voor ze de kans kreeg ging de telefoon al over.

In de keuken keek Jimmy's pa naar zijn zoon.

– Dat was een goed liedje, Jimmy. Goed gedaan.

Jimmy verslikte zich zowat in zijn toetje. Hij wist niet wat hij daarop moest antwoorden. Zijn vader had hem geen complimentjes meer gegeven over zijn muziek sinds hij *In het kribbeke lei* had gezongen, met Kerstmis op school, toen hij zes was.

Zijn moeder, die uit de gang naar hem riep, bespaarde hem verdere gênante ogenblikken.

– Jimmy lieverd, Esopus aan de lijn.

– Bedankt, pa, zei hij en hij stond op.

Zijn pa knikte, pakte de krant van de vloer en ging verder in zijn artikel over Celtic, terwijl Jimmy naar de telefoon holde. Peggy wilde hem de hoorn niet geven.

– Wat zeg je, Esopus? O, de drums? Natuurlijk, lieverd. Je speelde ze fantastisch, vond ik. Ja, schat, je was veruit de beste van iedereen. Ja, ziet er het beste uit ook. Maar Jimmy heeft de stem. Heeft hij van zijn moeder, heb jij gezegd. Al dat praten altijd. Ha!

– Ma, geef mij de hoorn alsjeblieft, zei Jimmy. Als hij nu niet ingreep zou het de hele avond zo doorgaan.

– Sorry lieverd, Jimmy staat hier aan de hoorn in m'n hand te rukken. Tot gauw dan. En gefeliciteerd. O en wil je de groeten doen aan je pa. En aan Jennifer. En zeg haar...

– Ma-haa, zei Jimmy

– Oké, schat. Oké. Is goed. Doedoei.

Ze gaf de hoorn aan Jimmy.

– O, zei ze. En zeg hem nog even dat ik een appeltaart voor hem heb.

– Is goed, ma, bedankt... Esopus?

– Jimmy!

– En? Wat vind je?

– Fucking fataal, Jimmy.

– Ja. En dit is nog maar het begin. Die gozer Tony King heeft ongeveer tienduizend luisteraars elke avond. Stel je voor dat hij het draait? Tsjiezus...

– Kelere, bij elkaar, met Tony King en Dara Beag Ó hUiginn, hebben we er dan wel tienduizend en zeven!

– Ik snap niet dat je het in de zeik neemt, Esopus. We waren net op de radio, man! Wanneer was jij voor het laatst op de radio, lul?

– Ik weet het. Het was maar een geintje. Echt. Het is fataal.

Misschien moeten we binnenkort wel eens gaan bespreken welke kleren we gaan aandoen op *Top of the Pops*, Jimmy. Ik neem aan dat we first class worden ingevlogen naar Londen. O, en ik wil wel een nieuw drumstel voor als we gaan toeren. Blauw. En een smerig dikke zak wiet voor de hotelkamer, en extra handdoeken...

Jimmy ging zitten op de trap en glimlachte. Hij was ook helemaal opgewonden.

26

Tony King was een klootzak. Dat was de enige redelijke verklaring die Esopus kon bedenken. Hij, Jimmy en Shiggy zaten dagenlang avond aan avond gekluisterd aan de radio en nergens nog een teken van wereldroem.

– Jimmy, volgens mij heeft hij je bij de neus genomen om maar van je af te zijn, zei Esopus. Hij heeft minstens vijf liedjes van nieuwe Ierse bands gespeeld en geen een van ons, de kutlul.

– Relax, Esopus. Ik zag Donal een paar dagen geleden en die zei dat deejays niet in de studio zitten met stapels platen om zich heen waar ze er op goed geluk maar een paar uit kiezen. Ze plannen het allemaal op de seconde. Misschien plant Tony gewoon wat verder vooruit dan de meeste anderen. Het komt wel.

– Komop, Jimmy. Geef het maar toe. Hij dacht dat jij een stalker was en deed maar alsof hij het goed vond. Hij was bang dat je hem naar huis zou volgen en in zijn vuilnisbakken ging snuffelen.

– Nah, dat denk ik niet, Esopus. Hij zag er niet uit alsof hij maar wat uit z'n nek lulde. En waarom zou hij ook? Het is een fucking goed nummer, toch? Hij wacht gewoon tot hij een plekje heeft en dan wham. Misschien heeft hij het al gedraaid? Misschien hebben we het gewoon gemist?

– Jimmy, de afgelopen vier avonden heb ik op m'n bed naar z'n programma liggen luisteren. Ik zeg je, no way dat ik m'n eigen drumspel kan hebben gemist op de radio.

– Ah, me reet, Esopus. In wat voor toestand jij op je nest ligt, je zou het nog niet gemerkt hebben als de radio uit de kast was gesprongen en op eigen houtje was weggewandeld. Iets heel anders: hoe staan we met de verkoop?

– Ik heb er zeven verkocht, zei Esopus.

– Tweeëndeltig, zei Shiggy, en hij overhandigde Jimmy een pak flappen.

– Goeie gabber Shiggy! Zeven? vroeg Jimmy aan Esopus. Niet echt een wereldrecord, wat?

– Aan wie moet ik ze godverdefuck verkopen? Me pa heeft er een, Jennifer drie, en me oma heeft er ook een. O, en ik heb er twee aan je ma verpatst.

– Wat?! Hond! Ze heeft er al een van mij gekregen.

– Nou, ze heeft er van mij nog twee afgenomen. Hier, een tientje, kijk maar.

– Esopus, komop, ze wilde je helpen. Fuck hé, kun je ze niet verkopen aan mensen die je niet kent?

– Maar ik ken helemaal geen mensen die ik niet ken, zei Esopus.

– Maar... maar je kan toch... ach laat ook maar. Shiggy, waar heb jij ze verkocht?

– Tokio, zei Shiggy. Mijn vlienden in Japan kopen van mijn website. Dan stuul ik.

– Tokio. Nou ja, in elk geval gaan we internationaal, zou je kunnen zeggen. Maar het is niet bepaald de plaatselijke markt veroveren, wel? Hij keek naar het geld op de salontafel. Hm, dat maakt bijna honderd cd's in totaal, inclusief de cd's die we na het optreden van zaterdag hebben verkocht en die we hebben weggegeven aan deejays en vrienden.

De kosten van de lege cd's waren er ruimschoots uit, en ze besloten dat alles wat er nu aan verdiend werd, in drieën werd verdeeld. Donal was begonnen om het hoe en wat van de verdeling van royalty's uit te leggen, maar Jimmy interesseerde zich daar op dit moment niet bijster veel voor. Wie welke tekst had geschreven en wie welk stukje speelde. Ze waren allemaal nog steeds gewoon vrienden in een band, over geld zeiken in dit stadium zou alleen maar ellende geven. Gewoon door drieën. Zo was het makkelijk en niemand hoeft zich tekortgedaan te voelen.

– Oké, zei Jimmy. We hebben een paar honderd bezoekers op de website gehad, en het liedje is vijftien keer door verschillende mensen gedownload. Een man of dertig heeft het gastenboek getekend sinds we er een hebben. Ongeveer honderd man hebben het nummer op de gig gehoord en Dara heeft het een paar keer gedraaid op *Raidió na Gaeltachta*, dus hoeveel mensen daarnaar luisteren...

– Dat zijn ik, jij, Broeder James van school en een kale ouwe dibbes in Kerry die het opvangt in z'n kiezen als het weer omslaat, zei Esopus.

– Esopus...

– Oké, oké. Alle Ierssprekende mensen in den lande, die iedere avond devoot naar Dara luisteren omdat ze geen vrienden hebben.

– Hoe dan ook wordt het gehoord. We hebben het net, wat, drie weken geleden opgenomen? Het komt wel. Het heeft alleen tijd nodig, weet je, gewoon... Jimmy viel stil en beet op zijn nagel.

– Hoe moet ze in contact met jou komen? vroeg Esopus met een blik op hem.

– Wat? Wie? vroeg Jimmy, opkijkend.

– Kom op, mietje. Kayleigh. Daar gaat het toch allemaal om? Als zij het liedje hoort, hoe moet ze jou dat laten weten? Heb je daarover nagedacht?

– Jawel, een beetje. Het gastenboek op de website. Of hopelijk een kennis van haar die weet waar de band speelt. McGuigans Ladder staat in de meeste kranten, dus dat moet ze kunnen vinden als ze kijkt. M'n e-mailadres en zo staat ook op de site, en een link met de studio met hun telefoonnummer. Ik heb Tony gevraagd om het als verzoeknummer voor haar aan te kondigen, als hij zo goed zal zijn om het te draaien. Mijn ma golft in Dollymount. Dat is dicht bij Clontarf, en ik heb haar gevraagd om haar oren open te houden. Ik heb haar gezegd dat ik naar een zekere Kayleigh op zoek was voor een schoolreünie. Moest het voorzichtig aanpakken. M'n ma om hulp vragen is gevaarlijk. Als je niet de juiste woorden gebruikt, eet m'n arme pa bonen op toast totdat zij de missie volbracht heeft. Plus ik heb Kayleigh genoemd voordat we het liedje zaterdag speelden. En ik heb gegoogled naar scholen in de buurt waar ze kan lesgeven. Ik zeg je, Esopus, als het de komende paar weken akelig stil blijft, woont ze in een grot of heeft ze gewoon geen belangstelling.

– Jezus. Is dat een *beetje* nagedacht? Je bent behoorlijk goed geworden in het stalken, weet je dat? Ze hadden jou naar de fucking Heilige Graal moeten laten zoeken.

– Nou, ja, dit is het dan, hè? Als zij het liedje niet hoort en ik hoor niks van haar de komende tijd op de een of andere manier, dan moet ik het erbij laten. Dan heb ik het tenminste geprobeerd. Ik hoef er toch niet hysterisch over te gaan doen?

– Nee. Ah, volgens mij lukt het wel. Ze houdt toch van Frank

Sinatra? Dan kan ze niet al te veel vrienden hebben. Waarschijnlijk luistert ze naar Dara als ze een opkikkertje nodig heeft en triest is en iemand wil horen die nog een triestere sukkel is dan zij.

– Bedankt voor deze welgemeende opsteker, Esopus.

– Graag gedaan.

– Ik neem aan dat je over Sharon heen bent?

– Ah, ja. Ik heb haar gebeld en gezegd dat het voorbij was. Weer een gebroken hart in m'n trofeeënkast. Kapot was ze d'r van.

– Dat zal wel.

– Zeker, Jimmy. Het gaat niet om de kwantiteit, het gaat om de kwaliteit. Ze kan neuken met zoveel gozers als ze wil, maar waar vindt ze iemand die de Kruiwagen kan doen zoals ik? Wij groeien niet aan de bomen hoor.

– God zij dank niet.

– Ik splak zateldag met Katie, zei Shiggy.

– O ja? vroeg Esopus.

– Ze vloeg naar jou, Esopus. Zei, jij zag er ziek uit.

– Ja. Vertel Katie maar dat ik weer beter ben. Helemaal beter.

– En je hebt helemaal niks van deze hele geschiedenis geleerd? vroeg Jimmy aan Esopus.

– Tuurlijk wel, Jimmy. Ik heb geleerd dat het heel goed is om zo nu en dan een rustpauze in te lassen, maar als puntje bij paaltje komt, moet de Murray-Go-Round weer aan de zwier. Ik blijf bij het beproefde recept, zei Esopus met een grijns.

Maar Jimmy kende hem beter. Hij was veranderd. Hij was nog steeds een en al blinkende tanden, knakkende vingers en de coole klootzak, maar zijn ogen vertelden een ander verhaal. Zeker zag hij er beter uit dan daarvoor, maar dat kwam omdat hij eindelijk wat slaap kon inhalen. Maar onder het fineer verschool zich absoluut een nieuwe Esopus, die de oude Esopus probeerde terug te rammen naar de puberteit waar hij thuishoorde. Sharon moet hem letterlijk de fuck uit zijn lijf hebben laten schrikken. Oké, dacht Jimmy, dan heeft het nu geen zin om hem achter de vodden te zitten. Het gebeurt als het gebeurt. Als hij er klaar voor is. Hij was als een vlinder, besloot Jimmy, die op het punt stond zich te ontpoppen uit een zijden cocon. Toen keek hij naar Esopus, die bezig was aan Shiggy uit te leggen hoe hij de Kruiwagen zo kon aanpassen dat het met twee meisjes zou werken, en hij besefte dat, nee, Esopus toch niet op een vlinder leek.

– O, luister, ik weet een mop, zei Esopus, die de zapper en de beker die hij had gebruikt ter illustratie van de werking van de Kruiwagen weer neerlegde op tafel. Shiggy, deze zal je leuk vinden... er zijn drie gozers bezig op een bouwterrein, oké? Een Ier, een Italiaan en een Japanner. De opzichter komt en zegt tegen de Ier: 'Jij moet dit muurtje afbreken.' En tegen de Italiaan: 'Jij moet dit zand van hier allemaal naar daar brengen.' Dan vraagt de Japanner: 'En ik?' En de opzichter zegt: 'Jij zorgt voor de supplies.' Dan zegt hij: 'Oké, ik moet weg, maar ik ben over twee uur terug, en dan wil ik dat alles gedaan is anders zwaait er wat, oké?' Dus hij gaat weg en na twee uur komt hij terug. Het muurtje staat er nog steeds. Het zand is geen centimeter verplaatst. De bouwvakkers zijn in geen velden of wegen te bekennen. Na veel zoeken vindt hij de Italiaan en de Ier in de bouwkeet, thee aan het drinken. 'Wat de fuck voeren jullie hier uit?' brult hij. 'Waarom staat dat muurtje daar nog steeds?' En de Ier zegt: 'Luister, baas, die Japanner moest zorgen voor de supplies, oké? Nou, zo gauw jij je hielen had gelicht, is die fucker hem gesmeerd, en had ik geen moker om die muur neer te halen. Wat had ik moeten doen?' En de opzichter vraag aan de Italiaan: 'En waarom ligt dat fucking zand daar nog steeds?' Zegt de Italiaan: 'Hé, die Japannees knijpt ertussenuit. Geen supplies, nee? Geen schop, nee? Mama mia, wat kan ik doen, eh?' Dus de opzichter stormt naar buiten om de Japanner te zoeken. Hij is hels. Schreeuwt de hele bouwplaats bij elkaar om hem te vinden. Hij is nergens te bekennen. 'Ik sla hem helemaal verrot,' denkt hij, en hij gaat bij het muurtje zitten om even af te koelen. Komt die Japanner eroverheen gesprongen, landt voor hem op de grond, geeft hem een klap in z'n gezicht en zegt: 'Supplies!'

Jimmy en Esopus lagen dubbel van het lachen. Shiggy keek afwisselend naar de een en de ander met een onbegrijpende blik.

– Hè? Supplies? Hè?

Esopus lachte zo hard dat hij geen woord kon uitbrengen, maar Jimmy kon nog net één hand opsteken en zeggen:

– Ik leg het zo uit, Shiggy. Geef me even, alsjeblieft.

Voor hij de kans kreeg om de mop uit te leggen, ging de telefoon en liep Jimmy naar de keuken, waar hij hem had neergelegd.

– Jimmy?

– Donal. Hoe is het?

– Te gek. Je lag toch niet in bed, hoop ik?

Jimmy keek op zijn horloge en zag tot zijn verbazing dat het al bijna middernacht was.

– Nee, Donal, ik ben klaarwakker. Ik heb Esopus en Shiggy op bezoek.

– Zijn die er ook? Dat is mooi, want ik heb nieuws voor jullie.

Jimmy ging zitten.

– Ja?

– Zit je, Jimmy?

– Ja. Waarom?

– Raad maar.

– Ah, fuck dat, Donal, wat is er?

– Oké, oké, lachte Donal. Een maatje van Dara, Oisín MacDonnacha – heb je wel eens van hem gehoord?

– Nee?

– Nou, Oisín heeft een programma op TG4 en hij vraagt of jullie *Caillte* willen komen spelen. En een interview doen. Teevee, Jimmy. Dit is de doorbraak! Jullie gaan het maken!

Alles begon te zweven voor Jimmy's ogen.

– Fuck, kon hij nog net uitbrengen. Fuck o fuck o fuck...

– God, ik dacht dat je er blij mee zou zijn, Jimmy, zei Donal. Jimmy hoorde de grijns in zijn stem.

– Donal, als je hier was zou ik je fucking kussen. O God, dit is gewoon te gek. Geniaal! Ik geloof mijn oren niet! Je neemt me toch niet in de maling, hè?

– Ik verkoop je geen flauwekul, Jimmy. Dara en Oisín zijn goed bevriend en Oisín is altijd op zoek naar iets nieuws in zijn programma. Er zijn niet zoveel bands die zulke liedjes in het Iers doen. Kennelijk zien ze jouw liedje allebei wel zitten en omdat jij Iers spreekt, dacht hij dat het wel cool zou zijn om jullie uit te nodigen. Een Dublinse band met een liedje in het Iers, snap je? Meestal moet hij ze uit de provincie halen...

– Tsjiezus, Donal. Ik kan niet echt Iers spreken. Ik heb die taal al geen vijftien jaar meer behoorlijk gesproken. Ik ben waardeloos!

– Dan heb je vanaf nu vijf dagen om het weer op te halen. Het programma wordt zondagavond opgenomen, en de donderdag daarop uitgezonden. Dus. Kun je zondag? En Esopus? En Shiggy?

– O, ik kan, Donal, en de anderen zullen er ook zijn, reken maar. Dit is ongelofelijk! O man, ik ben je megaschuldig!

– Nah, zei Donal. Je bent een goeie jongen, Jimmy. Je verdient het. O, je moet het liedje waarschijnlijk playbacken, oké? Dat druist toch niet in tegen je artistieke principes, hoop ik?

– Artistieke principes me reet, Donal.

– Gelukkig. Luister, ik moet ervandoor, oké? Sparky hier gaat een van die jonge gasten hier de nek omdraaien als ik geen oogje in het zeil houd. Ik spreek je morgen met alle bijzonderheden.

– Te gek. En nogmaals bedankt hè, Donal? Jezus, het is ongelofelijk.

– Is goed, Jimmy.

Hij ging terug naar binnen. De jongens zaten weer aan de Kruiwagen, samen met iets dat Shiggy een Todai noemde, dat er minstens even ingewikkeld uitzag, alleen met meer draaibewegingen. Shiggy kende het Engelse woord niet, maar Jimmy vermoedde dat hij een vuurtoren bedoelde.

Esopus keek op.

– Wie was dat?

– Donal.

– Ja? Had hij nog nieuws?

– Eh, ja, dat kun je wel zeggen. Jongens... we komen op teevee!

Jimmy vertelde wat Donal hem had gezegd. Ze brulden en joelden en juichten een minuut of vijf, en sprongen door de woonkamer en sloegen hun gebalde vuisten in de lucht. Alleen buurman McGrath leek minder enthousiast, te oordelen naar zijn gedempte dreigement door de muur dat hij Jimmy tot een pulp van snot en botten zou stampen als ze niet onmiddellijk ophielden met die teringherrie. Ze gingen zitten en keken elkaar aan, met ogen die schitterden.

– Tsjiezus, Jimmy, zei Esopus. Jij hebt wel een bijzonder knorrige buurman. Werkt hij nog steeds zo veel in z'n tuin?

– Esopus, als je het waagt... zei Jimmy.

– Ben zo terug, jongens, zei hij. Even een luchtje scheppen...

Shiggy en Esopus vertrokken pas na tweeën 's nachts. In de tussentijd praatten ze over alles – wat ze zouden dragen, wat ze zouden zeggen tijdens het interview, wat het kon doen voor het liedje en de band in het algemeen.

– Het is wel maar TG4, zei Esopus.

– Ah, begin daar niet fucking weer over, Esopus, zei Jimmy.

– Wat is TG4? vroeg Shiggy.

– De Ierstalige tv-zender, Shiggy, zei Jimmy. Bestaat pas een paar jaar. Iedereen dacht dat het shit zou worden, maar het is eigenlijk best goed. Maar het is bijna helemaal in het Iers, waardoor er natuurlijk lang niet zo veel mensen kijken als wij zouden willen. Maar het is de teevee, jongens, het is de fucking teevee! Er zullen meer mensen kijken dan er luisteren naar Dara op de radio. En jij, Esopus, probeer er niet de hele tijd een domper op te zetten. *Top of the Pops* loopt niet weg, oké?

– Het was maar een geintje, Jimmy. Het is te gek. Tsjiezus, misschien kunnen we zelfs wel kennismaken met Twink!

– Zo kan ie wel weer, mietje, lachte Jimmy.

– *Anno*, Jimmy... begon Shiggy.

– Ja?

– *Anno*, ik spleek geen Iels, ne?

– Ah, Shiggy, zit daar niet over in. Ik leer je wel een paar woorden, zodat je hallo kan zeggen. Bovendien zul je het waarschijnlijk sowieso beter doen dan deze sufkop hier. Halverwege het tweede jaar moest Broeder James vanwege hem aan de Prozac. Hij stond die pillen te kauwen vooraan in de klas en Esopus lachte zich ziek om hem en noemde hem *Séamusín Bocht*. Het is achteraf een fucking wonder dat hij je niet heeft vermoord, Esopus.

– Ah, Jimmy, ik haalde alleen maar wat geintjes met hem uit. Bovendien was het zijn eigen schuld. Hij had na dat infarct nooit moeten terugkomen voor de klas.

Zo ging het nog een paar uur door en toen ze waren vertrokken, ging Jimmy op bed liggen en staarde naar het plafond. Het begon een gewoonte te worden. God, het liep op rolletjes. Hoe lang maakten hij en Esopus nu al muziek? Met tussenpozen een jaar of vijftien, zeker. Hij had ongeveer twintig eigen liedjes die ermee door konden in zijn ogen, maar dit – een cd, de radio, de teevee – had hij vanaf het moment dat hij ging studeren nooit meer serieus als mogelijkheid overwogen. Toen hij eenmaal het Onderwijs genoot dat zijn pa altijd zo graag voor hem wilde, zag Jimmy zijn leven min of meer voor zich uitgestippeld. En een rockster zijn maakte daar geen onderdeel van uit. Hij zou altijd zijn muziek en zijn optredens en zo blijven houden, maar als het niet gebeurde op zijn achttiende, hoefde hij zeker niet te wachten tot zijn dertigste.

Ah, effen dimmen, Jimmy, zei hij tegen zichzelf. Het is maar één liedje. Het is gedraaid op een zender waar niemand naar luistert en volgende week komt het op een tv-programma waar niemand naar kijkt als The Sopranos tegelijkertijd op het andere net zijn. Het was waarschijnlijk het coolste wat hij ooit zou meemaken, maar Esopus had in elk geval gedeeltelijk gelijk. Het was niet echt de Elvis Comeback Special. Nee, besloot hij, dat was het niet, maar toch was het wat. Zelfs als hij straks een volvette vijftiger zou zijn met drie kinderen en nog steeds dezelfde baan als nu, dan kon hij toch terugkijken op de laatste paar maanden en zeggen dat hij, al was het maar even, een leven leidde in plaats van op de stroom ervan meegevoerd te worden. TG4 of Top of the Pops, Jimmy ging zichzelf niks wijsmaken. Dit was cool en hij was vast van plan om van elke seconde te genieten. Als zijn kinderen zich voor hun vader moesten schamen, en het was de plicht van iedere rechtgeaarde vader om daarvoor te zorgen, dan kon hij het beter meteen goed doen. Hoe het optreden op TG4 ook zou aflopen, en hoe cool Jimmy en de jongens ook mochten vinden dat ze eruit zagen en klonken, Jimmy wist zeker dat hij over twintig jaar de video van het programma tevoorschijn kon halen om zijn kinderen de stuipen op het lijf te jagen van plaatsvervangende schaamte tegenover hun vriendjes. Een volvette vijftigjarige moet toch ergens zijn pleziertjes vandaan kunnen halen?

De gedachte aan kinderen leidde tot gedachten aan Kayleigh. Ik vraag me af wat zij hiervan zou vinden, dacht Jimmy glimlachend. Ligt ze in bed en vraagt ze zich af waar ik ben? Waarom ik niet meer heb gebeld? Denkt ze sowieso nog wel aan me? Dat was de grote vraag natuurlijk. Het was allemaal om haar begonnen. Nu had het z'n eigen dynamiek gekregen en was iedereen enthousiast – Shiggy en Esopus, Donal en Sparky, en zelfs z'n ma – om wat ermee gebeurde, maar Jimmy was het oorspronkelijke motief niet vergeten. Hoe vast hij ervan overtuigd was dat er ergens een meisje speciaal voor hem was. En hoe hij haar binnen een bestek van luttele uren had weten te vinden en verliezen. Het liedje, en alles eromheen, was voor Kayleigh. De cd maken, werken met echte professionals in de muziekindustrie, op de radio en teevee komen, de website doen, zo'n mooi liedje schrijven – dat pakte niemand hem meer af. Maar hij wilde meer. Hij wilde haar. Hij was niet helemaal een hopeloze lul-de-behanger als het om vrouwen ging. Het verhaal van het liedje was even goed als het liedje zelf. Hé, veel romantischer dan dit kon je het niet krijgen, of wel? Ze moest wel een enorme koe zijn als ze hierna niet als een blok voor hem viel.

Terwijl hij indommelde, bedacht hij hoe zij hem op televisie zag of op de radio hoorde, en haar toezong. Hij dagdroomde verder: hoe ze hand in hand liepen, elkaar kusten, de liefde bedreven. Al haar vriendinnen stinkend jaloers dat zij haar eigen liedje had, dat over de hele wereld weerklonk voor verliefde stelletjes. Haar toefluisterden hoe blij ze moest zijn om iemand als Jimmy Collins te hebben ontmoet. Zo'n aardige jongen. Een lot uit de loterij. Iemand die zo'n liedje kon schrijven mocht je niet laten schieten. En zij alleen maar terugglimlachen terwijl ze in zijn hand kneep. Een prachtige bruiloft, met Caillte gespeeld door een strijkkwartet, terwijl zij naar het altaar liep. Vlak voor de slaap hem eindelijk had overmeesterd, zag hij haar gezicht en haar sprankelende ogen. Ze was naar hem toegekomen. Jimmy wist niet of hij een rijke en beroemde rockster zou worden en het kon hem eigenlijk ook niet schelen. Hij zou Kayleigh hebben. Daarvan was hij overtuigd. En hij hoorde nogmaals de laatste woorden die haar perfecte lippen die bewuste avond tegen hem hadden uitsproken.

– Ik wacht op je, Rockster.

Hij glimlachte en viel in slaap.

27

Het probleem met de Ierse taal, was Jimmy al lang geleden tot de conclusie gekomen, was niet de taal zelf. Het was iets anders. Om te beginnen vinden Ieren het niet leuk om dingen te moeten, en dat geldt zelfs voor Ierse kindertjes. Als het Ministerie van Onderwijs Iers verplicht stelt tot en met het laatste jaar van de middelbare school, is dat alleen al reden genoeg om er een bloedhekel aan te krijgen. Wat voor nut heeft Iers voor iemand die een baan zoekt, behalve als leraar Iers? Dat kunnen integraalrekenen of citeren uit Shakespeare minstens even nutteloos is als je zeg maar kok wil worden, wordt daarbij meestal over het hoofd gezien, en daarom ontspringen de twee andere verplichte vakken wiskunde en Engels de dans meestal. Bovendien, gaat de redenering verder, goed zijn in wiskunde en Engels maakt je nog niet meteen tot een complete boer, en Iers vaak wel. Het vak was met andere woorden niet sexy.

Jimmy had zich er eigenlijk nooit druk om gemaakt. Ten eerste sprak hij de taal al dankzij de zomervakanties in Connemara. Hij pikte het niet meteen op, maar het is verbluffend hoe snel je ging gebruiken wat je wist als het de enige manier was om een leuk meisje uit Mayo ten dans te vragen. Na dit harde practicum was het in september een eitje om de Ierse literatuur en zelfs de grammatica te leren doorvorsen.

Hij keek naar Esopus, die een paar van Jimmy's oude schoolboeken uit de kast in de zitkamer had gepakt en ze fronsend doornam.

– Schiet het op? vroeg hij.

– Tsjiezus, Jimmy. Ik ben alles vergeten!

– Esopus, om iets te vergeten, moet je het eerst ooit hebben geweten.

– Ah, komop Jimmy, zo slecht was ik toch niet?

– Eh, eigenlijk wel. Slechter kon niet. Luister, en die gespreksstof die broeder James ons van buiten liet leren? Daar moet je toch nog wel iets van bijstaan. Die ouwe zak bleef die frases maar herhalen.

– Ah, ik luisterde niet, Jimmy. Wie heeft er nu gesprekken over landbouwmachines en hoe lief de bloemetjes eruit zien? Behalve Norman bedoel ik.

– Komop. Als we nou gewoon in het Iers beginnen te praten, misschien dat er dan weer iets bij je boven komt borrelen. En bij mij.

– Waarom hoeft Shiggy het niet te leren?

– Misschien, Esopus, omdat Shiggy uit Japan komt? En het misschien een ietsiepietsie moeilijk voor hem is? Christemeziele, als jij het na dertien jaar op school al niet kan, hoe moet Shiggy het dan in één achternamiddag oppikken? Bovendien, ik heb hem hallo en tot ziens geleerd en een paar andere dingetjes. Hij oefent thuis.

Ze begonnen met de lessen. Het was simpele stuff: hoe heet je, hoe heb je elkaar ontmoet, hoe oud ben je, van welke muziek houd je. Esopus was een hopeloos geval. Het enige dat hij zich kon herinneren waren beschrijvende zinnen die ze in opstellen moesten gebruiken. 'Zoet als honing' of 'sluw als een vos' of 'zwart als de nacht' en zo. Geen dingen die echt van pas kwamen in een interview. Vanuit Jimmy's oogpunt was het sowieso een nutteloze oefening. Ze probeerden een gesprek te hebben maar eerst moest hij voor Esopus de vraag in het Engels vertalen zodat hij het snapte en dan moest hij het antwoord weer terugvertalen in het Iers zodat Esopus het kon leren. Niet wat je noemt een gesprek om op het puntje van je stoel te volgen.

Op zaterdagavond om zes uur hielden ze het voor gezien en gingen ze naar de kroeg, waar ze met Shiggy, Norman en Marco hadden afgesproken. Jimmy probeerde vrolijk mee te doen met de grappen en het aloude afmaken van zijn kameraden, maar hij zat in de zenuwen over de opnames van het programma morgen in Donnybrook. TG4 was gestationeerd in West Galway maar ze namen ook veel op in hun Dublinse studio's. Kennelijk zou het voor een live publiek zijn, al was het maar een man of vijftig of honderd. Ze moesten er rond twee uur 's middags zijn, om kennis te maken met Oisín en de vragen door te nemen. Ze zouden ook het liedje repeteren. Het was niet bepaald een soundcheck, want ze zouden playbacken, maar Jimmy had dat nog nooit gedaan en Esopus vroeg zich af hoe hij op een drumstel kon slaan zonder geluid te maken. Het idee alleen al leek hem te desoriënteren.

De volgende dag gingen ze met de bus naar Donnybrook en liepen de ontvangstruimte binnen, na aan de beveiliging te hebben gezegd wie ze waren. Ze werden naar een kleedkamer geleid, waar een no-nonsense dame met een streng gezicht, Pam, zei dat ze wat anders moesten aandoen. Ze keken naar zichzelf en naar elkaar.

– Hoezo wat anders aandoen? vroeg Esopus.

– Andere kleren, zei Pam.

– Wat is er mis met deze? vroeg Esopus. Hij droeg een zwarte spijkerbroek, een zwart Megadeth T-shirt met een charmant motiefje met vlammende schedel, zwarte sokken en zwarte gympen. Best cool voor een zondagmiddag.

Pam bekeek hem van kruin tot voeten en zuchtte.

– Laat maar. Ik praat wel met Barry van Belichting, zei ze en ze liep zonder verder een woord te zeggen de deur uit.

– Ze vindt me lief, zei Esopus tegen Jimmy.

– Heel lief, zei Jimmy. En ik denk dat Barry van Belichting je nog veel liever gaat vinden.

– Fuck Barry en alle Barry's van Belichting, Jimmy. Ik ben geen pion in hun kapitalistische machine die wordt gesymboliseerd door deze grijze muren en hun grijze meningen over mijn kunst. Hij zwaaide een vinger in de lucht. Mijn stem zal gehoord worden Jimmy, en de manier waarop ik uitdrukking wil geven aan mijn eigen individualiteit laat ik me niet opleggen door zogenaamde vakmensen die vergeefs staan te keffen aan de waterkant van hun eigen anonimiteit! Snap je?

– Goeie gabber Esopus. Maar hou nu je kop en help Shiggy met zijn bas. We moeten nog stemmen.

– Maar we playbacken...

– Nou en? Dat betekent niet dat we er met de pet naar kunnen gooien. We mogen dan niet ingeplugd zijn, maar we gaan het precies zoals op de cd spelen, oké?

– Hoor je dat, Shiggy? zei Esopus. Rockster Jimmy neemt de leiding in handen. Doe precies wat hij zegt want anders springt hij uit zijn vel en stapt hij uit de band. Welke stokjes moet ik gebruiken, Jimmy? Ik zou niks van jouw glorie willen afpakken. Hé, ze hebben hier broodjes...

Hij stopte abrupt met praten en viel aan op de broodjes. Shiggy volgde zijn voorbeeld. Jimmy keek naar ze, maar hij kon geen hap door z'n keel krijgen. Hij begon nu serieuze plankenkoorts te krijgen.

Oisín verscheen na een half uurtje en stelde zichzelf voor. Jimmy en Esopus waren meteen onder de indruk. Ze hadden half een dikke ouwe kerel verwacht die eruit zag als een varkensboer en naar groente stonk, maar Oisín was niet veel ouder dan zij en zag eruit alsof hij zelf een paar jaar geleden in een jongensband had kunnen zitten. Bovendien sprak hij Engels en zei dat hij het een geweldig nummer vond en hoopte dat het een grote hit werd. Je voelde je meteen op je gemak bij hem; en dat was waarschijnlijk de reden dat hij z'n eigen praatprogramma had op teevee en zij niet. Ze gingen naar de studio en repeteerden het liedje een paar keer, playbackend op de cd. Jimmy voelde zich een idioot als hij zijn mond bewoog zonder geluid te maken en hij besloot gewoon te zingen. De microfoon stond er gewoon voor de show, dus niemand zou hem horen. Het ding was niet eens aangesloten. Toen hij halverwege even omkeek zag hij dat Esopus fronste en rusteloos op zijn kruk zat te draaien.

– Wat is er met jou loos? vroeg hij.

– Er liggen dingen op de drums, zei Esopus.

– Wat voor dingen?

– Zwarte fucking rubberdingen. Ze dempen het geluid.

– Nou en? Daarvoor liggen ze er ook.

– Ik vind ze niks.

– Kan me niet bommen, Esopus. Doe maar of ze er niet zijn.

– Maar ze klinken shit!

– Maakt niet uit, Esopus. Haal die frons van je gezicht, oké? Je ziet eruit als een onuitgeslapen stuk chagrijn.

– Hoe moet ik dan kijken?

– Jezus, Esopus, gewoon glimlachen, weet je? Of kijk cool of weet ik wat.

Esopus keek scheel, boog zijn hoofd naar één kant en vertrok zijn mond tot een enorme groteske grijns.

– Zoiets?

– Is dat de glimlach of is het cool?

– Allebei.

– Oké. Weet je wat, doe de frons dan maar. Dan zie je er iets minder als een halvegare eikel uit.

De bars ogende Pam kwam weer naar ze toe.

– Make-up, zei ze kortaf, terwijl ze hen nonchalant meewenkte alsof ze scholieren waren.

– Make-up? zei Esopus, die zijn stokjes neerlegde en zijn armen over elkaar sloeg.

– Ja schat, zei ze zonder hem aan te kijken. Je moet makeup op.

– Waarom?

– Vanwege de lichten.

– Tsjiezus. Is dat je excuus voor alles? vroeg Esopus.

– Esopus, hou in fucksnaam je kop, oké? fluisterde Jimmy, waarna hij zich tot Pam richtte: Je moet maar niet op hem letten, Pam. Hij is bang dat iemand denkt dat hij een homo is. Oké. Te gek, goed, geen probleem. Komop, jongens.

Esopus haalde Jimmy bij en begon te fluisteren.

– Zij en haar fucking belichting. Als ik er zo zou uitzien als zij, zorgde ik dat alle lichten uit waren, met zo'n kop.

– Esopus, hou even op, oké? Ga vandaag nou geen mensen lopen irriteren, anders zeggen ze nog dat we kunnen ophoepelen.

– Me reet, Jimmy. Tuurlijk doen ze dat niet. En die Pam is gewoon pissig omdat ze haar het nieuws niet laten lezen vanwege die oksel die ze als gezicht heeft.

Ze gingen terug naar de kleedkamer, waar een jongere vrouw binnenkwam met een plastic gereedschapskist vol stinkend spul.

– Hai, zei het meisje met een glimlach. Ik ben Chrissie.

Esopus keek naar haar volgeladen goocheldoos.

– Eh, sorry Chrissie, maar moet dit echt?

– O, maak je geen zorgen. Een likje op de wangen, dat is alles. Haalt de glans weg.

– Maar ik glans helemaal niet, zei Esopus. Kijk maar, voegde hij daaraan toe en keerde zijn gezicht naar het licht en wees ernaar.

– Onder de lichten daar glimt iedereen. Kom, het is zo gepiept.

Ze was leuk en opgewekt en Esopus was heel zenuwachtig. Jimmy merkte het want hij probeerde haar niet met hem in een klerenkast mee te slepen.

– Oké, maar verander me niet in Dame Edna, goed?

– Luister, bloemblaadje, ik zou je nog niet in Dame Edna kunnen veranderen als ik je hoofd te lijf ging met een troffel en een emmer pleisterkalk.

– Wat? Waarom? vroeg Esopus, en hij draaide zich naar haar om. Wat is er mis met mijn hoofd?

– Goeie God, zei Chrissie tegen Jimmy. Die is ook niet snel tevreden, hè?

Jimmy schudde zijn hoofd en Chrissie zette zich neer voor een bijzonder nerveuze Esopus, terwijl ze een oud Carly Simondeuntje neuriede.

Het geprikkelde gedrag van Esopus werd niet minder toen bleek dat Shiggy zijn eigen make-up had meegenomen.

– Tering, Shiggy, waarvoor heb jij in fucksnaam make-up?

– Mijn gezicht, zei Shiggy niet-begrijpend.

– Maar... maar... je bent een kerel!

– Ja, knikte Shiggy. Jij ook.

Hij wees naar Esopus, die bruin poeder over z'n wangen geveegd kreeg.

– Ja, maar ik heb niks van mezelf meegenomen.

Shiggy wendde zich tot Chrissie, met een knipoog naar Jimmy.

– Chlissie-san, mag ik mascala even gebluiken, ja? Ben velgeten. Oh. En rippenstift.

– O Tsjiezus. Jimmy? zei Esopus, die naar Jimmy achter zich probeerde te kijken zonder zijn hoofd te bewegen.

– Niet fronsen, zei Chrissie, terwijl ze hem bij zijn kin pakte. Dan krijg je rimpels in je mascara en zie je er stom uit, wil je dat?

– Stom? En hoe zie ik er nu uit? Zie ik er nu soms niet stom uit?

– Nee hoor, zei Chrissie lachend. Maar je ziet er wel een beetje als een homo uit...

– Ah, fuck fuck fuck... Jimmy-y-y!...

Het laatste onderdeel van de voorbereidingen waren de vragen die Oisín zou stellen. Het waren geen diepgravende dingen. Vragen over de band en het liedje. Waar ze optreden en hoe lang ze al samenspelen. Jimmy was aan het wroeten in zijn woordenschat, maar Oisín deed er heel ontspannen over.

– Luister, Jimmy, als je niet op een woord kan komen, gebruik dan gewoon het Engelse woord, oké? Dit is geen examen of zo. Ik weet dat het TG4 is, maar we zijn hier geen taalfundamentalisten. Je wordt er niet uitgetrapt als je Engels spreekt. Bovendien zal ik met Shiggy hier Engels spreken, zodat hij ook wat kan zeggen. En Esopus, ik kan met jou ook Engels spreken als je dat liever hebt...

– Ah nee. Nee, ik waag wel een poging, zei Esopus met een blik op Jimmy die furieus zijn hoofd schudde. Tuurlijk, het duurt maar heel even, toch? Als je me maar niks al te ingewikkelds vraagt.

– Geen probleem, zei Oisín met een glimlach. Oké, is iedereen er klaar voor?

De jongens knikten.

– Mooi zo. Pam haalt jullie op als we in de lucht gaan. Het hele programma duurt ongeveer een uur. En relax, oké? Het is geen *Today Tonight*. Er kijken jonge mensen naar het programma – als je maar zorgt dat je plezier hebt.

Hij knipoogde naar de jongens en wandelde weg.

– Hoe voelen jullie je? vroeg Jimmy, toen de deur weer dicht was.

– M'n gezicht plakt, zei Esopus met omlaaggetrokken mondhoeken.

– Te gek, zei Shiggy grijnzend.

– Mooi, zei Jimmy. Hij begon te ijsberen en probeerde het zweet van zijn handen aan de kont van zijn leren broek af te vegen. Hij maakte een mentale aantekening: leer is kut als je het zweet van je handen wil wissen vlak voor je op teevee moet.

Ze deden eerst het liedje.

Het was een vreemde ervaring. Het grootste deel van het liedje zong Jimmy met ogen dicht en stelde zich voor dat hij in McGuigan stond, zodat hij niet werd afgeleid door alles wat er in de studio gebeurde. Toen hij z'n ogen weer opende, zag hij Shiggy naast hem zijn unieke bassist-met-darmkolieken-boogie doen en sloot ze snel weer voor hij in lachen zou uitbarsten. Hij durfde niet naar Esopus om te kijken, die op het laatste moment een zwarte Bono-zonnebril had opgezet om Pam te jennen. Ze had er expres naar gevraagd of ze zonnebrillen zouden dragen, in verband met het licht. Op een gegeven moment hoorde Jimmy iets kletteren en kwam er een drumstokje voor hem over de vloer geschoten, maar hij probeerde er niet op te letten. Het stokje was in elk geval nog heel. Pam had Esopus gevraagd om niet al te hard op de drums te slaan.

– Oké Pam, had hij geantwoord. Ik kan ook gewoon weer naar huis, als dat makkelijker voor je is.

Esopus had iets met gezag en autoriteit. Jimmy kreeg pijn in zijn gezicht van de afkeurende blikken die hij de hele middag op hem had moeten afvuren.

Toen het liedje klaar was, stond Oisín klappend op, sprak een paar woorden in de camera en wenkte ze toen bij zich. Ze liepen naar de bank, terwijl het publiek nog steeds applaudisseerde, en gingen zitten. Jimmy het dichtst bij Oisín, dan Shiggy en daarnaast Esopus. Jimmy probeerde zijn handen aan de bank af te vegen maar die was ook van een leerachtig materiaal gemaakt. Ze glimlachten alle drie, met rode gezichten en opgeprikt, maar Oisín wist ze vrijwel meteen op hun gemak te stellen; wat een hele prestatie was want Shiggy en Esopus hadden geen flauw idee wat hij zei. Jimmy keek naar hem en besloot de video van het programma heel goed te bestuderen, als hij hem had gekregen. Dit was een totaal andere manier om op het podium te staan dan wat hij kende, maar wat het ook precies was, Oisín was er goed in. Terwijl hij dit bedacht, merkte hij dat Oisín was gestopt met praten en verwachtingsvol naar hem keek.

– Eh...

Oisín reageerde onmiddellijk. Hij herformuleerde de vraag gewoon en glimlachte.

Ah, oké. Hoe de band is begonnen...

In die trant waren er ongeveer zes of zeven vragen. Een makkie. Jimmy vloog erdoorheen, het Iers vloeide uit zijn mond voordat hij zelfs maar de kans had om zich af te vragen of het allemaal wel ergens op sloeg. Oisín vond kennelijk van wel. Hij lachte en grapte en glimlachte door heel het interview, en gaf Jimmy kleine bemoedigende knikjes en knipoogjes als hij wist dat de camera op Jimmy gericht was en niet op hemzelf. Hij kreeg er zelfs een cool stukje in over Kayleigh.

– En het is een waargebeurd verhaal, toch? Het liedje, bedoel ik..., vroeg Oisín.

– Ja dat klopt. Ik kwam haar tegen, Kayleigh, in een disco. We konden het heel goed vinden, maar ik ben diezelfde avond haar telefoonnummer kwijtgeraakt. Daarom schreef ik *Caillte*. Ik hoop dat ze het hoort en contact met me zoekt.

– Wauw. Dat is echt een heel mooie gedachte, Jimmy. Ik hoop het ook. Maar is het niet een heleboel moeite die je doet voor een meisje dat je maar één keer hebt ontmoet?

Jimmy liet zijn hoofd een ogenblik zakken en keek toen weer op naar Oisín.

– Niet echt, Oisín. Soms weet je het gewoon...

Uit het publiek kwam een instemmend gemompel en Jimmy kreeg een kleur.

– En je vrienden gaan je niet plagen nu je dit op de landelijke teevee zegt? vroeg Oisín, en hij gebaarde naar het andere eind van de bank.

Jimmy lachte en knikte met zijn hoofd opzij naar Esopus.

– Die daar? Misschien wel als hij er ook maar een woord van begreep!

De camera zwenkte naar Esopus, die de veerkracht van de bank aan het testen was en niet op het gesprek lette. Het publiek lachte weer.

De vragen gingen door. Jimmy vertelde aan Oisín dat ze op zaterdagavond in McGuigan optraden en dat iedereen moest komen.

– Vooral zeker dat meisje dat je kwijt bent? vroeg Oisín.

– Ja. Dat zou te gek zijn, zei Jimmy met een snelle blik in de camera. Oké Jimmy. Zo kan ie wel weer. Niet overdrijven.

Toen richtte Oisín zich op de andere bandleden, en vroeg aan Jimmy of hij Shiggy wilde voorstellen. Dat deed hij, blij dat hij van het onderwerp kon afstappen. Hij wilde niet al te pathetisch overkomen. Oisín begroette een stralende Shiggy, die hem onmiddellijk bedankte in perfect Iers, en daaraan toevoegde dat het een zachte dag was met dank aan de Heer. Lachend beaamde Oisín dat en vervolgens stelde hij hem een paar vragen in het Engels, hoe een Japanner in Dublin terechtkwam als bassist in een band en liedjes zingend in het Iers.

Shiggy vatte zijn levensverhaal samen in een stuk of tien stamelende Engelse zinnen. Zoals hij daar zat, met zijn benen over elkaar en net de grond niet rakend, en met zijn donkere ogen die nu en dan in de camera blikten, wist hij het hart van ieder alleenstaand Ierstalig meisje in het land te veroveren. Hij zag er zo klein uit op de bank, gezeten tussen Jimmy en Esopus in, dat hij er als het ware om smeekte om opgepakt en geknuffeld te worden. Tot slot verklaarde hij dat hij erg van Ierland hield (zwijmel), dat hij wel vond dat je moest wennen aan het Ierse weer (begrijpende knikjes) en dat hij Ierse meisjes heel erg mooi vond (zwijmel, zwijmel, ik moet hem hebben). Hij wist zelfs even te blozen en te giechelen bij die woorden, en hij keek naar Jimmy alsof hij iets stoms gezegd had. Jimmy moest zichzelf dwingen zijn mond te sluiten. Shiggy had het weer voor elkaar. Het leek of die gozer werkelijk overal goed in was. Het angstaanjagende was dat Jimmy duivels goed wist dat de kokette vluchtige blikken naar de camera en de verlegen oogjes allemaal één groot fucking toneelspel was! Shiggy was helemaal niet verlegen. Hoe kreeg... Maar hij kreeg de kans niet om hierover verder na te denken, want Oisín had zich tot Esopus gewend, en na hem te hebben begroet vroeg hij van welke Ierse muziek hij hield.

Esopus schraapte zijn keel. Die van Jimmy werd kurkdroog.

– Michael had nog nooit een maaidorser gezien, zei Esopus nonchalant, in het Iers. Jimmy draaide zich naar hem om. Zijn mond viel open en zijn gezicht werd paars.

– Heus waar? vroeg Oisín lachend, en nog steeds in het Iers.

– Ja, knikte Esopus, nog steeds in de Taal der Vaderen. Ik rende zo snel als de wind, want ik hou van cake.

– Ik begrijp het, zei Oisín. En van wat voor cake houd je dan, Esopus?

Oisín was een pro.

– Grote cake, zei Esopus met een glimlach. Die had hij begrepen.

– Aha. En van wat voor muziek houd je? probeerde Oisín het nogmaals, in de hoop dat het patroon van de vraag Esopus nu op het juiste spoor zou zetten.

– Eh... grote muziek.

Oisín lachte opnieuw. Jimmy was ervan overtuigd dat het geforceerd was. Oisín ging de show schrappen. Als dit afgelopen was zou Esopus' kont een trap mogen verwachten die hem nog lang zou heugen.

– Grote muziek. Mooi. Heel goed. Oké, Esopus, jij bent de drummer van de band. Is dat moeilijk? Want het komt mij voor dat je heel sterke armen moet hebben om een heel concert lang er zo op los te slaan. Word je nooit eens moe?

– Mijn broer woont in een zwembad, antwoordde Esopus.
– O ja? zei Oisín. Hij hield zijn hand voor zijn mond en knikte. Jimmy dacht dat hij zijn ogen kon zien oplichten. Geweldig. Heel fijn voor je broer. Ik hoop dat hij evenveel van *Caillte* heeft genoten als wij hier. Het was een genoegen om met je te praten. Echt waar. Heel hartelijk dank, Esopus, zei hij met een kleine buiging.
– Ik heb een gat in mijn broek, zei Esopus, terugknikkend. Oisín nam een slok water.
– Ik ben bang dat onze tijd erop zit voor vanavond, zei hij ten slotte.

Hij hield nu een zakdoek in zijn hand, zag Jimmy, die hij buiten beeld in een strakke knoop aan het leggen was. Het was duidelijk een middeltje om zichzelf te focussen. Hij vervolgde:
– Bedankt, jongens, dat jullie hier wilden zijn en wilden spelen en heel veel succes met het liedje. Dames en heren, graag nog een groot applaus voor The Grove en hun nieuwe plaat *Caillte*!

Het publiek klapte luidruchtig. Er weerklonk zelfs gefluit. Pam knikte naar Oisín, die zich weer tot de jongens wendde. Hij sprak weer gewoon Engels.
– Goed gedaan, jongens. Dat was het. Het is klaar. Ik wikkel het straks zelf af.

Iedereen in de studio was inmiddels aan het lachen.
– Jezus, Oisín, zei Jimmy, die zijn hoofd somber schudde. Het spijt me echt heel erg ontzettend.

Jimmy draaide zich om naar Esopus, en wees hem met gestrekte hand aan.
– Jou maak ik straks fucking af!
– Hoezo dat? vroeg Esopus.
– Jimmy, Jimmy, zei Oisín. Het was lachen. Echt. Niks aan de hand. Geloof me, ik heb al tijden niet meer zo'n leuk inter-

view gehad. Ik bezweer je, dat al die lui in de *Gaeltacht* krom-
liggen van het lachen als ze zo'n stomme Dubliner horen die
geen Iers kan spreken. Echt. Daar krijgen ze een kick van.

– Ah, je probeert me alleen een beetje op te beuren, Oisín.
Esopus, je bent een complete randdebiel. Waar de fuck was je
mee bezig?

– Komop, Jimmy, ik wilde niet de enige zijn die geen woord
Iers kon zeggen. Ik herinnerde me gewoon wat zinnetjes van
school en ik dacht, ik gooi ze ertussendoor, weet je?

– Maar het waren onzinzinnetjes! Ze betekenden niks! Een
maaidorser? Esopus. Een fucking maaidorser??

– Ja. Dat hoorde bij het stampwerk van broeder James. Weet
je nog? God, dat moet vijftien jaar geleden zijn geweest. Denk
je dat hij trots op me is? Denk je dat hij me nu zal vergeven?
Voor de attaque, zeg maar...

– Vergeven? Als hij er al naar kijkt, Esopus, dan zal dit hem
fucking definitief om zeep helpen! Hoe weet jij wat het Ierse
woord voor maaidorser is en niet het Ierse woord voor muziek? En je bent nota bene een drummer. En sinds wanneer
woont Andy in een fucking zwembad?

– Andy? Die woont niet in een zwembad, zei Esopus met
een frons. Hij woont op een woonboot. O God, heb ik zwembad gezegd? O nee, ik schaam me dood!

– O nu schaam je je dood? Na dat halvegare interview dat je
net gaf, schaam je je nu pas dood omdat je zwembad zei en
woonboot bedoelde? Esopus, jij grote fucking...

– Jimmy, onderbrak Oisín. Echt, het geeft niks. Jullie kwamen alle drie heel goed over, en het liedje was fantastisch. Het
was een grote hit. Relax. Luister, gaan jullie nou naar de bar
en dan zie ik je daar over een uurtje, oké? Zet het bier maar op
mijn rekening. Hang de beest uit.

Hij lachte nog steeds, net als de meeste cameramensen, de
man met de grote microfoon en de helft van het publiek.

– Kun je hem eruit knippen? vroeg Jimmy, die opstond.

– Hoeft niet, Jimmy. Het was perfect. Wacht maar tot je het ziet.

Ze gingen eerst terug naar de kleedkamer, omdat Esopus weigerde een voet te verzetten voordat hij z'n make-up kwijt was.

– Ik zou er idioot uitzien, zei hij glimlachend tegen Jimmy. Chrissie stak haar hoofd breeduit grijnzend door de deur.

– Geweldig, jongens, Het hele gebouw lag dubbel.

– Bedankt, zei Jimmy met een woedende blik op Esopus.

– Hebben jullie nog iets nodig? vroeg Chrissie.

– Heb je cake? vroeg Esopus.

– Grote? antwoordde Chrissie.

– Daar hou ik toch van? zei Esopus, die meteen weer bij de les was en naar haar grijnsde.

– Het schijnt zo, glimlachte ze terug met grote ogen en dito lippen.

Jimmy keek naar de twee en naar Shiggy die een enorme fles Ponds Cold Cream tevoorschijn had gehaald die hij op zijn gezicht aan het deppen was. Wat eruit zag als een strak opgerolde panty hield zijn haren omhoog en uit zijn ogen. Toen keek Jimmy in de spiegel en zag dat zijn gezicht onder de strepen zat van het zweten en van het wrijven. Shit. Zag hij er ook zo tijdens het interview uit? Hij slaakte een diepe zucht, zeeg neer op een kruk en liet zijn hoofd hangen. Godallemachtig, wat een complete ramp.

Shiggy gaf hem een sponsje.

– Jimmy, veeg weg uit ogen, zei hij, en hij liet het bij zichzelf zien met zijn eigen spons.

Jimmy knikte en begon te vegen. Dus dit was fucking show business? Tsjiezus koeristus...

28

Peggy had zich sinds Jimmy's twaalfde verjaardag niet meer zo geamuseerd. Het huis zat proppens vol. Natuurlijk waren Jimmy en de rest van de band er. En ook Norman, Marco, Jennifer, Katie, Maeve, Michelle het Verschikkelijke Pismonster, zoals Esopus en Norman haar onder elkaar noemden, Sparky, Gertie uit de straat, Peggy's zus en haar man, Madge de zus van Seán, Nuala van de buren en Vader Paddy, de parochiepriester, die niet eens wist waarom hij was uitgenodigd. Peggy was de vorige dag bij hem langs geweest voor een bidprentje en voor hij wist wat er gebeurde, kon hij zijn donderdagse snookeravond met Vader Tom Dowling op z'n buik schrijven en had hij een vijfje betaald voor een cd van een band waar hij nog nooit van gehoord had. Jimmy's pa was ook ergens, maar die probeerde vooral uit de weg te blijven. Peggy bleef hem maar broodjes laten halen en de glazen bijschenken en hij kreeg inmiddels zwaar genoeg van het hele gedoe. Hij mocht niet eens bij z'n eigen teevee, terwijl Juventus vanavond tegen Inter speelde op Sky Sport.

Peggy zelf was overal tegelijk. Ze vloog rond als een dolgedraaide derwisj, deelde sneller worstenbroodjes rond dan iemand ze kon opeten en toverde uit het niets hele kwarktaarten en appeltaarten tevoorschijn, die ze op steeds kleiner wordende tafeloppervlakken neerzette. Voor haar was het een prima manier om te proefdraaien voor haar bakkunstig kerstoffensief dat de volgende week pas echt goed zou losbarsten. In de hele stad deden eieren het in hun broek.

Het programma van Oisín, *Cé Hé*, was pas om acht uur, maar het feest begon zo gauw het eerste bezoek rond zes uur kwam binnendruppelen. Gelukkig kwam de priester pas om halfzeven, zodat Jimmy en de jongens het Angelus bespaard bleef.

Vader Paddy zat nu op het puntje van Seáns leunstoel. Zijn voeten en zijn hoofd sprongen onophoudelijk op als gevolg van de zes koppen thee die hij het afgelopen uur gedronken had. Hij probeerde langzaam te drinken zodat zijn kopje zo lang mogelijk half vol bleef, maar Peggy had deze afleidingsmanoeuvre meteen door. Ze zei hem dat zijn arme thee steenkoud was geworden en had er in een oogwenk een nieuw kopje voor in de plaats gezet. Hij begon hoofdpijn te krijgen en hij zag vlekken dansen in zijn ooghoeken. De besuikerde soesjes hielpen ook niet echt en hij besefte dat hij hier nooit had moeten komen. Hij moest hierna nog naar Bayview om de arme mevrouw Smith te troosten wier man haar onlangs ontvallen was, en in deze toestand zou hij haar geen enkele steun kunnen bieden, als hij op haar canapé heen en weer zou zitten stuiteren en overal fucking sherry zat te knoeien.

Sparky aan de andere hand genoot met volle teugen van zijn dosis theïne. Doordat hij een biertje had afgeslagen en voor een kopje thee had gekozen had hij Peggy's hart gestolen, en zij vond hem meteen een aardige en verstandige man met een lieve glimlach en zo beleefd, waardoor Jimmy zich achter het hoofd kon gaan krabben over wie ze het in Jezusnaam kon hebben. Sparky beperkte zijn verhalen tot die over zijn mammie, die de Here God tot zich had geroepen, en ontweek alles wat te maken kon hebben met drugs, alcohol, seks en/of kotsen – wat voor Sparky betekende dat hij de jaren tussen 1973 en 1987 grotendeels onbesproken liet. Hij had in tijden al niet zo veel aandacht meer gehad en hij bleef maar grijnzen tegen Jimmy als hij zijn blik opving, en hief daarbij het broodje dat hij op dat moment aan het verorberen was bij wijze van toost in de lucht.

Toen was het vijf voor acht en zette Jimmy de teevee aan. De reclame was nog bezig. Iedereen ging voor de teevee in de hoek zitten en de gesprekken vielen stil, behalve tussen Norman en Seán, die een ongehaaste discussie aan het voeren waren over de kwestie Voetballen in Croke Park of niet. Het was een discussie die ze af en aan sinds de Europese Kampioenschappen van 1988 voerden en waarbij geen van de twee sindsdien ook maar een duimbreed had toegegeven. Je hoefde die twee maar in één ruimte te zetten en je kon er gif op innemen dat het onderwerp vroeg of laat ter sprake kwam. Hele kerstavonden hadden ze er in de loop der jaren aan gewijd.

De omroeper kondigde *CéHé* aan. Iedereen in de kamer juichte en Jimmy vloog op de video af en drukte op de recordknop. In heel Dublin deden zijn vrienden en kennissen, voor zover niet hier aanwezig, hetzelfde. Jimmy wilde geen risico nemen voor het geval de videoband rot was of zo. En toen kwam Oisín op de buis en vuurde Peggy een blik op Seán af die iedere echtgenoot na vijfendertig jaar huwelijk onmiddellijk zou herkennen. Hij zweeg.

Alleen Jimmy, zijn tante Madge, Vader Paddy en Michelle het Verschrikkelijke Pismonster konden het programma goed volgen. Michelle was op een geheel Ierstalige school geweest en haar Iers was waarschijnlijk het beste van iedereen in de kamer. De anderen konden net genoeg flarden oppikken om zich een grof beeld te vormen van waar het over ging, behalve Esopus, Marco, Shiggy en Seán die er geen biet van begrepen. Een fluistering ging door de kamer van mensen die voor hun buren vertaalden wat zij ervan hadden gesnapt.

Het programma bleek zo te zijn gemonteerd dat Jimmy en de jongens de laatste gasten waren. Eerst was er een zestienjarig meisje uit Clare dat een poëziewedstrijd had gewonnen; daarna een item over het verdwijnen van het Veen van Allen. Daarna was er weer reclame en toen ontving Oisín iemand van de Universiteit van Galway die kwam uitleggen hoe het studentenleven eruit zag (studeren, drinken en gehaktmaaltijden) en om de vijftien seconden zei dat kijkers die naar de Universiteit van Galway wilden, zeker lid moesten worden van de Irish Society. Jimmy keek op zijn horloge. Het programma duurde nog maar tien minuten en Oisín had ze nog niet eens aangekondigd. Hij had een misselijkmakend gevoel dat het gekloot van Esopus ervoor gezorgd had dat hun item was geknipt. Hij keek hem met een smerige blik aan, maar Esopus zag het niet. Hij keek fronsend naar een foldertje dat Vader Paddy hem had toegestoken, getiteld *Respect en Liefde*. Het ging over niet de hele tijd neuken. Wat Esopus zorgen baarde was dat hij de enige in de kamer was die er een gekregen had. Vermoedde Vader Paddy soms iets? Hij kreeg de kriebels van priesters. Hij propte het foldertje in zijn zak en keek vanuit zijn ooghoek naar de man in het zwart in de leunstoel. Hij moest oppassen. Vader Paddy zag er al behoorlijk opgefokt uit, hoe hij daar strak naar de teevee zat te staren en met zijn benen naar iets aan het schoppen was dat Esopus niet kon zien.

Net toen Jimmy zeker wist dat het hopeloos was, introduceerde Oisín eindelijk de band. Iedereen in de kamer joelde en sloeg de jongens op de schouder, en Jimmy kreeg een kleur als een kreeft. De camera zwenkte naar de drie met hun instrumenten, en iedereen barstte weer in juichen uit. Het beeld ging voor Jimmy langs naar Esopus die achter hem met zijn drumstokjes boven zijn hoofd zwierde alsof hij op het punt stond op te stijgen. Nog meer joelen. Shiggy, Esopus en Jimmy grijnsden alleen maar, met hun ogen aan de buis gekluisterd. Dit was waanzin. Ze waren op teevee! Tijdens het tweede couplet was de kamer tot rust gekomen en begonnen mensen naar het liedje zelf te luisteren. Jimmy grijnsde niet meer. Hij tuurde ingespannen naar het beeld en beet op zijn onderlip. Hij merkte een paar missers op in timing, waar zijn handen op de gitaar het liedje niet precies volgden. Hij wist dat niemand anders het had opgemerkt, maar daar ging het niet om. Volgende keer zou hij beter moeten opletten. Volgende keer?! Jaja. Hij grijnsde weer en zette zijn ongerustheid opzij. Welke volgende keer, Jimmy?

Iedereen lachte toen een van Esopus' stokjes door de lucht zeilde en nogmaals toen hij onmiddellijk een nieuwe tevoorschijn haalde uit een zak bij zijn been en zonder een maat te missen doorspeelde. Hij keek in de camera, trok een wenkbrauw op boven zijn zonnebril, duwde zijn tong in zijn wang en liet zijn hoofd op zijn schouders waggelen. Jimmy kon Peggy achter hem horen gillen van plezier. Hij keek om en zag dat haar gezicht helemaal betraand was. Ze wrong de pullover van Seán die naast haar zat zowat uit en giebelde als een schoolmeisje. Daarnaast zag Norman eruit als een elfjarige die zojuist zijn grote held heeft ontmoet. Hij knipoogde naar Jimmy. Marco en Jennifer zaten naast hem met hun armen om elkaar heen. Jennifer stak beide duimen omhoog naar Jimmy. Hij voelde zich goed.

Toen was het liedje afgelopen en joelde iedereen weer. En nu kwam het stuk waar Jimmy bang voor was.

De camera zwenkte terug naar Oisín die opstond en klapte en zoomde toen uit om de jongens in beeld te brengen die zijn hand schudden en plaatsnamen op de bank. Het interview begon en Jimmy hoorde het geïmponeerde gemompel van iedereen toen hij in het Iers van wal stak. Hij draaide zich om en zag dat zelfs Seán onder de indruk was. Wie het kon volgen keek naar Jimmy toen hij over Kayleigh begon. Gelukkig leek zijn moeder niet te beseffen waar het over ging. Want anders zou zij niet rusten voordat ze van Jimmy het naadje van de kous te weten was gekomen. Toen was het Shiggy's beurt en er klonk weer gefluit in de kamer. Het was de eerste keer dat Jimmy

Shiggy zag blozen zonder dat hij dacht dat het wel eens nep kon zijn. En toen Esopus. Jimmy grijnsde en keek met half gesloten ogen van opzij naar de televisie. Twee seconden later lachten Michelle en Vader Paddy zich een breuk. Michelle hield haar hand voor haar mond en probeerde zachtjesaan te doen, maar Vader Paddy had duidelijk moeite zich te beheersen. Hij sloeg met zijn vuist op de armleuning, zijn hoofd klapte achterover en zijn mond stond wijd open alsof hij bij de tandarts zat. Hij hield even op toen hij geen asem meer had en daarna klonk er een enorm gebalk als van een ezel toen zijn longen zich weer vulden met lucht. Zijn kopje was voor het eerst die avond leeg, want de inhoud was uitgekieperd over zijn broek, en er sprongen tranen uit zijn bloeddoorlopen ogen. Hij wist dat hij een hele heisa maakte, maar hij kon het niet helpen. Het was de thee, die had hem gefuckt.

Vader Paddy bracht alle anderen ook aan het lachen. Het Iers van Esopus was eenvoudig te begrijpen, behalve dat over de maaidorser, en zijn coole optreden en de professionele reactie van Oisín maakten de situatie alleen nog maar grappiger, waarbij het krijsen van Vader Paddy ook niet weinig aan de stemming bijdroeg. Uiteindelijk moest Jimmy ook lachen. Klote Esopus. Fucking hopeloos.

Veel te vlug was het weer voorbij en kwam de aftiteling langs rollen. Jimmy zette de videorecorder stop en keek rond. Iedereen begon weer te klappen en daarna opgewonden met elkaar te praten. Peggy keek hem met stralende ogen aan en iedereen zei tegen de jongens hoe goed ze het hadden gedaan. De feeststemming duurde nog een half uur, tot Vader Paddy aankondigde dat hij nog in Bayview verwacht werd. Zijn giechelstuip scheen hem enigszins te hebben gekalmeerd. Er was een massa opgekropte energie vrijgekomen in die dertig seconden en hij voelde zich kennelijk weer fit genoeg om in de auto te stappen.

Daarmee begon een kleine uittocht zodat om halftien de enig overgebleven de leden van de band waren, Jimmy's ouders, Jennifer, Katie, Marco en Norman. Op dat tijdstip was alleen Peggy nog nuchter, want de anderen hadden de rest van het bier soldaat gemaakt en Seán had al veel eerder besloten dat hij zich net zo goed bij zijn fles Paddy kon houden nu hij vanavond toch geen voetbal te zien kreeg. Ze zaten met z'n allen in een kring te lachen over het gebeurde en Peggy sprong om de tien minuten op om de telefoon te beantwoorden. Bijna iedereen die Jimmy ooit gekend had, belde op, met opvallende uitzondering van Vader James, die waarschijnlijk ergens gestrekt lag en zuurstof kreeg toegediend.

Donal belde rond tienen.

– Donal!

– Jimmy! Goed gedaan. Ik heb het zelf niet gezien, maar Sparky is hier en hij zegt dat alles goed ging. Mooi werk.

– Ah, hou op. Heeft hij je niet verteld wat die eikel van een Esopus heeft uitgehaald?

– Jawel. Dat geeft niks, Jimmy. Een beetje kolder kan geen kwaad. Is juist goed, geloof me maar. De meeste bands van tegenwoordig lopen zo hooghartig rond dat het lijkt of ze een bezemsteel in hun reet hebben gestoken. Een beetje gevoel voor humor is belangrijk. Maar goed, behalve daarom bel ik je ook om te zeggen dat ik vanavond een telefoontje van Tony King heb gekregen.

– Jezus! Ja?

– Ja.

– En, gaat hij *Caillte* draaien?

– Heeft hij al gedaan, Jimmy. Net een half uurtje geleden. Ik heb je eerder proberen te bellen, maar je was in gesprek.

– O shit. Ja. Dat was m'n ma die met iedereen belde. Maar cool hé! Heb je het gehoord? Zei hij er nog wat over?

– Ik heb het niet gehoord, Jimmy, maar ik weet zeker dat hij er iets goeds over gezegd heeft. Hij klonk als een aardige gozer. We blijken een aantal dezelfde mensen te kennen. Maar goed, nu weet je het. O, en hij zei dat hij het morgenavond nog een keer gaat draaien. Rond dezelfde tijd. En ook dat hij het deze week zou noemen in zijn column in de *Sunday Post*.

– Fucking hel! zei Jimmy.

– Ja. Luister, ik moet hier weer aan de rock-'n-roll. Deadlines, snap je?

– Ja. Dat is te gek, Donal. Hartstikke bedankt. Ik spreek je morgen, oké? En als je Oisín en Dara nog spreekt, wil je ze ook van mij bedanken?

– Geen probleem. Zie je, Jimmy. En gefeliciteerd. Misschien ben je een beetje te laat voor de kerstkraker, maar je weet maar nooit. Misschien voor Valentijnsdag...

– Ja, of Paddy's Dag, zei Jimmy lachend. Zie je.

– Oké. O, tussen haakjes, wat moet ik met al die scones doen? Opeten? Sparky nam ze van je moeder mee. Ik dacht dat ik er een paar zou krijgen voor bij de thee, niet meteen genoeg om een groothandel mee te beginnen.

– Jij komt er nog genadig af, Donal, geloof me. Vader Paddy heeft twee keer naar z'n auto moeten lopen.

Jimmy ging weer naar de kamer en liet het gezelschap weten dat Tony King het liedje op zijn programma had gedraaid. Dat had weer een klaterend applaus tot gevolg, met joelen en bier en Seán die weer een paar vingers Paddy in zijn glas schonk toen hij zeker wist dat Peggy niet keek. Iedereen was opgewonden, maar ze waren nog steeds net iets enthousiaster over het teevee-optreden van de jongens. Jimmy wist wel beter. Tony King had tien keer zoveel luisteraars als Oisín kijkers. Als het een hit zou worden, was het vanwege Rock FM en niet vanwege TG4. Maar Jimmy klaagde niet. Hij had de afgelopen maand of zo meer over de muziekbusiness geleerd dan in de vijftien jaar ervoor. Hij keek de kamer rond en kon zich niet herinneren dat hij zich ooit zo goed had gevoeld. Hij was toeter, tevreden en trots op zichzelf en voor het eerst wist hij – wist hij echt – dat hij Kayleigh zou terugvinden. Alles liep zo voorspoedig, dat er geen twijfel over mogelijk was. Ze zou bellen of komen of wat dan ook. Jimmy keek naar z'n pa, die zijn arm om een al even beschonken Norman had geslagen, en iets vertelde over Lansdowne Road, en Jimmy besefte dat vanaf nu niks ooit meer hetzelfde zou zijn. Vanaf nu was zijn leven verdeeld tussen 'voordat ik op de buis was' en 'nadat ik op de buis was'. Het enige dat zijn avond nu nog beter kon maken, dacht hij, was als Kayleigh plotseling voor de deur stond. Hij had het mis.

– Jimmy, meneer en mevrouw Collins, ah, iedereen... zei Marco met een boertje. Hij stond tegen de schuifdeuren geleund, met Jennifer aan zijn arm.

Ze keken hem allemaal aan.

– Mijn prachtige vriendin Jennifer heeft erin toegestemd om mijn prachtige verloofde te worden.

Iedereen hapte naar lucht.

– Dit is zo'n gelukkige avond dat we het heugelijke nieuws met jullie wilden delen, zei Marco. Jennifer bloosde inmiddels heftig, en uiteindelijk verbrak Jimmy's pa het stilzwijgen.

– Dat is fucking geweldig! riep hij, en danste naar ze toe om ze allebei te omhelzen, waarbij hij onderweg vanwege zijn taalgebruik een machtige oorvijg in ontvangst nam van Peggy.

Iedereen liep op ze af, en bedolf ze onder omhelzingen, kussen en gelukwensen. Peggy vloog naar de keuken in een wanhopige poging om het water zo vlug op te zetten dat ze geen woord hoefde te missen, en toen ze terugkwam huilde ze alweer. Het werd haar allemaal teveel. Jimmy had ook een brok in zijn keel. Daar had je het. Hij merkte dat hij naar

Jennifer keek en zich stilletjes afvroeg of... maar toen gaf hij haar nog een kneepje in haar arm en zei 'te gek' en glimlachte. Ze zag er zo gelukkig uit. Jimmy kon zich afvragen en wensen wat hij wilde, maar hij betwijfelde sterk of hij ooit in staat geweest zou zijn om Jen zo gelukkig te maken. Toen hij haar weer losliet, huilde zij inmiddels ook. Evenals Marco en Katie. Esopus keek nog steeds compleet verbluft, en Norman grijnsde alsof het kleine pijpkaboutertje hem net stiekem een snel bezoekje had gebracht. Shiggy grijnsde gewoon naar iedereen. Hij zat ongeveer een uur geleden al aan zijn taks.

– Eh, Paul, zei Jennifer. Niks tegen pa zeggen, oké? We zouden het morgen bekend maken, dus hij weet nog van niets. Ik vertel het hem morgenochtend zelf wel, goed? Mondje dicht.

– Niks zeggen? zei Esopus. Ja hoor, meestal wip ik even bij hem aan als ik thuiskom en ga bij hem op bed zitten voor een fijn gesprek. Anders kan hij niet slapen.

Toen omhelsden ze elkaar lachend en hoorde Jimmy hoe Esopus haar iets in het oor fluisterde:

– Mam had hem geweldig gevonden, Jen.

Er verscheen een kleine glinstering in Esopus' ogen. Godskelere, dacht Jimmy. Ook dat was nieuw. Toen kwam Katie naar ze toe en deed mee in de omhelzing. Esopus keek op en kreeg een zoen op z'n wang voor zijn moeite. Nog een strijdbijl begraven. Het was me het avondje wel.

Jimmy zeeg neer op de bank naast Shiggy en gaf hem een klap op z'n been. Shiggy keek op met grote bloeddoorlopen ogen en glimlachte.

– Jimmy-san. Ik ben toetel, zei hij en wees op zijn neus.

– Ik ook, Shiggy, zei Jimmy geeuwend. Ik ook.

29

Jimmy liep die zaterdagvond McGuigan binnen met een gevoel dat hij sinds zijn zevende niet meer had gehad, toen de Kerstman hem in de winkel had gezegd dat het geen enkel probleem was om *twee* spelletjes te krijgen, Kerplunk én Buckaroo! Hij wist niet eens waarom. Het was gewoon iets wat in de lucht hing. Er gebeurde iets, of er ging iets gebeuren. Het kwam door alle opwinding van op de radio en teevee zijn, dacht hij. Gisterenavond hadden de jongens bij hem thuis in de huiskamer gezeten, sloegen blikjes Kirin-bier achterover en luisterden naar het programma van Tony King. Eindelijk kwam het dan. Tony kwam z'n belofte na.

– En hier is een nieuw liedje. Ik heb het gisteren al gedraaid, maar het is zo goed dat ik het nog een keer wil horen. Het heet *Caillte* en is van een band die je misschien wel eens in Dublin hebt zien optreden, The Grove. Ze spelen morgenavond in McGuigan in Drumcondra tussen haakjes. Ga ze zien. Dit is een heel speciaal nummer kun je wel zeggen... en hé Kayleigh, als je luistert, deze is van Jimmy...

– Tering! zei Jimmy, die verbijsterd omkeek naar de anderen.

– Kelere, zei Norman. Krijg nou wat!

Ze luisterden naar het liedje, allemaal met een glimlach als een breedbekkikker. En toen deed Tony er nog een schepje bovenop. Hij speelde *Kayleigh* van Marillion er vlak achteraan. Jimmy liet zijn blikje vallen toen hij het hoorde. Norman moest de kledderboel opdweilen want Jimmy kon zich niet verroeren. Het werd nu echt surrealistisch.

Ze gingen op weg naar de kroeg, waar zowat iedereen wist wie ze waren. En dat niet alleen, ze wisten van het liedje, het televisieoptreden, het programma van Tony King, alles. Jimmy en Kayleigh werden de Liefdesgeschiedenis van het Jaar. Zoals een meisje in de kroeg zei, half Dublin was benieuwd wat er nu ging gebeuren.

– Kijk wie daar is! zei John van achter de toog van de Geluidskelder in McGuigan, toen hij Jimmy die zaterdagavond met zijn gitaarkist de trap af zag lopen.

– Hoe istie, John, zei Jimmy.

– Ooh. Hij weet nog wie ik ben! Mag ik je handtekening, Jimmy? Voor m'n vrouw, zeg maar.

– Ja hoor, geen probleem, zei Jimmy. Maar geef me eerst een pint, oké?

Hij ging op een kruk aan de bar zitten en deed zijn jasje uit.

– Zal dat een Guinness zijn voor meneer of wil meneer misschien champagne nu hij beroemd is, zeg maar?

– Heb je dan champagne, John?

– Eh, nee.

– Nou dan.

– Ik heb wel witte wijn. Ik kan een beetje schudden met de fles. Voor de bubbeltjes, zeg maar...

– Nah, Guinness is prima.

– Pico bello.

Hij tapte het en zette het voor Jimmy neer toen het was bezonken.

– Deze is van het huis, Jimmy.

– Dank je wel, John, zei Jimmy. En neem er zelf ook een.

John grinnikte.

– En, wordt dit je laatste optreden in McGuigan? We krijgen hier niet zo veel mensen te spelen die op teevee zijn geweest, weet je.

– Nou, ik ga je geen vuile gek noemen in je gezicht, als je

dat soms bedoelt. Nog niet tenminste. Pas als we onze unplug-ged-cd hebben, beginnen we bruggen te verbranden.

– Heel verstandig, Jimmy. O, Beano is hier langsgeweest. Hij had je thuis niet getroffen en wilde een praatje.

– Beano? Waarover?

– Eh, ik denk dat hij weer wil spelen hier. Vanavond.

– Dikke pik, John.

– Gelukkig. Ik was even bang dat je het goed zou vinden. God, wat was dat pijnlijk de vorige keer. Sinds *Saving Private Ryan* heb ik niet meer zó'n flop gezien. Als Esopus er niet geweest was, had ik de zaak voortijdig moeten sluiten.

Jimmy lachte, nam zijn bier mee naar het podium en begon de spullen op te zetten. De kroeg was nog steeds uitgestorven op John met zijn vaatdoek na. Jimmy riep of hij de podiumlampen wilde aanzetten en hij stond daar een poosje te kijken naar de lege tafeltjes en stoelen en snoof de geur van Pledge op. Neil Diamond speelde zachtjes over de huisinstallatie. Hoeveel keer had Jimmy hier gestaan en alles gegeven, en hoe vaak had hij zich afgevraagd of hij eigenlijk wel iets waard was of dat hij misschien toch een prutser was? Hij kon de keren niet meer tellen. Hij keek in een van de rode spotlights en voelde zich plotseling zenuwachtiger dan ooit. Dit was een krankzinnige psychoweek geweest. Teevee, radio, Marco en Jennifer. Hij had vlinders tot in zijn benen. Het leek of hij plotseling aan het einde van iets was gekomen. Of aan het begin. Hij zei tegen zichzelf dat hij moest ophouden een mietje te zijn, maar het hielp niet. Het gevoel bleef.

Jimmy had nog nooit zo'n bulderende ontvangst meegemaakt. Zo gauw de huismuziek weggedraaid werd en hij het podium op stapte, was het een heksenketel. Een al schreeuwen en juichen. Het nieuws had de ronde gedaan. Er waren veel trouwe bezoekers in de meute. Hij herkende de gezichten. Sommigen hadden The Grove tientallen keren zien spelen. De meesten hadden de band op *Cé Hé* gezien en bij Tony King gehoord, en ze wisten wat er aan de hand was. Alweer iets voor het eerst in een week vol eerste keren. The Grove was niet meer alleen zijn band: het was ook hun band. Zo had hij het nog nooit bekeken. Het succes van de band was ook hun succes. Zij maakten er deel van uit, en ze waren even trots als hij was. Het duurde een paar minuten voordat ze weer rustig werden, terwijl Shiggy, Esopus en hij op het toneel stonden en verbaasd naar het publiek keken. Uiteindelijk gebaarde Jimmy dat het genoeg was en maakten ze zich gedrieën op om te beginnen. Hij keek naar de meute. God, wat voelde hij zich nietig.

– Eh, dank je wel.

Nog meer applaus. Hij praatte snel door, voordat ze weer de kans kregen om de tent af te breken.

– Dit is een behoorlijk idiote week geweest. De laatste keer dat ik op teevee was, was toen m'n ma in het publiek van *The Late Late Show* zat, in verwachting van mij.

Gelach.

– Ik had die keer zelf niet veel te zeggen, dus ik hield me vrij rustig. Niet als sommige anderen. Er zijn er altijd die niet weten wanneer ze hun kop moeten houden, nietwaar?

Hij keek om naar Esopus, die beide duimen in de lucht stak. Het publiek begon te lachen en juichen.

– Hoe dan ook, bedankt dat jullie gekomen zijn vanavond. John vroeg me jullie eraan te herinneren dat het belangrijk is om te drinken met mate.

Boegeroep en een John die wild zijn hoofd schudde achter de bar.

– Hij bedoelt: te drinken met je maten. Bovendien is hij een oud stuk chagrijn, dus laat hem de kelere krijgen!

Ze zetten in met *The Boys are Back in Town* en de tent ging uit z'n dak.

Een uur later keek hij rond en veegde met een snelle polsbeweging het zweet van zijn voorhoofd. Ze hadden voor het merendeel stampende rockers gespeeld. Dit was geen avond voor *Still in Love With You*. Shiggy en Esopus waren ook op dreef. Ze speelden zich het vel van hun lijf en gingen helemaal mee met de flow. Hij zat er zelf ook goed in, beende op en neer en draaide rond zoals hij al tijden niet had gedaan. Het enige dat hem dwars zat was iets met zijn buik. De tintelingen hielden niet op. Om de zoveel tijd keek hij tegen de lampen in om te kijken of ze was komen opdagen, maar hij kon in het tegenlicht niet veel ontwaren. Wel zag hij Sparky en Donal, die halverwege de set binnenkwamen en aan de toog stonden. Sparky zwaaide even en begon vervolgens te slurpen van iets wat verdacht veel leek op een glas melk.

Ze speelden nog een half uur voor ze de eerste set afrondden, waarna ze aan de tafel gingen zitten waar Norman, Marco, Jennifer en de rest van de bende zaten. Jimmy dronk een snel klein glas en liep naar de bar waar Sparky en Donal stonden. Hij wist niet eens dat ze zouden komen.

– Goeie gig, Jimmy, zei Sparky, die er met zijn melksnor uitzag als een demonisch, gerimpeld kind.

– Dank je, Sparky. Moeten jullie niet werken vanavond?

– Nah, zei Donal. We vieren het einde van onze eerste opnamesessie. We zijn klaar.

– Eerste? vroeg Jimmy, die deed of hij gekwetst was.

– Eerste waarvoor we betaald krijgen, Jimmy, zei Donal. Geld, weet je wel? Waar de huur van betaald wordt en Sparky z'n schone onderbroeken en z'n leverpillen van bekostigt. Luister, ik wil je niet uit je concentratie halen, maar heb je heel even?

Jimmy keek rond. Hij was van plan om een snelle scan van de zaal te doen om te kijken of ze misschien was binnengeslopen, maar echt veel zin had het niet. McGuigan was nou ook weer niet zo groot dat je er kon verdwalen, toch? Als ze er was, zou hij haar zo zien. Hij keek naar de klok boven de bar.

– Ik heb wel een minuut of vijf.

– Te gek.

Ze liepen naar de sigarettenautomaat, waar ze zich iets verstaanbaarder konden maken.

– Luister, ik heb nieuws.

– Je hebt altijd nieuws, Donal, zei Jimmy.

– Nou ja. Moet je horen. Twee dingen. Ten eerste: Rocktopus wil *Meatloaf's Underpants* coveren.

– Wat?! riep Jimmy.

– Ken je Rocktopus?

– Ja, ze zijn fucking gruwelijk. Esopus vindt ze geweldig, dus dan weet je wel hoe bar ze zijn. Maar... hoe...?

– Een maat van me werkt aan hun nieuwe album. Ze komen toch uit Wales? Hij was daar een paar weken geleden voor het rugby en hij ging ze even dag zeggen. Ik gaf hem jullie cd en... nou, zo gaan die dingen, weet je?

– Godsfuckingkelere! Esopus gaat flippen!

– Ja. En punt twee. Ik heb een deejay uit Israël die de dance-versie van *Caillte* wil samplen.

– Een fucking deejay uit Israël? Waar de fuck heb je het over, Donal? Wat betekent dat? Hij wil het samplen. Wat betekent dat? Israël?...

– Rustig, Jimmy. Het betekent twee dingen. Ten eerste dat je eindelijk wat pegels gaat verdienen. En ten tweede dat je een manager nodig hebt.

Donal haalde wat uit zijn zak.

– Mijn kaartje, zei hij met een glimlach.

– Maar... maar... zei Jimmy.

– Ik spreek je later, Jimmy. Er is nog meer, maar ik dacht dat ik je dit alvast moest melden. Luister, moet je niet eens terug? Esopus is naar je op zoek. Toi toi.

– Ja, zei Jimmy, die naar het kaartje in zijn hand keek. O, en bedankt dat je me niet uit m'n fucking concentratie hebt gehaald. Jezus...

Hij hoorde Esopus over de luidsprekers.

– Eh, als er iemand kan zingen en gitaarspelen, wil die zich dan op het podium vervoegen, aub? We zijn zojuist een van de jongere leden van de band kwijtgeraakt. Maakt niet uit of je shit bent. Ik en Shiggy zijn eraan gewend...

Jimmy keek opnieuw naar Donal, nog steeds van de kaart, en rende met bonkend hart terug naar het podium. Dit begon krankzinnig te worden.

En het werd alleen maar erger. Van alle maffe dingen die er die avond hadden kunnen gebeuren – en daartoe rekende Jimmy ook de eventuele aankomst van een legertje pinguïns dat eiste dat hij *Freebird* speelde – was het schouwspel van zijn ouders die aan het jiven waren op de dansvloer met gemak het allermafste. Maar desalniettemin gebeurde het, recht voor zijn neus. Daar, in glorieuze en gênante real live technicolor, zwierde Peggy rond Seán, die zowat aan de grond genageld naar haar stond te kijken. Er had zich zelfs al een cirkel gevormd van klappende toeschouwers om de twee heen. Jimmy had geen flauw idee hoe zijn moeder het voor elkaar had gekregen om zijn vader het huis uit te krijgen op een zaterdagavond en dan ook nog naar McGuigan, maar hij had het vermoeden dat er niet veel meer over was in de fles whisky in het drankkastje. Uiteindelijk kwam zijn vader weer vrij, waarna hij vluchtte naar de bar, naar Donal en Sparky, met wie hij de dag ervoor niet echt veel gesproken had maar met wie hij op dit moment een

379

hechte vriendschap van plan was te sluiten. Het was of dat, of nog een keer moeten dansen.

– Dank jullie feestelijk, zei Jimmy na het liedje.

Hij was nog steeds confuus. Hij had nog nooit iemand op een liedje van Prodigy zien jiven en wat hem betreft was deze ene keer meer dan genoeg.

– En voor degenen die het nog niet hebben kunnen raden: mijn moeder is hier vanavond, dus let alsjeblieft op je woorden wanneer je het over mij hebt, als je tenminste in het bezit van beide oren aan je hoofd wil blijven. Oké. Hier is een oudje getiteld *Unchained Melody* voor m'n ma en voor Sparky daar aan de bar. En ma, ik ben dertig jaar. Er is niets wat je kan doen waardoor ik me nog voor je moet schamen.

Drieëneenhalve minuut later stapte hij weer naar de microfoon toe.

– Ik heb me vergist.

De rest van de set verliep even normaal als wat je van deze avond zou mogen verwachten. De band spetterde en knetterde, het publiek sprong en danste en juichte. Marco en Jennifer gingen voor een of ander record tongzoenen en Norman had eindelijk iemand gevonden die net als hij danste: Jimmy's ma. Iedereen was in een echte feeststemming met de naderende kerst en alles wat er die week met de band was gebeurd. Zelfs Beano en Sandra, die stilletjes waren binnengekomen, waren aan het dansen.

Sandra had Jimmy een vlugge zoen op de wang gegeven bij wijze van felicitatie, waarbij ze hem een cd gaf terwijl Beano aan de bar stond.

– Wat is het? vroeg hij.

– Het is Lavender's Teardrop. Ik weet dat het een groot geheim is, zeg maar, dat jij erop meespeelt, maar ik dacht dat je het misschien wilde hebben voor je knipselboek. Vijf liedjes die je waarschijnlijk nooit had willen horen, zei ze grinnikend.

– Dank je wel, Sandra, zei hij. Toen keek hij haar aan. Vijf liedjes?

– Ja. Een grapje van Sparky. Track vijf is Beano die de tafel van twaalf opzegt, lachte ze. Jij staat er zelfs op met elf keer twaalf! Beano was woest toen hij het hoorde. Hij maakt kopieën zonder dat nummer. Je hebt een collector's item, Jimmy. Die wordt geld waard later. Hoe dan ook, veel geluk met alles. Het is een prachtig liedje. Ik hoop dat ze het waardeert.

Ze gaf hem een kneepje in zijn arm en ging op zoek naar Beano.

Het liep tegen middernacht en Jimmy wist dat er nog maar tijd voor drie of vier liedjes was. Hij zat in een soort tijdruimtecapsule en wilde niet dat het optreden nog ooit zou aflopen. De hele avond had niemand een noot gemist en hij had meer dan ooit het gevoel dat hij op de bühne thuishoorde. Maar ook het gevoel in zijn buik was er nog en Kayleigh niet. Shit, dacht hij. Dit was een week die zo uit een fucking sprookje kwam. En wie had er nou ooit gehoord van een sprookje zonder happy end? Ze moest er zijn! Ze speelden nog twee nummers, en toen begon John te gebaren vanaf de bar. Dat was het.

Superchick, dacht Jimmy. Me reet.

Hij kondigde *Meatloaf's Underpants* aan als het laatste nummer, draaide zich om naar Esopus, die opstond en boog, in de lucht bokste met zijn vuist en weg waren ze. Jimmy had er eindelijk wat aardige melodielijnen doorheen weten te weven zodat het niet meer al te erg klonk. Het publiek ging uit z'n dak en de band stapte na afloop naar voren op het podium en maakte een buiging. Toen begon het roepen om 'We want more!' en Jimmy keek met gefronste wenkbrauwen theatraal op zijn horloge.

Toen glimlachte hij en zette *Caillte* in.

Het publiek kwam onmiddellijk tot bedaren. Er viel een bijna eerbiedige stilte.

De laatste kans, dacht hij, met door de lampen heen een blik op de deur. Als je een grootse entree wil maken, Kayleigh, en het in Hollywood-stijl afsluiten, dan is dit geen slecht moment om het te doen. Hij sloot zijn ogen en begon te zingen.

Hij merkte dat sommige mensen in het publiek met hem aan het meezingen waren. Het klonk fantastisch, maar hij hield zijn ogen dicht. Nu zou ze van de trap komen. Het refrein vulde de hele ruimte en hij voelde de spanning in zijn middel minder worden, maar nog steeds deed hij zijn ogen niet open. Nu schreed ze naar het podium, naar hem. Het laatste couplet kwam recht uit zijn ziel, maar het leek of hij niet eens meer aan het zingen was. Het was of er een soort betovering was neergedaald op de zaal, maar hij hield zijn ogen dicht. Het publiek maakte nu ruimte voor haar, week uiteen, nu ze op het podium afstapte. Toen de laatste naklinkende tonen van het liedje wegstierven wist hij dat het tijd was om zijn ogen te openen. Daar zou ze staan, recht voor hem. Ze zou naar hem opkijken, en de tranen zouden langs haar wangen stromen. Hij opende zijn ogen en keek. En daar was ze – zijn moeder.

Daar gaat weer een fucking sprookje. Met de vuilnisman mee.

Jimmy glimlachte zwakjes als reactie op het oorverdovende applaus waarvan de balken in het plafond uit hun voegen trilden en hij keek over de hoofden heen. Nee. Ze was er niet. Hé, wakker worden, Jimmy, nooit van z'n levensdagen was ze gekomen, wel? Het juichen ging maar door, met kreten om meer, maar Jimmy en de jongens maakten de ene buiging na de andere en gingen ten slotte van het podium. John zette de huismuziek aan en doofde de toneellichten.

Jimmy ging rechtstreeks naar de wc, om zijn gezicht te wassen en een ander hemd aan te doen. Hij bleef even voor de spiegel staan, geleund op een wastafel, en keek. Beste optreden van zijn leven. Beste week van zijn leven. Allemaal voor haar. Mijn God, waar was ze?

Hij lapte zichzelf op en liep de zaal weer in, naar de tafel om iedereen te groeten.

– Ga even naar je vader, lieverd, zei Peggy, die Jennifer en Marco aan het uitvragen was over de grote dag. Hij wil zo graag een woordje met je spreken.

Jimmy ging naar de bar en ging bij Sparky, Donal en zijn pa staan.

– Bier? vroeg z'n vader, omkijkend.

– Graag, zei Jimmy.

Om half een was al het publiek verdwenen. Jimmy's ouders waren naar huis en alleen Jimmy en zijn groepje zaten er nog, samen met Donal en Sparky. John had gezegd dat ze konden blijven zitten, maar hij schonk geen bier meer.

– Ah, John. Wat heeft het dan voor zin? klaagde Esopus.

– Oké, bedien jezelf dan maar. Maar alleen voor deze ene keer! Om te vieren dat jullie op de teevee zijn geweest, zeg maar, zei John.

De wereld was gek geworden. Esopus sprong op en probeerde hem te zoenen, maar John was gewapend met een zwabber en hij verdedigde zijn eerbaarheid met succes.

Later waren ze allemaal opnieuw behoorlijk bezopen. Donal en Jimmy hadden Esopus verteld over de plannen van Rocktopus om zijn nummer te coveren en het had tien minuten gekost om hem weer te kalmeren. Toen zei Donal dat ze er met gemak vijftigduizend aan konden verdienen, en misschien wel meer, als de plaat van Rocktopus goed liep, waarop Esopus bijna flauwviel.

– Vijf... vijftig... vijftig...? zei hij met trillende stem. Voor dat liedje?

– Jep. Zo werkt het, Esopus, zei Donal.

– Fuck hé. Dan kan ik... dan kan ik met pensioen, zei Esopus, die de kring rondkeek.

Jimmy moest lachen en schudde zijn hoofd.

Donal stak van wal over alle mogelijke verdelingen van de royalty's en de belastingtechnische aspecten en de provisies en alles. Het klonk allemaal als een hoop werk.

– Je moet ook vastleggen wie wat heeft geschreven, zei hij. Melodie, tekst...

– Laten we daar morgen over praten, zei Jimmy. Ik wil nu alleen maar bier drinken zolang John tijdelijk ontoerekenings-vatbaar is.

Ze zetten wat cd's op en begonnen te dansen en flauwekul te maken. Toen er een langzaam jammernummer van Phil Collins kwam, stonden Marco en Jennifer op om te dansen. De anderen keken glimlachend hoe de twee steeds maar rond-jes draaiend elkaar diep in de ogen keken. Toen greep Katie Esopus bij de arm en trok hem de dansvloer op. Jimmy zag paniek in Esopus' ogen en lachte. Esopus en Katie? Er waren wel vreemdere dingen gebeurd. Bijna alles wat er deze week was gebeurd, bijvoorbeeld, was vreemder dan Katie met Esopus. Nou ja, zij zou hem in elk geval manieren leren, dat was zeker. Toen stonden Shiggy en Maeve op, gevolgd door Norman en Michelle het Verschrikkelijke Pismonster. De dans-vloer was gevuld met dansende koppels. Jimmy nam een siga-ret van Donal en met Sparky leunden ze gedrieën achterover en keken naar de dansvloer, en deden hun best om John te negeren die de fles schoonmaakmiddel in de herenplee aan het leegknijpen was.

Phil bleef maar jammeren, dus Jimmy danste het volgende

nummer met Jennifer en iedereen wisselde van partner, behalve Esopus. Katie liet hem niet gaan.

– Hoe voel je je nu? vroeg Jennifer, bijna tegen Jimmy's wang aan.

– Ah, te gek, Jen. Het was me het fucking weekje wel, hè? Ze lachte.

– Zeg dat wel. Eh, Jimmy...? Ze maakte haar zin niet af.

– Wat is er?

– Eh... nou... ik vind het jammer dat ze niet is komen opdagen.

– Ja... dank je. Je kent het hele verhaal dus?

– Ah, natuurlijk, Jimmy. Ik weet het al maanden. Dat hele Superchick-gedoe? Als er iemand geen geheim kan bewaren is het Marco wel. Als ik het wil weten tenminste. Ik wist dat er iets gaande was toen hij pastarecepten begon uit te printen van het internet, de sukkel. Toen heb ik het uit hem gekregen. Ik heb hem zelfs op een pokeravondje erop uit gestuurd met een zak muffe broodjes, gewoon voor de craic. Je had zijn gezicht moeten zien toe hij er eentje proefde. Ik heb de hele avond met Katie dubbel gelegen bij de gedachte hoe jullie ervan zouden zitten smikkelen, met die zoute uiensmaak en alles.

Ze was even stil.

– Maar die Kayleigh uit het liedje was jouw Superchick, hè? Het was niet gewoon maar een liedje of gewoon maar een meisje, toch? Ik heb je vanavond goed bekeken. Je wilde dat ze er was. Het spijt me dat ze niet is gekomen.

– Dat is wel goed, Jen. Ik bedoel, kijk naar alle dingen die er nu voor de band gebeuren. Ja toch? Je kan niet alles hebben, zeg maar.

– Ik weet het niet. Soms wel. Ik wel, zei ze, terwijl ze glimlachend een blik wierp in de richting van Marco en Maeve.

– Ja. En je verdient het, Jen, zei Jimmy.

Ze keek op naar hem.

– Jij ook, Jimmy.

Hij haalde zijn schouders op. Dit begon op een ernstig gesprek te lijken. Na de afgelopen week voelde hij zich nog te broos om er de hele tijd over te blijven praten. En al helemaal tegen Jen. Daar had niemand wat aan vanavond, als hij ging zitten janken om Kayleigh. Behalve hijzelf misschien.

– En heeft mijn broer zijn Superchick gevonden? vroeg Jennifer.

– Eh, hij dacht een poosje van wel. Maar ze bleek eerder een soort Superslet te zijn.

– Ja. Dat verbaast me niets. Denk je dat hij en Katie...?

Jimmy keek naar ze.

– Hm, telt het ook als de ene partner bang is van de andere? vroeg hij.

– Waarom niet?

– Ja. Het heeft ook gewerkt bij mijn ouders, zei Jimmy met een glimlach.

Ze kneep in zijn schouder.

– Je houdt hem wel in de gaten, hè, Jimmy? Als Marco en ik...

– Maak je niet ongerust, Jen. Volgens mij is Esopus het ergste te boven. Echt. Het klinkt absurd, maar volgens mij is hij aan het veranderen. Het komt wel goed met hem.

– God, ik hoop het. En Norman?

– Ah, Norman is zijn eigen heer en meester. Die vindt een vrouw als de tijd rijp is.

– Het is echt een aardige gozer, zei Jennifer.

– De beste, Jen. Hij is fantastisch. Ze mag zich in de handjes knijpen.

Na een tijdje had Phil niks meer om over te jammeren en gingen ze allemaal weer zitten en vielen aan op het bier zolang het nog stroomde. Ze begonnen weer met grappen en af-maken zoals altijd, maar ditmaal met een stille Esopus vaak als kop van Jut omdat hij hand in hand met Katie zat. Hij had zelfs de puf niet om aan Norman uit te leggen dat hij best zou loslaten als hij het fucking kon.

Shiggy sloop weg naar de bar voor een bijzonder ritueel. Iets waardoor hij zich meer in de groep opgenomen zou wor-den dan door wat voor fantastisch spel op de basgitaar ook. Hij tapte vier glazen Guinness en keek toe hoe het bier be-zonk. Hij had weken gewacht op dit moment; elke dag geoe-fend met pintglazen water zoals Marco het hem had voorge-daan. Dit was zijn grote ogenblik. Een initiatierite. Het begin van zijn volwassenheid.

Er klonk een doffe dreun boven aan de trap. De zondags-kranten.

Jimmy herinnerde zich plotseling dat Tony's column er van-daag in zou staan. Hij rende naar boven en greep de *Sunday Post*. Daar stond het, op bladzijde 18.

Ze verdrongen elkaar rond de krant en scanden de column snel. Het waren maar twee zinnetjes, maar wel goeie:

... Wie ook stof doet opwaaien deze week is een band uit Drumcondra genaamd The Grove. Kijk uit naar hun excellente nieuwe single *Caillte*, die de komende week op de markt komt, net op tijd voor de Kerst...

– Te gek! zei Jimmy. Maar... wacht even... wat bedoelt hij daar-mee, dat de single op de markt komt?

– Eh, Jimmy, zei Donal, dat komt door mij. Ik heb me een paar kleine vrijheden veroorloofd, ben ik bang. Wil je het van-avond of morgen bespreken?

– Kelere... zei Jimmy, die vermoeid zijn hoofd schudde.

Morgen, Donal. Ik heb geloof ik al genoeg verrassingen gehad voor één avond, oké?

Sparky stond plotseling op en ze keken hem allemaal aan. Hij had de krant in zijn hand en probeerde iets te zeggen, maar kon het niet. Hij kon alleen maar wijzen naar de onderkant van de voorpagina. Uiteindelijk gaf hij de krant aan Esopus naast hem en hij wees naar het berichtje. Iedereen keek nu nieuwsgierig naar Esopus.

– Wat is er Esopus? vroeg Jimmy.

Esopus schudde zijn hoofd en las fronsend verder. Toen keek hij op. Hij was bleek en staarde Jimmy aan.

– Esopus, wat de fuck is er?

– Eh, Jimmy, weet je nog wat je net zei? Dat je genoeg verrassingen hebt gehad?

Jimmy knikte.

Hij gaf Jimmy de krant en wees het artikel aan.

Jimmy begon te lezen. Hij leek ineen te krimpen terwijl hij het las.

– Dit gebeurt niet fucking echt, zei hij, opkijkend. Zijn gezicht gloeide.

Iedereen staarde hem aan. Norman greep de krant en las het bericht voor, waarbij zijn ogen langzaam zo groot werden als ontbijtborden.

Oplichters veroordeeld

Gisteren zijn tijdens een bijzondere zitting van het Dublinse Hof van Strafrecht twee vrouwen schuldig bevonden aan een reeks misdrijven die verband houden met een zwendeloperatie die al minstens een half jaar in de stad gaande is. Vorige week werden juf. Kayleigh Laird (28) uit Fairview en juf. Leslie O'Connor (27) uit Killester op verdenking van oplichting gearresteerd.

Bij huiszoeking bij juf. Laird op donderdagavond werden

meer dan tweehonderd mobiele telefoons aangetroffen, die vermoedelijk allemaal zijn gestolen van jongemannen uit het noorden van de stad…

Er viel een verbijsterde stilte, waarin iedereen Jimmy met open mond aankeek. Hij hield zijn scharlakenrode gezicht in zijn handen, de adem was uit zijn lijf gezogen en zijn huid tintelde.

Toen maakte Shiggy zijn grootse entree. Vier perfect getapte pinten in twee kleine handjes, en geen druppel gemorst. Hij straalde.

– Supplies!

Críoch

(Einde)

GO RAIBH MÍLE...

De lijst mensen die geholpen hebben met de totstandkoming van dit boek is lang en kronkelig. Vanzelfsprekend ben ik ten eerste degenen die erbij waren toen ik begon nog eens te meer dank verschuldigd nu het boek er eindelijk daadwerkelijk ligt. Ruth Kelly, Joe Burke, Angelika Burke, Seán Burke, Brian Dolan, Rie Dolan, Colm Steele en Fiona Lodge hebben het van de grond helpen krijgen. Julia Klett en Christian Buchkremer gaven het enkele bijzonder sexy vleugeltjes. Jonie Hell, Niall McCarthy en Fiona MacDonnell zorgden ervoor dat niet alles wat ik schreef over de muziekindustrie en de media volkomen uit de lucht was gegrepen, al ben ik er vermoedelijk wel in geslaagd een aantal stommiteiten die mij goed uitkwamen langs hen heen te smokkelen toen ze even niet opletten. Alle schitterend en uitputtend onderzochte, verifieerbare feiten zijn waarschijnlijk van hen afkomstig. Alle grote fucking flauwekul is ongetwijfeld van mij.

De voorloper van het fictieve The Grove was het zeer reële 'Yer Mot's a Dog' en ik bedank Eric, Jonie en Brian (en Regina en Brian J.) voor een aantal (te) gekke optredens. Om over de kiem van het verhaal maar te zwijgen.

Dit boek zou er nooit zijn gekomen zonder al degenen die

eerdere versies hebben gelezen en de moeite namen mij te schrijven en te zeggen dat ze er plezier aan beleefden. Dat heeft heel veel gescheeld. Vele grote danken voor hen. En de vele vrienden en mijn familieleden die alles en meer hebben gedaan om het voor elkaar te helpen krijgen, jullie ben ik absoluut een pint schuldig (wel eerlijk delen).

En over alles en meer gesproken: mijn uitgever is weinig minder dan buitengewoon geweest en ik wil iedereen bij de Mercier Press bedanken voor de ongelofelijke hoeveelheid werk die ze in *Superchick* gestoken hebben en het vertrouwen dat ze de auteur hebben geschonken. Het is een waar voorrecht om met zulke bekwame en toegewijde vakmensen te mogen werken.

Bedankt ook lieve ouders, die moeten weten dat alle broodjes en oorvijgen die zij in de loop der jaren eerlijk en terecht hebben uitgedeeld, zeer gewaardeerd worden nu ik eenmaal grootgegroeid en volwassen ben.

Maar boven alles bergen dank en liefde voor Ruth die al die tijd opgescheept heeft gezeten met ons tweeën (mij en het boek). *Caillte a bheinn...*

SJM
Sydney 2005